LEVIATEMPO

MAXIME CHATTAM

LEVIATEMPO
ROMANCE

Tradução
Maria Alice Araripe de Sampaio Doria

Rio de Janeiro | 2015

Copyright © Éditions Albin Michel, 2010

Título original: *Léviatemps*

Capa: Raul Fernandes

Editoração: FA Studio

Texto revisado segundo o novo
Acordo Ortográfico da Língua Portuguesa

2015
Impresso no Brasil
Printed in Brazil

Cip-Brasil. Catalogação na publicação.
Sindicato Nacional dos Editores de Livros, RJ.

C437L	Chattam, Maxime, 1976-
	    Leviatempo / Maxime Chattam; tradução Maria Alice Araripe de Sampaio Doria. — 1. ed. — Rio de Janeiro: Bertrand Brasil, 2015.
	    420 p.; 23 cm.
	
	    Tradução de: Léviatemps
	    ISBN 978-85-286-1895-2
	
	    1. Ficção francesa. I. Doria, Maria Alice Araripe de Sampaio. II. Título.

15-20772	CDD: 843 CDU: 821.133.1-3

Todos os direitos reservados pela:
EDITORA BERTRAND BRASIL LTDA.
Rua Argentina, 171 — 2º andar — São Cristóvão
20921-380 — Rio de Janeiro — RJ
Tel.: (0xx21) 2585-2070 — Fax: (0xx21) 2585-2087

Não é permitida a reprodução total ou parcial desta obra, por quaisquer meios, sem a prévia autorização por escrito da Editora.

Atendimento e venda direta ao leitor:
mdireto@record.com.br ou (0xx21) 2585-2002

Impresso no Brasil pelo Sistema Cameron da Divisão Gráfica da
DISTRIBUIDORA RECORD DE SERVIÇOS DE IMPRENSA S.A.

Porque não existe melhor receita para nos isolarmos da realidade e mergulhar nas palavras, eis as trilhas sonoras de filmes que me acompanharam na maior parte desta viagem. Que elas possam agir em vocês com a mesma magia, se tentarem a experiência:
— *A Vila* de James Newton Howard.
— *Perfume: A História de um Assassino* de Tom Tykwer, Johnny Klimek e Reinhold Heil.
— *Frost/Nixon* de Hans Zimmer.
— *O Lobisomem* de Danny Elfman.

"Os homens reúnem os erros da sua vida
e criam um monstro que chamam de destino."

John Hobbes

AVISO

Minhas mãos tremem.
Não é de medo, ele já me deixou há muito tempo. Desertou deste corpo sem consistência, sem influência possível. Muita vida já deslizou por ele até suavizar as suas asperezas, nas quais habitualmente se esconde o medo.
É o tempo.
Que não precisa de nenhuma saliência, de nenhuma reentrância para se apoderar e corromper a alma e o corpo.
Esse tempo precioso que levou tantas vidas.
As pessoas raramente contemplam o tempo. Elas só têm dele uma visão bem aproximada, relativa e subjetiva ao mesmo tempo.
No entanto, o tempo é real, com o devido respeito aos cientistas do átomo e do espaço que vi florescer durante este século XX que termina. Contudo, ele é palpável, é mais do que uma entidade, eu o vi se cobrir de roupas e assumir um rosto.
Eu o vi matar.
Isso precisa ser dito.
Enquanto um raio de sol desenha o contorno da minha xícara de chá frio, vejo e ouço a minha tataraneta rir no jardim, entre os ciprestes e o balanço. As suas risadas ressoam, entrecortadas, imperturbáveis, como o ponteiro de segundos de um relógio rutilante, bem antes que o óleo de suas engrenagens se empoeirem, que as suas rodas dentadas fiquem corroídas, que os seus mecanismos se desgastem. Por enquanto, tudo funciona com a precisão do novo. É isso, eu creio, a inocência, quando tudo funciona sem cansaço nem rugosidade.

Mais de um século me separa desse anjo.

Eu, o velho senhor do mundo.

O tinido antigamente límpido das minhas entranhas agora desfia cada segundo lentamente e com insistência; o grande relógio, eu sinto, está cansado; e, em breve, vou apagar com este século louco.

Antes disso, eu queria fazer uma última coisa.

Transformar a minha consciência numa máquina para viajar no tempo.

Levar vocês, em algumas páginas, para tempos atrás, quando essa sociedade que eu contemplo foi construída. Na hora em que os vejo falarem em globalização, raças, nacionalismo e insegurança, gostaria de levá-los até a época em que vivi, quando vi um outro século atingir a virada, quando o futuro se abriu para nós, cheio de promessas fantásticas.

Os livros de história só se interessam por grandes nomes, nunca pelas pessoas simples como vocês e eu que, no entanto, a escrevem com o próprio sangue e, sem ele, nunca haveria História.

É disso que se trata aqui.

Do que se passa na sombra, nas profundezas das cidades, nos arcanos dos políticos, dos crimes que fazem nascer as civilizações.

A minha história se passou em 1900, ano da grande Exposição Universal de Paris.

Uma mudança de século que, para muitos, revelava-se capital.

Depois do fiasco do Segundo Império, da derrota humilhante para os alemães, da guerra civil do inverno de 1870, a III República, que nos governava então, só tinha de estáveis as suas dúvidas e a incerteza do futuro. Os monarquistas e os anarquistas ficavam à espreita da menor ocasião para fazer inclinar o tabuleiro político na sua direção. Os países da Europa se mediam com a desconfiança de gatos forçados a ocupar a mesma viela, na expectativa do primeiro ataque para poder rebater; e isso sem falar no caso Dreyfus que, em 1900, continuava a abalar a opinião pública, entre dreyfusistes[1] e dreyfusards,[2] antissemitas e outros radicais prontos a se engalfinharem a

---

[1] Eram aqueles que, partidários de Dreyfus, viam além do caso e eram adeptos de mudanças na sociedade e na política e, consequentemente, no funcionamento da República. (N. T.)

[2] Pessoa que acreditava na inocência de Dreyfus. (N. T.)

respeito de um assunto ainda premente nos bulevares parisienses, mesmo seis anos depois da condenação do "traidor".

Nem todas as ruas da capital eram seguras. Havia bairros inteiros nos quais não era nada bom se aventurar, onde grassavam bandos — cujos membros foram apelidados de "Apaches". A grande miséria vivia indecentemente lado a lado com o luxo.

E enquanto diariamente tremia essa sociedade vulnerável, os progressos da ciência não paravam de maravilhar o mundo, a industrialização soava como a promessa de uma nova era à glória do conforto para todos, a Igreja se via recuar incessantemente rechaçada por um Estado com disposições laicas, aguardando a abscisão.

Foi nesse contexto que chegou a Exposição Universal de 1900.

Ela devia ser o lugar de todas as concentrações, uma ocasião de mostrar ao mundo a grandeza da França, de fazer calar os rumores sobre a sua fragilidade, uma circunstância oportuna para consolidar novamente a estatura da nossa República aos olhos de todos. A Exposição seria a oportunidade sonhada para revelar todas as novas descobertas científicas, servindo de pretexto para a vinda de políticos de todos os horizontes e, assim, negociar novas alianças internacionais.

Ao alvorecer desse ano de 1900, muitos pensavam que do sucesso da Exposição dependia o futuro da França e, certamente, das guerras que viriam.

Durante essa apresentação festiva à glória do progresso estariam em jogo a vida e a morte de milhões de almas.

Percorri as ruas irisadas pela fada Eletricidade, e foi um dos maiores momentos da minha vida, sob muitos aspectos. Do mais fundo da minha memória, tentei coligir todas as lembranças, os testemunhos que me restavam, examinei em detalhes as anotações de cada um para reconstituir da melhor maneira possível o que aconteceu naquele ano e, o que não vivi diretamente ou pude saber, eu imaginei, o mais fielmente possível.

Preciso me concentrar para lembrar como tudo começou, que acontecimento foi o ponto de partida dissimulado dessa louca história.

Para começar, das impressões sensoriais eu me lembro.

A primeira diferença notória para os dias de hoje é o som da cidade. Um invólucro de roncos graves não chumbava a cidade daquele tempo, Paris não tinha o mesmo som. Era o som do vento, dos passarinhos nas sacadas e nas árvores e o martelar dos cascos no calçamento. As pessoas falavam mais baixo nas calçadas dos bairros frequentáveis, podia-se ouvir o acordeom ou o violino dos músicos a vários metros de distância, bem como os gritos dos vendedores que trabalhavam nas ruas. Sim, o som de Paris era muito diferente. Desprendia-se uma musicalidade envolvente que alguns raros automóveis vinham perturbar. É isso, eu me lembro, recupero as minhas sensações.

A viagem já começou pela magia de algumas palavras, e eis que os anos desfilam atrás delas.

A minha pele se estica, as minhas costas se retesam.

As veias das minhas mãos se atenuam.

O século XX recua.

Sou jovem.

Estamos em 1900.

Pegue a minha mão, aperte forte.

E nem pense em soltá-la antes do fim.

1

Eu me chamo Guy.
E sou um covarde.
A chuva que batia contra as telhas do sótão soava nos seus ouvidos como soluços. Nesse desvão que agora era o seu refúgio, as quatro claraboias deixavam entrar o brilho de cada raio como um clarão do magnésio dos *flashes* das câmeras fotográficas, salpicando com uma luz branca cada recanto, lançando sombras no chão cinzento. Mas a chama da vela que dominava o sótão continuava imperturbável.

Guy a usava como revelador.

Para imprimir a sua consciência no papel branco embaixo dos seus dedos.

Pouco a pouco, ela foi aparecendo, desenhando arabescos escuros. As palavras, inicialmente reticentes, agora se atropelavam, caíam, umas após as outras, se encadeavam com simples vírgulas para a respiração, tão numerosas que a frase parecia em suspenso no ar por falta de oxigênio, tanto assim que um ponto acabou se impondo.

Detido repentinamente, Guy não sabia mais como continuar.

No entanto, compreendia bem essa arte, dominava essa forma de expressão que o fizera viver, mas, desta vez, não era mais a mente que comandava a tinta, era a tinta que se impunha ao homem. E Guy não sabia o que fazer. Não sabia mais o que deveria escrever. Via o que tinha feito. Assim que foram expulsas do seu cérebro, as palavras secaram, não eram mais suas. Ficou surpreso com o que leu.

A vela havia cumprido o seu papel.

Guy fitou a chama por um longo tempo. Até nela se perder. Até que ela fizesse derreter as paredes de cera que ele havia erguido entre a realidade e o que queria contar. E a sua consciência se expôs no papel, no instante de algumas palavras.

Essa vida que ele havia traído.

Ele, o romancista cujas histórias agradavam tanto à burguesia parisiense.

Desta vez, ele contaria uma história para si mesmo.

Que acabou de escorrer por entre os seus dedos.

Uma lágrima caiu no papel e tentou apagar a palavra "eu", em vão. Ela continuou perfeitamente identificável, mesmo esticada e borrada.

Guy sabia que essa página lhe pareceria estranha de manhã cedo, ele não perceberia todo o seu alcance, não a compreenderia mais e, pior, negaria até mesmo a sua paternidade, julgando-a irrelevante.

Refugiando-se, mais uma vez, na covardia, esquivando-se do que ele era, do que havia feito.

Ele, o romancista para quem tudo sorria.

Repeliria a lembrança da mulher, da filha, da sua fuga. Negaria a dor que elas deviam sentir por não terem mais notícias. O motivo que, enfim, encontrou. Longe de todas as pressões que não sabia administrar, longe das expectativas geradas. Longe de uma vida de controle, de falsas aparências.

Apenas se lembraria daquele dia de novembro em que soube que deveria se salvar.

Salvar-se.

Fugir e sobreviver ao mesmo tempo.

E, embora as primeiras semanas de culpa tenham sido pavorosas, conseguiu se manter longe dos perigos obliterantes do absinto e do ópio; não havia fugido de um grilhão para se enfiar em outro.

Preferiu se entregar aos vícios da carne para corromper a moralidade cristã que o obrigava a exortar a si mesmo na penitência. Guy não queria voltar para perto da família, a sua salvação não estava lá e quando voltou a respirar, todas as manhãs, a plenos pulmões, soube que tinha feito a escolha certa.

Covarde ele era, mas um covarde livre, que recuperava a alegria de viver.

Longe da boa sociedade que lhe colocava expectativas desmesuradas, longe da família exigente, da mulher que impunha em vez de compartilhar.

Ele percebia uma expectativa nos olhos da própria filha, que ia além da admiração, o desejo impossível de nunca ser decepcionada por esse pai que todo o mundo dizia ser fantástico.

Isso era muito para um homem que sempre sonhara viajar, ser um aventureiro, livre como o ar, analisando o mundo e as almas sem outra pretensão que não as próprias necessidades naturais.

Quantos homens havia admirado secretamente, homens que carregavam nos ombros o peso, não de uma família, mas de dinastias inteiras, de empresas ancestrais, de nomes de prestígio? Eles engoliam tudo, valentemente, como se estivessem possuídos por esse dever, aparentemente cavalgando fogosamente os seus futuros, sendo que não passavam de prisioneiros voluntários do destino. Para Guy, isso havia acabado por se tornar impossível.

Ele havia sufocado.

Incapaz de se expressar oralmente para a família, havia saído numa manhã do seu apartamento de Passy, enquanto todos dormiam, sem uma palavra, nada além de um beijo de adeus na testa da filha de 8 anos.

Sabendo o que faria com aquela folha de papel em algumas horas, Guy suspendeu-a acima da vela.

Ficou olhando a sua consciência queimar.

Talvez a moral cristã não o houvesse abandonado totalmente.

Os cantos da folha se encarquilharam, buracos negros apareceram aqui e ali. Depois, uma chama subiu rapidamente, se lançando sobre essa oferenda e a devorando gulosamente.

Mais uma vez, Guy disse a si mesmo que havia passado no teste.

Ele se libertava, mais e mais, dos seus demônios.

Amanhã seria um dia melhor.

A tempestade logo passaria.

Tudo o que não fosse totalmente impermeável seria lavado.

Por trovões e uma grossa chuva fria.

Deixando lembranças esquecidas flutuarem nas sarjetas, antes de serem arrastadas para o esgoto.

E definitivamente perdidas nas sombras.

Guy de Timée abriu a caixinha de cedro e pegou um charuto cubano acendendo-o lenta e metodicamente até ser envolvido por uma nuvem de fumaça azulada.

Armado com esse décimo primeiro dedo, percorreu todo o sótão para acender os lampiões de querosene — o gás não chegava até o alto do imóvel — e assim se cercar de uma claridade bem-vinda.

O aposento servia de quarto de despejo para o bordel embaixo, vários estrados quebrados se amontoavam, poltronas de couro rachado, mesas remendadas e uma grande quantidade de quinquilharia que saía de grandes baús entreabertos. Sem olhar para a aparência do seu mobiliário, ele havia conseguido montar um espaço acolhedor em volta de um imenso tapete otomano manchado, no qual gostava de andar descalço.

Uma escrivaninha, cujo tampo corrediço se recusava a descer, servia como mesa de trabalho ao rapaz. Pois, mesmo que houvesse abandonado a sua antiga vida de autor de sucesso, não renunciara à escrita. O que havia mudado era o tema dos seus livros.

Quando adolescente, Guy havia perambulado pelos bairros pouco recomendáveis em busca de emoções, havia devorado cada número do *Journal des Voyages*,[1] os romances de Júlio Verne[2] e de Eugène Sue[3] e desde cedo já sabia o que ia fazer na vida: contar histórias. Aos 20 anos, já escrevia artigos para o *Le Petit Parisien*,[4] em seguida contribuiu para o debutante *L'Aurore*.[5] Suas primeiras novelas foram publicadas no *Le Bon Journal*[6] até o público escrever para a redação pedindo mais do jovem autor desconhecido. Guy

---

[1] Revista ilustrada, de publicação semanal, que trazia crônicas e relatos de viagens. Com 16 páginas, a revista foi lançada na França em 1877, pela Librairie Illustrée. (N. T.)

[2] Conhecido em todo o mundo, grande parte da obra de Júlio Verne foi consagrada a aventuras e ficção científica. A obra *Viagens Extraordinárias* é composta de vários volumes, entre eles os conhecidos *Viagem ao Centro da Terra*, *20.000 Léguas Submarinas*, *A volta ao mundo em 80 dias*. (N. T.)

[3] Prolífico escritor francês, publicou romances exóticos e marítimos, de costumes, históricos e obras diversas. (N. T.)

[4] Jornal francês cotidiano, publicado de 1876 a 1944. Foi um dos principais jornais da Terceira República. (N. T.)

[5] Criado por Ernest Vaughan. Lançado em 1897, o jornal, que circulou até 1914, ficou famoso ao publicar o artigo de Émile Zola, *J'accuse*, sobre o caso Dreyfus. (N. T.)

[6] Lançada em 1885, essa revista semanal publicava novelas e romances em capítulos. (N. T.)

de Timée havia se lançado. Os seus romances em folhetins agradaram tanto e foram tão bem-aceitos que um editor lhe encomendou uma obra inédita antes dos seus 23 anos. Guy chamou a atenção pela pertinência dos seus retratos dos burgueses parisienses e pela sua maneira de dissecar a alma, pedaço por pedaço, destilando informações sobre os seus personagens em conta-gotas, criando, assim, um suspense que os leitores adoravam.

Os romances tiveram o mesmo sucesso e, mesmo que o seu rosto fosse totalmente desconhecido, o seu nome não demorou a ser constantemente mencionado nos salões de leitura da capital.

Nos primeiros anos, Guy se divertiu com os seus relatos, consagrando todas as horas livres a fazer anotações para um próximo romance e a observar os clientes dos cafés do oitavo distrito,[1] que ele frequentava assiduamente para buscar inspiração. Porém, de tanto girar, livro após livro, em torno do mesmo tema, das mesmas preocupações, Guy se cansara.

O golpe de misericórdia viera com a descoberta de Conan Doyle.

Os relatos policiais do britânico tiveram o efeito de um mergulho na água gelada de um lago. A princípio ele ficou eletrizado, depois aterrado.

Como pudera se enganar por tanto tempo? Era essa a literatura pela qual havia esperado! Era essa literatura que ele devia fazer! Percorrer o homem para compreender as suas zonas mais conturbadas, caçar o leitor pelo mistério do crime, para descerem juntos aonde a moral não ousava se aventurar.

Ela lhe permitiria ir ao fundo do indivíduo, no que ele tinha de mais obscuro, as raízes do mundo, conservando o ludismo da literatura.

Guy começou com duas breves narrativas que receberam uma acolhida das mais mornas. Apesar de tudo, ainda não escaldado, tentou a redação de um romance, mas os editores manifestaram pouco entusiasmo por essa sombria inspiração e foi obrigado a publicar sob um pseudônimo o que considerava a sua melhor obra.

Começou a escrever um novo romance, sobre a trama de uma investigação policial, porém, a pena lhe caiu das mãos antes de atingir a centésima página. Quanto mais relia o que havia escrito, mais a verdade lhe saltava aos

---

[1] No fim do século XIX, o oitavo distrito (divisão administrativa de Paris) era uma zona de instituições financeiras e de casas da alta burguesia. (N. T.)

olhos: não estava inspirado. O seu agradável conforto do distrito chique o havia entorpecido, o punho firme da sua mulher o havia sufocado, ele não era mais o jovem fogoso, pronto para tudo, que havia praticado savate,[1] que havia seguido os trapeiros nos seus périplos noturnos, que não hesitava em se disfarçar para se enfiar nas ruelas de Montmartre e descobrir um outro mundo. Ano após ano, ele havia se afundado no luxo e, se protegendo de uma certa realidade, não era mais capaz de dissecá-la.

Naquela noite, ao constatar que não saía da mesa apesar de lhe faltarem palavras para pôr nas folhas, se conscientizou de que usara o trabalho como um meio para fugir da família. Sentiu falta de ar. Subitamente, o peito lhe pareceu apertado demais.

Não foi preciso nem um pouco mais de um mês de tormentos para que, com uma trouxa de roupa no ombro e dinheiro suficiente para viver um bom tempo, ele deixasse o seu apartamento.

Cinco meses já haviam passado então.

Ele havia escolhido como domicílio o último andar do *Boudoir de soi*, um prostíbulo no nono distrito, onde fizera amizade com o pessoal depois de passar ali vários dias e noites. Nas primeiras semanas depois da sua louca fuga, havia se hospedado num hotel, antes de ficar com medo de ser encontrado. A sua mulher era de boa família, o pai dela, um rico advogado, era capaz de despachar homens para falar com todos os *concierges* e estudar os registros dos hóspedes, tinha contato com a brigada que controlava o aluguel de quartos mobiliados — esses inspetores que vigiavam os donos de pensão e os hotéis da cidade — e Guy não queria se arriscar, mesmo com uma falsa identidade, a dar de cara com um empregado subalterno munido da sua fotografia. Numa noite em que andava pelas ruas em busca de um destino, ou de uma maneira de se hospedar por algum tempo sem medo, passou diante desse bordel sinalizado por uma lanterna vermelha de cada lado da porta, como os prostíbulos do interior. E lá ficou durante uma semana.

Havia fugido de casa com o suficiente para levar uma vida agradável, por isso não hesitou em se dar o direito de usar todos os serviços do bordel:

---

[1] Tipo de luta originada na França que alia o boxe com técnicas de chute. (N. T.)

da lavanderia às refeições, passando por uma galante companhia sempre afável.

Com o passar dos meses, ele começara a gostar do lugar, mas, ao ver o seu pecúlio diminuir aos poucos, havia conseguido se instalar no sótão, em troca de um pouco de instrução para as moças. A proprietária era rigorosa nesse ponto: não queria uma linguagem grosseira e havia banido a gíria parisiense. Embora as moças não torcessem o nariz para mostrar as entrepernas aos visitantes, era preciso fazê-lo com elegância para que o estabelecimento continuasse a ser bem-frequentado e mantivesse os altos preços. Então, Guy corrigia a forma de se expressar dessas damas, às vezes redigia a correspondência delas e prestava alguns serviços ocasionais.

Porém, como pensionista, ele havia perdido o direito de ser cliente. A proprietária não queria misturar as coisas e, embora ele pagasse pela comida e lavanderia, não podia mais frequentar as meninas.

Os degraus da escada rangeram e Guy apoiou o charuto num cinzeiro de cristal lascado. Era muito tarde, mesmo para um lugar como aquele e ele não tinha o costume de receber visitas depois da meia-noite. Os passos subiam rápidos e precavidos ao mesmo tempo, os saltos não batiam nos degraus.

Apressados e contidos ao mesmo tempo.

Guy sabia que se tratava de uma emergência. Alguma coisa que lhe dizia respeito diretamente. Alguma coisa que, no entanto, não devia ser propagada por toda a casa.

Levantou-se para enfiar a camisa para dentro da calça e abotoar o colarinho, justo antes que a porta fosse aberta sem que tivessem batido.

A proprietária do estabelecimento, Madame de Sailly — um nome adequado para a sua profissão — apareceu, sem fôlego, com um cobertor de lã nos ombros e a camisola aparecendo por baixo. Na faixa dos 40 anos, magra, porém de extraordinária presença, ela esfregava nervosamente as mãos com longos dedos deformados pela artrite. Várias mechas escuras e grisalhas escapavam do seu coque e as faces estavam rosadas.

— Julie? O que houve?

Todo o mundo a chamava pelo nome.

— É Milaine, ela está presa na casa de um cliente e eu não posso cuidar disso, o senhor Courtois está aqui para passar a noite!

Courtois era o cliente regular da proprietária.

Guy pegou o sobretudo.

— Eu me encarrego disso, volte para o quentinho.

— Eu o recompensarei por isso, Guy.

— Você já fez o suficiente.

Ele se esgueirou pela escada estreita e Madame de Sailly acrescentou por cima do ombro:

— E não se esqueça da política da casa: nada de escândalos!

Apesar da hora tardia, não fazia frio na rua apenas úmida. Um menino que devia ter apenas uns 12 anos, vestido com farrapos, esperava ao lado de um fiacre.

— Foi você quem trouxe o recado? — perguntou Guy.

O menino concordou energicamente com a cabeça e abriu a mão na qual o escritor depositou 25 centavos e o empurrou para subir atrás dele no veículo.

— Conte.

Primeiro o menino contou as moedas, com o nariz colado na palma da mão, depois enxugou a boca na manga, procurando as palavras:

— Eu tava de olho na rua esperando a senhora Milaine quando...

— É Milaine que o emprega? — surpreendeu-se Guy.

O menino concordou orgulhoso e em seguida percebeu que não havia tirado o boné manchado. Apressou-se em arrancá-lo por respeito e para mostrar que tinha boas maneiras.

— Faço uns trabalho pra ela, de vez em quando! Ela me pede pra esperar pra fazer pequenos serviços.

O moleque fazia as vezes de mensageiro barato e provavelmente de espião em certas situações que Guy preferia nem imaginar.

— Tava apanhando umas bagana — continuou o menino — quando a dona passou atrás de mim! Percebi tarde demais. Foi o tempo de subir e já ouvir uma gritaria no quarto!

Eles eram sacudidos no fiacre, que aumentava a velocidade ao atingir a rua de Châteaudun. Todos os teatros estavam fechados, não havia vivalma na rua, habitualmente barulhenta e drenando uma grande clientela noturna. Guy quis tirar o velho relógio do bolso, quando se deu conta de que não havia vestido o colete.

Deviam ser mais de três horas da manhã, avaliou ele. *Muito tarde para os burgueses e ainda muito cedo para o povinho. O momento da noite que não pertencia a ninguém, o hiato da civilização.*

— Há quanto tempo saiu para nos avisar? — perguntou Guy.

— Eu acho que uns 15, talvez 20 minutos!

Eles continuaram até a rua dos Vinaigriers no décimo distrito onde o fiacre parou a pedido do menino. Este saltou antes mesmo de os cavalos pararem e correu para uma porta que a ausência de lampião mergulhava na escuridão.

— É no primeiro andar! Ali, onde tem luz!

Guy acendeu o gás no vão da escada e subiu os degraus rapidamente para parar bem diante da porta que o jovem mensageiro lhe indicara. Pôs o ouvido na porta e escutou uma mulher gritar uma saraivada de injúrias e censuras, entrecortadas por profundos soluços.

Guy deu mais uma moeda ao menino.

— O seu trabalho acabou, obrigado.

Como o pequeno não parecia querer sair, Guy teve de empurrá-lo em direção aos degraus e insistir para que ele fosse embora; em seguida, arrumou o sobretudo e bateu duas vezes na porta, com força. Sem resposta, insistiu com mais força ainda.

Não tendo mais sucesso, pôs a mão na maçaneta redonda e girou. Para a sua grande surpresa, a porta se abriu.

O hall de entrada estava mergulhado na penumbra, mas, no fim do corredor, várias lamparinas a óleo difundiam uma luminosidade ondulante. Uma mulher, em trajes de noite, tafetás e rendas, estava na porta de um quarto. Ela não havia tirado as luvas de couro, embora o chapéu e os alfinetes que o fixavam estivessem aos seus pés.

Ela fitou Guy, cujo vulto continuava quase invisível, com o rosto vermelho pela raiva e as lágrimas. A súbita presença de um desconhecido na sua casa não parecia lhe causar mais abalo do que já sentia e limitava-se a olhá-lo sem pestanejar.

— Eu me chamo Guy e vim buscar a minha amiga.

Confusa, a mulher se virou para o quarto. Guy se aproximou lentamente até ver melhor o aposento. Um homem, no mínimo 15 anos mais velho do que a mulher, estava no meio da cama com os lençóis puxados até o pescoço. Ele tremia tanto, que a barba branca tiritava.

Milaine estava sentada num canto oposto e o vestido apertado contra ela não dissimulava a sua nudez. A sua farta cabeleira ruiva lhe caía nos ombros, sem nada para prendê-la; não havia nenhuma dúvida do que havia se passado naquele quarto antes que a mulher traída ali irrompesse.

— Senhora — disse Guy — tenho a certeza de que o escândalo não convém em nada para a reputação da sua família nesse prédio, por isso vou acompanhar a senhorita e deixar que acerte a sua contenda na intimidade do casal.

Ele estava muito perto dela e prestes a entrar no quarto, quando viu uma pequena pistola preta, que ela apertava entre as dobras do seu amplo vestido, apontada na direção do marido.

— Ninguém sai, ninguém — murmurou ela entre os maxilares cerrados.

Imediatamente, Guy ergueu as mãos à frente, em sinal de paz.

— Não faça nenhuma loucura — disse ele numa voz que tentou tornar firme, apesar do coração disparado. — É preciso manter a razão, não é com uma arma que vai poder resolver esse problema.

— O meu marido é um porco!

A pouca dignidade que o homem em questão exibia, suando em grandes gotas de medo sob a proteção de um fino lençol amassado, conduziu Guy a não defendê-lo e sim, ao contrário, a tomar o partido da ofendida:

— Ele é, com certeza, senhora, e essa é uma boa razão para não estragar a sua vida com esse crime! Já se imaginou na prisão por causa dele? Ou pior: no cadafalso? Não vale a pena!

— Ele é deplorável! Ele e os seus grandes discursos de *savoir-vivre*! De decência!

Percebendo uma brecha na certeza da mulher ultrajada, Guy se aproveitou, deveria fazer com que perdesse as suas referências, que a moral dela vacilasse, que se sentisse incapaz de tomar uma decisão, que perdesse o controle da situação.

— O homem é assim constituído, sabia? Ele tem necessidades. É por isso que a nossa boa sociedade tolera e mesmo encoraja os prostíbulos, e isso, nem a senhora nem eu podemos mudar. O seu marido não tem mais vícios do que qualquer outro, ele só obedece um desejo ancestral e faz questão de não fazê-la sofrer o capricho diretamente!

— Um porco! E essa sem-vergonha não vale mais!

— Veja nele, senhora, apenas uma pessoa de carne e osso e com instintos. Quanto a essa infeliz moça, cujo cotidiano é satisfazer todos esses maridos cuja bestialidade deve ser satisfeita para que eles retornem às famílias razoáveis e civilizados, não a puna!

— Na nossa própria cama... — comentou a mulher contrafeita.

— É isso que não pode aceitar, eu concordo! E deve fazê-lo pagar, senhora. Pelo erro, ele lhe dará todas as roupas com que sonha, deverá acompanhá-la a todos os lugares a que quiser ir, e não poderá recusar-lhe nada. Creio que será um bom começo, não é, senhor?

O homem concordou por vários segundos, fitando a mulher.

Guy estendeu a mão para a pistola. A mulher chorava. Seria isso uma grande surpresa ou a sinistra confirmação do que ela já desconfiava do seu homem há muito tempo? O choro era tanto que lhe seria impossível visar a algum alvo. Era o momento certo.

— Agora, abaixe a arma, essa loucura a faria ficar malvista aos olhos de todos, agora que tem um meio de *deixá-lo* desconcertado.

Guy sentiu o cano frio na ponta dos dedos e conseguiu pegá-lo sem nenhuma resistência. Com um rápido olhar, fez Milaine compreender que podia sair, e arrastou a mulher desfeiteada para a sala, onde acendeu um lampião de gás e encontrou uma garrafa para lhe servir uma dose.

— Tome, recupere-se das emoções. E comece a pensar na sua vingança, em tudo o que vai poder pedir a ele. Agora que provocou nele o medo da vida, ele a obedecerá ao pé da letra.

Percebendo que Milaine já estava no hall, deu um tapinha amigável na mão ainda enluvada da dona de casa e saiu recuando.

Assim que fechou a porta, soltou um profundo suspiro. As suas pernas estavam bambas.

Milaine terminava de enfiar o vestido, com a anágua no braço e as botinas jogadas no capacho.

— Não vamos ficar aqui — disse ele, enxugando o suor da testa.

— Eu lhe devo um maldito favor! Desta vez pensei que ia correr sangue.

Guy a empurrou para dentro do fiacre que saiu em disparada, contornando o cais de Valmy.

— Você ficou com a pistola — notou Milaine apontando a arma que Guy ainda segurava.

Só então ele pareceu se dar conta disso e deu de ombros.

— Isso evitará que ela mate o marido num momento de lucidez.

— Foi um descaramento falar daquele jeito! Conheço mulheres que teriam apontado a arma para a sua têmpora por isso! Que conversa fiada, trocar o orgulho por presentes!

— Não fui eu que fiz uma sociedade misógina! O coitado ficou com tanto medo que vai ceder a todos os caprichos da mulher. Ela terá a sua revanche, ao menos por um tempo, e ele terá de paparicá-la e de satisfazer todas as vontades dela! E como continuará a ir ao bordel, vai se retratar ficando à disposição da mulher. Ela deveria é me agradecer!

Milaine desatou a rir. Estava recuperada das emoções. Já tinha visto outras tragédias bem piores e, levando em conta o que fazia com o seu corpo, era uma daquelas mulheres que considerava que o seu coração poderia bem se adaptar.

Guy se inclinou no banco e jogou a pistola nas águas escuras do canal Saint-Martin.

De volta ao *Boudoir de soi*, foram recebidos por Gikaibo, um colosso japonês de mais de 1,90 m de altura e 150 quilos, segurança do estabelecimento.

A grande sala do bordel estava iluminada apenas por uma vela num cálice. Faustine, confidente de Milaine, esperava no bar, diante de um copo vazio. Ao vê-los entrar, ela se precipitou na direção da amiga e a abraçou.

— Eu estava me consumindo de preocupação! Você não deve mais aceitar os encontros fora daqui! Não é a primeira vez que estou dizendo! E todos os problemas que aconteceram com as meninas ocorreram lá fora! Aqui, você está protegida desse tipo de coisa!

— Ele paga bem por isso! O que quer que eu diga, ele tem uma obsessão: dormir no leito conjugal! Não vou dizer para vir aqui da próxima vez! Enquanto continuarem a desembolsar o dinheiro, não podemos nos queixar!

Faustine a beliscou no rosto.

— Teimosa como mula empacadeira!

Guy as olhava discutir com um terno sorriso. Havia uma cumplicidade entre as duas mulheres que o consolava. Ele gostava dessa amizade das moças naquele lugar de vício. Nos primeiros meses em que frequentara o *Boudoir de soi*, havia dormido com várias moças que trabalhavam ali, incapaz de decidir qual a preferida. Com o tempo, havia estabelecido uma relação de confiança, como se oferecer os seus corpos sem o compromisso do amor lhes permitisse contar tudo, sem medo de uma consequência nefasta. Eles não deviam nada um ao outro, a não ser um pouco de prazer. As palavras eram facultativas, portanto as confidências eram de uma autenticidade tocante, do domínio do sagrado. A carne e a verdade.

A maioria das moças sabia quem ele era e do que havia fugido. Ele conhecia a história de algumas, a trajetória delas. O *Boudoir de soi* não tinha nada desses bordéis com maneiras de salão político em que a proprietária ou o gerente serviam de intermediário e de informantes para as altas esferas políticas. Julie sempre evitara isso. Com certeza, o seu estabelecimento não era o mais concorrido de Paris, mas era perene.

Embora Milaine sempre houvesse lhe parecido um pouco "maluca", atrevida, para ter vontade de dormir com ela, com Faustine era bem diferente.

Faustine era a joia da casa. Para tê-la, não bastava soltar o dinheiro, era preciso que Faustine confiasse. Era preciso que ela conhecesse o cliente, que ele fosse um *habitué*. E se ele estivesse disposto a pagar um preço proibitivo para ter uma noite com Faustine, ela ainda precisava aceitar. Pois Faustine se dava ao luxo de recusar.

Além da beleza enfeitiçante, esse mistério a tornava célebre no estabelecimento.

Depois de frequentar o lugar por vários meses, Guy havia manifestado o desejo de compartilhar a cama da moça. Ele tinha aceitado pagar o que, em qualquer outro lugar, lhe proporcionaria um mês de extraordinários prazeres, para, finalmente, ver recusado o seu acesso ao quarto vermelho do fim do corredor. Faustine não o queria.

Ela nunca se havia explicado. "As rainhas não precisam justificar as suas decisões", comentava Julie com os clientes ofendidos, de cuja longa lista Guy fazia parte.

Ele a observava sob a luz da vela: o cabelo era tão preto que, em certos momentos, parecia azulado; os lábios pareciam uma cereja madura, davam vontade de mordê-los. O xale de lã havia deslizado e ele entreviu os ombros suaves cobertos de pintas. O olhar azul se virou e captou o do escritor. Por um segundo, lhe pareceu que uma onda desabava em cima dele, que uma lâmina cristalina se elevava na paisagem, pura como a safira, com a força autêntica de um mar em movimento, prestes a arrasar tudo, a engolir tudo na sua passagem.

Guy piscou para romper o contato, recuando para deixar as duas jovens passarem. Despediu-se de Gikaibo e subiu para o sótão.

Não se sentia à vontade. A presença de Faustine o deixara desconcertado.

Era tarde, ele estava cansado.

E o que havia acabado de viver o havia afetado. Poderia ter corrido sangue naquela noite.

Ele apressou o passo para subir ao último andar.

Para a cumeeira. Longe da rua.

Longe da sociedade da qual, depois de analisá-la nos seus romances, ele se sentia obrigado a fugir para sobreviver.

Como se fosse preciso pagar um preço por isso.

Ogro insaciável, a civilização devorava os seus filhos que ousavam questionar o seu reinado.

2

O fio da navalha deslizou sobre a pele emitindo um ruído áspero de raspagem.
Um sulco púrpura apareceu imediatamente, minúsculos regos de sangue alteraram a brancura da espuma do sabão e inúmeras gotas de um vermelho intenso ressumaram.
Guy ignorou o corte para terminar de se barbear e hesitou ao chegar nas costeletas que descem até a altura das orelhas. Recuou um passo para contemplar o rosto no espelho.
Largas mechas castanhas desenhavam pega-rapazes de ambos os lados da sua testa, contrastando com os ângulos retos das suas arcadas altas, dos maxilares e do queixo. Uma covinha pontuava a sua diferença entre as duas sobrancelhas. Guy havia raspado o bigode ao mudar para o bordel. Tinha percebido que nunca o exibira por gosto e sim, unicamente, para seguir as recomendações da mulher quanto à elegância masculina.
O traço de sangue embaixo da sua face se alargava.
Guy ficou em dúvida. Em seguida, sacudiu a navalha na água quente; manteria o prolongamento da sua cabeleira desgrenhada e volumosa ainda por um tempo. A costeleta enquadrava bem os seus traços, pensou ele, e tornava mais viril o seu rosto sem barba.
Tinha 28 anos e um estranho brilho no olhar fazia-o parecer ter muito mais. As pupilas fitaram o espelho, realidade contra ilusão refletidora. Uma nuvem cor de avelã rodeava um centro negro como uma zona abissal. O olhar não abaixava, continuava firme, profundo, desnudando uma força pouco comum. Guy o havia notado por diversas vezes. Quando, apoiado

em palavras, insistia, prendendo o interlocutor com os olhos. Raros eram os que não acabavam capitulando. Já se havia questionado sobre as razões de um tal magnetismo. Não era do tipo autoritário, nem violento, como pudera criar tamanha força?

Havia percorrido ruas sórdidas durante a adolescência, assistira a muitos dramas, a algumas tragédias, suportara algumas provações e essa vida havia construído a sua personalidade. Quando Guy enxertou o desejo de analisar, pouco a pouco, a sociedade, fez cair a máscara para ver o homem tal como era, sem a ilusão do decoro, sem a maquiagem pública da "civilização". Havia aprendido a entrar em si mesmo, nos seus instintos ainda bem presentes, para alimentar as suas reflexões de autor, até perder toda a ingenuidade. Agora, quando observava um indivíduo, achava fácil passar através das roupas para imaginar as falhas, as obsessões, enxergar os vícios; e essa abertura para o pior lhe permitia, frequentemente, ver certo.

Quando ele se revelava, o seu olhar perdia toda a humanidade e penetrava na intimidade dos interlocutores, deixando-os pouco à vontade.

Passando uma toalha úmida, fez desaparecer o seu reflexo e enxugou o fino ferimento. Em seguida, vestiu uma camisa limpa na qual prendeu um colarinho postiço e alto. Desde que havia fugido da família, da sua vida, havia se habituado a se vestir com simplicidade, a usar o essencial, a banir qualquer refinamento excessivo. Porém, há algumas semanas, reencontrara o prazer de se vestir com elegância, assim podia se moldar melhor ao cenário e as portas se abriam mais facilmente para ele.

Deu o nó numa gravata de seda sobre a qual fechou o colete, pôs o relógio no bolsinho e enfiou o paletó que lhe descia até os joelhos. Pegou a bengala cujo castão de aço representava o globo terrestre, o chapéu-coco e saiu.

Guy de Timée estava decidido a escrever o que seria a sua melhor obra. Uma história de intrigas perversas, de crimes pérfidos, com soluções intelectuais brilhantes, dignos dos melhores Conan Doyle. É o que esperava...

Se retomasse progressivamente um ritmo de trabalho satisfatório, deixaria um pouco de lado o rascunho de anotações pouco concludentes. Precisava buscar inspiração.

Isso, ele sabia, começava com retomar contato com a realidade, não a de um homem conduzido por sua mulher, totalmente alimentado por empregadas, e sim com a realidade de quem vê o mundo tal como é e não o mundo que lhe é relatado.

Assim, de olhos abertos, Guy percorria as belas regiões de Montmartre; festivas e cafajestes, ele se perdia perto das fortificações que ainda cercavam Paris, se aventurando cada vez mais longe nas zonas nauseabundas dos trapeiros, sob os muros que sombreavam os casebres. Dia após dia, ele sentia a vida, a verdadeira vida — não a codificada, sem sal, das aparências — refluir nele.

Essa realidade que, mais cedo ou mais tarde, o ajudaria a criar.

Guy passou o dia no décimo nono distrito, entre os gigantescos reservatórios de gás semelhantes aos que pululavam na periferia da cidade, depois, nos matadouros da Villette. Três longos comboios de vagões estavam estacionados diante dos grandes prédios de pedra e aço. O reino dos açougueiros exercia uma evidente atração; esse templo da morte não podia deixar de ser uma fantástica fonte de inspiração!

Ele se esgueirou por entre as linhas de trem e se aproximou dos estábulos estranhamente silenciosos.

Guy não tardou a descobrir que os animais eram mortos à noite, depois esquartejados e preparados durante o dia. Um concerto de raspagens agudas e rápidas se elevava um pouco mais ao longe, eram as caldeiras onde se escaldavam os animais abatidos. Ali, um exército de homens de físico desenvolvido terminava de cortar as carcaças que fariam toda Paris viver por um dia. Esses homens, os magarefes como eram chamados, que penduravam os animais nos ganchos de ferro, faziam o seu trabalho brincando, de bom humor e, em geral, inclinados a rir ruidosamente. Guy não se demorou ali. Se não se sentia à vontade diante dessa exibição de carne morta, estava, sobretudo, decepcionado com a jovialidade evidenciada pelos trabalhadores. Havia esperado algo mais sinistro. Ali só havia cheiro de carne e de sangue, esse perfume penetrante, embriagante e denso, que se tornava repugnante com o tempo.

Passou ao lado do crematório, das chaminés das quais evolava um espesso penacho cinza e não teve nenhuma dificuldade para imaginar os restos das carcaças que queimavam. Com o vento soprando de oeste para leste, como de hábito, a fumaça partia na direção das cidades operárias e das fábricas do subúrbio. De repente, Guy teve a revelação do que, no entanto, era evidente: os bairros burgueses da capital, assim como as cidades ricas, se haviam desenvolvido a oeste de Paris, as usinas e os bairros populares a leste, para que o vento não incomodasse a alta sociedade!

Ele se apressou em anotar no seu caderninho essa observação e continuou o caminho em direção à bacia da Villette.

Guy amava Paris. Essa cidade louca, essa fera cruel, pronta tanto para dar quanto para tudo pegar. Dos bairros elegantes que abrigavam fortunas consideráveis, além do entendimento, aos pardieiros apenas disfarçados dos pátios dos fundos, Paris estava em permanente movimento, as fortunas eram feitas tão rapidamente quanto morriam os miseráveis. Cidade dos jogos diplomáticos, ali as relações mundiais eram decididas, ali se cruzavam os espiões da Alemanha, da Inglaterra e de outros lugares e, a poucos dias da inauguração da Exposição Universal de 1900, os olhares do mundo inteiro estavam voltados para esse amontoado fervilhante de ruas retas e desimpedidas e de ruelas tortuosas com becos sem saída e pátios escuros.

O dia de Guy foi relativamente cansativo: recusando-se a se locomover de fiacre para aproveitar ao máximo cada detalhe, havia pulado o almoço, envolvido pela sua busca de informações. Quando regressou no início da noite, massageou os pés por um longo tempo, pensando no que tinha visto.

Fez algumas anotações na escrivaninha. Eram muito poucas para que pudesse ficar satisfeito, porém, não encontrando nada para acrescentar, largou a caneta-tinteiro e desceu para fazer calar o seu estômago que reclamava de fome.

Seis das dez moças de Julie estavam na grande sala, acompanhadas por senhores bem-vestidos e de uma certa idade. Faziam o trabalho, zelando para que não lhes faltasse nada, nem bebida, nem charutos, nem uma conversa agradável. Elas tomavam absinto, como todas as noites, preferido por suas virtudes abortivas.

Faustine atravessou a sala sob o olhar libidinoso de dois homens, mas, eles já sabiam que ela não era acessível. Desaparecendo atrás de um biombo, Faustine pôs o gramofone para funcionar. Depois de alguns chiados, uma música suave para violino e piano se elevou.

A conversa girava em torno do mesmo tema, o assunto que obcecava toda a Paris:

— É só ver o tamanho dos tapumes! Só isso já basta para confirmar as loucuras que nos esperam do outro lado!

— Ah! Estou ansioso para ver essa exposição! Já comprei três blocos de vinte tíquetes!

— E eu, cinco! É que estou contando ir lá com a família durante todo o verão.

Julie fazia discretas idas e vindas entre a sala, o hall de entrada e a biblioteca, na qual Guy supunha haver a presença de outros clientes. Para não incomodar, ele não ultrapassou a grossa cortina e recuou na direção da porta de serviço para chegar à cozinha. Gikaibo estava sentado à mesa, diante de um prato de ragu de frango. Guy cumprimentou-o; serviu um prato fundo de uma panela e se instalou na frente dele.

— Você nunca tira o pijama? — disse num tom amigável, designando as roupas tradicionais japonesas.

— A minha roupa mais confortável do que a sua cama.

Os talheres pareciam ridículos nas imensas mãos do japonês.

Gikaibo aparentava uma fragilidade tocante, apesar do seu físico avantajado.

Devia ser por causa da sua história, imaginou Guy. A de um lutador de sumô treinado desde pequeno com o objetivo de ganhar, cuja honra havia sido ultrajada e que havia sido destituído da sua posição, humilhado, rebaixado. Gikaibo havia deixado o seu país, a família, a desonra, saltando a bordo de um navio. Guy não sabia como ele havia acabado ali, em Paris, num bordel; mas o lutador de sumô não falava muito e Guy suspeitava que nem Julie conhecia os detalhes da vida do japonês.

Diane e Violette, as duas irmãs do estabelecimento, entraram correndo, com uma bandeja de garrafas vazias.

— Rápido! As guloseimas! — exclamou a primeira, a mais loura das duas.

— O senhor Espérandieu adora doces!

Como não conseguiam passar entre o lutador de sumô e o bufê, as duas irmãs pigarrearam para convidar o gordo japonês a se deslocar. Este agarrou a mesa pelos lados e levantou-a para empurrá-la. Guy teve de se apoiar nos calcanhares para recuar com a cadeira, mas levou uma pancada na barriga com a beirada da mesa, e o móvel voltou para o chão.

— Desculpe — disse Gikaibo com o seu fraseado seco, como se falar dependesse de um esforço enorme.

As duas irmãs pegaram uma travessa coberta com uma campânula de vidro. *Beignets* e diversos doces folhados pulverizados com açúcar de confeiteiro se amontoavam ali.

— Bom apetite, senhores! — disseram elas em coro, antes de sair da cozinha.

— Para vocês também — respondeu Guy, com a necessária ironia na voz.

Gikaibo fitou o escritor, com os lábios úmidos de ragu.

— Você dormiu elas? — perguntou ele, sem modular a frase.

— Com as irmãs? Eu? Não! Isso é... imoral!

— Hipocampo!

— Gikaibo, a não ser que você esteja se referindo à minha anatomia em termos voluntariamente diminuidores, acho que o termo exato é *hipócrita*. E não, eu não sou hipócrita a esse respeito. É incestuoso dormir com duas irmãs, mesmo que não se trate das próprias irmãs, existe algo repulsivo no pensamento de vê-las se acariciar e compartilhar um amante ao mesmo tempo.

— Você dormiu todas, aqui!

Guy retribuiu com um ricto tingido com uma ponta de constrangimento.

— Longe disso — replicou ele. — Marguerite, Eugénie, Rose e Marhe, e só! Ah, e Jeanne, uma única vez.

— Você não tem respeito!

— Como? Elas falam sobre isso mais cruamente do que eu! Marguerite e Marthe iniciaram o meu desempenho de amante! E sou eu quem falto com o respeito?

Gikaibo pegou o seu prato fundo e bebeu o caldo do ragu ruidosamente.

— Queria saber quem é o mais mal-educado! — murmurou Guy, entre os dentes.

Ele devorou o jantar ouvindo os risos das moças que vinham da grande sala e pegou uma meia garrafa de vinho, enquanto esperava que os homens fizessem ranger os degraus da escada que levava aos quartos.

Gikaibo esperava pacientemente, como todas as noites, com um copo de saquê diante dele, e só repetia a dose quando o relógio do corredor batia as horas. Raramente precisava intervir, pois a maioria dos clientes sabia se comportar.

Guy se levantou, fez um sinal para ele e subiu até o sótão para dormir. A parede da direita tremia ritmadamente, numa cadência lenta, que não afetava os gemidos generosos de uma das moças.

— Vá com calma, Marguerite — balbuciou Guy, com o pensamento enevoado pelo efeito do álcool, você vai acabar com ele, com o decano...

Naquela noite, ele sentia, nenhum fantasma iria atrasar Morfeu pelo caminho.

Ele seria pontual e direto.

Assim que pusesse a cabeça no travesseiro, passaria a respirar nos limbos do descanso, sob o embalo das investidas cansadas de velhos bêbados.

Ela gritava.

Com as feições deformadas pelo sofrimento.

As mãos frias e suadas agarraram os punhos de Guy para tirá-lo dos seus sonhos.

Faustine apareceu no tremeluzir alaranjado de uma vela. O cabelo, tão negro quanto a noite, tecia uma cortina de onde saíam o seu rosto e os grandes olhos iluminados.

Guy piscou de novo para afrouxar as garras do sono que o prendiam. Faustine falava rápido, não gritava, mas a dor de cabeça de Guy lhe dava essa impressão.

— ... devemos descer. Apresse-se!

— O quê? O quê? — balbuciou Guy, esfregando o canto do olho. — O que está acontecendo? Que horas são?

Os seus sentidos se habituaram ao lugar. Faustine estava em pânico. As narinas se entreabriam nervosamente, o maxilar tremia e ela respirava com força. Guy afastou o lençol e sentou-se de frente para a mulher.

— O que aconteceu? Faustine, você está pálida!

Ele tentou puxar a camisola dela e notou vestígios escuros nas mangas. Estava sangrando.

Com o coração em disparada, inspecionou o corpo e, de repente, percebeu que não era ele. Faustine havia agarrado os seus braços.

Ele segurou os braços dela e ergueu para perto dele, em cima da vela.

Faustine estava com as palmas da mão cobertas de sangue.

— Aconteceu uma tragédia, Guy, um pesadelo — disse ela, com um lampejo preocupado no olhar.

— O quê? Você está ferida?

Faustine ignorou a pergunta, com as mãos ainda esticadas para a frente e o líquido que brilhava sinistramente sob a fina chama. Relutante, ela acrescentou:

— É... obra do Diabo!

3

Guy despencou pela escada atrás de Faustine. Como ela, Guy só usava um robe em cima da roupa de dormir e havia calçado os sapatos, às pressas, a pedido da jovem.

Toda a casa dormia. O que quer que tenha acontecido, não ocorrera dentro das suas paredes.

Guy estava com dor de cabeça, parecia que um tijolo de chumbo estava preso na sua testa e tentava sair a cada passo. Ou o vinho não era bom, ou ele havia abusado...

Faustine arrastou-o até o hall. Não havia dito uma única palavra, correndo o mais rápido e o mais discretamente possível para a saída da casa. A porta estava aberta.

As lanternas vermelhas que enquadravam os degraus da porta de entrada estavam apagadas, e a ausência de lampiões de gás mergulhava a rua numa profunda escuridão.

Guy ouviu Faustine fungar, viu os seus olhos se erguerem quando ela não conseguiu conter um soluço; a jovem se ajoelhou embaixo dos degraus, na calçada, com uma vela num pires, ao lado dela.

Ele ia descer a pequena escada de pedra quando a viu.

Uma figura encolhida numa posição grotesca e improvável.

Inicialmente, ele pensou se tratar de uma mestiça transformada em índia americana como uma jovem com quem havia cruzado uma vez no teatro algumas semanas antes. A moça usava um vestido de verão, amplo e decotado, com franjas de renda, parecendo uma cauda fina de véu quase invisível, que se espalhava atrás dela, semelhante a um vestido de noiva.

Deitada de lado, estava horrivelmente curvada, com a cabeça jogada para trás, o cabelo cobrindo uma parte do rosto. Assim, contraída, parecia uma dançarina imóvel, imobilizada num enorme esforço, como se quisesse tomar a forma de uma roda.

Os braços estavam apertados contra o peito, os dedos crispados para segurar alguma coisa.

Guy correu para perto dela e ficou rijo ao lado do corpo.

Um *frisson* de terror lhe subiu pela espinha e invadiu a cabeça.

Havia se enganado redondamente.

Não era uma índia. E também não usava um vestido de noiva.

Ele a identificou apesar do cabelo úmido que escondia as suas feições, pois conhecia aquele vestido.

Milaine.

— Meu Deus... — murmurou ele, cobrindo a boca com uma das mãos.

Ajoelhando-se, aproximou o indicador do pescoço da jovem.

— Ela... está... morta — disse Faustine, baixinho.

Guy palpou o pescoço quente em busca da pulsação, que não achou. A pele estava molhada.

Então, ele compreendeu. Pegou a vela e aproximou-a da pobre moça.

Ela transpirava sangue. Havia exsudado o precioso líquido por todos os poros da pele, como se houvesse sido mergulhada num banho de vapores ácidos. Não era uma cauda no seu rasto, e sim todo o sangue que ela tinha perdido enquanto se arrastava para voltar para casa.

Faustine sufocou um soluço nas dobras da manga.

Guy notou, então, os saltos das botas que saíam por baixo do amplo vestido espalhado no chão. As pernas também estavam dobradas nas costas.

A posição de Milaine era incompreensível. Dobrada para trás, como se houvesse tentado tocar os saltos com a parte posterior da cabeça.

— Você não avisou à Julie? — perguntou Guy.

— Não — respondeu Faustine entre duas fungadelas. — Depois que... depois que a vi assim, entrei em pânico. Ela está... morta!

— É preciso chamar a guarda municipal.

— Pensei em você na mesma hora...

— E... Eu? Por que eu? — gaguejou ele.

— Porque... você é culto, sabe muitas coisas.

— Faustine, tenho medo de que se trate... de um crime. A polícia é que deve se encarregar disso.

Faustine sacudiu lentamente a cabeça.

— É obra do Diabo, Guy. Olhe.

Ela afastou as mechas que escondiam o rosto de Milaine.

Guy levou um susto e se sentou, com o coração disparado.

Os lábios de Milaine estavam repuxados em cima das gengivas brilhantes de sangue, os dentes maculados pelo fluido púrpura, os maxilares cerrados. Essa paródia de sorriso abominável a deixava assustadora, mas não era nada se comparado ao seu olhar.

Os olhos eram duas bolinhas negras.

O branco do olho havia desaparecido completamente.

Assim deformada, Milaine parecia um demônio descido diretamente de um vitral que profetizasse o Apocalipse.

Apertando os dois punhos na boca, Faustine mordeu o polegar, enquanto as lágrimas lhe escorriam pelo rosto.

Guy soltou um profundo suspiro.

A cabeça lhe rodava ligeiramente sem que ele soubesse direito se era por causa da intensa emoção de uma tal descoberta ou reminiscências do álcool.

Que martírio Milaine havia sofrido?

A sua posição, todo esse sangue transpirado e essa aterrorizadora careta mórbida, tudo isso deixava Guy atordoado. Sabia que estava descontrolado, embrutecido pelo estupor.

— Não sei... o que fazer — disse Faustine, entre duas respirações.

— A polícia, é preciso avisar a polícia...

— Guy, a polícia não vai poder fazer nada — sussurrou Faustine, apesar da emoção que a sufocava — o que nós contemplamos é obra do Diabo. Obra do Diabo.

Cinco agentes da polícia cercavam o corpo de Milaine.

Vários policiais em trajes civis supervisionavam a cena e dois deles interrogavam Faustine e Guy nos degraus da entrada, sob o olhar atento de Julie, sendo que todas as moças do estabelecimento se amontoavam no hall, em lágrimas.

O frio noturno havia gelado os membros de todos depois de uma interminável espera pela chegada dos investigadores "à paisana". No entanto, esse frio não havia anestesiado a sensibilidade de todos.

O barulho havia atraído uma meia dúzia de curiosos, do cavalheiro de passagem ao trapeiro em plena ronda das latas de lixo, todos estavam na calçada da frente, com os olhos brilhando de curiosidade e de repugnância.

— Em que circunstâncias descobriu o corpo da sua amiga? — um dos policiais inquiriu Faustine.

Esta apertava um lenço contra o queixo, os olhos avermelhados pelas lágrimas.

— Acordei por volta das três horas da manhã. Eu havia deixado aberta a porta entre o meu quarto e o de Milaine, para que ela me acordasse quando voltasse para casa. A porta ainda não estava fechada, fiquei com medo, era muito tarde. Então, desci para verificar se ela não estava na sala ou na cozinha. Foi então, quando dei uma olhada pela janela para ver a rua, que distingui um vulto.

— Com toda essa escuridão, você o viu do lado de dentro? — surpreendeu-se o homem de olhar penetrante.

— Como acabei de lhe dizer: distingui um vulto. Tomada pela dúvida, eu saí... E...

Faustine escondeu a parte inferior do rosto com o lenço por alguns segundos.

— Ela sempre voltava tarde?

Antes de responder, fez uma pausa para engolir a saliva e controlar a emoção:

— Milaine teve alguns problemas nos últimos tempos. E... saía demais, por isso eu deixava a porta aberta. Ficava tranquila ao ver que havia chegado bem.

— Que tipo de problemas?

Julie se inclinou para intervir:

— Com vagabundos, nas esquinas.

Faustine lhe lançou um olhar surpreso, no qual a raiva não tardou a aparecer.

O policial aquiesceu e guardou o lápis e o bloquinho.

— Bom, por ora, basta. Ah, sim, preciso de duas testemunhas que possam confirmar a identidade que me deram — disse ele, se dirigindo a Faustine e a Guy.

Guy estremeceu. Acabara de mentir a respeito do seu nome.

Julie se adiantou junto com Marguerite.

— Nós nos responsabilizamos — disse a proprietária.

— Queira assinar aqui, por favor, com nome e sobrenome, assim como a cidade de nascimento.

Mais calmo, Guy se aproximou do corpo de Milaine. Os policiais haviam posto no chão um saco de juta. Quatro deles se posicionaram em volta do cadáver e o levantaram para colocá-lo no saco.

Guy notou que um líquido escorria por entre os dentes cerrados de Milaine.

Ajoelhando-se, ele constatou que era líquido um pouco pastoso e esbranquiçado.

— Ela tem alguma coisa entre os dentes — disse ele aos policiais.

Os policiais o olharam como se ele acabasse de proferir uma saraivada de palavrões, mas um dos guardas à paisana desceu os degraus para dar uma olhada.

— Abram a boca da moça — ordenou ele aos homens, subitamente enojados. — Vamos logo, droga! Será que eu mesmo terei de fazer isso?

Um deles obedeceu imediatamente e, com uma delicadeza que surpreendeu Guy, agarrou os maxilares de Milaine puxando-os com toda a força.

— Ah! — soltou ele depois de um intenso esforço. — Está trancada! Não consigo.

— Os mortos são capazes de uma força prodigiosa — interveio um dos policiais — é aí que está a prova da alma! Ela ainda luta para controlar o corpo!

O homem à paisana levantou a mão como se não fosse importante.

— Paciência! Eles verão isso no necrotério.

Ele e o colega se despediram de todos e subiram com os homens no furgão onde o corpo de Milaine havia acabado de ser colocado. Os cascos começaram a martelar o calçamento e desciam a rua cada vez mais rápido. Os poucos curiosos, repentinamente arrancados da contemplação embevecida, começaram a se dispersar.

— Só isso? — queixou-se Marguerite. — Eles nem revistaram o quarto dela!

— Devem voltar amanhã — supôs Julie.

— Não tenho tanta certeza.

Rose entrou na conversa, arriscando um pequeno comentário:

— E vocês viram a coitada da Milaine? Meu Deus, mas o que lhe aconteceu?

— É monstruoso — disse uma das moças no hall.

A maioria dos olhares convergiu para o longo rasto escuro que maculava a calçada. Depois, se voltou para o furgão que balançava ao longe.

— Vamos, vamos! — acalmou Julie. — Entrem, não é mais hora de ficar por aqui, sem fazer nada. Jeanne vai esquentar água para fazermos um chá; todo o mundo para o salão.

Guy esperou que o furgão se afastasse, que Julie pegasse Faustine pelos ombros para empurrá-la para dentro e que todos houvessem desviado os olhares para se ajoelhar na calçada.

Desdobrando cuidadosamente o lenço limpo que tinha no bolso, ele secou o que restava do líquido esbranquiçado que havia escorrido da boca de Milaine. Levou-o ao nariz; não tinha nenhum cheiro especial. Ao menos nada que o seu olfato — que, infelizmente, ele sabia não ser muito aguçado — pudesse identificar.

Gikaibo saiu de casa com um balde na mão. Ao verem o gigante japonês, os últimos espectadores, dois jovens desdentados, trapeiros que continuavam pregados na beirada da calçada, saíram imediatamente com os seus farrapos, assustados com a silhueta maciça e inesperada em plena noite de Paris. Gikaibo afastou Guy com um braço forte e derramou a água para limpar o sangue da amiga.

Foram precisos três baldes para limpar o sinistro rasto. Três baldes para dissolver o que ficara na junção das pedras da calçada e na sarjeta.

Tudo havia acontecido tão rápido!

Guy mal havia acordado da sua curta noite, dos efeitos asfixiantes do álcool e, no entanto, Milaine já havia partido.

O seu cadáver aterrorizante havia sido levado.

Tudo terminado, ele nunca mais a veria.

Milaine vivera a sua curta vida a toda velocidade, sem nunca dizer não, por menos que o cliente pagasse. Queria juntar o máximo de dinheiro o mais rápido possível.

Ela havia dado todo o seu sangue. E Paris, que nunca recusava uma tal oferta, o havia bebido nas suas ruas cinzentas.

4

Enviesado, o sol de abril adentrava pelas altas janelas da grande sala e irisava com as suas ondas douradas as volutas de poeira em suspensão.

Toda a casa estava calma. Nem música, nem cantos, nem esfregações de limpeza, nem rangidos dos assoalhos; apenas o passo lento de um cavalo puxando a sua carroça na rua chegava aos ouvidos de Guy.

Empurrando a xícara de chá, na qual não havia tocado, ele se levantou.

Um perfume de bolo quente flutuava ali embaixo, Julie devia estar atarefada na cozinha.

As moças estavam nos quartos, encarceradas toda a manhã por Julie. Para que repousassem, compreendia Guy, mas, também, para tê-las debaixo dos olhos, para evitar que falassem ou para controlar eventuais crises de nervos. Ninguém havia dormido à noite depois da descoberta do corpo de Milaine.

A posição grotesca, todo o sangue que havia perdido e, sobretudo, a expressão monstruosa do rosto ainda faziam tremer as moças que a tinham visto.

A porta de entrada bateu e Guy se aproximou do hall. Sempre vestido com o seu quimono azul-marinho, Gikaibo voltava das compras, que Julie lhe havia pedido, com um cesto bem cheio de legumes no braço.

Guy cumprimentou-o e voltou para a sala de onde examinou a rua.

Decididamente a polícia não estava com pressa de voltar.

Guy não conseguia ver as pedras da calçada sem que os traços deformados de Milaine surgissem na sua mente.

Lábios horrivelmente repuxados, como um cão mostrando as presas. Dentes cobertos de sangue. Pele inteiramente revestida de um suor sanguíneo. E os olhos!

Diabos, aquele olhar! Como é possível? O que ela viu nos últimos instantes para queimar assim toda a esclerótica?

Guy sacudiu a cabeça para expulsar a imagem assustadora.

A rua Notre-Dame-de-Lorette não era muito movimentada. Apenas algumas senhoras, empregadas e carroças cheias de sacos de pano passavam por ali. Ninguém que desconfiasse da tragédia que ocorrera algumas horas antes. Guy não sabia se era imaginação, mas parecia que uma longa mancha mais escura subsistia no calçamento onde Milaine havia se arrastado e deixado a sua marca funesta.

Ele não conseguia pensar em outra coisa.

Como poderia? Essa lembrança vivaz é tão abjeta, tão traumatizante que ninguém poderia apagar da memória com um simples comando!

Ao contrário. Ele queria mais. Estava impaciente, esperando a volta da polícia, ávido para saber como Milaine havia sido morta.

Mas, a verdadeira pergunta o atormentava, sem que ele ousasse formulá-la completamente. Ele dava voltas pela casa, sem conseguir enunciá-la claramente, muito reticente para enfrentar o que implicavam todas as consequências de uma verdade tão súbita, tão inesperada.

— Milaine foi assassinada?

Saíra. Ele havia dito. E até mesmo em voz alta.

Um assassinato. Alguém por trás de tudo isso. Um culpado.

Guy inspirou e voltou a se sentar diante da xícara de chá frio. Por pouco tempo, pois alguém bateu três vezes na porta no minuto seguinte.

Guy correu para abri-la e imediatamente reconheceu os dois inspetores da noite passada.

— Bom dia, senhor Thoudrac-Matto.

Guy levou um segundo para compreender e se lembrar que aquela era a identidade que havia dado para não trair o seu refúgio. Um nome complexo e curioso, o primeiro que lhe viera à cabeça. A última coisa que queria era que a família da sua mulher chegasse até ele por intermédio da polícia. O pai dela era poderoso o bastante para pôr todo o serviço de Segurança Pública e a polícia de Paris no bolso.

— Entrem, senhores.

Guy instalou-os na sala, em bancos de veludo violeta, embaixo do grande quadro que representava Vênus deitada numa clareira, cercada de jovens, mulheres e homens, que se acariciavam. Os dois investigadores lançaram um olhar furtivo para a decoração e se sentaram. Um deles era alto e gordo, com um bigode preto bem maior do que a boca, o outro quase não tinha cabelos e os olhos eram de um verde muito claro. Guy ficou muito impressionado com o último. Tinha a sensação de que esse investigador podia ler através dele, tão penetrante era o seu olhar.

— Sou o investigador Pernetty — lembrou ele — e este é o meu colega, Legranitier. Madame... (ele releu rapidamente as suas anotações no bloquinho que segurava na sua frente)... de Sailly está?

— Às ordens — disse ela, entrando na sala, com um livro grosso encadernado embaixo do braço. — Posso lhes servir algo para beber? Um chá ou uma bebida alcoólica para ficarem à vontade?

— Não somos clientes eventuais, madame — cortou Legranitier, alisando o bigode maquinalmente.

Julie fingiu não notar a observação e se instalou numa *bergère* na frente deles, com o livro no colo.

— Não nos apresentamos direito na noite passada, com toda a agitação — continuou Pernetty. — Fomos enviados diretamente pela polícia parisiense, e o meu companheiro, senhor Legranitier, é antigo na brigada de costumes, por isso conhece bem as casas de tolerância.

— Tive o cuidado de trazer o nosso registro — apressou-se a explicar Julie de Sailly, abrindo-o em cima da mesa de centro — todas as moças estão legalmente registradas e o livro tem sido examinado regularmente pela delegacia do bairro, como podem constatar.

Pernetty voltou o seu olhar penetrante para Guy, que continuava de pé.

— Temo não ter compreendido bem a sua função nesta casa, senhor.

— Sou um faz-tudo. Faço pequenos consertos, ajudo nas tarefas, chamo fiacres para os nossos clientes quando é tarde da noite e, se for preciso, desço o bulevar para encontrar um, esse tipo de coisas.

— Ele e Gikaibo são os meus únicos empregados suplementares. Não tenho criadas nem domésticas — explicou Julie. — Eu mesma fui empregada de uma cortesã na juventude e sei muito bem como elas têm tendência a dobrar o preço do trabalho! As minhas moças devem fazer tudo. Faz parte da minha política. Elas são espertas, corajosas, ninguém aqui banca a princesa mimada e elas conhecem o verdadeiro valor do trabalho.

— E essa... (Pernetty leu novamente as anotações)... Milaine Rigobet, estava no seu estabelecimento há muito tempo?

— Dois anos e meio.

— Como ela chegou aqui? Por intermédio de uma alcoviteira?

— É, dessas que andam pelas igrejas, pelos hospitais, na saída das estações... Como muitas das minhas meninas, Milaine veio do teatro. Uma moça do interior que sonhava com uma carreira no palco e que, por falta de dinheiro, passou das palavras da alma para os males do corpo.

Enquanto Pernetty escutava atentamente as respostas, Legranitier parecia se aborrecer profundamente, olhava a decoração, se inclinando sobre as gordas coxas para divisar o corredor, expondo para Guy uma nuca roliça, cujas pregas deixavam uma ruga branca a cada movimento de cabeça.

Guy memorizava todos os detalhes, surpreso por estar mais excitado do que assustado com a presença dos dois policiais. Ele notou que Legranitier respirava pelo nariz e cada inspiração provocava um longo assobio. Os olhinhos pretos se agitavam sob as pálpebras inchadas pela falta de sono. O que ele buscava?

O assoalho rangeu no corredor, na escada. Uma velha construção viva, cujas paredes tinham visto muitas coisas que Legranitier, claramente, se esforçava para compreender.

Os lábios grossos se entreabriram para mostrar a língua que se demorou um pouco na beira da boca crispada, o bigode levantado numa careta grotesca.

— A outra testemunha, a moça que encontrou o corpo, está presente? — continuou Pernetty.

— Está descansando — respondeu Julie, sem pestanejar, como se esperasse por essa pergunta desde o início. — Compreenda que todas as minhas meninas estão em choque e precisam se recuperar rapidamente, pois não posso fechar o meu estabelecimento hoje à noite. Não preciso lhes dizer que os homens são criaturas com hábitos e que não gostam de mudanças, mas é só forçá-los uma vez para aceitarem uma novidade e eles logo tomam gosto! Eu poderia perder a minha clientela mais "fiel", se assim posso dizer!

— E antes de vir trabalhar para você — insistiu Pernetty — essa Milaine não passou pela rua Monjol?

— Monjol? Quem acha que somos, senhor inspetor? O meu estabelecimento é um lugar respeitável, as minhas meninas são distintas, todas educadas e saudáveis, cortesãs de alta classe!

Guy franziu as sobrancelhas. Ele conhecia a rua Monjol. O Inferno na terra. O beco sem saída dos miseráveis, a fossa daqueles que caíam no fundo do poço, onde, de humano, as prostitutas só tinham o nome, uma zona sem lei, infame e sórdida. Em Paris, todos temiam acabar um dia na rua Monjol, pois quem para ali se mudava, obrigado, sem ter outra opção, sabia que nunca sairia vivo de lá. No comércio da carne, todos sabiam que uma vez na rua Monjol não se podia voltar atrás. Só um investigador presunçoso, que não conhecesse nada da profissão e que nunca houvesse posto os pés nessa cloaca de Belleville poderia ignorar isso.

— Por que essa pergunta? — interrogou Guy.

O raio verde deslizou sobre ele, as pupilas afiadas cortaram o espaço e as proteções mentais de Guy para se cravar no seu cérebro.

— O meu trabalho é saber, nada omitir.

Guy se sentiu posto a nu, com a desagradável sensação de que Pernetty não ia demorar a compreender que ele havia mentido sobre a sua identidade. Estava com o olhar apavorado.

Rose o salvou. Os cachos ruivos desviaram a atenção quando entrou na sala, levando uma bandeja com quatro xícaras, um bule fumegante e um prato de porcelana repleto de madalenas quentes. Ela pôs tudo na mesa de centro, cumprimentou os investigadores com uma mesura rápida e desapareceu tão depressa quanto havia aparecido, sob o olhar desconfiado de Legranitier.

— Eu queria o nome da sua alcoviteira — ordenou Pernetty.

Julie se enrijeceu.

— É que... É um segredo de aprovisionamento que nenhum estabelecimento pode divulgar...

Ela não empregou o tom feroz que, Guy sabia, era bem capaz de usar. Provavelmente já estava resignada, sabendo que, diante da autoridade dos investigadores, nada podia continuar sendo um tabu. Era a maneira dela lhes lembrar o quanto era importante que não divulgassem as respostas.

— Madame, preciso insistir grosseiramente? — perguntou Pernetty transpassando-a com o olhar.

Julie respondeu imediatamente:

— Yvonne Confiance, é assim que a chamamos. Ela trabalhou na profissão por muito tempo, agora sai por aí para recrutar. Ela tem olho clínico para definir as desesperadas, as pouco obstinadas e as moças perdidas do interior que a capital engoliu.

— Esse é o nome verdadeiro dela?

— Não creio, todo o mundo a chama assim porque ela sabe fazer com que as meninas confiem nela, sabe prepará-las para entrar numa casa. Poderá encontrá-la na rua Lepic. O marido tem uma lojinha de todo o tipo de consertos, não pode deixar de encontrá-la, é minúscula e cheia de cadeiras, de sopeiras de porcelana, de rendas, de peles penduradas no teto, uma verdadeira barafun...

— Isso é suficiente — cortou Pernetty, depois de anotar o endereço.

Ele trocou um olhar com o colega e os dois homens pareciam de acordo em não insistir nesse assunto. Legranitier emendou, acariciando o bigode:

— Entre os seus clientes, tem alguns homens um pouco... originais?

Julie deu de ombros.

— O que entende por "originais"? O traje? Uma nacionalidade exótica, esse tipo de coisas?

— Estou pensando nos hábitos, sabe... os desejos, pedidos fora do normal.

Guy leu o embaraço no rosto de Julie. Ele a conhecia muito bem para saber que ela não se sentia à vontade com esse assunto.

— O que se passa na intimidade dos quartos só diz respeito a esses senhores, desde que não prejudique as meninas...

— Ora, vamos, madame! — insistiu Legranitier aumentando o tom de voz. — Sabemos muito bem que as moças conversam entre elas. E você é a proprietária, não ignora esse tipo de coisas!

— Em todo o caso, não ouvi nada de preocupante, se essa é a pergunta. Agora, muitos homens vêm aqui para fazer o que não ousam pedir às esposas. Portanto, sim, uma parte das práticas deste lugar é... original! Mas nada que seja violento, se é a isso que faz alusão.

Legranitier resmungou e desviou a atenção para as madalenas ainda mornas.

— Os seus clientes são todos burgueses? — perguntou Pernetty. — Nenhum miserável que venha gastar o fruto de suas longas economias numa única noite?

— Não, exigimos uma vestimenta impecável para entrar.

Pernetty aprovou e perscrutou a reação do colega que terminava a madalena. Legranitier chupou a ponta do polegar e, em seguida, limpou o colete, erguendo as mãos à frente como para significar que havia terminado.

Eles se levantaram.

— Uma última coisa — disse Pernetty. — Essa Milaine vem de onde?

— Da região de Tours.

— Ela tem família?

— Não sei, ela não falava sobre isso.

— Não recebia nenhuma correspondência?

— Não, nunca de Tours, apenas missivas de Paris. Bilhetes carinhosos desses senhores. O senhor, que trabalhou na delegacia de costumes, sabe como eles são: alguns demonstram mais sentimentos para com a cortesã do que com a própria mulher!

Pernetty e Legranitier se olharam; não puderam dissimular uma certa satisfação.

— Obrigado, madame. Isso é tudo.

— Já têm uma ideia do que pode ter acontecido?

— A investigação está em curso, não podemos afirmar nada.

— Foi um louco, não foi? Para fazer uma coisa dessas!

— Tudo é possível, madame. Nos tempos atuais, temos de pensar em tudo! Pode ser um louco, um bando ou até uma criança!

Julie estremeceu.

— Não brinquem! A criminalidade juvenil aumentou sete vezes em dez anos! Está cada vez pior! Tudo é possível, é o que digo!

— Poderia até ser um acidente! — interveio Pernetty.

Guy se inclinou.

— O... estado dela, a condição horrível, não foi um acidente. Sabem o que pode ter acontecido? O que poderia causar uma morte tão aterrorizante?

Legranitier pôs um indicador duro no peito do escritor.

— O caso é da polícia, fique fora disso.

— Mas... vocês... vocês vão nos manter informados?

A pressão se intensificou, até se tornar dolorida. Guy foi obrigado a dar um passo atrás para se afastar do dedo ameaçador.

— De hoje em diante, isso não tem mais nada a ver com vocês — concluiu Pernetty, agitando o chapéu-coco diante dele.

Julie os acompanhou ao *hall*.

— Compreendam que, para a respeitabilidade do meu estabelecimento, eu gostaria que a tragédia não se espalhasse. Não quero passar por um monstro sem coração, essa tragédia me afetou profundamente, mas também tenho de pensar no meu comér...

— Não se preocupe, Madame de Sailly — interrompeu Pernetty — a investigação será feita na maior discrição. Por você, tanto quanto por nós, ninguém falará sobre isso. Cuide para que assim seja também com as suas meninas, nós faremos a nossa parte.

— Obrigada.

Eles se despediram e saíram pela porta num passo rápido. Mal ela havia sido fechada, eles escapuliram para a rua, sem nem olhar para trás. Guy os vigiou pelo batente da porta do hall de entrada. Eles falavam examinando as fachadas e, para a sua grande surpresa, não pararam para entrar nos outros imóveis, pulando num fiacre que os esperava um pouco mais abaixo.

— Não vão interrogar os vizinhos — espantou-se Guy, em voz alta. — Eles nem procuraram uma testemunha eventual!

— Aconteceu no meio da noite, todo o mundo dormia.

— Nunca se sabe! Eu não durmo a noite inteira e não sou o único insone deste distrito!

Julie estava na frente dele. Morena baixinha, as mechas brancas aureolavam o seu rosto como um diadema de prata, depois mergulhavam num coque. Ela reinava na casa com firmeza e humanidade. E a sua principal qualidade era compreender os outros, conseguir ler nas pessoas.

— Sei aonde quer chegar, Guy, escritor. Está deixando a sua cabeça galopar além do que está vivendo. Pare com isso, agora. Milaine partiu e você faria mais mal do que bem em querer perseguir o fantasma dela.

— Eu me pergunto, é só isso.

— A curiosidade e a imaginação são os fiacres do perigo! Não suba a bordo. Acredite na experiência de uma mulher que já viveu muito.

— Francamente, Julie! Milaine... morreu! Assassinada! Viu o rosto dela? O corpo? Foi abominável!

Ela lhe pegou o punho com uma firmeza surpreendente para uma mulher tão pequena e o intimou a abaixar a voz, pondo o indicador nos lábios.

— Vai assustar as meninas! Um pouco de moderação! Essa visão gelou o sangue de todos nós, Guy! Mas deixe a polícia agir, é o trabalho dela elucidar os casos, não nosso! E preciso garantir que os clientes não encontrem as portas fechadas hoje à noite, que o bom humor vença. Vai ser penoso para todo o mundo, sobretudo se algum cliente perguntar por Milaine, mas é o nosso trabalho: a ilusão! Não o torne mais difícil do que já é!

Guy a fitava com atenção. Ela sempre se expressava numa linguagem imagética e quase sempre acertadamente. Ele nunca chegou a saber se ela havia sido cortesã antes ou depois de trabalhar numa casa parisiense, nem como havia juntado um pecúlio para montar a sua. Mas continuava bonita, as rugas não haviam tirado a graça dos seus traços. As pálpebras estavam um pouco caídas, assim como a parte inferior do rosto, a pele não tinha a mesma elasticidade nem o mesmo tom, o pescoço estava marcado pela viagem do tempo. Apesar de tudo, o seu carisma havia substituído o físico decadente para fazer dela uma mulher que não se olhava facilmente nos olhos, uma mulher que, com surpresa, as pessoas se pegavam pensando em como teria sido a sua vida, uma dessas mulheres cuja presença se admirava.

— Confie em mim, Guy, deixe ir o fantasma de Milaine. Não há nada que possa fazer para retê-lo. É melhor me ajudar a preparar a noite, isso o fará mudar de ideia. É preciso subir uma caixa de absinto da adega, as meninas vão precisar muito dele esta noite.

Guy pôs as seis garrafas da fada verde na mesa da cozinha e saiu para o corredor pensando em abrir as janelas para arejar. Precisava de ar fresco, de sentir na pele o frescor da brisa.

— Pssiu!

Guy parou no nível da escada. Na penumbra, um vulto estava agachado, com a mão na balaustrada.

Cabelos compridos. Roupa larga.

— Guy, venha cá! — disse o vulto fazendo movimentos com a mão para que ele subisse ao seu encontro.

Circunspecto, o escritor subiu até o andar onde a pessoa havia se escondido, sem um ruído. Ela o empurrou para dentro da rouparia que cheirava a sabão e a lavanda e onde estava pendurada uma dezena de vestidos e outras roupas mais, em ganchos pregados nas traves. A pequena claraboia iluminou o rosto da pessoa misteriosa.

Um reflexo azul chamou a atenção de Guy.

O lado eslavo devido às maçãs do rosto redondas, à pele clara e ao cetim negro dos cabelos: Faustine.

Ela usava uma camisola com um robe preto por cima. Os cabelos estavam soltos e flutuavam, como para prolongar o tecido de uma touca.

— Eu ouvi tudo — disse ela se aproximando dele, para não elevar a voz.

— Você devia estar repousando...

— Eles estão pouco ligando para Milaine!

Guy viu uma raiva tingida de indignação na expressão da bela jovem.

— Tenho muito medo de que, aos olhos deles, o assassinato de uma cortesã não valha mais esforços do que já fizeram.

— Eles nem pediram para ver o quarto, as coisas dela! Não fizeram perguntas sobre os pretensos excêntricos com quem ela poderia ter tido problemas! Nem se importaram com isso!

— Julie inventou essa história para acobertar o cliente, Faustine. Felizmente eles não insistiram!

Ela se aproximou mais, agora ele podia sentir o seu hálito, perfumado de chá de jasmim, adivinhou ele.

— As perguntas a respeito da família, da correspondência, foram para ter certeza de que os familiares não farão escândalo, que não vão insistir para que a investigação termine! Eles ficaram no sétimo céu quando Julie pediu para serem discretos, eu podia imaginar o sorriso deles ao ouvi-los responder!

Faustine aumentou o tom de voz, batendo no ar com os braços e por pouco não acertando Guy de passagem. Ele pôs uma mão no ombro dela para acalmá-la.

— Concordo com você, Faustine, e estou igualmente indignado, mas o que podemos fazer? Julie tem de preservar a respeitabilidade do estabelecimento e tornar público o assassinato abjeto de uma das suas moças faria os clientes fugirem! E a polícia parisiense não vai usar de muitos meios para resolver o assassinato de uma mulher de vida fácil, quanto a isso não há nenhuma dúvida! Em compensação, o nosso dever é nos encarregarmos da memória de Milaine! Cabe a nós avisar a família dela, reunir as suas coisas e...

— E esquecer como a vimos na noite passada? — perguntou Faustine, amarga. — Alguém fez do seu corpo o templo do horror! Não quero que a verdade seja enterrada com ela! (Empurrando a mão dele, ela deu um passo atrás.) E se há um assassino, ele tem de pagar! Eu conheço Milaine, é minha amiga. E devo a verdade a ela.

Ela deu meia-volta e, num farfalhar de seda, desapareceu no corredor escuro, deixando Guy de boca aberta, com a mão no ar.

— *Era* sua amiga — disse ele baixinho. — Agora, Milaine pertence ao passado.

O almoço frugal que Guy comeu na companhia de Gikaibo não o animou. Ele era percorrido por tremores erráticos, nos quais o frio não tinha nenhuma responsabilidade. Os beiços repuxados de Milaine surgiam em todos os cantos do recinto, os dentes brilhantes de sangue, o olhar totalmente preto, um abismo no qual Guy se sentia deslizar lentamente, como que aspirado.

Seria a culpa o que Faustine havia despertado nele, enquanto se esforçava para obedecer Julie, mandando a lembrança da morte para um recanto da sua memória?

As meninas, que haviam conseguido comer alguma coisa, haviam feito a refeição nos seus quartos e não desceram. Julie havia levado comida para cada uma delas, desempenhando o papel de confidente, de mãe e de médica para aquelas que precisavam de uma infusão para conseguir dormir algumas horas. Da cozinha, Guy não ouvira nenhum soluço, nenhum grito de desespero, a dor e o medo se esvaziavam com pudor pelos andares.

No início da tarde, ele foi se instalar na sala de música, na confortável espreguiçadeira onde gostava de ler. Puxou uma manta de lã sobre as pernas e descansou, com o cheiro da torta de maçãs preparada por Julie se propagando por toda a casa.

O calor e o conforto o embalaram e Guy começou a devanear, cochilando, pensando no silêncio do local, nos olhos penetrantes do inspetor Pernetty, no sangue que latejava nas têmporas de Faustine...

A careta demoníaca que havia levado Milaine.

O olhar cúmplice dos dois policiais.

A rua Monjol... A alcoviteira... Os clientes excêntricos...

Nessa sonolência em que se entrecruzam consciência e inconsciência, Guy reunia as reflexões, as lembranças desfilavam ao mesmo tempo em que eram novamente analisadas, antes de serem classificadas e guardadas na segurança da memória.

A rua Monjol... A alcoviteira... Os clientes excêntricos...

De repente, Guy abriu os olhos, totalmente acordado.

Os lábios se entreabriram e ele inspirou a plenos pulmões, como se saísse de uma apneia prolongada.

Ele se empertigou na espreguiçadeira.

Os investigadores não haviam feito as perguntas ao acaso, lançando o anzol ao sabor do que lhes vinha à cabeça e o recolhendo para ver se voltaria com alguma presa! Eles orientaram o debate com precisão! Em busca de alguma ligação! Uma conexão com a rua Monjol, com alguma alcoviteira. Assim que Julie dera um nome, eles passaram para outra coisa, aquele não era o nome certo!

Eles sabiam o que procuravam.

No dia seguinte da tragédia, eles tinham uma saraivada de perguntas bem especiais! E, pensando bem, Guy se surpreendeu que os investigadores não ficassem mais chocados com a descoberta do corpo horrivelmente deformado!

E para explicar isso, Guy só via uma resposta: Milaine não era a primeira.

5

Com as mãos úmidas, Guy bateu de leve na porta de Faustine depois de se certificar de que Julie não estava por perto.

— O que quer? — perguntou ela, docemente.

— Preciso falar com você, é a respeito de Milaine. Se quiser, podemos nos isolar na biblio...

Faustine abriu, verificou se o corredor estava vazio antes de pegá-lo e arrastá-lo para dentro do quarto, fechando a porta atrás de si.

— Eu... Se Julie me encontrar aqui, você sabe! Nenhum homem sozinho, se não for cliente, no quarto das meninas! Ela vai me...

— Você choraminga demais, Guy. Venha, sente-se na banqueta. Pode falar.

Uma auréola avermelhada rodeava os olhos de safira. Pela visão do estado da cama, Guy percebeu que ela havia chorado muito, sufocando a dor nos lençóis e no travesseiro. Ele continuou de pé.

— Acho que Milaine não é a primeira a morrer desse jeito.

— Por que isso?

— Pela atitude geral dos investigadores, você e eu vimos o estado da coitada, era... abominável. Acredito que esses senhores estão acostumados a lidar com crimes e horríveis ferimentos, no entanto, esse caso é especial, ninguém pode ficar insensível ao ver um corpo como o de Milaine! Mesmo assim, eles nem piscaram. E as perguntas, Faustine, eram orientadas, como se buscassem fazer ligações precisas! Eles as fizeram em relação à alcoviteira, eles buscaram uma conexão com a rua Monjol! Por que não com a rua Asselin, que não é melhor, ou com os bairros dos trapeiros, embaixo das fortificações? Não! Era a rua Monjol que os interessava! Eles sabem alguma coisa!

Faustine cruzou os braços no peito.

— Uma outra moça da noite, é o que está dizendo? Por que logo o pior? Talvez eles tenham simplesmente um suspeito! Alguém preso logo depois do crime ou uma testemunha que tenha ido diretamente à delegacia do bairro!

Guy sacudiu a cabeça.

— Não, isso não explicaria que os investigadores estivessem tão... preparados, tão pouco espantados com o tamanho do horror! E lembra-se desta noite, quando o policial chegou e mandou avisar a delegacia imediatamente, especificando a natureza do crime? Nós esperamos muito tempo, muito, muito tempo, pela chegada dos investigadores! E eles não são do bairro, vieram diretamente da Delegacia Geral, como confessaram há pouco! Por que os avisariam, se fosse apenas uma informação relacionada a um crime abjeto desse tipo?

— Por que eles fazem parte de um departamento especial? Apto a conduzir esse tipo de caso?

Guy fez uma careta. Ele andava de um lado para o outro. Sem conseguir ficar parado, nervoso demais pelas deduções que detonavam uma após outra na sua cabeça.

— Eles não foram muito claros, escondem alguma coisa, eu sinto!

O interesse de Faustine diminuiu subitamente, ao examinar minuciosamente o homem alto, um pouco agitado, o escritor refugiado sob aquele teto, na clandestinidade.

— Não sei — suspirou ela. — Queria acreditar em você, Guy, mas tenho medo de que a sua imaginação de escritor o leve por encostas escorregadias.

— Mas... foi você que veio me ver para exigir que a justiça fosse feita!

— E é o que eu quero! Isso não implica correr atrás de hipóteses tão... Sejamos claros: quero que quem fez aquilo a Milaine perca a cabeça no cadafalso! Quero que a polícia faça o seu trabalho! E que o faça corretamente! Por isso, não é hora de imaginações, mas de recolhimento, Guy.

Ela indicou a porta para despedi-lo.

— Espere, você me autoriza a dar uma olhada nas coisas dela?

— Se for para me agradar que está insistindo, aceite as minhas desculpas por agora há pouco, eu não devia ter lhe falado como fiz, estava sob influência da emoção.

Guy sacudiu a mão à guisa de protesto.

— Não é nada disso, acredito sinceramente ter posto o dedo em alguma coisa estranha. Declaradamente, os investigadores não continuarão a investigação ou, em todo o caso, não compartilharão nada conosco. Confie em mim, existe um mistério que eu gostaria de esclarecer. Deixe-me examinar os aposentos dela, se eu não encontrar nada, não a importunarei mais.

Faustine o fitou por um instante antes de concordar.

— Você... você não está fazendo tudo isso para me agradar, Guy. Acredita realmente no que diz, não é?

Pela primeira vez desde que a conheceu, Guy viu uma falha nela, ele percebeu que ela precisava de uma muleta para se apoiar. Ela não aguentava mais.

— Nunca fui tão sincero, desde que estou aqui.

— Está bem. Afinal, isso talvez nos permita dar à polícia o nome da última pessoa que Milaine frequentou. Venha.

Faustine empurrou a portinha no fundo do seu quarto e passou por um banheiro que tinha um cheiro bom de pétalas de rosa, entrando num quarto de cores vivas. Tecidos carmim, roxos e de um amarelo-queimado revestiam as paredes, o baldaquino e até os grossos tapetes ao pé da cama.

— Que eu saiba, Milaine não tinha muitas coisas pessoais. Há esta penteadeira aqui, creio que ela guarda algumas cartas, eu cuido disso. Não toque nessa cômoda, Guy! Nela há roupas muito íntimas, cabe a mim examiná-las. É melhor se encarregar dos livros nas estantes, e inspecionar embaixo dos móveis para ver se Milaine mantinha um diário. Com certeza, ela não gostaria que uma das meninas o descobrisse. Deve tê-lo escondido em algum lugar.

— Ela lhe contou que escrevia um diário?

— Não, mas sei que a maioria escreve. Você deveria saber, pois é quem lhes dá aulas de língua francesa, não?

— Melhoro a elocução e, a pedido delas, as ajudo a redigir as cartas. Se bem que a grande maioria não precise realmente de mim. Creio que elas só ficam mais tranquilas.

— Todas aqui são instruídas. Julie faz disso um critério obrigatório para o recrutamento. A maioria recebeu uma verdadeira instrução e o diário é um hábito que temos quando mais jovens e do qual não nos livramos facilmente, menos ainda quando a vida é difícil. Certamente, Milaine tinha um.

Guy inclinou a cabeça, estudando a brilhante morena.

Ouvi-la empregar esses termos da vida difícil o surpreendia. Não que tivesse imaginado que ela elevasse às nuvens a sua profissão, mas, em geral tão pudica, ela que sempre representava a felicidade, ouvi-la soltar tamanha verdade destoava.

— Vamos! Não fique assim sem fazer nada!

Guy obedeceu imediatamente, sondando os títulos guardados nas estantes, exclusivamente peças de teatro, um guia de Paris e algumas obras românticas e, em seguida, levantou cada exemplar pela lombada para sacudir as páginas, caso alguma folha houvesse sido introduzida ali. Não encontrando nada, ficou de joelhos para olhar embaixo da cama, onde só viu poeira. Repetiu o gesto embaixo do armário, de uma cômoda e da penteadeira, sem maiores sucessos.

Do seu lado, Faustine havia separado uma pilha de cartas e fechou as gavetas da cômoda.

— Nada — disse ela.

— E essas cartas?

— Pessoas conhecidas no mundo do espetáculo, admiradores, e uma carta de recomendação do estabelecimento anterior em que ela trabalhava.

— Nenhum diário íntimo?

— Não. No entanto, ela possuía um caderninho no qual anotava os encontros fora daqui.

— Talvez estivesse com ela no momento em que... você sabe.

Faustine concordou silenciosamente.

— Ao menos a polícia o terá recuperado — acabou dizendo, pensativa.

— E os admiradores, havia algum homem insistente entre eles?

Faustine hesitou, em seguida lhe estendeu um maço de cartas. Bem umas dez.

— Ah! Finalmente! — espantou-se Guy. — Eu... eu vou levá-las para ler tranquilamente, se não fizer objeção. Milaine "exercia" muito fora daqui, não é?

— A maioria das meninas é contra, ela não. Era dinheiro que recebia, e... você conhecia Milaine, ela nunca o recusava.

— Fico confuso para entrar em detalhes, não sei nada dessas coisas, no entanto, como acontece nesse caso, o cliente precisa fazer um pedido especial para Julie?

— Isso acontece. Entretanto, na maioria das vezes, o cliente pede diretamente à moça por ocasião de um encontro aqui. Ele propõe revê-la fora, frequentemente na casa dele. Às vezes, é para levá-la antes ao teatro, sobretudo se a moça for muito bonita, para exibi-la, ou para mostrar que possui recursos para ter uma bela amante! Mesmo que os trapaceiros só tenham, de fato, recursos para ter a moça por uma só noite!

Guy conhecia esses burgueses ávidos de aparências. Manter uma amante era sinal de riqueza, ter recursos para lhe oferecer apartamento, roupas e empregados, além da própria vida em família, comprovava a excelente saúde financeira desses senhores. Uma amante com quem se saía, exibia, era o melhor meio de ostentar a fortuna sem a deselegância de ter de dizê-lo.

— Julie endossa essa prática?

— Ela aceita essa prática. E as meninas sempre esperam que o apaixonado acabe, realmente, fazendo dela a sua amante exclusiva. É uma vida com que todas sonham! É melhor ser a mulher de um homem rico do que a de vários abastados!

Diante do olhar surpreso que Guy lhe lançou, Faustine achou que devia explicar:

— Não é o discurso de uma interesseira, mas o de uma mulher que sabe como às vezes é difícil ter de abrir a sua cama para o primeiro que chega, com o pretexto de que ele cospe ouro. Não pense que por me dar ao luxo de poder escolher, que não sei o que elas têm de suportar no dia a dia.

— Longe de mim esse pensamento. Quanto ao arrivismo presumido das mulheres, não se deve lamentá-lo numa sociedade como a nossa em que tudo é feito para torná-las dependentes do hom...

Batidas secas ressoaram na porta do quarto de Faustine.

— Faustine! Abra a porta, trouxe uma torta para você. É preciso comer, não pode ficar de estômago vazio o dia inteiro!

— Julie! — exclamou a jovem.

O sangue de Guy gelou nas veias.

— Rápido, dentro do armário! — ordenou Faustine, empurrando-o.

Ele nem teve tempo de protestar e já foi jogado entre os vestidos elegantes e coloridos de Milaine. A porta foi imediatamente fechada, mergulhando-o no escuro.

O perfume de flor da prostituta impregnava o armário. Guy pôs a ponta do nariz no decote de um vestido de cetim que farfalhava ao menor movimento. O odor era inebriante, lembrando-lhe um campo cheio de flores brancas e uma cerejeira com frutas abertas pelo sol, com as fragrâncias se espalhando e se misturando sob o efeito de uma brisa suave de verão.

Subitamente, a luz do dia inundou o esconderijo e Faustine o tirou de lá.

— Ela esta terminando a turnê pelos quartos, você poderá sair em alguns minutos.

— Ela não percebeu nada?

Faustine lhe lançou um olhar brincalhão.

— Quem acha que ela é? Não é uma bruxa!

Para grande surpresa de Guy, Faustine o pegou pela mão e o arrastou para o seu quarto, forçando-o a se sentar na banqueta.

— Tome, seja útil, coma isso por mim, está bem? — disse ela, pondo um prato de torta de maçã nas mãos dele.

— Fale mais baixo, ela vai ouvir que não está sozinha.

— Como é medroso! Nunca imaginei isso de você, sabendo que fica todo o tempo sozinho naquele sótão sórdido!

— Gosto muito do sótão — replicou ele antes de enfiar na boca uma garfada de torta morna.

— Por quê? Porque ele é sinistro como você é, às vezes?

Guy franziu o cenho.

— Eu não... sou sinistro — disse ele, depois de engolir — sou melancólico.

— Isso também é deprimente (Faustine se sentou na beira da cama e ficou olhando-o comer por um momento, antes de continuar) — Não sente saudades da sua mulher?

Guy parou de mastigar para observar Faustine. Não viu nenhuma provocação no rosto dela. Engoliu com calma e inspirou, antes de responder:

— Não.

— Nunca? Nem de noite?

Ele cravou as suas pupilas nas dela, querendo compreender o que ela esperava. Só viu uma sincera curiosidade.

— Nunca. E foi por isso também que me instalei num bordel.

Um ricto triste deformou os lábios de Faustine.

— Mas você sabe que não passa de uma ilusão o que você compra. Esse calor humano que você compra, não é o de uma pessoa que está ao seu lado por opção.

— É a *minha* opção.

— O que será que a sua mulher fez para que você nutra tão pouco amor em relação a ela?

Guy pôs o prato, pela metade, numa almofada ao seu lado.

— Julie já deve ter saído, vou embora. Obrigado por ter me escutado.

Faustine se levantou ao mesmo tempo.

— Obrigada a você, Guy, por se interessar por Milaine.

— Não achamos nada.

— Não é o que conseguimos que conta, é o fato de procurar. Isso é dar mostras do nosso respeito. Obrigada por ela.

Guy se apressou para chegar ao último andar da casa, tomando cuidado para não cruzar com ninguém. Ele não queria falar. Não estava com vontade.

Mesmo que Faustine considerasse mais importante a ação do que o resultado, ele não tinha a mesma opinião. Agir lhe permitia não ser infestado por pensamentos dolorosos.

A minha mulher.

Obter resultados era um meio de justificar a fuga.

Para não ficar louco.

Ao menos era o que ele acreditava.

E por que o rosto disforme de Milaine lhe oferecia a oportunidade de não pensar em si mesmo, ele pretendia explorar essa pista até o fim.

A próxima etapa seria uma experiência traumatizante.

Perigosa.

A rua Monjol.

O Inferno na terra.

6

O fiacre ziguezagueava entre os ônibus de dois andares cheios de gente — senhoras em cima, senhores em pé e embaixo — entre os cabriolés dos burgueses elegantes, entre as carruagens fechadas, cujas cortinas escondiam os ocupantes e entre a pletora de carroças carregadas de sacas, de caixas, de tonéis ou de feno, puxadas por cavalos de tração com passo arrastado.

Nesse trânsito, no do qual não se pode esquecer os bondes que rangiam, quer fossem puxados por cavalos, a vapor ou elétricos, Guy observava os passantes que tentavam atravessar os bulevares sem ser pisoteados. Alguns automóveis ultrapassavam todo o mundo com muitas buzinadas, sobre a bem que, em geral, as explosões do motor fossem suficientes para avisar sobre a sua presença. Guy examinava minuciosamente os cavalheiros de ternos bufantes, capacete de couro preso na cabeça e óculos que escondiam metade do rosto, loucos do volante em busca de velocidade e outros mais prudentes, que conduziam o seu bólido ruidosamente, em trajes de passeio, com um charuto espetado entre os lábios.

Havia tanta coisa a ser dita sobre esses comportamentos, tantos prazeres a analisar e, no entanto, Guy não sentia nenhuma alegria em fazê-lo. Já havia feito demais. Por cem vezes havia projetado o filme desse espetáculo na sua cabeça antes de iniciar um novo capítulo, para divertir todo o mundo e arrancar alguns sorrisos dos seus leitores. Agora, o seu interesse havia mudado de lugar.

Estava por trás das altas fachadas dos bulevares, nos fundos dos pátios, nos becos estreitos e nos porões com cheiro de fungo. Agora que havia dissecado as aparências e os costumes públicos, sentia-se atraído pelo que havia além disso, na intimidade das consciências, por trás dos comportamentos.

Depois de seis meses vivendo à margem da sociedade, estava convencido: o que o fascinava estava a salvo dos olhares, na sombra de cada um.

Inclinou-se para a frente e gritou:

— Cocheiro, dou mais um franco se acelerar!

O homem estalou as rédeas nos flancos dos seus dois cavalos que adquiriram mais velocidade.

Quando encostou novamente no fundo do banco, Guy realizou que não aguentava mais.

Estou a caminho do que há de pior em Paris e estou impaciente para chegar lá! Que homem eu me tornei?

Tranquilizou-se por um momento ao repetir para si que agia por Faustine, para agradá-la, antes de varrer essa desculpa com um movimento de mão.

A verdade estava atrás do que havia ocorrido na noite passada.

O que havia surgido no meio das brumas do sono. A tragédia. O horror.

E, contudo, havia essa incapacidade de se esquecer da lembrança monstruosa.

E se, no fundo, eu não quisesse esquecer?

Guy estremeceu. E se ele fosse um monstro? Um homem que havia acabado de ver o cadáver abominável de uma amiga; obcecado com a sua morte!

Ele havia pulado naquele fiacre mais rapidamente do que um marinheiro corria para um bordel.

Essa história não era só intrigante.

Ela o cativava.

Era a primeira vez na vida que havia contemplado a vítima de um crime.

Um assassinato! O corpo de Milaine era o testemunho humano de um encontro entre a pulsão de crime e uma circunstância favorável de passagem ao ato. Era a consequência concreta de um estado de espírito extremo! O resquício tangível de uma manifestação rara!

De repente, Guy se conscientizou da sua excitação e agarrando a extremidade superior da portinhola, apertou-a com toda a força.

O assassinato é a irrupção do impalpável — a pulsão — no concreto: um cadáver! Matar é uma experiência de alquimia que consiste em tornar real e bem concreto o que não passava de um pensamento.

Milaine havia morrido, claramente em horríveis sofrimentos, como podia se sentir arrebatado, entusiasmado com esses pensamentos indignos?

Foi então que repetiu, relutantemente, o que havia enunciado no silêncio da sua mente um segundo antes:

— Ela morreu em horríveis sofrimentos...

Como era possível que ninguém a tivesse ouvido? A sevícia havia provocado uma morte imediata?

Ela transpirou sangue! Ela se arrastou por vários metros na direção da casa; não, não foi instantânea!

Então, como era possível que ela não houvesse gritado?

O assassino estaria com ela? Ele a teria impedido?

Guy visou direto ao essencial: como ela havia morrido?

Nenhuma arma produz um resultado desse tipo! Os brancos dos olhos estavam tão pretos que pareciam ter sido queimados! Que visão de pesadelo poderia carbonizar o olhar?

Não era a superfície do olho propriamente dita que havia queimado, e sim o interior. Como se a visão fosse muito forte, insuportável para a alma... Por mais que procurasse, Guy não pensava em nada plausível. Salvo, talvez, se se aventurasse no lado dos mitos e lendas...

O basilisco da mitologia grega...

Guy sacudiu a cabeça, era absurdo.

A careta dela também não era comum. Como se pode morrer com o rosto petrificado naquela expressão aterrorizada? Uma parada súbita do coração? E a sudação de sangue?

Quanto mais Guy pensava, mais cogitava num método químico. Era impossível ser de maneira diferente.

Não conheço nenhum veneno no mundo capaz de matar assim!

Porém, ele não era um especialista no assunto.

Cabe a mim analisar cada indício, cada gesto. Tudo faz sentido, é evidente. Preciso simplesmente decifrar a linguagem do corpo para compreender o que ele diz.

Desde que havia pensado em escrever um romance policial, Guy tivera tempo de refletir sobre a morte violenta e sobre o criminoso. Brigão na adolescência, essa experiência lhe havia aberto um campo de percepção do qual, agora, se orgulhava de poder se servir.

Por isso, tinha a certeza de que um cadáver era resultado de uma doença, da qual, cada detalhe, da posição aos ferimentos, constituía um sintoma. Identificar a doença, era compreender o mal que havia atingido o criminoso no momento dos fatos. Era uma pista para seguir até ele ou, ao menos, saber o que o havia levado a um ato tão extremo.

Quais são os sintomas em Milaine?

Guy não teve tempo de responder; o fiacre parou no bulevar da Villette.

— Pronto, senhor — disse o cocheiro, puxando a alavanca do freio para encostar o veículo na calçada. — A rua Asselin está em frente, tem de subi-la para chegar à rua Monjol, mais acima, à direita, porém, eu não vou até lá.

Guy pagou e ficou parado na calçada, com a bengala nos ombros para contemplar o lugar de reputação demoníaca.

Uma rua estreita que subia reto até uma escada íngreme. Imóveis de dois andares à esquerda, com janelas velhas e, do outro lado da rua, um tapume que cercava um terreno baldio. Na segunda parte, a rua subia até o alto da colina por uma longa escada irregular; casas mais altas se erguiam dominando os terrenos vazios com as suas fachadas multicores de tijolos quebrados, pedras gastas e tábuas escuras. Janelas com os caixilhos carcomidos refletiam o sol do fim do dia, como se a luz não tivesse autorização para entrar naquele lugar de perdição.

Guy avistou a presença de um grande número de adolescentes sentados nos degraus das entradas, de alguns homens de rosto marcado pela miséria e viu uma mulher esvaziando uma bacia de água no meio da rua. Nenhuma criança.

Guy sabia que, num lugar como aquele, todas elas estavam com pessoas que as alugavam.

Cada criança era uma boca para alimentar, uma criatura para tomar conta e, colocando-as na casa de alguém da cidade que alugava crianças, era uma pequena entrada de dinheiro a mais e uma preocupação a menos para aquelas mães que tinham de trabalhar o dia inteiro, sem poder conservar a prole com elas.

Enquanto isso, mendigos de todas as espécies recorriam a esses locadores e pegavam as mais magrinhas, as mais miudinhas ou as mais estropiadas, para emocionar mais facilmente os passantes, tanto assim que havia se estabelecido um verdadeiro comércio com uma cota para cada criancinha. As que conseguiam bastante dinheiro às vezes nem eram levadas de volta à noite.

Guy atravessou o bulevar na direção do café na esquina da rua Asselin: *A la Renommée du picolo d'Auvergne*. Só o nome já pressagiava o pior. Em Paris, os nascidos em Auvergne[1] haviam formado um clã à parte, onde os estranhos não eram bem-vindos. Aos poucos, haviam tomado conta do comércio de carvão e, na capital, todo o mundo sabia: não havia um único carvoeiro que não fosse dessa região; eles eram fortes, teimosos e trabalhadores, mas a comunidade era fechada, com os seus bairros e carvoeiros para tomar um copo de bebida entre os nativos.

Se esse fosse o caso, o plano de Guy corria o risco de ficar prejudicado.

Os auvérnios eram conhecidos por não se misturar e por acertar as desavenças entre eles.

Guy se aproximou da fachada de madeira. O interior do café, que também fazia às vezes de hotel, estava calmo; ainda era um pouco cedo.

Apenas quatro homens estavam sentados no bar e um quinto os servia enquanto falava, com um grande bigode preto que se levantava no ritmo das palavras.

Todos se calaram quando Guy entrou.

— Senhores — disse ele, retirando o chapéu-coco.

Os olhares não eram maldosos, mas também não o acolhiam com prazer.

O proprietário apoiou a garrafa de aguardente, esfregou as mãos no avental branco e caminhou na direção do escritor, batendo os pesados tamancos no chão.

— Está lotado.

Com as mãos nas cadeiras, ele arqueava o tronco. Os braços peludos eram grossos como garrafas de champanhe.

— Não estou procurando um quarto, e sim uma companhia para compartilhar uma bebida e pedir algumas informações.

— Com que propósito?

---

[1] Região administrativa da França, situada no Maciço Central. (N. T.)

Guy não esperava entrar tão rápido no assunto. Havia imaginado oferecer uma rodada de bebida ou duas, para travar conhecimento antes de soltar as línguas.

— Eu... bem que gostaria de um dedo de aguardente.

O dono o examinou da cabeça aos pés antes de lhe servir um copo, que ele pôs na outra ponta do balcão. Guy o pegou e se aproximou do grupo de homens, mas o proprietário o fez parar, agarrando-o pelo punho com mão de ferro.

— Meus clientes gostam de ficar sossegados.

— Eu... eu não quero amolar ninguém, queria oferecer uma rodada para todos.

O dono do bar franziu as sobrancelhas e se inclinou, esmagando o punho dele de passagem.

— O que quer, de verdade? Não me venha com rodeios.

Meio desconcertado, Guy mediu as palavras para responder:

— Alguns inspetores da polícia de Paris vieram fazer umas perguntas a respeito de um crime.

Encurralado, Guy decidira falar francamente.

— E você com isso? Aqui é nosso lugar!

— Uma amiga minha foi selvagemente assassinada e acho que não foi a única, uma moça da rua Monjol, talvez.

— Então, vá fazer as suas perguntas na rua Monjol!

Guy concordou, abaixando o olhar. Havia imaginado uma chegada mais agradável naquela zona, até sonhado em conseguir informações à medida em que fosse entrando no Inferno.

O aperto se soltou e Guy pôde beber a aguardente, fazendo uma careta e se virando em direção à saída.

O dono do bar gritou para ele, na soleira:

— Já vi outros como você virem se misturar com a ralé na rua Monjol para brincar com fogo. E foram muitos, certeza! Acredite ou não: poucos voltaram. Por isso, pense mais uma vez antes de subir essa rua. Pense bem — insistiu ele, de repente com um olhar maldoso.

Cartazes cobriam as tábuas do tapume por toda a beirada do bulevar da Villette e, curiosamente, uma vez na rua Asselin, a parede de madeira estava limpa, como se os coladores de cartazes não ousassem se aventurar nessa ladeira de calçamento sujo. Guy subiu-a num passo tranquilo e tentava ver entre as tábuas desconjuntadas o terreno baldio que se estendia do outro lado. Distinguia montes de terra e mato, bem como montanhas de detritos. O lugar devia ser perigoso quando caía a noite. Quantas tragédias haviam ocorrido ali no total anonimato?

    O escritor sentia o olhar dos adolescentes nas suas costas, percebia os murmúrios à sua passagem. Estava bem-vestido, chapéu limpo, sapatos de couro engraxados, casacão longo, bengala e colarinho postiço, toda a panóplia do burguês que não pertencia àquele lugar lúgubre. No entanto, ele não se sentia em perigo. Mesmo que o seu envoltório o diferenciasse dos habitantes do bairro, o seu interior sentia uma certa empatia com eles; Guy conhecia essa miséria, havia convivido com ela em tempos passados e mesmo que houvessem sido apenas visitas e que ele tivesse sempre vivido no luxo de poder voltar para uma casa boa e acolhedora, de encontrar uma mesa abastecida todas as noites, o seu coração se havia aproximado deles. Ele não era daqueles que podiam dormir normalmente depois de um passeio desses, pois, a cada um dos dias passados ali, deixava uma parte de si. Essa terrível e tão maravilhosa empatia que o fazia se sentir profundamente humano.

    A mesma que o fizera se tornar escritor.
    E que, agora, ele acreditava, o protegia.
    Quatro cães estavam refestelados sob o sol poente nos degraus de entrada de um imóvel rachado. Eles o fitavam com o mesmo espanto que os adolescentes um minuto antes.

    Por pouco Guy não tropeçou numa das inúmeras pedras soltas, provocando o riso dos adolescentes que continuavam a observá-lo.

    A rua Monjol surgiu à sua direita, entre o terreno baldio e as construções antigas, irregulares, de três e quatro andares, e pátios dos fundos mergulhados na sombra. Um entregador de garrafas puxando o seu carrinho de mão a toda velocidade descia na contramão; ele olhou para Guy como se ele fosse louco e desapareceu na rua Asselin.

    Um hotel, o *Fort Monjol*, dominava a calçada com as suas janelas em mau estado. Guy se aproximou da entrada diante da qual um homem, magro e mal barbeado, com roupas manchadas, esperava numa cadeira descascando um pedaço de pau. Ao vê-lo, o homem guardou a faca num dos bolsos e se levantou.

— Quantas quer? E de que idade?

Guy agitou a bengala diante dele para mostrar que o outro não havia entendido.

— Não quero as moças e sim uma informação.

O homem fez uma careta e pigarreou, cuspindo no chão; obviamente, preferia fornecer carne humana a informações.

— Os investigadores do comando da polícia de Paris vieram vê-lo a respeito de uma moça, não é?

As pupilas negras se agitaram, sondando primeiro a rua, depois o visitante curioso, curioso demais, elas pareciam dizer.

— É importante — insistiu Guy.

O homem recuou para entrar no *hall* do hotel: um piso de azulejos azuis e brancos empoeirado, rachado, um balcão minúsculo crivado de ranhuras e uma escada estreita que subia para os quartos, que Guy preferia nem imaginar. No prédio reinava um cheiro pesado de umidade e mofo e uma obscuridade desagradável.

— Importante como? — perguntou o guia.

— Trata-se de uma amiga, eu vo...

— Não me conte a sua vida — cortou o homem, esfregando o polegar contra o indicador. — Importante, como?

Compreendendo do que se tratava, Guy pôs dois francos na mão calosa.

O homem estendeu o braço na direção das profundezas da rua Monjol:

— Vá perguntar para o Victor, no número 17 e não diga que fui eu que mandei ou corto a sua língua!

Guy se apressou em sair, cego pela luz do dia, e continuou o caminho no meio da imundície espalhada de ambos os lados, que escurecia as fachadas e cobria o chão. A maioria das janelas dos andares térreos estavam abertas, com os ocupantes dos imóveis apoiados nos parapeitos conversando com os vizinhos. As roupas eram remendadas, emporcalhadas; as mãos estavam sujas, os rostos encovados pela pobreza, as bocas, em sua maioria, desdentadas; privações demais e uma desconfiança permanente haviam tornado os olhares penetrantes. Em poucos segundos, Guy se tornou o assunto das conversas de toda a Monjol; ele era observado, espiavam a sua atitude, comentavam os seus trajes ridículos, zombando dele.

Guy se deu conta de que não ouvia o martelar das ferraduras no calçamento, nem o grito dos pequenos vendedores de jornais, Paris estava longe, se distanciando daquele lugar, deixando-o sozinho no meio daquela zona sem lei. Nenhum guarda municipal aparecia para fazer respeitar a ordem, nunca depois que caía a noite, porque ali não havia lampiões, nenhuma eletricidade e Guy até duvidava que o gás tivesse chegado ao bairro.

Dois operários, andando numa boa velocidade, passaram por ele e viraram num beco muito estreito, entre dois imóveis. Eles afastaram uma cortina de pano que disfarçava a entrada e Guy percebeu uma mulher ajoelhada diante de um homem. Os dois operários ficaram ali, esperando a sua vez e apreciando o espetáculo.

Uma casa em cada três não tinha mais janelas, nem portas, pedaços de tecido ou tábuas as substituíam e Guy viu que ali famílias inteiras se amontoavam, no meio das correntes de ar.

O 17 era uma construção com as janelas muradas, no fundo de um pátio longo e atravancado de tonéis despedaçados, de caixas rasgadas e garrafas quebradas. Guy abriu caminho até a entrada escura, de onde surgiu um indivíduo barbudo, de ombros maciços.

— Tem como pagar? — perguntou ele, articulando lentamente.

Guy sabia que ali se falava o Monjol, gíria de Paris incompreensível para os outros, mas que na presença de um burguês, cliente em potencial, faziam esforço para se expressar bem.

— Tenho o necessário, mas não o aconselho a me assaltar, a minha bengala está pronta para bater! — replicou ele, agitando o castão na sua frente.

O barbudo nem notou, nem mesmo ficou indignado que se pudesse pensar isso dele e fez sinal para que Guy o seguisse. Pegou um lampião de querosene e desceram num subsolo que tinha um cheiro forte. Uma mistura de suor, de vinho vagabundo, de vísceras e até acidez de urina. Guy detectou um ligeiro odor anisado no meio dessa atmosfera saturada pelo comércio da devassidão. Absinto.

— Para dizer a verdade, estou procurando Victor.

O barbudo ignorou-o e continuou a guiá-lo por um corredor mal iluminado, de terra batida que, repentinamente, se alargou.

O que outrora havia sido uma fileira de adegas havia se transformado numa enfiada de boxes abertos, ocupados por mulheres em cima de enxergas imundas, coxas abertas, e saiotes levantados, quando não estavam totalmente nuas, com uma vela ao lado.

Um homem circulava entre os compartimentos, olho libidinoso, antes de escolher uma e desabotoar a calça sem dizer uma palavra. A moça o viu através da miséria do álcool, pegou a garrafa de absinto às cegas e tomou um longo trago, abrindo as pernas sem mais formalidades.

Guy desviou os olhos do espetáculo lúgubre que não era isolado por nenhuma cortina e não teve tempo de procurar mais, pois um rapaz de apenas uns 20 anos, com uma penugem escura em cima do lábio superior, foi na sua direção com a mão estendida.

— É três francos, aí você pega a que quiser. Por um franco a mais, pode fazer com ela o que quiser.

Guy tirou o dinheiro, mas o manteve na mão.

— Por esse preço, eu não quero sexo, mas informações. A respeito de uma moça desta rua que teria sido assassinada. Um crime pavoroso.

O jovem franziu as sobrancelhas, envolvendo o peito com os braços finos e sem pelos.

— Não, olha só o ricaço! Ele quer que eu mordo a isca! — soltou ele, deixando de lado o esforço para falar direito.

— Sei que uma mulher foi massacrada, tudo o que peço é o nome dela e...

— Vai chegando e quer ficá por dentro? É louco? — rosnou ele. — Aqui é nosso território, nossas putas, o que acontece com elas, é com nós!

Guy não se deixou impressionar com a agressividade do rapaz, fez aparecer mais duas moedas de um franco e sacudiu a mão para a frente.

— Sou curioso, é verdade, mas pago por isso!

O rapaz ficou com um ar desconfiado.

— E o que quer da vagabunda em questão?

— Saber quem ela era e o que aconteceu exatamente.

O rapaz estendeu a mão e Guy pôs a metade da quantia que segurava.

— Ela foi morta, não tenho o que falar, agora é melhor dar o fora!

— Permita-me insistir, estou aqui porque uma amiga minha também foi assassinada, tenho todas as razões para acreditar que a morte dela está ligada à da...

De repente, o barbudo agarrou Guy pelo colarinho e, levantando-o e encostou-o na parede.

— Ele disse para você ir embora! — rosnou o barbudo, com os maxilares contraídos, apoiando o braço no pescoço da vítima.

Surpreendido com a rapidez do ataque, Guy levou um minuto para reagir. Estava sufocando sob o peso do barbudo.

A bengala subiu a toda velocidade para acertar o homem na têmpora.

Mas foi bruscamente parada no curso pela mão livre do barbudo que, em represália, intensificou a pressão.

O rapaz deu uma ordem que Guy não conseguiu compreender, levando dois golpes sucessivos em plena cabeça que o deixaram atordoado, ele foi levado de volta, violentamente, para o pequeno pátio insalubre em frente à casa. Ali, o barbudo o jogou contra um tonel arrebentado e, com a ponta de couro dos sapatos, começou a lhe chutar as costelas, enquanto o rapaz examinava os bolsos dele.

Guy não se debatia mais, apanhava tentando se proteger da melhor maneira possível. No entanto, o barbudo não parecia perto de amolecer, ele gostava disso, uma espuma branca surgia nas comissuras da sua boca e o olhar vazio parecia desligado da consciência. Ele bateu de novo e de novo, como um mecanismo bem lubrificado.

Em seguida, uma sombra apareceu no beco.

Guy pensou ver o rapaz voar e se espatifar na parede, e piscou; não devia ter visto direito, cego pela violência.

No entanto, foi o barbudo que, por sua vez, foi levantado. A vida voltou ao rosto dele, com uma expressão de assombro e, enquanto tentava em vão se defender, com as pernas se agitando a vários centímetros do chão, o seu corpo foi projetado contra uma das janelas muradas. Uma horrível sucessão de estalos lúgubres acompanhou o impacto do corpo contra o cimento e o barbudo desabou no chão.

Guy sentiu uma mão pegá-lo pelos ombros e ajudá-lo a se levantar.

— Gik... Gikaibo, é... é você? — gaguejou ele.

— Vamos, você vem, não ficar por aqui.

Guy mal conseguia ficar de pé. A cabeça pesava, tinha a impressão de que o seu cérebro latejava, que queria sair da caixa craniana, e sentia dor nas costelas. Gikaibo quis apoiá-lo para arrastá-lo para a rua, mas Guy se soltou e voltou atrás, na direção do corpo do rapaz.

Ele recuperou a bengala no chão e deu um pequeno golpe com o pesado castão no rosto do rapaz.

— E então? E a moça? Quem é ela? — insistiu.

O proxeneta soltou um gemido e tentou, sem forças, empurrar a bengala.

Guy assentou o castão, desta vez com força, no joelho do ladrão, que soltou um grito de dor.

— O nome?

— Viviane! — exclamou ele, gemendo. — Viviane Longjumeau. Era uma rameira da rua...

— Continue — ordenou Guy, ameaçando bater de novo.

— Um belo dia ela desapareceu, sem deixar pista, só isso! Os comissários de polícia varreram a rua inteira, fizeram perguntas a todo o mundo, dizendo que ela teria sido duramente morta! Mas a gente nunca mais viu ela! Ninguém sabe nada!

— Quando foi isso?

— Há duas semanas.

— E quanto aos comissários de polícia, tinha um gordo com um bigode e outro quase careca, com olhos muito claros?

— Tinha, eles mesmo!

Guy pegou de volta o que lhe havia sido roubado e se apressou em se afastar, enquanto vários assobios se propagavam pelas casas para alertar todo o bairro de que havia confusão.

O vulto colossal do japonês mandou de volta para a penumbra de suas portas dois homens que se precipitavam para ver o que estava acontecendo.

Na rua Asselin, os dois companheiros aceleraram ainda mais o passo até encontrar o fiacre que esperava por Gikaibo no bulevar da Villette.

Assim que sentou, Guy soltou um profundo suspiro que lhe provocou uma alfinetada dolorosa do lado esquerdo. Limpou o sangue que escorria dos lábios com um lenço e, finalmente, se virou para o grande japonês.

— Obrigado, eu lhe devo um enorme favor.

Gikaibo não lhe devolveu o sorriso.

— Não diga obrigado. Não foi nada por você. Agora, vai ter de enfrentar Julie. Foi ela que me mandou. E ela não está contente.

Ele estalou os dedos antes de acrescentar:

— Não está nada contente.

Guy dobrou o lenço manchado e o pôs de volta no bolso do paletó. A unha do dedo médio bateu num objeto duro que não devia estar ali. Ele o pegou: era uma chave pequena e preta.

— Isto não é meu — disse ele, devagar.

O imenso japonês lhe lançou um olhar entediado, como se decididamente achasse esse francês muito idiota.

— Não, eu garanto, esta chave não é minha. E os dois ladrões esvaziaram os meus bolsos há pouco.

Só havia uma resposta para esse problema.

Mas uma resposta bem curiosa.

O jovem proxeneta a havia introduzido enquanto o ameaçava.

7

Rose havia prendido os longos cachos ruivos com um grampo para deixar o rosto livre e cuidava de Guy.
Armada com um pano embebido em álcool, limpava os ferimentos em cima do lábios.

— Ai! Isso dói — gemeu ele.

— Mas que homem! — zombou ela, sentada de pernas abertas nos joelhos dele.

Entre eles havia uma proximidade de amantes. Conheciam-se bem. Durante os primeiros meses de libertinagem que ele havia passado ali, Rose tivera a sua preferência. Guy adorava o cheiro dela, sensual e florido. E desde que não era mais cliente e sim pensionista, era de Rose que sentia mais falta. Compartilhar a cama com ela sempre exercera nele um efeito calmante.

Julie entrou na cozinha correndo, Rose se assustou e não teve tempo de se levantar.

— Rose, fora — ordenou Julie, secamente.

Com uma expressão contrariada, como uma criança pega surrupiando guloseimas, Rose se afastou, tomando cuidado para evitar o olhar da patroa.

Guy a observou sair sem ruído, levantando o imponente vestido de tafetá.

— Você é um imbecil! — proferiu Julie assim que ficaram sozinhos.

— Porque quero saber a verdade? Porque me preocupo com Milaine?

— A rua Monjol! Ora, Guy! Lá é um antro! Conheço você, tinha a certeza que estava preparando alguma coisa perigosa, foi por isso que pedi a Gikaibo que ficasse de olho em você. Você é tão previsível!

Sentindo que o sangue escorria de novo da sua boca, Guy pôs uma ponta do pano no ferimento. O ardor do álcool doeu.

— Estou emocionado com a sua atenção — conseguiu articular — mas posso me virar sozinho.

— Estou vendo!

Puxando uma cadeira para a frente dele, ela se sentou. A expressão mudou, passando da raiva para a preocupação. O que deixou Guy imediatamente mais calmo, e se abriu com ela:

— Julie, não consigo tirar da cabeça o cadáver de Milaine. Tem... tinha alguma coisa de perturbador nela, a própria ideia de um assassinato, do sofrimento e... aquela cena! Não posso esquecer e pensar em outra coisa!

Julie tirou o pano das mãos dele e, com um gesto firme, mas preciso, tamponou a comissura dos lábios, depois o couro cabeludo onde havia um pequeno corte.

— É claro que isso o deixa obcecado! Obcecaria qualquer um e o que mais esperar de um romancista em busca de emoções fortes para escrever o seu livro? As meninas conheciam Milaine, a maioria desde o começo, dois anos e meio de amizade, de vida em comum e, apesar de tudo, quem mais me preocupa é você! Elas, suportarão, sabem que a nossa profissão é dura, e já têm o couro grosso, é preciso para trabalhar, e, mesmo que chorem a morte da amiga, sei que saberão vestir a máscara hoje à noite. É a arte delas, é nisso que são excelentes... Mas, você...

— Não estou aqui para representar...

— Justamente, Guy, terá de fazê-lo! Se quiser ficar sob o meu teto, terá de fazê-lo! Se quiser fazer da morte de Milaine a sua cruzada, não posso fazer nada, infelizmente, estou consciente disso. Apesar de tudo, não vou deixar que perturbe a minha casa. Não me obrigue a colocá-lo para fora.

Ela jogou o pano no colo do escritor e se levantou.

— E Rose está muito próxima de você — acrescentou ela, quando estava prestes a sair da cozinha. — Não se esqueça das regras, Guy, mantenha distância. Se ficar hospedado na minha casa, não pode tocar nas meninas. Não farei nenhuma exceção. Nenhuma.

De volta ao sótão, Guy contemplou a chavinha preta.

Vários lampiões de querosene estavam acesos no longo cômodo de teto inclinado. Guy ficou deitado na cama improvisada, com um braço dobrado embaixo da cabeça.

Por que Victor, o proxeneta, havia enfiado a chave no seu bolso, já que se recusava a falar, preferindo receber uma bengalada?

Ele queria me ajudar sem que ninguém soubesse. Tinha medo do amigo. Ou, talvez, dos ouvidos indiscretos da rua Monjol...

O que ele saberia ao certo? A identidade do culpado? Ou simplesmente não queria passar por delator?

Além dos motivos, agora faltava o mais delicado: encontrar o que correspondia à chave.

Alguém bateu de leve na porta.

Guy se ergueu na cama, surpreso, pois não ouvira os degraus rangerem.

— Entre — disse, desconfiado.

Faustine entrou no sótão sem ruído e fechou a porta.

— Não tenho certeza de que isso seja uma boa ideia — disse Guy como acolhida. — Julie está furiosa comigo, se surpreender você aqui, serei...

— Ela não ouviu nada, está muito ocupada com os homens lá em baixo, tem muita gente hoje à noite. No fim das contas, essa detestável Exposição Universal não afasta todos os clientes. Gikaibo me contou o que aconteceu hoje. Não quebrou nada?

— As minha costelas estão doendo, mas acho que são só hematomas. Faustine, eu tinha razão. Com certeza, Milaine não foi a primeira. Os investigadores da polícia de Paris estiveram na rua Monjol há duas semanas, por causa do crime de uma prostituta, aparentemente um assassinato odioso.

— Tire a camisa.

— Como?

— Vamos! Tire a camisa! Ajudei minha mãe a cuidar dos meus irmãos briguentos, sei diferenciar um hematoma de uma costela quebrada.

Como ela estava esperando com a teimosia que lhe era própria, Guy preferiu não protestar e desfez o nó da gravata de seda antes de desabotoar a camisa que tirou com uma certa dificuldade do lado esquerdo.

No fundo, sentia uma certa satisfação de ser examinado assim por Faustine.

Ela o puxou para debaixo de um dos lampiões para inspecionar as duas manchas escuras que lhe maculavam o lado do corpo, depois tateou toda a volta dos hematomas.

— Respire a plenos pulmões — pediu ela.

Guy obedeceu, não sem uma careta.

— A sua história de um outro crime — continuou ela — o que é? Obra de um alienado? Milaine foi... assassinada por um maluco?

— Ainda não sei nada. Mas ela não foi a primeira.

— *Ainda* nada? Quer dizer que vai continuar?

Guy exibiu a chave preta.

— O homem que me deu informações me deu isto. Não sei para que serve, no entanto, ele sabe mais do que quis dizer. Acho que tem medo de outras pessoas da rua Monjol.

— Parece a chave de um armário. É muito pequena para ser de um apartamento.

— Foi o que disse a mim mesmo. Ai!

— Está doendo?

Guy reteve um grito com dificuldade e concordou energicamente.

— E aqui?

— Não. Mas as suas mãos estão frias.

— Não acho que esteja quebrada, talvez fissurada, precisa ter cuidado, evitar batidas e repousar um pouco.

Guy agitou a chave na frente deles.

— Não vou fechar a porta que esta chave abre!

— Nunca vai encontrar a fechadura, Guy! Seja racional!

— Sem a ajuda de Victor, que foi quem me deu a chave, não há dúvida.

— Segundo o que entendi, você não é bem-vindo! Seria suicídio.

— Posso me disfarçar.

Faustine desatou a rir.

— Você lê Conan Doyle demais, meu caro!

Ofendido, Guy se vestiu e enfiou a chave no bolso da calça.

— Não entendo você, Faustine. Chora a morte de Milaine, mas não quer elucidá-la.

— Isso é trabalho da polícia, não nosso. A nossa tarefa é ter certeza de que eles o fazem, de obrigá-los a buscar a verdade.

— Nós ouvimos os dois. Esses investigadores farão o mínimo. Aos olhos deles, as prostitutas não merecem um esforço especial. Se puderem prender um culpado facilmente, eles o farão. Se for complicado, tenho muito medo de que o caso seja rapidamente esquecido!

Faustine não replicou. Ao contrário, concordou com a cabeça. Havia sido ela quem alertara o escritor sobre a falta de perspicácia dos investigadores, havia sido ela que temera, desde o começo, que a verdade não aparecesse.

— Se eu lhes der essa chave — insistiu Guy — ela será esquecida numa prateleira; eles não se darão o trabalho de voltar à rua Monjol por isso, não com os riscos que isso implica. Eles já o fizeram uma vez, não creio que irão se aventurar por lá de novo.

— Nem você pode correr esse risco — disse ela.

— Será preciso.

— Não, se eu for.

— Nada disso, é muito mais perigoso para uma mulher!

— Sei me defender. E, além do mais, Gikaibo e você poderão esperar por mim por perto, caso seja preciso...

— Não, eu não...

Faustine estendeu a mão, com a cabeça inclinada, o olhar de safira inundou Guy com a sua determinação.

— Se esse tal de Victor introduziu a chave no seu bolso, é porque ele quer ajudar, ele não deseja que ninguém fique sabendo. Posso servir de intermediária. Dê-me a chave, Guy.

A chama do lampião de querosene dançava no seu rosto de curvas suaves, contrastando com o pretume da sua espessa cabeleira.

Guy se sentia hipnotizado.

Ele piscou os olhos, sabendo que havia acabado de capitular.

Em Faustine havia a promessa de raivas colossais, mas, também, de prazeres não menos espetaculares e Guy não conseguia se desligar dessa impressão. Sempre intimidado por esses atributos típicos de um turbilhão, na presença dela não era ele mesmo, perdia a segurança, não se sentia estável. Com ela, ele perdia aquele olhar penetrante que era capaz de pousar num homem e na sociedade.

Uma cortina opaca se erguia entre Faustine e ele, privando-o de uma parte dos seu sentidos. Guy não conseguia ler o íntimo dela.

Perguntava-se apenas se isso era recíproco.

Guy andava na rua Châteaudun, com o charuto entre os dedos.

Cruzava com espectadores que saíam dos teatros, as senhoras em belos trajes, os homens muito elegantes, com alguns vendedores — em geral crianças — de laranjas, de *beignets* e de peras cozidas, que tentavam liquidar os estoques do dia abaixando o preço.

Os lampiões de gás lançavam sobre essa multidão uma luz cálida que Guy preferia aos lampadários elétricos em torno da Ópera, com a luz branca, quase espectral. Frequentemente se perguntava se todos esses progressos, que nunca acabavam de revolucionar o mundo, não iam acabar privando a humanidade do que a vida tinha de original, das suas singularidades. Todos os anos a ciência reforçava a superioridade do homem, mas será que, mais cedo ou mais tarde, não alteraria a natureza desse homem, não o transformaria? Será que não o tornaria mais sintético e, com o tempo, não formataria os seres humanos, como as máquinas das fábricas que agora conseguiam repetir o mesmo gesto eternamente, produzindo peças perfeitamente idênticas, sem nenhum defeito?

Guy não terminou o charuto que lhe secava a boca e o ferimento começou a rebentar, se abrindo numa dor lancinante. Ele o esmagou no chão e subiu na direção da rua Notre-Dame-de-Lorette.

Quando estava quase chegando ao *Boudoir de soi*, reconhecendo as luzes vermelhas — em geral destinadas às delegacias de polícia de Paris, mas que Julie havia copiado dos bordéis do interior — notou um vulto de pé, na calçada oposta, olhando para o estabelecimento, sem se mexer. A pessoa estava no escuro e, na ausência de lampião, era impossível distinguir de quem se tratava.

Guy hesitou em ir ao encontro dele, talvez incitá-lo a entrar, levar um novo cliente para Julie e, finalmente, não sentindo vontade de conversar com um desconhecido, optou por entrar direto.

O vulto pareceu se decidir no último momento: enquanto Guy subia os degraus da entrada, ele avançou e o interpelou:

— Senhor! Com licença, acho que o conheço...

Envolvido pela luz que filtrava pelas cortinas das altas janelas e pela luz dos dois lampiões vermelhos, Guy podia ver a fisionomia dele.

Um homem de uns 20 anos, bigode fino e escuro, terno sóbrio e luvas de couro. Guy já o tinha visto em algum lugar, no entanto a identidade dele não lhe vinha à memória.

— Eu me chamo Martial Perotti, sou policial.

Reavivada por essa indicação, a lembrança desse rosto voltou à mente de Guy: ele estava presente na noite anterior, quando o corpo de Milaine havia sido levado.

— Guy Thoudrac-Matto — respondeu ele, tomando o cuidado de usar a falsa identidade.

— Eu... Eu estava hesitante em entrar — confessou Perotti, com uma certa timidez na voz.

— Pois bem, venha, vou apresentá-lo a...

— Não! Não será necessário. Encontrá-lo aqui será suficiente para realizar o meu trabalho.

— O seu... trabalho?

— É, eu... eu conheci Milaine — confessou ele, embaraçado.

A partir de então, Guy era todo ouvidos. Há algumas horas, o nome de Milaine passara a ter alguma coisa de mágico.

— Conheceu?

— Sim, biblicamente, se preferir.

— Ah. E o que posso fazer por você?

— Você mora aqui e a conhecia bem, não é?

— Não no mesmo sentido que você, mas eu convivia com ela como amigo. Por quê?

— O meu nome não lhe lembra nada? Ela nunca o mencionou?

Guy se certificou de que os nomes Martial ou Perotti não dançavam em algum lugar da sua memória saturada, antes de sacudir a cabeça.

— Não, sinto muito. E por quê?

Perotti abriu a boca várias vezes sem conseguir dizer as palavras que se acumulavam na sua garganta. Suspirou e, em seguida, soltou de uma só vez:

— Ela estava grávida e, segundo o que dizia, eu podia ser o pai.

O coração de Guy disparou, ele se apoiou na balaustrada de pedra e examinou minuciosamente o estranho rapaz que lhe havia feito tamanha confidência no início da noite.

— Acho que devia entrar — insistiu Guy — e tomar um copo de conhaque comigo, para conversarmos sobre isso.

— Não, de verdade, prefiro não incomodar a clientela, eu... eu só queria saber se ela havia falado de mim.

— Não tenho certeza de que eu seja a pessoa com quem ela se teria aberto sobre esse assunto. Preciso conversar com alguém. Quer voltar numa hora mais conveniente?

Perotti concordou, antes de descer os degraus.

— Amanhã de manhã, às dez horas, se lhe for conveniente.

— Espere. (Guy o reteve). Você viu o que fizeram à Milaine. No entanto, os seu colegas, Legranitier e Pernetty não parecem muito interessados, não é?

— Não espere nada desses dois. Ao contrário, eles farão tudo para enterrar o caso.

— Por quê?

Perotti examinou a rua de uma lado e do outro, como se soubesse um segredo que não devia ser ouvido por ninguém.

— Esse caso incomoda. Aborrece. Para dizer a verdade, esse caso dá medo.

— Então você sabe quem está por trás de tudo isso? Conhece a identidade do assassino de Milaine?

Perotti engoliu a saliva fazendo tanto barulho, que Guy pôde ouvi-lo.

— O que eu posso dizer é que são muitos. Pois nenhum homem sozinho poderia ter realizado o que foi feito com as outras moças. Nenhum homem.

Perotti lançou mais um olhar preocupado na penumbra à sua volta.

— Tenho de ir. Até amanhã, senhor.

E ele saiu a toda velocidade na escuridão.

8

A barriga do homem estava aberta, a pele dos braços disformes parecia derretida como a cera de uma vela, ele carregava uma bandeja na cabeça com o que parecia ser o seu coração e, enfim, um par de orelhas cortadas por uma comprida lâmina de faca dominava o espetáculo sinistro.

A gravura de Hieronymus Bosch ocupava toda a mesa de Guy.

Formas angustiantes, nem humanas nem animais, passeavam por todo o quadro e cenas de batalhas entre homens e demônios enchiam toda a parte superior da obra.

— Quando vi o cadáver da pobre Anna Zebowitz, foi nisto que, na mesma hora, pensei — confessou Martial Perotti. — Nesta parte do tríptico do *Jardim das Delícias* de Bosch. Desde então, não consigo mais tirá-lo da cabeça.

Perotti havia chegado na hora certa na casa de tolerância e Guy o fizera entrar antes que ele batesse, para não alertar Julie.

Agora, ele estava no meio do sótão, com o desenho desenrolado na frente, Guy e Faustine ao seu lado para escutá-lo.

— Falando de Milaine, tomada pela emoção e pelo cansaço, imediatamente achei que era obra do Diabo — interveio Faustine, com voz fraca. — Mas, agora, com a mente descansada, sou mais pragmática. O que você está mostrando é uma alegoria do Inferno, aí não tem nada de verdade, nada de humano, nada de plausível.

— Justamente por isso — disse Perotti em tom solene. — Anna Zebowitz não tinha mais nada de humano, o que eu vi dela naquele dia não era plausível! Ela estava... como este quadro, o corpo aberto, os órgãos dispersos... um horror! Acreditem!

— E por que acha que o assassinato dela está ligado ao de Milaine? — perguntou Guy.

— A sofisticação, senhor. Ao contrário do que as histórias populares podem contar, em geral, os crimes de Paris são banais e, embora dramáticos, são muito pouco sórdidos na verdade. Uma facada, ocasionalmente uma arma de fogo, garganta cortada num punhado de casos e um alienado obstinado de vez em quando, mas que, quase sempre, é imediatamente preso. Com Anna, Viviane Longjumeau e Milaine, trata-se de assassinatos selvagens com uma forma de... teatralização. Esses crimes são mais do que raros! Três em um mês, todas prostitutas...

— Cortesãs, por favor — corrigiu Faustine. — Milaine era cortesã, conceda à memória dela essa nobreza semântica.

Guy voltou a sua atenção para a jovem, surpreso com a exatidão do vocabulário, raro sem uma boa educação, o que não era apanágio das cortesãs, mesmo num estabelecimento como aquele. Faustine queria bancar uma mulher da alta sociedade ou será que havia realmente crescido numa boa família? Mais uma vez, Guy tinha de confessar que nada sabia dela.

Perotti enrubesceu imediatamente e se corrigiu no mesmo instante:

— Sim, desculpe, cortesãs, então. Existe um conjunto de elementos similares que nos fazem ligá-los. Foi o mesmo autor, ou os mesmos autores, eu deveria dizer.

— Por que pensa que são muitos? — perguntou Guy.

Perotti engoliu em seco e lançou um olhar nervoso para Faustine, o que já havia feito várias vezes antes de começar o relato, alguns minutos antes.

— Tudo bem, vá em frente — incitou-o Faustine — não sou de natureza fraca!

— Bom... é que o corpo de Anna foi encontrado no topo de uma torre, de uma torre alta. E todo o sangue nas escadas não deixa muita dúvida: ela foi morta em outro lugar e depois a levaram lá para cima. Havia tantos... fragmentos, perdoem-me o termo cru, que me parece impossível que seja obra de um único homem!

— Você falou de teatralização — destacou Guy — e quem diz encenação, diz público, não é? Você acha que o — ou os — assassino quis oferecer um espetáculo? Com que objetivo? E por que tamanha crueldade?

— Não sei.

— Anna foi... estripada, é isso?

— Entre outras coisas, sim. Mutilada, os membros cortados, obra de bárbaros!

— Tem pistas?

— O corpo foi encontrado no alto de um dos prédios da Exposição Universal, justamente antes da inauguração. Isso implica que os culpados tinham acesso ao local antes dos visitantes, portanto, são organizadores ou participantes. E, ao lado, está a zona das colônias. Centenas de homens e mulheres que vieram especialmente de todas as colônias francesas, mas, também, estrangeiras, para serem apresentadas nos seus hábitats. A maioria é bem pouco civilizada, preciso dizer. Um grupo desses selvagens poderia muito bem ser responsável.

— Alguma prisão?

— Nenhuma, muitas perguntas dos investigadores, porém, nada mais.

Guy esfregou o queixo parecendo desconfiado.

— Pois bem, em que está pensando? — perguntou Faustine.

— Não imagino um grupo de nativos perambulando por Paris sem vigilância, sem ser notado, e assassinando duas outras mulheres. Não encaixa.

— Por isso mesmo é que não houve nenhuma prisão — confirmou Perotti.

— E a hipótese de uma... seita? Um pequeno grupo de fanáticos, operando em nome do Maligno, está na moda, afinal!

A ideia não era malvista nas vésperas da separação da Igreja e do Estado. Não apenas pululavam os círculos esotéricos, em reação contra o cientificismo e a industrialização que grassavam há algumas décadas, como alguns fanáticos religiosos se haviam juntado para formar facções organizadas e lutar contra esse anticlericalismo virulento. O pensamento de um grupo de extremistas escorregando pela encosta do crime, embora ousado, não chocava Guy.

— Essa hipótese também foi considerada, sem resultados. É melhor eu dizer já: esse crime causou um problema, poderia prejudicar a imagem da Exposição, tirar o brilho da inauguração, por isso o caso foi tratado com toda a discrição, ninguém está a par exceto um punhado de homens que estavam no local.

— Legranitier e Pernetty?

— Sim, foram os primeiros a chegar. Pareciam saber o que estavam fazendo.

— E quais as conclusões a que chegaram?

— Não sei, não sou tão ligado a eles.

— Qual é a sua ligação com esses dois?

— Eu sou um jovem investigador, sou assistente, mas não passo de um novato entre outros, aos olhos deles. Percebi isso, eles me ignoram, posso até apostar que nem sabem quem eu sou! Portanto, se abrir comigo, claro que não... Eles só conversam entre eles. São desconfiados.

— O que sabe do assassinato de Viviane Longjumeau? — quis saber Guy.

— Pouca coisa, eu não estava presente, só sei que foi encontrada à beira do Sena, não muito longe do jardim das Plantas.

— É um maldito passeio da casa dela, no décimo nono distrito, até lá!

— Realmente. Ela foi apunhalada, arrastada por dezenas de metros, os olhos estavam todos pretos, como... os de Milaine. É só o que eu sei.

— Nenhuma testemunha? Se não me engano, o cais, ali, é uma zona de carregamento de chatas e ainda há o mercado de vinhos, um lugar frequentado, mesmo à noite, por todos os encarregados da manutenção.

— Nenhuma, que eu saiba.

Um longo silêncio se fez entre o trio reunido em volta da mesa de madeira, com uma gravura assustadora sob os olhos.

— Então, há um louco que passeia pelas ruas de Paris — declarou Faustine.

— Mais provavelmente um grupo de loucos! — corrigiu Perotti, enrolando a extremidade do bigode entre o polegar e o indicador. — Eu lhes contei tudo o que sei. Agora, permitam-me perguntar se não haveria um jeito de me entregar o diário de Milaine. Sei que é um pedido incongruente, mas eu insisto: eu era o único a me preocupar de verdade com ela, ela mesma me confessou! Ela me confessou não ter nenhum parente próximo e sei que mantinha um diário, ela disse. Gostaria de saber se ela fala de mim nele. Aliás, ela nunca citou o meu nome?

Faustine pegou a mão dele e deu uns tapinhas de leve, afetuosamente.

— Sinto muito — disse ela — Milaine falava poucas coisas sérias; com a gente, transformava tudo em brincadeira. E não tenho nenhuma lembrança de ter mencionado a sua existência. Mas, estou certa de que isso não põe em dúvida a afeição que poderia sentir por você.

— Você disse que ela mantinha um diário, tem certeza? — perguntou Guy.

— Certeza absoluta, ela me afirmou.

Guy e Faustine trocaram um olhar cúmplice. Haviam revistado o quarto dela minuciosamente.

— Pois bem, aí está outro mistério — reconheceu o escritor — porque não temos o diário e, a não ser que ela tivesse um esconderijo em algum outro lugar em Paris, ele desapareceu!

Perotti ergueu a mão significando que tinha uma ideia:

— A não ser que Milaine estivesse com ele no momento do... do crime.

O seu pomo de Adão subiu e a emoção o fez piscar os olhos energicamente.

— Senhor Perotti — disse Faustine, olhando para Guy — precisamos nos despedir. Infelizmente, o tempo urge e temos um encontro do outro lado da cidade.

— Ao contrário — interveio Guy — acho que a presença de um policial, mesmo à paisana, não será demais. Veja, Faustine e eu somos uns malditos curiosos e a morte da nossa amiga deixou no seu rasto elementos estranhos que gostaríamos de esclarecer, em nome da memória dela. Quem sabe poderia nos ajudar?

— É que... estou de serviço hoje à tarde.

— Dá muito tempo de agir! Vamos, venha, e se cruzarmos com alguém antes de sair, diga que veio aqui para me ajudar no meu romance.

— Ah, você escreve?

Guy havia se traído. Reprimiu a raiva que sentiu de si mesmo cerrando os punhos e exibiu um sorriso de fachada.

— Eu tento, e isso não é muito conclusivo, preciso reconhecer.

Empurrando o jovem investigador para a escada, ele parou na porta do quarto e fitou Faustine.

— O senhor Perotti poderá abordar Victor, não é mais necessário que você ven...

— Nem pensar! Eu irei e vou desempenhar o meu papel. O plano continua o mesmo! Não conheço esse Perotti e não confio nele.

Guy agarrou-a pelo punho e puxou-a para perto dele, dizendo baixinho:

— É uma péssima ideia! Lembro que existe um ou vários indivíduos que se divertem um massacrar jovens bonitas do seu tipo e exibir uma aos olhos deles é uma coisa bem estúpida!

— Não sabemos se eles são da rua Monjol. E nada indica que os crimes vão continuar. Talvez se trate de ex-amantes e tudo está terminado agora. Ou os assassinos acertaram as contas.

— Os crimes vão continuar. Mais e mais — revelou Guy, com ar sombrio.

— Por que tem tanta certeza?

— Se há uma encenação, é para fazer uma comunicação, é para dizer alguma coisa. Enquanto aquele ou aqueles a quem é dirigida a mensagem não a houver compreendido, o autor desse macabro espetáculo vai continuar, quanto a isso não há a menor dúvida. Salvo se pudermos compreender qual é a mensagem e dar uma resposta antes que seja tarde demais.

9

O céu estava encoberto no fim da manhã.
O vento havia puxado um véu cinza por cima do sol, reforçando as sombras de Paris, aprofundando os becos e os pátios traseiros e até a ponta da torre Eiffel parecia perdida, lá no alto, sozinha, raspando com o seu mastro de metal o ventre fuliginoso das nuvens.

Guy apertou a maçaneta da janela até as suas articulações ficarem brancas. Ele examinava a escada inclinada da rua Asselin, de um quarto do hotel *Bel-Air*, que dominava a rua no alto da pequena colina.

Fazia mais de meia hora que Faustine se enfiara pela rua Monjol.

Martial Perotti concordara em acompanhá-los, mas, ao descobrir o plano dos dois cúmplices, havia protestado energicamente. Faustine não podia entrar sozinha na rua Monjol, era loucura. Uma mulher tão bonita corria o risco de sofrer os piores suplícios num lugar daqueles!

Mesmo assim Faustine teimou, com a chave preta no bolso.

Agora que estava esperando Guy realizou como havia sido estúpido. Ele sabia desde o começo que seria uma asneira deixá-la ir até lá, mas, agora, que estava cansado de esperar, que tudo era bem real, se conscientizara de que havia sido uma atitude criminosa.

Faustine corria um grande perigo.

Como pudera ceder?

Não haviam avisado Gikaibo, ele estava ocupado com trabalhos para Julie e, se alguma coisa saísse errado, Guy só poderia contar com Perotti, de quem ele não sabia quase nada. Seria competente? Seria de confiança?

— Senhor Perotti, posso saber se está armado?

— Chame-me de Martial. Não, não estou. Hoje não. Para dizer a verdade, não pensei que viria aqui.

Guy suspirou.

— Se ela não voltar em cinco minutos, vou até lá — lançou ele.

— Sou da opinião de que não devia esperar mais! Eu disse: não era uma boa ideia deixá-la ir à rua Monjol sem alguém para vigiá-la! Mesmo em pleno dia, ela pode ser agarrada numa ruela, num dos pardieiros em ruína e sofrer os piores...

— Faustine é impressionante quando decide enfrentar um homem — cortou Guy. — Quanto a isso, confio inteiramente nela.

— E se forem muitos? E se tiverem facas ou cacos de vidros? Vamos lá. Sinceramente, acho que é melhor.

Guy ergueu a mão para fazê-lo se calar.

Um vulto com um vestido acabou de aparecer na escada, saindo direto da rua Monjol, ela subia em direção ao hotel.

— É ela! — exclamou Guy.

— Está sozinha?

— É o que parece.

Eles a receberam com alívio e Guy a examinou atentamente para se assegurar que não havia sofrido nenhuma ofensa. Faustine estava com as faces vermelhas, olhar agitado e o peito se erguia rapidamente. Ele pensou discernir o medo.

— Como você está?

— Eu preferia morrer do que terminar a minha vida lá, e está dito! Estive com Victor. Ele virá nos encontrar. Você tinha razão, Guy, ele quer nos ajudar, mas tem um terror infantil diante da ideia de que fiquem sabendo disso. Não sei a quem ele teme assim, mas é impressionante.

— Você não foi importunada? — surpreendeu-se Perotti, como se nisso já encontrasse uma razão para recuperar a esperança no homem.

— Eu... Eu enfrentei — esquivou-se a cortesã.

Alguns minutos depois, Victor bateu na porta e Perotti se apressou em abri-la.

O rapaz, com uma penugem como bigode, ficou tenso ao ver mais gente do que havia imaginado, porém, depois de uma última olhada no corredor, entrou e fechou a porta.

— A minha Viviane interessa mermo a vocês?

Guy notou o esforço dele em falar um francês compreensível para todos. E concordou com a cabeça.

— Para que serve esta chave? — perguntou ele, na sequência.

— É de onde ela morava. Do quartinho dela. Eu conhecia bem ela, às vezes ela me dava atenção. Em troca, eu ficava de olho nela. Ou melhor, tentava...

Abaixou o olhar, nitidamente envergonhado.

— Qual é a história dela? — perguntou Faustine. — Como ela chegou à rua Monjol?

— Não sei de nada. Ela não falava disso. Ela chegou de repente faz uns dois meses, fazia o trabalho e é só. Mas era... era uma boa moça. Bonita como uma tulipa na primavera no seu vestido vermelho, o preferido, ela não estava murcha como as outras moça! Era, sim, uma loucura ser tão bonita num lugar tão feio. Uma moça gentil, que ajudava todo o mundo, curiosa, se metendo em tudo, em todas as conversas e devolvendo o sorriso para os desdentados da rua. Não é normal o que aconteceu com ela. Nada normal. Como se o bairro quisesse lembrar a todos que, aqui, tanta gentileza não sobrevive.

— Ela aparentava alegria de viver? — observou Faustine.

— Todo dia. No fundo, devia ser a mais triste de todos, a mais melancólica, mas era quem menos demonstrava! Menos pra mim, ninguém me engana, posso ver através das pessoas!

Perotti se imiscuiu na conversa:

— Alguém sabe exatamente quando ela desapareceu? E há testemunhas?

— No sábado, faz duas semanas, dia 7 de abril. Naquela noite, ela andou pela rua com vários clientes. E, depois, mais nada. No domingo, tinha desaparecido. Nunca mais vimos ela. Passei várias vezes no quarto dela, eu tinha uma chave, mas ela não estava. Digam, é verdade o que disseram noutro dia, que tinham uma amiga que também morreu? E acham que tem alguma relação?

Guy concordou.

— A nossa amiga também era cortesã — revelou Faustine. — Ela... ela não morreu em circunstâncias compreensíveis, quem fez isso é... louco.

— E se encontrar quem foi, o que vai fazer?
Faustine fitou Guy, embaraçada.
— Não somos investigadores — emendou o escritor. — Foi a curiosidade que nos trouxe até aqui. O desejo de honrar a morte da nossa amiga.

O cadáver vermelho de Milaine, curvado para trás, a horrível careta e o olhar abissal surgiram na mente de Guy.

— Vocês estão fazendo o que as autoridades não fazem: ir atrás da verdade. Precisava ver quando vieram aqui, reviraram tudo, depois foram embora de repente, sem fazer mais nada.

— Por que pôs esta chave no meu bolso ontem?

— Porque você parecia sincero. Queria mesmo saber. Queria encontrar alguma coisa de verdade. É que aqui, isso é raro. Viviane era minha amiga... Eu devia proteger ela. Eu... falhei.

Guy viu a tristeza invadir o rapaz e imediatamente retroceder, como se naquele bairro fosse proibido sentir emoções, fosse proibido manifestar uma prova de humanidade que, ali, era chamada de fraqueza.

— E o que tem esse quarto de especial? — perguntou ele, para ajudar Victor a se recompor.

— Depois de uns dias de ausência, justo antes que os homens da polícia aparecessem, fiquei com medo que tivesse acontecido uma desgraça a Viviane. Então, voltei no quarto dela e revistei um pouco o cafofo, pra descobrir. Vocês precisam ver isso. Olhem dentro do armário.

— Pode nos levar até o quarto de Viviane?

— Não. Mas posso explicar como chegar lá. Depois de tudo, já deve te sido esvaziado pelo pessoal do prédio, mas, com um pouco de sorte, o que tem de interessante de verdade ainda deve estar lá.

— Victor, eu queria apresentar as minhas desculpas pelo que aconteceu ontem — disse Guy.

— Estamos quites. Tinha que dar o troco.

— Por que tem tanto medo de que alguém o veja falando conosco?

Victor arregalou os olhos e, de repente, parecia um louco.

— Não sabe do que as pessoa são capazes de fazer aqui. Tem um código que precisa ser respeitado: não se diz nada aos estranhos, os nossos problemas resolvemos entre nós. E quem age de maneira diferente... brinca com a vida. Mas, Viviane não era como a gente, ela merece que se fale dela.

Se querem saber o que aconteceu com ela e com a sua amiga, então, tudo bem. Viviane não era uma moça como nós.

— Você pode agir como quiser, principalmente você, com o seu... estabelecimento; você tem dinheiro, não? — interveio Perotti.

Victor quase morreu de rir, gargalhando zombeteiro.

— O que está pensando? A rua Monjol é a mais barata de toda Paris para se subir aos céus rapidamente e aqui os pervertidos encontram tudo o que querem. Isso, é claro, atrai muita gente e, quando existe dinheiro, sempre se instala um comércio por trás.

— Quer dizer que alguém puxa as cordinhas por trás de toda essa miséria? — pensou compreender Guy.

Victor deu uma olhada desconfiada pela janela e, depois, respondeu baixinho:

— Com certeza! Eu banco o gerente, mas todo o dinheiro vai pro bolso de um único sujeito! Como tudo o que se faz aqui na rua Monjol.

— E quem é esse homem?

Victor passou a língua nos lábios antes de responder sentenciosamente:

— Ele é chamado de o rei dos Piolhentos.

As primeiras gotas de chuva caíram enquanto Faustine, Guy e Perotti atravessavam o terreno baldio que ficava na esquina das ruas Asselin e Monjol. Faustine levantava a frente do vestido para conseguir andar entre o matagal e as silvas que formavam um mato denso. Seguindo as explicações de Victor, chegaram a um buraco no muro de tábuas que dava passagem para um quintal dos fundos que cheirava a urina.

Embaixo de uma porta larga, cinco mulheres vestidas de andrajos sujos caçavam visitantes que estivessem com pressa para conseguir um alívio seminal em troca de alguns tostões. A mais velha tinha apenas 20 anos e os farrapos não escondiam quase nada da sua intimidade.

Para Guy, parecia que cada prédio da rua abrigava uma cloaca infame, como se aquela rua, apenas ela, fosse o esgoto da civilização.

Esgueirando-se por trás das jovens putas, o trio subiu a escada de serviço até o último andar que acabava num corredor minúsculo e escuro. Duas clarabóias filtravam a luz cinzenta da tempestade iminente, marteladas por gotas de chuva cada vez mais virulentas.

— Ele disse a penúltima porta — repetiu Guy, baixinho.

Ele não precisou introduzir a chave na fechadura, a porta havia sido arrombada. Ele entrou num quarto, em geral reservado às empregadas por ser no último andar, no qual só restava um estrado quebrado, uma estante vazia e um enorme armário.

— Victor tinha razão, houve visitas, tudo foi esvaziado.

— Exceto os móveis — acrescentou Faustine.

— Por enquanto...

Mesmo assim, querendo se certificar, Guy verificou se não havia sobrado nada; mas bastou girar no mesmo lugar para ter certeza. O assobio do vento entrava por um lado da janelinha que não fechava muito bem.

Perotti ficou de frente para as duas portas de madeira maciça.

— O armário — indicou ele.

Ao abri-lo, Perotti não encontrou nada além de prateleiras vazias e um pau de cabide igualmente deserto. Ele entrou no armário e começou a empurrar a parede do fundo.

— Victor falou em fazer correr — lembrou Faustine.

Perotti pôs as duas mãos na madeira e puxou para um lado e depois para o outro.

A parede deslizou, revelando um outro cômodo.

— Meu Deus... — disse ele, surpreso.

— Viviane era cheia de recursos — comentou Guy, também passando para um quarto do mesmo tamanho do primeiro.

— Não poderia ter dito melhor — replicou Perotti, apontando uma haste na qual estava pendurada uma meia dúzia de vestidos muito elegantes, de tecido luxuoso e trabalhado.

— Devem ter custado caro — analisou Faustine — bem mais do que uma jovem daqui poderia ganhar num ano!

— Será que Viviane tinha um amante generoso?

— Um cliente rico e regular que vinha à rua Monjol? — disse Faustine num tom que indicava que não acreditava nem um pouco nisso. — Certamente, não! Por mais bonita que fosse!

— Então, de onde vêm todas essas roupas? — perguntou Perotti abrindo as gavetas de uma penteadeira, revelando algumas joias, fitas de seda, broches de penas dispendiosas, alfinetes de pérolas para prender chapéus e vários pares de luvas de couro.

Guy se ajoelhou sobre um exemplar de *A Princesa de Clèves*[1] e de uma fotografia que mostrava uma menina de uns 14 ou 15 anos, posando com um bonito vestido branco.

— Muito jovem para ser ela. Será que Viviane tinha uma filha?

— De qualquer maneira, dinheiro não lhe faltava!

Faustine havia acabado de encontrar uma carteira de couro, da qual saíam várias centenas de francos.

— É quase impossível juntar uma fortuna dessas na rua Monjol! — explicou ela. — Desde quando ela estava aqui?

— Dois meses, segundo Victor — lembrou Guy.

— Será que é o que sobrou de uma fortuna perdida? — sugeriu Perotti.

— Nenhuma mulher viria se refugiar na rua Monjol por livre e espontânea vontade! — indignou-se Faustine. — Menos ainda com todo este dinheiro no bolso! A maioria ainda prefere sobreviver nos acampamentos dos trapeiros nas muralhas de Paris.

— Então, Viviane Longjumeau veio espontaneamente viver no Inferno! — concluiu Guy.

Perotti deu de ombros:

— Seria preciso ser louca!

— Ou especialmente motivada — disse Guy agitando a fotografia diante dele.

— Ela fazia isso pela filha? Não, francamente! Existem centenas de lugares mais seguros e mais rentáveis para se vender o corpo!

— Concordo totalmente. O que só nos deixa uma opção. Que mulher viria vender o seu corpo por uma miséria num pardieiro perigoso, sendo que tinha recursos para evitá-lo?

Faustine havia compreendido.

— Uma mulher que procura a sua filha.

— É a única explicação — confirmou Guy. — Não vejo nenhuma outra.

— A dedução é pertinente — reconheceu Perotti. — Você tem senso analítico.

Guy abarcou o pequeno cômodo com um gesto amplo.

---

[1] Publicado anonimamente por Madame de La Fayette em 1678, esse livro é considerado uma das obras fundadoras da narrativa literária moderna. Traduzido no Brasil, foi lançado por várias editoras, entre elas a Record e a Globo. (N. T.)

— Viviane escondia essa parte dela, portanto, estava aqui por uma razão pessoal que não queria compartilhar. Devia achar que a filha...
Diante da expressão repentinamente preocupada de Guy, Faustine e Perotti se alarmaram.
— O que foi? — perguntou a cortesã.
Guy deu uma olhada no acesso secreto do quarto. O rosto dele estava exangue.
— Não é normal — disse ele.
— O quê? Guy, você está me assustando!
Guy se precipitou para a janela.
— Muito alto! E as telhas podem ser deslizadas com esta chuva.
— Por quê? Em que está pensando? — perguntou Perotti.
— Mesmo que gostasse muito de Viviane, não consigo imaginar, nem por um segundo, esse tal de Victor descobrindo tamanho maná sem tocar nele! Menos ainda dar a chave ao primeiro que aparece e que se interessa pela sua doce amiga morta!
Faustine compreendeu imediatamente e levou as mãos à boca.
— Uma cilada!
— É o que temo! Venham, temos de sair daqui sem perder um minuto.
Guy ia correr para o armário, mas parou, arrasado.
Faustine e Perotti o viram recuar lentamente.
O som da chuva que batia na janela tornara-se mais ensurdecedor.
Ela marcava a cadência.
Como uma contagem regressiva.

10

Guy ergueu as mãos à frente, paralisado com o que via, como se tentasse acalmar uma fera prestes a dar o bote.

— Não queremos problemas — disse ele com uma voz menos segura do que queria mostrar.

O vulto de um homem baixo e atarracado apareceu no buraco que dava no armário vazio. Ele segurava uma longa lâmina reluzente e os seus olhos brilhavam de cupidez.

— Chegou a hora de esvaziar os ricaços! E nem tentem dar o fora se não quiserem virar peneira! E os dois caras aí, pra trás, para que a emproada possa se desenfarpelar!

Das suas inúmeras escapadas de adolescente para junto dos trapeiros, Guy havia guardado um bom número de palavras e expressões empregadas nessa gíria singular. Compreendendo que o homem queria que Faustine tirasse a roupa, o seu sangue ferveu.

— Nem pense nisso! — replicou ele imediatamente, encarando o rosto de pele escura de sujeira.

Sem mais ameaças, o homem tentou enfiar a lâmina na barriga de Guy que só se salvou por causa de um rápido reflexo que o fez evitar o golpe. Três outros indivíduos entraram, o que acalmou o artista da faca.

— Eu o furo rapidinho se falar assim de novo! — grunhiu ele.

Victor apareceu por último.

— Victor — disse Guy com um ar desesperado —, ele não entendeu direito, nós...

— Limpem eles — ordenou o rapaz, sem prestar atenção ao escritor. — E deixem a piranha pra mim, não vou dividir uma presa tão bela!

Os quatro ladrões se aproximaram, examinando as roupas das vítimas com tão pouca humanidade no olhar que Guy compreendeu que, ali, o valor de uma vida era inferior ao menor dos bens, que era preferível não resistir para ter uma possibilidade de sair ileso.

Victor se aproximou de Faustine, com um ricto obsceno nos lábios.

Não havia nenhuma dúvida quanto às suas intenções e, para Guy, isso era insuportável.

Nunca poderia suportar que Faustine fosse violentada sob os seus olhos sem intervir. Mesmo que tivesse certeza do preço que teria de pagar.

Ele avaliou Perotti com um breve olhar, para saber se poderia contar com o policial. Este não demonstrava nenhuma emoção, os olhinhos castanhos se agitavam rapidamente como se ele se esforçasse para analisar a situação e encontrar uma saída.

Guy pensou que, se agisse, Perotti não tardaria a fazer o mesmo. O homem tinha mais coragem do que ele inicialmente pensara.

Cinco anos de savate não podiam ser esquecidos com a falta de prática, repetia a si mesmo ao ver os dois ladrões se aproximarem. Ele sabia os movimentos, os encadeamentos, a técnica era o seu ponto forte. Dominar o equilíbrio, assegurar os seus apoios, todas as coisas que ele havia feito tantas vezes que lhe parecia poder recuperar com a mesma fluidez de antigamente.

Mas, naquele dia, o seu coração estava disparado, as pernas estavam bambas, sem força por causa do medo. Ele temia ser lento, não ter impacto.

A primeira mão tentou pegá-lo pelo colarinho para tirar o seu longo paletó.

Mão oposta. Pegada no punho, dedos que envolvem a palma da mão, rotação no sentido inverso das articulações, a outra mão empurra o cotovelo adverso. Uma rasteira para jogar no chão.

Num piscar de olhos, o ladrão foi projetado no chão com o ombro deslocado.

Guy continuou sem pensar.

Estabilizou os apoios e deu um pontapé furioso no segundo ladrão, tomando o cuidado de virar o quadril para que o movimento fosse brusco e forte.

A sua bota de couro bateu nas costelas, e ele até achou que algo duro cedia embaixo da camisa enquanto o homem se dobrava ao meio, com a respiração instantaneamente cortada. Mas Guy já estava de prontidão, preparando os movimentos graciosos sob o fantasma dos milhares treinamentos.

Um direto de direita, emendado por um gancho de esquerda. Rápidos. Secos.

Os punhos estalaram na pele, nos ossos.

Guy se lembrou da dor nas falanges, essa velha amiga sinônimo de orgulho masculino. Quase sentira falta dela.

O homem estava no tapete, não tivera tempo de compreender o que lhe havia acontecido.

No entanto, os reforços chegaram, mais três celerados se haviam reunido aos outros.

Perotti tentava se esquivar dos golpes da faca que assobiavam na sua frente e Faustine gritava. Victor tentava empurrá-la contra a parede, mas ela se debatia como uma tigresa.

Com o canto dos olhos, Guy detectou um lampejo de metal e compreendeu que seria cortado ao meio por uma lâmina. Saltou para perto da janela e se preparou para revidar.

Os três ladrões formaram um semicírculo em volta dele, um deles segurava uma faca, o outro uma navalha e o terceiro tinha só os punhos. A situação não era favorável. Nada favorável. Desta vez, ele não se iludiu, assim que atingisse o primeiro, o aço o cortaria em pedaços.

Faustine deu um grito raivoso que atraiu a atenção de Guy.

Ela havia quebrado o nariz de Victor com uma cotovelada. Este retribuiu com um tapa furioso que projetou a jovem num canto do cômodo.

A desconcentração lhe foi fatal.

Os agressores aproveitaram para pular em cima dele.

Guy deu um pontapé de frente nos genitais do primeiro, antes de evitar com a palma da mão o braço armado do segundo.

Alguma coisa fria inundou o seu braço.

Em seguida, recebeu um choque colossal no canto do rosto e titubeou até a janela, agarrando-se a ela para se segurar.

O aposento tremia, estava desfocado, Guy não conseguia mais pensar, menos ainda cogitar em se defender. Inesperadamente, se via preso no corpo ferido, tão atordoado como se estivesse dentro de um sino no momento do ângelus.

Apesar de tudo, percebeu dois homens que avançavam para acabar com ele. Perotti não estava em melhor situação, acuado contra a penteadeira com uma faca no pescoço e Victor agarrava Faustine pelos cabelos para subjugá-la.

Guy compreendeu que estavam perdidos.

Haviam sido imprudentes. Haviam se achado mais fortes do que a rua Monjol.

Ela os havia derrubado em menos de trinta segundos.

O golpe de misericórdia estava demorando a ser dado.

Outro homem havia entrado.

Ele havia dado uma ordem que não havia atravessado as barreiras abafadas que prendiam Guy.

— Eu disse: solte-os! — ordenou de novo o indivíduo, desta vez gritando alto.

O teto parou de girar e Guy conseguiu piscar para recobrar os sentidos progressivamente.

O homem que havia falado não era muito alto, mas uma cartola lhe dava mais estatura. Havia passado dos 30 anos, tinha um bigode preto generoso, sobrancelhas em desalinho, barba por fazer e várias cicatrizes feias e rosadas no queixo e na testa. Contudo, o que mais impressionava eram os minúsculos rasgos que lhe serviam para observar a atividade do quarto. Parecia que não piscava os olhos e, no entanto, eles eram muito pequenos, como se estivesse se esforçando para distinguir um navio ao longe, no mar.

E para terminar a descrição do personagem, estava vestido com um colete de terno cinza por cima de um suéter puído de lã azul.

Ele se mantinha apoiado nas duas pernas, com uma bengala na horizontal, nos ombros, segura com as duas mãos.

Constatando que dominavam a situação, os ladrões ajudaram os dois amigos atingidos por Guy a se levantar e um deles os auscultou.

— Ela é minha, patrão! — apressou-se a dizer Victor, mostrando Faustine. — Fui eu que maquinei tudo! Os ricaços é conquista sua, mas a puta é pro carinha aqui!

O homem de cartola andou lentamente na direção de Victor, examinando cada um dos três prisioneiros e, sem nem um olhar para o rapaz de bigode de penugem, lhe acertou um golpe com o castão da bengala no externo, para lhe cortar a respiração.

Victor emitiu um assobio lúgubre buscando ar e segurando o peito. Titubeou para se afastar do seu carrasco, deixando Faustine aos pés deste último que lhe estendeu uma mão cheia de arranhões.

— Espero que os meus servos não a tenham brutalizado muito, madame! — disse ele num tom polido demais para ser natural.

Faustine recusou a mão e se levantou sozinha.

Olhava fixo para ele, com os maxilares contraídos e o olhar de safira penetrante.

Guy nunca a tinha visto tão nervosa e percebeu que era medo.

Faustine estava aterrorizada.

Do seu lado, Victor se agarrava à parede e penava para recuperar a respiração.

— Estou envergonhado com esse mal-entendido — afirmou aquele que Guy adivinhava ser o rei dos Piolhentos. — Apresento todas as minhas desculpas.

— Fique à vontade! — indignou-se Perotti, puxando o paletó para alisar as dobras e tirar o pó.

O rosto peludo se virou para o inspetor e as pupilas ficaram brilhantes de raiva. Guy achou que a clemência do rei ia se evaporar, mas, em vez disso, ele se descontraiu e exibiu um sorriso brincalhão.

— É que vocês entraram no meu território sem autorização — explicou ele. — Na rua Monjol, talvez sejamos porcos ao seus olhos de burgueses civilizados, mas também temos regras. Qualquer um que as infrinja se expõe a ser assaltado.

Guy notou o cuidado que ele tomava para escolher as palavras, se exprimindo num ritmo lento, para não deixar a sua linguagem natural sair vencendo.

— Que vocês venham se aliviar com as nossas meninas é uma coisa, mas vir fazer perguntas e perturbar as nossas cabeças é outra — acrescentou ele.

— Não queremos fazer mal a ninguém, apenas honrar a memória de uma amiga nossa.

— É, foi isso o que me contaram. Assassinada. E posso saber no que a rua Monjol está ligada à sua amiga?

— Não sei, mas a polícia farejou uma pista. E tanto você quanto eu sabemos que é inútil contar com eles para nos instruir, então fazemos o trabalho, por ela, nós lhe devemos isso.

— A sua amiga era uma rameira?

Desta vez Faustine não fez nenhuma repreensão, provavelmente ainda entorpecida pelo medo.

— Era.

Alguma coisa na expressão do rei espantou Guy, um mal-estar ou incômodo manifesto que ele não pôde disfarçar totalmente.

— Gostaria de compreender, vocês são cidadãos honestos, por que diabos vieram se envolver aqui com as suas perguntas? Ela está morta, isso não fará com que volte! Vocês partiram numa cruzada contra quem a assassinou?

— As circunstâncias da morte foram abomináveis — respondeu Guy, sem pestanejar. — E a pouca atenção que a polícia demonstrou em relação a ela me levou a me informar, ainda mais que... (ele hesitou, mais quanto à formulação da frase do que sobre a vontade de se abrir) que tudo nos leva a crer que a nossa amiga não é a primeira vítima desse monstro.

O rei parou bem na frente do escritor.

As fendas negras o escrutavam com uma atenção palpável.

— Revistem-nos — lançou ele aos seus capangas. — Não, Emile, apenas os homens!

Embora indignados com o tratamento, os dois homens não protestaram. Um dos rapazes demorou mais tempo na carteira de Guy, dentro do paletó.

— Não toque nas coisas deles! — ordenou secamente o rei dos Piolhentos. — Quero saber se têm armas, só isso.

— Não, patrão, nada disso.

O rei pareceu satisfeito.

— Por um momento pensei que pudessem ser da Segurança Pública, se bem que não parecem com os investigadores grosseiros e espertalhões, mas agora tenho certeza: esses covardes nunca vêm aqui sem estar armados! (Ele se apoiou na bengala, a outra mão na cintura.) Agora, imaginemos que encontrem quem assassinou a sua amiga, o que fariam?

— Eu... não acho que... possamos ir tão longe... — gaguejou Guy, que, de repente, realizou que não se havia perguntado, de verdade, qual a finalidade do que estavam fazendo.

Até aquele momento, ele se deixara levar pela curiosidade, para lutar contra a imagem obsedante do cadáver de Milaine. Mencionara a Faustine a ideia de ajudar a polícia, de passar para ela o que ficassem sabendo para que a investigação tivesse alguma chance de ter êxito, mas, no fundo, não tinha certeza de querer compartilhar as descobertas. O que a polícia faria? Procederia com o mesmo desinteresse manifestado ou realmente faria uma prisão?

Devia enfrentar a verdade. Não podia mais negar, não podia mais mentir a si mesmo. O que o levara até lá era um pouco mais do que a vontade de saber. Era o gosto do sangue. A oportunidade de roçar na morte violenta, de sondar os seus meandros. De saber o que se escondia nas vias sinuosas do crime no exato momento em que a vida é tirada.

Há muito tempo Guy só pensava nisso. Queria escrever sobre o assunto.

E, de tanto chamar o crime com toda a sua alma, tinha sido ouvido.

— Você é igual a um peixe olhando fixo para a isca na ponta do anzol — revelou o rei dos Piolhentos, como se lesse o que se passava nele. — Sabe que não deve se aproximar e, no entanto, a cada segundo que passa, a sua nadadeira o leva até lá. Está perfeitamente consciente de que é uma loucura morder a isca e, apesar de tudo, vai fazer isso, não é?

Guy engoliu em seco à guisa de resposta.

— E sabe por quê? Porque é a sua natureza. Você é um caçador. Eu vejo isso. Está na sua postura, nos seus olhos! Um verdadeiro caçador, excelente e determinado! Mas que não sabe disso!

O rei reprimiu o início de um riso.

— E eu vou lhe dar um magnífico presente — prosseguiu ele — vou lhe dar um cheiro para ir atrás, para seguir até a sua presa!

Foi então que Guy sentiu o líquido quente que inundava o seu braço.

Ele sangrava.

11

O cheiro de vinho empestava todo o andar. Mesmo forte, o cheiro dos lampiões de querosene não era suficiente para encobri-lo.

Faustine, Perotti e Guy estavam sentados numa banqueta vermelha, na sala do rei dos Piolhentos. Grandes espelhos enfeitados de latão cobriam a maior parte das paredes, tanto assim que a sala parecia desmesuradamente grande. Isso bastava apenas para mascarar a vetustez. A cornija de gesso tinha manchas escuras de umidade e as cariátides que sustentavam as duas lareiras estavam com o nariz, os braços ou os peitos amputados.

Do lado de fora a chuva caía, abundante e voluntariosa, martelando os vidros das janelas como uma armada de gralhas curiosas.

Guy havia sido rapidamente tratado por uma das meninas da rua. Um pouco de álcool na ferida e uma bandagem com um tecido, que ele havia examinado para se assegurar de que estava limpo. Felizmente, a cutilada havia sido superficial. Uma relíquia do seu confronto com o homem da faca, que lhe lembraria que faltara pouco para que tivesse as veias seccionadas.

O rei dos Piolhentos puxou uma cadeira com a pintura desbotada e pôs o chapéu numa mesa de pé de galo que estava ao seu lado.

— Eu me chamo Gilles, embora a maioria aqui me chame de o rei dos Piolhentos. Alguns poderiam se ofender com um apelido tão pouco elogioso, mas é que, por aqui, a gente faz o que pode, a miséria é a nossa amante e nos serve como modelo de todas as virtudes!

— Até que você é instruído, para...

Percebendo que poderia ser insolente, Perotti parou, confuso, no meio da frase.

— Para um miserável? — completou o rei. — Não se esqueça de que o nada só existe porque existe a matéria! Antes de ser tudo aqui, eu fui um pouco em outro lugar.

Desde o momento em que ficou sozinho com eles, livre do seu rebanho, o rei não buscava mais as palavras, não hesitava em certas frases; havia perdido a sua entonação dura e articulava naturalmente.

Acima de tudo, Guy esperava que Perotti não desse indícios da sua profissão que, num lugar como aquele, poderia pô-los numa posição desagradável.

Ele desviou a atenção do rei dos Piolhentos:

— Por que nos trouxe aqui?

— Para ajudá-los. Se três habitantes honestos desta cidade abjeta decidem perseguir o monstro que esfola esta escória, então podemos esperar dias melhores! E é meu dever ajudá-los.

— Conhecia Viviane Longjumeau? — perguntou Guy, imediatamente, como se temesse uma mudança brusca de humor.

— Conhecia. Uma rameira recém-chegada a Paris.

— Uma rameira só na aparência, segundo o que vimos há pouco.

— Realmente. Ela nos enganou, a todos. Acho que estava aqui para encontrar a filha, Louise, que havia chegado no verão do ano passado, sem um tostão. Tinha exatamente 15 anos. Victor a pôs na rua em troca de uma cama e de refeições quentes. Achávamos que a menina havia fugido de casa.

— Ninguém se preocupou em saber mais sobre ela? — espantou-se Perotti.

O rei lhe lançou um olhar condescendente e, por um instante, Guy ficou com medo de que a função dele fosse desmascarada.

— Na rua Monjol, senhor, ninguém fica por algum tempo, aqui se deixa toda dignidade. Os que aqui acabam raramente têm vontade de falar de si mesmos, e os que os recolhem têm menos vontade ainda de saber.

— O que foi feito dessa Louise? — perguntou Guy.

— Desapareceu. Em meados de fevereiro, justo antes de Viviane chegar. Nós desconfiávamos que havia alguma coisa suspeita com a menina, pois na semana seguinte ao seu desaparecimento, um homem veio nos fazer um monte de perguntas a respeito dela. Não parecia em nada um investigador, e sim um desses sujeitos de agências particulares. Voltando atrás, deduzi que havia sido contratado por Viviane Longjumeau. Suponho que ela demorou a encontrar a pista da filha e quando estava prestes a pegá-la, ela sumiu. Se bem que a menina não tinha nada e não podia ir a parte alguma. Se desapareceu, foi que a levaram.

Faustine soltou as primeiras palavras desde a agressão:

— Fugir deste lugar não é inconcebível, se quer a minha opinião!

— É verdade — admitiu o rei. — Mas existem precedentes... Entre setembro e fevereiro último tivemos cinco desaparecimentos. Sem contar os de Louise e, depois, o de Viviane. Todas as vezes, tratava-se de uma das meninas que andavam pela rua à noite. Ninguém nunca viu nem ouviu nada.

— Elas podem ter deixado este inferno — insistiu Faustine.

— Não deixando todas as suas coisas. Quando não se tem quase nada, essa pouca coisa é toda a sua vida. Uma delas tinha uma dívida a receber; ela não iria embora sem esse dinheiro; outra tinha duas grandes amigas e nunca teria dado o fora sem falar com elas. Como eu digo: elas não foram embora, foram raptadas.

— Por quem? — Você tem um... "concorrente" por aqui? — inquiriu Perotti.

— Não, ninguém quer as meninas da Monjol, senhor. Para muitos, elas não passam de esgoto de vícios, nem mesmo são mulheres, apenas despejos seminais.

— Então, a pequena Louise desapareceu em meados de fevereiro — retomou Guy que se interessou pelo jogo de deduções. — Um investigador particular veio sacudir o bairro pouco depois, e Viviane, a mãe, veio em seguida.

— Sim. E posso garantir que ela era a mãe, as duas se pareciam, só fiz a ligação quando Victor descobriu o quarto secreto, sendo que era evidente. Podemos reconhecer Louise na fotografia. Imagino que a mãe, desesperada por não conseguir encontrar a filha, disse a si mesma que a única solução consistia em imergir onde ela havia vivido, onde havia desaparecido.

— Mesmo assim! — indignou-se Perotti. — Vender o corpo nessas condições!

— Acha que uma mãe não faria uma coisa dessas para encontrar a filha que ela adora?

O rei dos Piolhentos deu uma risadinha com a mão na boca para zombar mais uma vez da ingenuidade de Perotti de quem, nitidamente, ele não gostava. Ele se virou para Guy que, ao contrário, concentrava todo o seu interesse:

— Viviane ficou dois meses aqui. Dois meses ganhando a confiança de todos, fazendo perguntas entre outras coisas, principalmente sobre Louise. Até que ela também sumiu. Como puderam constatar, ela não levou nenhuma das suas coisas.

— A polícia veio vê-los depois do desaparecimento dela?

— Veio, dois dias depois. Eles fizeram um confusão, interrogaram todo o mundo, sem resultado. Viviane havia sido morta. É a única diferença das outras.

— Por que a polícia não apareceu para os outros crimes? — perguntou Perotti.

— Não houve crime, apenas desaparecimentos. Nunca houve um cadáver, Viviane foi a primeira.

— Talvez elas não tenham sido identificadas — sugeriu Perotti.

— Pensei nisso. Durante três meses, a cada três dias, mandamos uma das nossas meninas ao necrotério, para o desfile dos anônimos. Nada.

Guy estava descobrindo que, apesar de tudo, havia uma certa solidariedade naquela cloaca. Eles se preocupavam com os outros e, até Gilles, que inicialmente havia considerado um tirano sanguinário, queria saber o que havia acontecido com as suas meninas.

— Tem alguma ideia sobre a razão que teria levado uma adolescente de 15 anos a fugir de uma mãe que, aparentemente, não estava em má situação?

— A menina era viciada em ópio. Ela fumava todo o tempo. Não precisa procurar mais longe. Ela foi iniciada por um "amigo" *bem-intencionado*, e, rapidamente, caiu na dependência. Ela não foi a primeira a fugir da família por preferir uma companhia mais etérea.

— E entre as coisas de Viviane havia um diário, correspondência, alguma coisa que permita encontrar a pista dela?

— Nada. De qualquer forma, presumo que Longjumeau não seja o seu verdadeiro sobrenome.

Ele se levantou e desabotoou o colete.

— Eu lhes disse tudo o havia para contar. Façam um bom uso e livrem as ruas de quem leva as minhas meninas. Agora, se não tiverem coragem de dar um fim nesse lixo, me avisem, terei prazer em limpar o mundo da presença dele.

Pressentindo que era o fim da conversa, Guy tentou se levantar, mas o gesto foi interrompido pelo rei:

— Não saiam daí. Vocês são meus convidados e não vão embora sem provar o meu melhor vinho.

Os ecos das conversas sobrepujavam os acordes do piano que tocava uma mazurca de Chopin.

O grande salão do Café Inglês, no bulevar dos Italianos, era tão barulhento quanto apetitoso era o cheiro de grelhado que ali reinava. Sentados em duas banquetas de couro, entre os lambris de mogno e de nogueira, embaixo de grandes espelhos folheados a ouro, Guy se expressava a toda velocidade:

— Vamos resumir: as moças da rua Monjol desapareceram uma a uma, ao ritmo de uma quase todos os meses; em fevereiro, foi a vez da jovem Louise que mal havia chegado. A mãe, que tinha acabado de encontrar a sua pista logo antes do desaparecimento, decidiu viver a vida da filha, na esperança de se juntar a ela, o que acabou por fazer dois meses depois. Foi a única das... (ele demorou um tempo para fazer as contas mentalmente) sete desaparecidas que foi encontrada: morta no cais do jardim das Plantas. A ela podemos acrescentar Anna Zebowitz e a nossa Milaine. Nove mulheres, sendo que três delas seguramente mortas.

— Temo que todas estejam mortas — interveio Perotti, empurrando o prato de aspargos comido pela metade. — Ninguém rapta tantas mulheres para ficar com elas por tanto tempo, isso não tem sentido.

— Tráfico de brancas? Um comércio para o Oriente?

Perotti alisou o bigode que o guardanapo havia desgrenhado.

— Por que matar a metade delas? E tão sordidamente?

— Tem razão. A *encenação*, estava me esquecendo. E no entanto, tenho certeza de que ela tem importância. Nenhuma pessoa se daria ao trabalho de passar por um espetáculo desses e mesmo montá-lo, se, por trás disso não houvesse uma boa razão.

— Você parece conhecer o assunto, por acaso frequentou hospitais de alienados para alimentar essa visão?

— Não, eu construo histórias. Sou romancista — disse Guy lançando um olhar cúmplice para Faustine. — É uma arte que necessita de observação e empatia pela espécie humana. Antes de construir cada personagem, eu o examino em profundidade, até as raízes mais íntimas, as mesmas que explicam *realmente* o seu comportamento. Em relação ao nosso... caso, eu só aplico à realidade os filtros que uso para os meus personagens. Nada é incoerente no nosso comportamento, salvo para os alienados, obviamente, mas não acho que nesse caso se trate de um deles.

— No entanto, a natureza desses crimes poderia pressagiar uma coisa desse tipo!

— Ao contrário, eles são complexos e elaborados, se se tratasse de um alienado haveria uma desordem total e, principalmente, ele teria sido visto muitas vezes! Acho importante distinguir o próprio crime de tudo o que o cerca: a preparação. A respeito dela, o homem pode ser meticuloso, consciencioso, sendo que o crime é sempre envolvido de emoção, é mais rápido, é o momento de uma brecha na máscara que ele usa, porque, num momento desses, ele só pode ser ele mesmo! No caso, o nosso culpado é metódico e organizado! Ninguém passa despercebido tantas vezes ao cometer esses delitos se não tomar um cuidado especial!

— Senhores — interveio Faustine — vocês estão muito... entusiasmados com essas deduções e eu só posso reconhecer que estou muito perplexa.

Guy deixou o olhar cair sobre os restos de pato à rouennaise[1] que havia acabado de comer.

— Perdoe-nos, Faustine, mas há uma certa excitação, não posso negar, diante de ideia de cercar esse monstro que matou Milaine.

— Estou vendo e isso me preocupa! Não confundam: estou satisfeita de que a memória de Milaine seja honrada, satisfeita com a sua determinação em defendê-la, em perseguir o assassino e, ao mesmo tempo, não sei se é realmente sadio continuar assim...

— Não foi você quem veio me alertar sobre a indiferença dos investigadores da polícia? Por que essa reviravolta?

---

[1] Especialidade culinária da Normandia que atravessou os séculos. O sangue do animal é aproveitado na receita. (N. T.)

— Estou em dúvida, só isso! Ontem, eu me abri com você como se pensasse em voz alta, hoje, voltando atrás, estou confusa, não é o nosso papel. Droga, sou a única a ainda estar tremendo pelo que nos aconteceu hoje de manhã?

— Claro que não! — confessou Perotti estendendo a mão por cima dos copos e fingindo tremer para tranquilizá-la.

Faustine não havia tocado no seu prato, um linguado à vénitienne.[1] Guy notou que ela respirava com dificuldade.

— A vida é um imenso novelo de lã — explicou ele — nós o enrolamos, cada um com o seu fio e, excepcionalmente, aparece um fio de cor diferente. A maioria das pessoas optam por ignorá-lo, por não saberem se ele sairá do novelo. Essa é a escolha que, agora, nós temos. Pela primeira vez nas nossas vidas nos é permitido ver esse fio vermelho que se mete no emaranhado complexo; agora, a questão é saber se nós o deixamos de lado ou se o prendemos, haja o que houver.

Faustine tomou um gole de água para se refrescar e ergueu os imensos olhos azuis para o escritor.

— Essa é exatamente a pergunta que me faço — confessou ela.

— Milaine era sua amiga, a escolha é sua. Por mim, já tomei a minha decisão. O rei dos Piolhentos me abriu os olhos sobre a minha trajetória. Não posso mentir para mim mesmo por mais tempo. Além do desejo de vingança que me motiva, em nome de Milaine, tenho de admitir uma verdadeira fascinação por... por esses crimes. (Ele abaixou o olhar, pegando um pedaço de pão ainda morno). Estou no meio de um fluxo de emoções extremas com que poucos seres humanos lidam na vida e não penso em fugir dele. Ao contrário, eu quero saber. Quero me aproximar da verdade. Pois isso é o fio vermelho: um fio para a verdade. Mas não forçarei ninguém a me seguir, mesmo que eu reconheça que o senhor Perotti, em nome do seu cargo, me seria de grande ajuda!

O interessado deu um soluço de surpresa.

— Eu... A minha intervenção se limita ao que foi feito — disse ele — não posso ir mais além...

---

[1] Molho à base de peixe (no caso), com adição de vinho branco, estragão, vinagre, ervas finas e manteiga. (N. T.)

Faustine se inclinou para Guy, um cacho de cabelo castanho se soltou do chapéu permeado de grampos invisíveis e de broches brilhantes.

— Isso não é... mórbido?

Guy ergueu os ombros e os manteve assim por um bom tempo, inspirando, para ter tempo de refletir.

— E também não seria não fazer nada, quando poderíamos continuar? Isso não seria o ato fundado nos fantasmas dos nossos velhos dias? Temos a oportunidade de nos aproximar da natureza criminal, no que ela tem de mais puro! Poderíamos contemplar a própria essência do crime! Pois isto é o que é esse homem, a repetição dos seus atos abomináveis nos dá essa prova! Cercá-lo, é meio como estudar Caim em pessoa! É pôr o dedo na origem do crime!

— Não vejo mais o homem se expressar em você — preocupou-se Faustine — e sim o romancista.

— Eles são apenas um! Um alimenta o outro e vice-versa. Acredite, minha cara, há mais do que imaginamos nessa investigação!

— Há o perigo! Hoje de manhã, poderíamos ter perdido a pele!

— Desta vez, estou totalmente com a senhora — interveio Perotti. — Senhor Thoudrac-Matto, o que o senhor descreve é uma profissão e não é a sua, não siga por essa via, acredite, há riscos dos quais nem suspeita.

— Se forem físicos, estou pronto para assumi-los. Se forem morais, estou impaciente para enfrentá-los.

— Por onde propõem continuar? — perguntou Faustine.

— Devo deduzir que pretende entrar para o time?

— Não vejo isso como um jogo, Guy, mas é claro que não posso deixá-lo sozinho, pois tenho medo de ter sido a mecha que acendeu o seu interesse por essa loucura.

— Não, Faustine, você foi a chama que acendeu a mecha que existe em mim desde que me instalei no seu estabelecimento, desde que procuro escrever sobre a vil natureza humana. Quanto à continuação, gostaria de dar um pulo no necrotério.

Perotti não dissimulou a sua perplexidade.

— Senhor... deixe essa tarefa para os profissionais, acredite, não é...

— Por isso mesmo é que precisamos da sua ajuda! Eu a peço, em nome do que o unia a Milaine.

Os olhos de Perotti se arregalaram como se ele acabasse de ver o Diabo em vez de Guy.

— Temos de ter acesso aos arquivos da polícia — continuou Guy. — E sem a sua ajuda, será impossível.

— Francamente, não está pensando nisso!

Guy pegou a mão dele.

— Estou decidido — declarou — e irei até o fim. Nenhuma lei proíbe o entusiasmo.

Perotti passou a língua nos lábios várias vezes, depois terminou a taça de vinho branco antes de largar o guardanapo na mesa.

— Suponho que você seja desses homens teimosos, que não adianta aconselhar — pressentiu ele. — Então, é melhor ficarmos juntos do que deixá-lo agir de qualquer jeito, sozinho. No entanto, quero a promessa de que me deixarão ver o diário de Milaine.

— Se nós o acharmos, sem sombra de dúvida — respondeu Guy.

— E quero ter acesso aos aposentos dela.

Guy esperou a reação de Faustine, que concordou.

— É natural. No entanto, teremos de encontrar um pretexto consistente para que nos visite regularmente, sem que Julie suspeite das nossas atividades.

— Julie?

— Madame de Sailly, a proprietária do estabelecimento. Milaine nunca lhe falou dela?

A surpresa estava estampada no rosto de Perotti.

— Não... — confessou ele. — Suponho que, no final das contas, não deveria ficar chocado, Milaine é... era... (ele fez uma curta pausa para controlar as emoções)... adepta do segredo. Ela se recusava a me contar muito sobre ela e queria se mostrar independente na minha frente.

— Isso não me surpreende — declarou Faustine. — Como a conheceu?

— Num *vernissage* de um artista plástico. Ela estava lá, sozinha, e eu também... Eu... Eu não sou ingênuo, como já sabem, rapidamente adivinhei a sua... o que ela era. Mas, ela me seduziu.

— Ela nunca pediu que fosse à rua Notre-Dame-de-Lorette?

— Não. Eu sabia que Milaine morava lá, ela já havia me dado o endereço. Para dizer a verdade, passei na frente várias vezes e foi então que, numa noite, compreendi que não era uma pensão e sim uma casa de tolerância.

Mesmo assim, não fiquei com raiva dela. Milaine proporcionava uma ilusão aos clientes, não é?

Sentindo que a conversa ia derrapar para a emoção, Guy concluiu:

— Então, você é um dos nossos, eu me alegro, senhor Perotti.

Um sorriso convencional devolveu o brilho ao rosto de Perotti.

— Ao menos, manterei os olhos em vocês! — disse ele. — Em compensação, no que se refere aos arquivos, não posso garantir nada.

— Você é da polícia, não é? Então, prove!

Dito isso, Guy lhe deu um tapa amigável no ombro e se levantou.

No cabriolé que o levava com Faustine para a Île de la Cité, ele retirou o paletó e enrolou a manga rasgada da camisa para verificar o estado do curativo que tinha uma mancha vermelha no centro.

— Está sentindo dor? — perguntou Faustine.

— Para dizer a verdade, muito pouca. Felizmente, é superficial. Apesar de tudo, temo complicações. Com a higiene que reina na rua Monjol, tenho medo de que as facas deles sejam um ninho das piores infecções do mundo!

— Podemos parar no hospital no caminho, e...

— Não é preciso — Guy varreu a proposta com um gesto da mão. — Vamos a um lugar cheio de médicos.

Faustine se afastou para melhor observá-lo, desconcertada com a resposta. Dentro do pequeno cabriolé eles haviam sido obrigados a sentar no mesmo banco, a anágua avolumava o vestido Faustine fazendo com que ela ocupasse uma grande parte do lugar e o seu paletó de lã contribuía para ocupar mais espaço. Guy havia feito o possível para não invadir esse território, colocando o chapéu-coco e a bengala entre os joelhos. Apesar de tudo, a cada curva, ele se embrenhava nas grossas camadas de roupa, suaves e coloridas.

A capota móvel estava fechada para protegê-los da chuva e, assim cobertos, havia uma intimidade que não deixava Guy muito à vontade.

Foi ainda pior quando o cabriolé fez uma curva meio brusca diante do Teatro Francês[1] e projetou Guy contra Faustine.

O escritor se apressou a voltar para o seu lugar, se desculpando, consciente de ter as faces em fogo.

---

[1] Mais conhecido como Comédie-Française. (N. T.)

— Sinto muito — repetiu ele, várias vezes.
— Não sinta — censurou Faustine. — Não é sua culpa e...
Como parecia que ela não ia continuar a frase, Guy insistiu:
— E? O que ia dizer?
— Bom... Depois do episódio de hoje de manhã, confesso que a sua presença me tranquiliza.
Então, ela fez uma coisa que Guy nunca havia pensado ser possível: ela pegou a mão dele e a apertou com força.
— Fiquei com muito medo — confessou ela, baixinho, com o olhar perdido na paisagem.
Guy percebeu, então, o quanto aquela mulher, cuja beleza punha a seus pés todos os homens da capital, de repente manifestava um sofrimento palpável. Ele não sabia quase nada de Faustine, da sua vida, do que a levara a se tornar cortesã, apenas imaginava que era um pouco mais velha do que ele — dava-lhe uns 30 anos — mas era só. Estaria satisfeita com a sua vida de prostituta de luxo vivida no dia a dia? Juntaria um pecúlio para sair da profissão assim que possível? No fundo, Guy passou a se perguntar se essa beleza de olhar atordoante era feliz.
Porque, se tinha o privilégio de escolher os seus raros clientes, ela não deixava de dormir quase todas as noites numa grande cama vazia.
Faustine devia se sentir terrivelmente só.
Então, Guy apertou a mão dela.

12

Notre-Dame surgiu de repente pela pequena abertura da capota, ao mesmo tempo em que se estiolavam as últimas nuvens, para deixar passar os raios dourados sobre os tetos úmidos.

O colosso de matéria mineral reinava na esplanada, assentado no seu pórtico maciço, com os seus dois campanários dominando Paris e as persianas pretas para desviar o som dos sinos pareciam pálpebras fechadas. Os arcobotantes das laterais desenhavam as suas costelas e a flecha do transepto guardava a parte traseira como uma cauda eriçada de pontas, terminando, aos olhos de Guy, por lhe dar a aparência de uma criatura folclórica.

Ao atravessar a ilha, Guy não pôde deixar de pensar nos homens da tribo dos *Parísios* que lutaram contra os romanos para defender o que se tornaria a grande Paris. Tantas forças vivas atualmente em movimento, talvez devessem a sua existência a um punhado de homens, bárbaros segundo o ponto de vista de muitos, que haviam fundado o seu povoado ao abrigo das árvores naquela pequena ilha. Muito tempo havia passado desde então, e a catedral, por si só, era o testemunho das mudanças que haviam sacudido aquele pedaço de terra no meio de um rio, e de todo o sangue que havia sido necessário sacrificar no altar da História para existir.

O fiacre seguiu pela rua do Cloître-Notre-Dame, contornou o jardim que se estendia atrás do monumento, como se só pudessem sair do seu rasto coisas belas que lembrassem o Éden perdido, e em seguida apareceu o necrotério. Abrigado do sol, na sombra da religião, o necrotério parecia um templo romano esquecido ali, na ponta da ilha. Duas alas retas ladeavam o prédio principal que se abria em três altos arcos. Se não existissem as sinistras chaminés que saíam dos telhados um pouco afastadas da rua, o necrotério poderia passar por relíquia de uma colonização antiga, transformado em museu ou em edifício de funcionários públicos.

O fiacre deixou Faustine e Guy na rua e eles se aproximaram da entrada, onde uma dezena de pessoas se amontoava, conversando. Vendedores de flores estendiam os buquês gritando os preços baixos àqueles que saíam do necrotério, a maioria deles lívida.

A entrada era livre há muitos anos e, embora o costume estabelecesse que fossem ali para reconhecer os anônimos expostos no hall para lhes dar um nome, na verdade, a maioria dos visitantes ia para satisfazer uma curiosidade mórbida. E isso chegava a um ponto tal, que era preciso "ter visto um morto no ano" para ser um bom parisiense, corajoso e instruído.

Apesar de tudo, Guy se surpreendeu ao ver mulheres irem contemplar os cadáveres com os filhos, como se fossem a um museu.

Depois que passaram o pórtico, os dois furaram a multidão que se amontoava diante de grandes quadros com dezenas de fotos de corpos que o necrotério havia recebido ao longo do tempo. Em seguida, entraram na grande sala submersa sob o eco dos saltos no piso de pedra e iluminada com uma meia-luz mórbida. A luminosidade só entrava pelas janelas do fundo e se perdia nas alturas do que poderia ser um hall de entrada de uma estação. Os curiosos desfilavam no fundo, em frente às longas vitrines e, se não fossem as expressões desoladas de alguns que voltavam, poder-se-ia dizer que se tratava das vitrines do Bon Marché ou das Galeries Lafayette.

Uma corrente de ar glacial percorria o local, uma carícia tão fria nos membros que parecia que o necrotério se comunicava diretamente com o reino dos mortos e que uma porta, em algum lugar das suas entranhas, tivesse ficado aberta propagando aos vivos o frio dos mortos.

Ao chegar no fundo, Guy ouviu um ronco surdo e reconheceu a longa alcova por trás dos vidros; era o frigorífico, uma atração, capaz de manter uma temperatura de 0° por todo o ano, para conservar os corpos e preservá-los da decomposição.

Guy propôs a Faustine que se mantivesse afastada, enquanto ele se certificava de que Milaine não estava exposta aos olhares dos passantes e ergueu o pescoço para tentar ver por cima das cabeças, sendo que ninguém se dava ao trabalho de tirar os chapéus.

Por detrás das vitrines, homens e mulheres se sucediam, deitados em leitos de metal, com as roupas em cima dos corpos lívidos para cobrir a nudez e a cabeça ligeiramente levantada para pôr em evidência as fisionomias impassíveis. Um número escrito a giz numa pequena tabuleta permitia ao guarda que esperava, meio adormecido numa banqueta, identificar os mortos. O prazo de exposição de um corpo era de quarenta dias. Depois, na falta de um nome, ele partia para o columbário ou para a fossa comum. Esse desfile funesto, privilégio dos desconhecidos e daqueles que, identificados, mas não tendo domicílio conhecido em Paris para onde os corpos pudessem ser enviados, nunca diminuía o ritmo: sete dias da semana, das nove às 17 horas, qualquer um, sem distinção de idade ou de classe, poderia se regalar com uma boa dose de terror.

Como Milaine vivera numa casa de tolerância que não podia receber o seu corpo, Guy temia que estivesse exposta sem pudor aos olhares de todos e, se pudesse identificá-la, sabia que era possível, com um simples pedido por escrito, que fosse colocada numa sala dos fundos. Na verdade, era quase certo que ela estava lá entre as dezenas de corpos lívidos e se felicitava por ter mantido Faustine a distância.

No entanto, nenhuma cabeleira ruiva se destacava do grupo.

Será que a morte atenuava a resplandecência capilar? Guy duvidava muito, mas passou entre duas senhoras, se desculpando, para ter absoluta certeza. Seis homens e quatro mulheres, mas não Milaine, desta vez ele não tinha nenhuma dúvida.

Guy ficou surpreso com a ausência dela, sabia que os afogados, apesar da aparência assustadora, geralmente ficavam expostos, bem como os enforcados, apesar da risca violácea que lhes cingia o pescoço. Milaine e a sua pele carmim numa posição de dança perturbadora, não deveria infringir a regra.

É um assassinato, é por isso. Vítima de um assassino. Se isso fosse espalhado, toda a Paris ia querer contemplá-la, saturando o local.

Guy se lembrava da "mulher cortada em pedaços", como a imprensa chamara, que havia sido encontrada em Paris, um ano antes. O caso fizera uma grande estardalhaço; assim que saíra a manchete nos jornais da presença dela no necrotério toda a cidade havia corrido para lá, movida por uma avidez grotesca de sensações fortes. E a decepção ao saber que ela estava num compartimento fechado ao público havia provocado muitos protestos.

Aproveitando a balbúrdia, Guy subiu a manga e retirou rapidamente o curativo para examinar a ferida ainda sanguinolenta. Apertou as beiradas, até conseguir fazer o sangue escorrer.

Com um sinal, Guy convidou Faustine para se juntar a ele no fundo da sala, perto de um guarda que ele interpelou:

— Há médicos aqui, não é?

— Claro, mesmo mortas, as pessoas não deixam de ser seres humanos e cabe aos doutores examiná-las antes de entregá-las à putrefação do túmulo, é evidente!

— Isso vem a calhar, eu me machuquei no montante da porta ao entrar...

— É que... aqui não é um hospital, os nossos médicos cuidam dos mortos e não dos...

Faustine percebeu a indecisão do guarda e acrescentou:

— Veja como ele está sangrando! E se tiver uma infecção? Vamos, deve haver um médico que ficará feliz de, enfim, em tratar de uma pessoa viva!

O guarda suspirou e mediu Guy de alto a baixo, como se ele fosse um estúpido por ter se ferido.

— Bom. Esperem aqui, vou ver o que posso fazer.

Ele não demorou a voltar e os introduziu por uma portinha de ferro num corredor estreito iluminado por lâmpadas elétricas.

— A porta no fundo, à direita, o doutor Efraim vai cuidar de você.

Um baixinho de barba escura, com uma cabeleira arrepiada, rabiscava um caderno numa carteira escolar. Ergueu os olhos por cima dos óculos redondos com armação de tartaruga e se empertigou. Rugas de expressão lhe riscavam a testa e contornavam os olhos.

— Bom dia, então você se arranhou na porta? Deixe eu ver isso — disse ele com voz aguda que não combinava com o físico peludo. — Sentem-se aqui na minha frente.

Faustine e Guy o cumprimentaram antes deste último exibir o corte.

— Isso não aconteceu agora — resmungou o médico — existem fragmentos de sangue coagulado aqui e ali.

— Não se diz qualquer coisa a um especialista em ferimentos, não é?

O homenzinho retirou os óculos e afundou na cadeira.

— O que quer?

— Apresentar as minhas desculpas por esse procedimento grosseiro, mas, era o que eu temia, nunca chegaríamos ao senhor sem esse subterfúgio

— inofensivo, diga-se de passagem. Temos uma amiga morta que lhe foi entregue. Éramos muitos amigos e... Não vamos perder tempo: era uma mulher de hábitos levianos, preciso confessar, mas de uma generosidade inabalável, uma bela alma, apesar de tudo. E... existe um problema de paternidade. Ela estava grávida e não sabemos quem é o pai. Isso é muito importante para os dois interessados.

O médico suspirou, aborrecido com os detalhes.

— Não vejo o que posso fazer por vocês, não se determina o pai de uma criança partindo de um feto morto! A medicina é uma ciência e não uma adivinhação! Vocês precisam de um harúspice[1] e não de um médico!

— É que ela sempre carregava um diário e a sua meia-irmã aqui presente gostaria de dar uma olhada, rapidamente, é claro, para poder responder à expectativa desses dois homens que a dor esmaga tanto quanto a incerteza!

Faustine concordou vigorosamente com a cabeça, assumindo o seu ar mais triste.

— Não vou entrar no Frigorífico para satisfazer vocês, a não ser que me deem uma identificação!

— Ela não está na vitrine.

— Então, vocês se enganaram, ela não está aqui.

— Tenho todas as razões para acreditar o contrário. Uma bela mulher ruiva não pode ter passado despercebida, levando em conta o estado dela.

A essas palavras, o médico mudou de atitude: os olhos se apertaram e a cabeça se inclinou.

— Ah, ela... De fato, ela não passou despercebida. Acabei de preencher o formulário de entrada e posso garantir que ela não tinha um diário, sinto muito.

— Tem certeza?

— Perfeitamente, revistei tudo o que ela possuía. E a polícia sempre me dá um relatório do que pega nos corpos quando faz uma busca, e não havia nada.

— Eu... eu estou decepcionado e confuso. E surpreso, devo dizer.

— Sinto muito pelos homens.

---

[1] Adivinho que, na Antiguidade, predizia o futuro ou indicava a decisão a ser tomada pelo exame das entranhas de um animal sacrificado. (N. T.)

Efraim apontou para o corte.

— Mesmo que tenha mentido sobre a cronologia, precisa tratar disso, ponha o seu braço aqui.

— O senhor é muito amável.

— Não, eu faço o meu dever. E, depois, se enviá-lo a um hospital, ficarei com a consciência pesada à noite e Edna vai me recriminar. Edna é a minha mulher. Esses açougueiros não se dão ao trabalho de examinar os vivos tanto quanto nós de examinar os mortos! É o cúmulo! Ah! Tenho uma boa notícia para você: não vai precisar de pontos de sutura.

Enquanto o médico se empenhava em tratar corretamente da ferida, Guy tentou retomar o diálogo:

— Ela foi assassinada, sabia? A nossa amiga foi vítima de um homicídio.

— Você é colaborador da polícia?

— Não realmente, os dois que fazem a investigação são taciturnos e, não posso deixar de dizer, rabugentos!

Efraim deixou entrever um ricto de quem acha graça.

— Você sabe de quem se trata, não é? — adivinhou Faustine.

— Oh, sei! Esses dois vêm constantemente aqui e você tem toda a razão: rabugento é a palavra certa!

Ele deu uma risadinha seca, pondo uma pinça numa bacia de ferro e pegando uma compressa na caixa que havia aberto na sua frente.

— Mas foi um assassinato, isso eu posso jurar — continuou Guy.

— Se está aludindo à posição dela, saiba que poderia se tratar de um tétano ou, então, de uma grave crise de epilepsia.

— Mas, viu o rosto dela? A careta do terror?

— As convulsões podem explicar.

— E todo o sangue que ela suou? E o olhar preto? E os olhos imersos nas tintas abissais que ela contemplou antes de morrer?

— Não sei o que ela contemplou antes de morrer, no entanto, você tem razão, esses elementos tendem para uma morte não natural. Porém, na minha profissão, nunca se pode jurar nada! Tenho de examinar em detalhes antes de me pronunciar e compreenda que é aos nossos dois... amigos em comum que tenho de informar.

— Milaine não foi a primeira, não é?

O doutor Efraim parou e olhou fixo para Guy.

— O que quer dizer?
— O senhor já viu passar mortos desse... desse tipo? Imobilizados numa posição mórbida, não é?
— Felizmente são raros.
— Então, houve outros?
— Obviamente! Isso aqui é um necrotério, todos os corpos acabam nas nossas mãos!
— É claro, mas estou me referindo a casos similares ao da nossa amiga. Quem fez isso a ela já havia agido antes, o senhor foi testemunha?

Efraim negou com a cabeça.

— Não sei o que o faz acreditar nisso, mas é uma falsa ideia.
— No entanto... Posso lhe fazer uma pergunta? (Sem esperar o aval do médico, Guy continuou, absorto no seu entusiasmo e na sua curiosidade:) É possível esconder vários cadáveres em Paris durante meses sem que isso seja notado?
— Que pergunta estranha! Está me deixando preocupado!
— É que eu sou romancista; sabe, como Conan Doyle!

Efraim fez uma careta, significando que não era daqueles que liam esse tipo de literatura.

— Em todo o caso, não escreva uma tal inépcia nos seus livros — disse ele.
— Por que é impossível?
— O cheiro, meu caro! Nunca deixou um pedaço de carne estragar ao ar livre? Um cheiro de carniça pestilento!
— Mesmo... em pleno inverno?
— Isso desacelera consideravelmente a decomposição, mas quando o calor volta, é impensável.
— E um corpo com lastro num canal ou no Sena?
— Ele acaba subindo. Sempre. Sob o efeito do gás da putrefação ou, se tiver um bom lastro, quando os membros se decompõem e se dilaceram, liberando o cadáver dos entraves. Diga-me, espero que não vá pôr esses detalhes mórbidos num livro. Quem ousaria ler uma coisa dessa?
— É a precisão, doutor, que agrada às pessoas e, quando se trata da morte, quem não ficaria fascinado?

Efraim exibiu uma expressão de homem cético.

— Que época é essa nossa — suspirou ele. — Expomos os nossos mortos às crianças, em breve as fotos dos corpos estarão nos jornais e o cinematógrafo virá filmar o efeito da decomposição! Você vai ver! No ritmo em que as coisas caminham. E se o público se apaixonar por uma precisão fúnebre como essa, iremos sempre num crescendo!

Voltando ao assunto, Guy insistiu:

— Portanto, não é possível conservar os corpos num porão durante o inverno para se livrar deles antes da primavera?

— Em teoria, sim. Na prática, é mais complicado. Veja este inverno, por exemplo, tivemos períodos de trégua, semanas até de calor e a decomposição recomeça imediatamente quando o corpo não está mais gelado.

— Isso é uma coisa que podemos deduzir observando um cadáver?

— É possível. Os insetos podem ajudar.

— Os insetos? — repetiu Faustine com asco.

— Sim, essencialmente as moscas. Um dos meus colegas, o professor Mégnin, entomologista do Museu Nacional de História Natural, trabalha com isso. Em alguns casos, ele é capaz de definir o momento da morte com a margem de erro de uma semana, mesmo quando se trata de uma morte ocorrida há muitos meses.

— E ao longo dos últimos meses, o senhor expôs todos os corpos de mulheres no Frigorífico, sem exceção?

— A partir do momento em que não são identificadas, sim, todas sem exceção. É claro, existem algumas cujo estado é tal que não se pode expô-las...

— Ou seja?

— As afogadas que ficaram muito tempo na água, aquelas cuja cabeça ficou embaixo dos cascos dos cavalos ou das rodas dos ônibus, esses tipos de horrores que de nada adianta mostrar ao público.

— E esses casos são muitos?

— Bem poucos, felizmente. E a maioria é de acidentes com testemunhas, a identidade da infeliz é conhecida. Terminado! Está pronto para voltar ao seu manuscrito! Mesmo assim, vá controlar o ferimento com um médico dentro de alguns dias.

Guy e Faustine se despediram do homenzinho amável e decidiram andar um pouco para tomar ar e expulsar a impressão de ter nas roupas o odor da morte.

— Embora o doutor Efraim seja uma pessoa encantadora, essa visita não serviu para nada a não ser para nos gelar o sangue nas veias — lamentou Faustine. — Ainda está inclinado a continuar?

— Mais do que nunca. Ao menos temos a confirmação de que o assassino de Milaine roubou o seu diário íntimo e, também, que as moças da rua Monjol nunca passaram pelo necrotério. Os capangas do rei dos Piolhentos nunca as viram no Frigorífico e nós sabemos que também não estavam encerradas lá atrás. Isso já é uma informação extraordinária, Faustine!

Eles passaram ao lado da Notre-Dame pelo cais de Archevêché, contemplando, de passagem, a margem oposta do bairro Saint-Victor, no quinto distrito, e suas altas fachadas antigas de janelas estreitas.

— Esclareça a minha ignorância — exclamou Faustine — e explique como deduziu alguma coisa de tudo isso!

— Análise, minha cara! Assim como eu faria para escrever um livro: examinando detalhadamente os fatos para que eles sejam lógicos e coerentes. Sabemos que várias mulheres foram levadas e nunca mais encontradas. Isso nos orienta a respeito do culpado: ele é engenhoso, capaz de passar despercebido, tantas vezes que não é mais sorte, é habilidade! Ele tem um método! Além do mais, se caça num território com tanta discrição é porque conhece esse território. É um homem do bairro ou, ao menos, de Paris. Não o imagino vindo da periferia ou de mais longe ainda, fazendo uma viagem tão longa, enredar-se em Paris com tanta gente, tantas testemunhas em potencial, se vive perto dos trapeiros que seriam presas igualmente fáceis. Não, é um parisiense. Talvez, até mesmo um parisiense de boa família, um daqueles que consideram as fortificações como o fim do mundo civilizado, senão não hesitaria em atravessá-las para fazer dessa parte o seu terreno de caçada, seria menos arriscado do que a rua Monjol. Está me entendendo?

— Estou, então, provavelmente, é um homem nascido em Paris.

— Já que sabemos que não mata *in loco*, é porque ele transporta as suas vítimas para algum lugar. Não o imagino sequestrando uma mulher num fiacre e, como agiu no inverno, de qualquer modo devia fazer frio, e faria algum ruído que algum passante poderia ter ouvido. Pela mesma razão que a evocada há pouco, lembrando as suas origens, não se espera que ele tenha matado e se livrado do corpo fora de Paris. Se esse fosse o caso, pegaria as vítimas no caminho e não num lugar tão perigoso do décimo nono distrito. Portanto, ele continua na capital. Sem sombra de dúvida, tem um lugar para matar. Um lugar suficientemente isolado para não alertar os vizinhos com gritos e golpes nas paredes.

— A não ser quando ele as mata antes.

— Não existe nenhuma pista na rua Monjol em nenhum desaparecimento e, como eu disse: ele não pode matar no fiacre, se tiver um, sem chamar a atenção, não seis vezes seguidas! Não, obviamente ele age num local próprio. Um lugar calmo, provavelmente com bastante espaço para sequestrar essas mulheres. Não sei onde foi encontrada e onde morava a primeira, Anna Zebowitz, mas todas as outras são da margem direita, a maioria da rua Monjol. Por que caçar lá, a não ser que seja mais prático para ele?

— Porque ele não mora longe?

— Isso é bem admissível! E o bairro mais arejado de Paris é, justamente, Ménilmontant, perto da rua Monjol. Ali ainda existem muitas fazendas, grandes jardins, bosques, casas distantes.

— Estou perplexa com o seu talento. Você deveria trabalhar na polícia!

A sinceridade do elogio deixou Guy sensibilizado. Sentiu uma intensa alegria com a ideia de impressionar Faustine. Isso fez ferver a sua mente já excitada e ele prosseguiu:

— E não é tudo! Existe um emaranhado a ser estudado. Ele sempre procedeu da mesma maneira: agiu no fim do dia, ou à noite, segundo o rei dos Piolhentos e, normalmente, não deixou um corpo para trás. A não ser em três casos. Viviane, no dia 7 de abril último, é uma moça da rua Monjol, a única das três. Por que ele abandonou o cadáver dela? Quando sabemos que ele atacou duas vezes depois, em outro lugar que não a rua Monjol. Deduzo que alguma coisa não deve ter dado certo com Viviane. Por isso, ele foi obrigado a mudar o esquema de ação. Os homens, como sabe, são fiéis aos seus hábitos, enquanto esses os satisfazem. Em seguida, ele atacou na área da Exposição Universal. Aí, eu confesso, preciso de informações suplementares. Porém, pouco depois, atacou a nossa Milaine. Todas pros... cortesãs. Com incrível velocidade, em 15 dias! Existem muitas coisas adjacentes que temos de levar um tempo para digerir. Mas já sabemos muito: é um homem esperto, engenhoso, dispõe de um mínimo de recursos, provavelmente de um veículo de transporte fechado. É corpulento, capaz de dominar as mulheres num instante sem que elas possam dar o alerta. Segundo o que Perotti nos disse, não se impressiona com sangue. Podemos, com razão, presumir que ele é um puro produto parisiense e que, possivelmente, mora em Ménilmontant.

— É... válido. E o que me diz das palavras de Perotti? Ele acha que são muitos!

— Sei que os bandos de criminosos grassam em Paris e nos arredores, que está na moda acusá-los de tudo, mas, desta vez, é um pouco demais. Nesses assassinatos há um procedimento complexo, de uma personalidade torturada, não imagino que ele possa se cercar de cúmplices, que isso chegaria a um ponto que... que lhes daria medo, eu acho.

— Um criminoso que dá medo a outros criminosos! — brincou Faustine.

— Dá sim, é mais ou menos isso. Essas pessoas roubam e matam, às vezes, por oportunismo, por necessidade, por falta de cultura, pelas mais diferentes razões, mas a relação deles com a morte não os fascina, não os transcende e acontece que é justamente isso que ocorre com o nosso assassino! Acho que, se ele agiu mais rápido, é porque essa fascinação se intensificou. Eu vejo um homem muito forte e não um grupo de indivíduos.

— Você é assustador quando fala sobre ele. Chego a acreditar que conhece esse homem.

— Falta encontrar o mais importante: a finalidade exata.

— A loucura é a única que me vem à cabeça, Guy! É um homem louco, um criminoso que não pode se controlar! Ninguém equilibrado poderia matar assim, várias e várias vezes!

— Justamente, foi isso o que acabei de dizer: ele não é louco! Não no sentido de uma perda total de referências do nosso mundo, ao contrário, ele tem referências bem-ancoradas, mas não são as mesmas que as nossas, essa é a grande diferença. Ele mata por... prazer, é o que parece. No entanto, suponho que exista uma razão precisa para todos esses crimes. Pois ele é inteligente, sem sombra de dúvida, os métodos comprovam, ele pensa nos seus atos, os prepara e, com certeza, melhora a técnica ao longo da prática dos crimes!

— Daí a pensar que haja uma finalidade por trás de tudo isso, tenho as minhas dúvidas.

— Há uma! Por trás de toda obsessão, por trás de cada trajetória singular, se esconde uma finalidade. Os homens que fazem coisas tão impressionantes, seja por ambição ou levados por um desejo irreprimível, escondem uma intenção, um objetivo. Seja para ficar rico, para agradar aos pais, para entrar para a história e mesmo... matar com esse frenesi; todos os atos extraordinários são frutos de um pensamento extraordinário, de uma finalidade. É assim que construo os meus personagens e nunca me enganei, eles são plausíveis, quase verdadeiros.

— Mas não estamos falando de literatura, Milaine está bem mo...

— Confie em mim, são as minhas deduções sobre a nossa sociedade e elas estão certas. É encontrando a finalidade que se trama na sombra desses crimes que poderemos detê-los.

Chegaram ao átrio de Notre-Dame e, não encontrando nenhum fiacre nem automóvel livre para levá-los ao *Boudoir*, pegaram a direção da prefeitura e subiram num ônibus de dois andares na rua de Rivoli. Desprezando os bancos da parte de cima que estavam molhados pela chuva, se instalaram na frente, atrás do cocheiro que lançou os cavalos num trote curto.

No caminho, Faustine examinava a paisagem, mergulhada nos seus pensamentos. Pouco antes de chegar ao destino, ela se inclinou na direção de Guy e, com um olhar zombeteiro, cochichou:

— Você sente um prazer doentio com tudo isso.

— De modo algum — indignou-se ele. — Eu estou... interessado, talvez excitado, reconheço, porque estamos lidando com a própria essência da nossa civilização, com o tabu supremo: o assassinato. E pior ainda: o assassinato repetitivo, como se o nosso homem quisesse atingir uma forma de perfeição primal, como se os atos dele permitissem que se aproximasse da nossa raiz essencial, dos nossos pais, de Caim. De uma certa maneira, eu me pergunto se a necessidade que ele tem de matar, de novo e de novo, não é um eterno recomeço para, pouco a pouco, se livrar dos grilhões impostos a nós pela sociedade, pela *civilização*, justamente no que ela tem de civilizado. Um meio de voltar à quintessência dos nossos instintos...

— Seguir por caminhos como esse, é se considerar Deus.

— ...e de... (Ele se empertigou subitamente.) Sim, talvez seja isso também. Considerar-se Deus. O direito de vida e de morte. Mas eu a proíbo de pensar que exista um prazer doentio por trás das minhas motivações. Estamos diante de um desafio intelectual fascinante, profundamente humano, social e aterrador, devido ao que está em jogo.

— Então, por que ir ao necrotério uma vez que poderia ter chegado antes a todas as suas brilhantes deduções?

— Para ter certeza. E ficamos sabendo de um elemento primordial.

— Qual?

— Que essas moças levadas no inverno ainda podem estar vivas. Em algum lugar por trás das paredes, escondidas atrás de um respiro ou da porta de um porão. É muito possível, Faustine, não sei por que razão, mas ele as mantém com vida todo esse tempo, senão, como explicar a ausência dos corpos?

Faustine enfiou as mãos nas dobras do vestido e apertou os cotovelos ao lado do corpo, sentindo-se mal de repente.

Subitamente, as suntuosas fachadas de Paris tomavam a forma de um labirinto gigantesco. Faustine se sentiu como Ariadne, prisioneira, à mercê de um monstro. Com a diferença de que ela não tinha ao seu lado nenhum fio para dar a Teseu.

A cidade era um labirinto perigoso.

E o Minotauro era o guardião.

Um guardião esfomeado.

13

No começo, quando ainda podia fazê-lo, Louise havia começado a comer os próprios cabelos.

Ela os arrancava aos poucos, pondo-os na boca, e os chupava até engoli-los.

Chumaços inteiros haviam desaparecido do seu couro cabeludo.

Era um gesto que a tranquilizava e, ao mesmo tempo, um meio que a fazia acreditar que, assim enfeada, não o atrairia mais.

Ele, o infame Lúcifer.

O Diabo incorporado num envoltório de carne, sob um rosto amável e afável.

Como ela poderia saber que por trás dos dedos finos, suaves e reconfortantes, se escondiam, na verdade, garras afiadas, que daquela boca tranquilizadora surgiriam presas?

O Diabo tinha o poder de enganar facilmente as suas vítimas ou ela devia procurar em outro lugar o culpado da sua desgraça?

No ópio.

Esse navio extático.

Que a havia conduzido por rios multicores, às vezes por mares tumultuados ou em brumas viscosas que pareciam não ter fim. Cada cruzeiro era um sonho, o esquecimento de si mesma, das suas raízes, do seu porto de origem e, todas as vezes que o navio a trazia de volta para o cais, ela só vivia para se regalar com outra viagem no convés fascinante.

No entanto, com o passar do tempo, os cruzeiros haviam ficado mais curtos, menos espetaculares, era preciso que fossem mais frequentes para compensar.

Para levar até ela as névoas do alto-mar, mesmo de volta em terra firme. Nos últimos dias, antes que Lúcifer a levasse, não se passou um instante sem que ouvisse a ressaca do alto-mar, o seu chamado, a necessidade visceral de correr e se jogar na água, de fugir, com o desejo de nunca mais voltar.

Em vez disso, o Diabo a pegara.

Ela havia confiado antes de saber quem ele era realmente. Se bem que ele fizera tudo para afastá-la da obsessão por esse belo navio de sonhos em que ela embarcava sempre que possível. Ele havia procurado dissuadi-la de se dopar, ao menos no começo, chegara a segui-la a uma casa de ópio para pegá-la em flagrante.

Ela não soubera repeli-lo, se ligara a ele que era o seu último vínculo com o que a espécie humana tinha de belo. Louise tinha esperanças nele.

A mãe nunca a compreendera e, quando ela havia flertado com o ópio, chegara a lhe bater.

As relações de Louise foram se degradando com todo o mundo. Com os amigos, depois com a própria mãe. Até se tornar um inferno.

Ao menos era o que ela pensava.

Antes de conhecer aquele lugar.

Agora, Louise detestava a si mesma. Que idiota havia sido! No entanto, tivera um lampejo de lucidez na véspera do seu rapto. Havia acordado, ainda um pouco atordoada, com um perfeito desconhecido entre as coxas. O corpo estava dolorido, conspurcado pela noite. Ela ficara sem ar por uma hora, sufocara no pequeno reduto no fim do corredor onde ia se esconder quando queria ter paz, quando queria fugir dos clientes que Victor lhe levava todos os dias.

E, ao sair, correra para pegar uma folha, procurando com dificuldade algo para escrever. Não dissera muita coisa, só algumas linhas para a mãe, para lhe pedir perdão.

Para que fosse buscá-la.

Assim que pôs a carta no correio, Louise se arrependeu do gesto.

Já sentia falta do ópio.

Esse amante doce e atencioso.

Mas nem tivera tempo de se interrogar longamente sobre o que devia fazer. Lúcifer viera buscá-la naquela mesma noite.

Um subterfúgio fácil e ela própria abrira a porta do Inferno.

Esse lugar de desespero que a consumia lentamente.

O frio, a umidade, a fome, tudo isso não era nada ao lado da falta da droga.

Faltava justamente uma palavra no seu vocabulário para descrever o vazio glacial que essa abstinência provocava nas suas entranhas. Mais intensa do que frio, um *vazio* que lhe gelava os órgãos, que lhe paralisava o cérebro até a ponta dos dedos, que nunca se aqueciam.

Lúcifer a havia trancado ali, naquele túmulo, no seu túmulo que, de agora em diante, seria dela por toda a eternidade.

Ele havia roubado a sua alma.

Começara com a confiança e depois, pouco a pouco, havia atingido as profundezas do seu ser.

Ao lhe tomar o amante dos mares, ao lhe mostrar o seu rosto verdadeiro, ele havia cortado em pedaços tudo o que ainda tinha de humano. E a sua alma se havia espalhado pelo éter do mundo.

Lúcifer a havia bebido, sem sombra de dúvida.

Ela havia percebido o brilho obsceno no olhar dele.

No entanto, ainda subsistiam nele os vestígios do outro homem. Do homem de cujo corpo ele se havia apossado. Louise conseguia senti-lo de vez em quando, quando o Diabo chegava para torturá-la, para falar com ela. Nos raros momentos de fraqueza do demônio, ela percebia um breve retorno à superfície do homem, todo o seu sofrimento, antes de ele ser engolido pela Besta.

Sentia que estava desesperado, pronto para tudo, um pouco como ela.

Louise havia tentado até falar com ele, fazê-lo subir à superfície; inicialmente, para pedir ajuda, mas, compreendendo que isso não funcionaria, havia feito uma coisa horrível.

Incitara-o a cometer suicídio. A destruir o envoltório do Diabo, para libertá-los de sua ascendência.

Essa atitude parecera dar frutos, ele havia voltado a vê-la duas vezes para escutá-la.

Na terceira vez, quando a porta se abriu, Louise alimentara a louca esperança de que ele viesse para salvá-la.

Porém, não havia mais nada de humano nele.

Era Lúcifer e nada mais do que Lúcifer.

Ele a espancou por muito tempo.

Depois disso, ela não viu mais o homem, só a Besta.

Ele passara a descer muito pouco. Ela ficava cada vez mais fraca.

Incapaz de se mexer, ficava prostrada no seu enxergão, no escuro. Sozinha, terrivelmente só.

Aos 15 anos, Louise sentia que a sua vida já havia sido muito longa, ela não aguentava mais.

Subitamente, ouviu ecoar ao longe o cântico do Inferno. Uma melopeia surda, lancinante. O ritual do Inferno.

Louise ficou aliviada.

Sabia que Lúcifer estava ocupado e que não apareceria por um bom tempo.

Isso porque Louise já havia entendido: ali, Lúcifer estava na sua casa e, quando recebia os outros demônios, a orgia durava muito tempo.

14

O perfume de ruibarbo caramelizado se espalhava até a sala de música do lupanar.

Guy ocupava a espreguiçadeira, com um perna esticada à frente, uma pilha de cartas unidas por um barbante negligentemente apoiada na coxa.

Marguerite tocava piano, começando com escalas e depois continuara com uma ária de Debussy, em seguida improvisando alguma coisa mais alegre. Toda a casa agia como se Milaine nunca houvesse existido. Para negar a sua morte. Para facilitar os sorrisos, o bom humor.

Até a música tinha de ser bem jovial.

Porém, o escritor não ouvia o piano.

Estava totalmente absorvido pela voz de Milaine e, sobretudo, pela dos seus amantes.

A maioria das cartas encontradas no quarto dela eram declarações inflamadas. Guy havia identificado seis pretendentes. Todos haviam alimentado uma troca de correspondências com a cortesã e, embora só tivesse nas mãos as respostas dos homens, as frases deles não deixavam dúvidas: Milaine respondia e alimentava essa conversas epistolares.

Até certo ponto.

Milaine havia mantido a totalidade, é o que parecia, dos seus diálogos, e as últimas cartas consistiam sistematicamente em correspondências num tom de incompreensão, de indignação ou de lamúrias.

Os homens se queixavam de não receber respostas.

Lendo entre linhas, Guy compreendeu que todos a admiravam muito e alguns, mais explícitos, enalteciam as suas qualidades de amante excepcional. No entanto, pareciam permanecer indefinidos quantos aos pedidos repetidos de Milaine, citando-os rapidamente nas cartas, sem, contudo, atendê-los.

Depois de muitas páginas, não havia dúvida de que Milaine os seduzia para encontrar uma outra situação. Ela queria deixar o bordel, queria uma vida de amante sustentada, com um apartamento, belas roupas e um amante rico, que a levasse ao teatro, para exibi-la aos outros homens, como prova de sucesso social.

E nenhum deles respondia favoravelmente aos seus pedidos. Todos se escondiam atrás de pretextos em que mal se podia acreditar, quando não se limitavam simplesmente a deixar o assunto para "mais tarde".

Declaradamente, quando compreendia que o amante não lhe ofereceria o que ela esperava, Milaine cortava o relacionamento de um dia para o outro, para grande desespero dos "pobres maridos".

Marthe entrou na sala, levando um prato, e a melodia do piano se acelerou, passando para uma ária em três tempos.

Marguerite começou um canto cristalino, improvisando as palavras:

Tenho um amigo de boa reputação,
Guy é a sua denominação,
Todos os dias enfiado,
Nos papéis amarfanhados,
É um escritor,
Terno e admirador,
Mas que a fibra do seu instinto
Só...

Marguerite parou de boca aberta, com os dedos meio apoiados nas teclas, deixando um acorde em suspenso.

— Puxa! Não sei uma rima para instinto — exclamou ela.

— Inspire-se mais no personagem — interveio Marthe — quando olho para ele, logo me vem a rima que falta!

É claro! Pinto!

As duas mulheres caíram na gargalhada e Marguerite recomeçou a sua improvisação:

Mas que a fibra do seu instinto
Só funciona para o pinto.
Nós o sabemos sobremaneira.
Nós, as belas rameiras,
Pois esse belo comilão
Não precisa de tostão,
para que nós queiramos
que ele nos meta no...

Marguerite sapecou um acorde grave no lugar da última palavra e riu novamente com Marthe.

— O meu sonho é que Gikaibo ouvisse vocês nesses momentos — declarou Guy que havia sido arrancado dos seus pensamentos ao ouvir o seu nome citado — para que ele parasse de achar que a mente deslocada desta casa sou eu!

— Pegue, Guy — disse Marthe, estendendo o prato. — É ruibarbo caramelizado com morango, os primeiros dos vendedores ambulantes da praça Saint-Georges. Separei um pouco para você, pois, esta noite, certamente os homens vão comer tudo!

— Obrigado, o odor de agora há pouco me abriu o apetite. Diga, será que os seguintes nomes ressoam nos seus ouvidos como clientes desta casa? — perguntou ele, apoiando a travessa na espreguiçadeira e pegando as cartas. — Philippe Daubant? Raymond de Castillac? Charles P.? Jules Lamont? Auguste Claudweiss e este último que não entendi se é um nome composto ou um sobrenome: Pierre Marie?

— Nenhum — respondeu Marthe.

Marguerithe também negou com a cabeça.

— Por quê? — perguntou a última. — É para um dos seus livros?

— Talvez — mentiu Guy. — Nenhum desses homens é cliente aqui, tem certeza?

— Não guardo na memória o prazer que me dão, mas guardo os rostos e a identidade — replicou Marthe, com a sua franqueza habitual. — Exceto com você, é claro!

Isso significava que Milaine buscava muitos clientes fora do estabelecimento. Julie estaria a par? As ausências de Milaine, tão regulares, não podiam passar despercebidas. Julie só as tolerava porque elas rendiam. Será que ela sabia que Milaine multiplicava esses encontros para ir embora?

Do relacionamento de Julie com as suas meninas, Guy só sabia o que podia ouvir ou o que lhe contavam. Ela era uma mulher autoritária, mas justa. Que dava responsabilidades às meninas, nada de empregadas e um pagamento melhor. Ali, todo mundo participava das tarefas, havia uma vida social rica e Julie fazia de tudo para que a alegria transpirasse no seu estabelecimento. Não apenas nas horas de abertura, mas todo o tempo, para que isso fosse notado. Havia instaurado muitos princípios de um bordel do interior, começando pelo fato de não se ter pressa, bem raro em Paris onde frequentemente se agia "rapidamente". Ali, o ambiente era festivo, conversava-se ao som de música, beliscava-se algumas guloseimas, bebia-se com as meninas, antes de subir para os quartos. Nenhuma moça do *Boudoir* encadeava as relações sexuais, Julie fazia questão disso, tanto pelo cliente quanto por elas, para que "fosse mais fácil", Guy a ouvira dizer. As lanternas vermelhas diante da porta, um símbolo dos bordéis do interior, certificavam isso, assim como a entrada única. Ali os clientes se cruzavam, às vezes se conheciam e Julie ficava muito satisfeita quando a sua casa tomava ares de clube, um lugar de encontros para conversar, beber, comer e se divertir.

Não havia dúvida de que, em Paris, era um estabelecimento privilegiado entre todas as casas de tolerância.

O que Milaine queria era uma situação estável. Dinheiro.

Será que dera demais em cima de algum homem? Alguém que não se devia censurar secamente? Ela o fizera perder a paciência?

Um homem que não suportava receber um não. Um homem enfurecido. Como uma criança mimada em excesso? Ou com um homem que nunca teve nada e conseguiu tudo por si mesmo? Dá no mesmo, é alguém que não tem nenhum respeito pelo outro, que construiu para si uma personalidade em cima do hábito de conseguir as coisas e não na transigência que a educação deve nos inculcar. Ele acha que os meios só existem para conseguir o que quer. Pouco se importa que sejam seres vivos, ele é um hábil manipulador em caso de necessidade, bom mentiroso e não sente nenhuma culpa.

Guy percebeu que acabava de montar um retrato que achava ser coerente, mas também detalhado demais de um homem que não conhecia.

Eu o desenho tal como os seus atos o pintam. Como faço com os meus personagens de romances quando tenho os fatos e preciso inventar as pessoas em volta. Partindo apenas de fatos. Isso porque os nossos atos não passam de prolongamentos das nossas personalidades. Fazer é concretizar os nossos pensamentos. As nossas ações são a assinatura concreta das nossas mentes.

Guy estava dividido entre o desejo de anotar sem demora as suas conclusões e, ao mesmo tempo, sentia-se excitado por ir rápido demais.

Milaine talvez não passasse de uma vítima como qualquer outra, quem sabe apenas houvesse cruzado com ele no momento errado? Talvez não o houvesse rejeitado. Não sei nada sobre as circunstâncias... Pode ser que ele seja, na verdade, muito tímido, um introvertido que se revela unicamente no ato de matar...

Ele havia seguido por um atalho errado. Se quisesse definir a personalidade do monstro que havia assassinado Milaine e todas as outras moças, não podia negligenciar nada, todos os detalhes tinham a sua importância no que dizia respeito ao método e, também, à escolha das presas.

Guy devia compreender quem eram as vítimas, ele não as havia escolhido ao acaso, elas correspondiam, forçosamente, a alguma coisa, a uma atitude, a um físico; ele estava convencido de que não poderia se tratar apenas de circunstâncias. Senão, por que atacar sistematicamente prostitutas? Por que não crianças de rua, presas fáceis? Mendigos, cujo desaparecimento não seria notado por ninguém? Não, a escolha de prostitutas não era anódina.

Elas representam o prazer. Mas, também, o aviltamento, sobretudo na rua Monjol. As prostitutas são mulheres que poucos respeitam. São menos que mulheres aos olhos de muitos! Ele as atacava por que era mais fácil? Teria menos impressão de destruir um ser humano?

Desta vez, Guy sentiu que fazia uma reflexão interessante. Era essa pista que devia aprofundar.

— Você está bem, Guy? Está com uma expressão estranha! — preocupou-se Marthe.

— Sim, estou pensando, nada mais.

— Isso é evidente. (Ela se aproximou e abaixou o tom de voz para ter certeza de que ninguém poderia ouvi-la): É por causa de Milaine, não é?

Guy não respondeu.

— Estou vendo que isso o atormenta. Para dizer a verdade, nos transtorna a todas.

— É que Julie nos proíbe de tocar no assunto — acrescentou Marguerite.

— Sabe o que a pode ter deixado naquele estado? — encadeou Marthe.

— Não e vocês não deviam se fazer tantas perguntas. Julie tem razão, é um caso sinistro esse de Milaine, é preferível enterrá-lo com as lembranças dela.

— Mas, foi... foi um assassinato? — questionou Marguerite.

— Não sei, cabe à polícia fazer o seu trabalho.

Guy reuniu as suas coisas e se preparava para subir quando Marthe se indignou:

— Você nem tocou no prato que eu lhe trouxe.

— Oh, desculpe, é verdade! Vou levá-lo, se permitir, tenho de fazer algumas anotações. Eu agradeço, madames — disse ele, cumprimentando-as com um salamaleque.

E ele subiu para se fechar no sótão e pôr por escrito tudo o que tinha na cabeça.

Antes da hora da ceia, já teria enchido uma dezena de páginas de análises, de deduções e de proposições.

Estava convencido de que todas essas mulheres não tinham sido mortas por acaso.

Martial Perotti se apresentou na porta do *Boudoir de soi* no meio da noite. Depois de esperar por cinco longos minutos durante os quais não ousara bater, num assomo de coragem usou a aldraba.

Julie em pessoa o recebeu e indicou o acesso ao sótão, com um olhar surpreso.

— Eu me apresentei como o seu novo editor, espero ter feito bem — relatou ele a Guy, bem pouco à vontade. — Eu disse a mim mesmo "o que pode ser mais justificável do que um editor para visitar um romancista"?

— Foi muito acertado da sua parte. Venha, sente-se nesta poltrona. Sinto muito pelo local, pela balbúrdia, não é um lugar muito conveniente para receber, no entanto, me é muito útil. E nada caro; você sabe o que é viver para um autor que não foi publicado, agora que é um editor!

Um sorriso descontraiu os dois homens.

— Tenho uma boa notícia — emendou Perotti. — Um milagre, eu devia dizer! Dei uma engraxada no guarda e os arquivos da polícia estão abertos para nós desde que não o desorganizemos nem peguemos nada.

— Formidável! Quando podemos ir lá?

Perotti consultou o relógio que tirou do bolsinho.

— É o tempo de percorrer o caminho e somos esperados.

Guy ergueu os braços, maravilhado.

— Dê-me tempo para vestir um paletó e serei todo seu.

— A senhorita Faustine não vem conosco?

— É noite, meu amigo, e à noite ela trabalha. E no seu trabalho, correu tudo bem?

— Acabei de terminar. Uma tarde e início da noite atrás de uma mesa trabalhando numa papelada! Nada muito animador, sobretudo diante da manhã que vivi!

Os dois homens desceram a escada e Guy parou no patamar do primeiro andar para ouvir com atenção.

— Prefiro que a nossa saída passe despercebida para não incomodar a clientela. Tudo bem, podemos ir, estou ouvindo os homens rirem na grande sala. Venha.

Eles tiveram de andar até a rua La Fayette para encontrar um fiacre-automóvel que diminuiu a velocidade, fazendo barulho de explosões do motor, para pegá-los. Guy negociou a corrida antes; com o pretexto de que o automóvel era um progresso da ciência ao mesmo tempo que uma atração agradável, os motoristas tinham uma tendência a disparar os preços se não se perguntava *antes* de fazer o trajeto.

O motor roncou projetando o pequeno veículo à frente. Guy sentiu uma sensação de poder que não tinha com os cavalos e, em seguida, o vento os chicoteou. Agora ele entendia melhor os grossos casacões usados pelos motoristas de automóvel, os bonés bufantes, assim como os óculos protetores.

O veículo se enfiava por entre os cabriolés, as charretes e as bicicletas, um golpe para a direita, um golpe para a esquerda, nesse campo não havia regras estritas, a não ser para os pedestres: estar sempre atento ao atravessar a rua! Se os acidentes com os cavalos eram comuns em Paris, os acidentes com automóveis começavam a ser ainda mais, apesar do barulho, pois, no caso, era a velocidade que os tornava perigosos.

Guy notou como as rodas deslizavam nas curvas um pouco fechadas e, por um instante, ficou com medo de que derrapassem. Eles andavam bem mais rápido do que os 12 quilômetros por hora autorizados pela polícia de Paris.

Todas as vezes que eram sacudidos, Guy fazia uma careta segurando o lado esquerdo pois ainda sentia a dor da sua recente briga.

Os lampiões de gás, depois os elétricos, desfilavam cada vez mais rápido. Guy se agarrava ao apoio ao lado do veículo.

Finalmente, se aproximaram da Île de la Cité e das torres da Conciergerie, que erguiam na noite as suas pontas escuras. Quase todas as janelas do alto prédio estavam apagadas, era tranquilizador. Guy não queria ser pego consultando os arquivos proibidos ao público, mesmo acompanhado de um inspetor.

Na ponte de Change, contemplou a torre do Relógio, o seu aspecto medieval, meio inquietante e se perguntou se havia cárceres antigos no interior. A época em que os reis da França se hospedavam ali não estava tão longe, uma época em que as cabeças caíam com os golpes de machado... Felizmente o homem havia inventado a guilhotina, mais moderna e mais limpa, ironizou Guy no segredo do seu coração.

Quando virou em frente à torre, Guy conseguiu ver as horas no relógio, o primeiro relógio público de Paris, desfiando o tempo há mais de seiscentos anos: eram quase 23 horas.

Era uma boa hora. Guy sentia-se bem. Era um momento da noite em que Paris ainda não havia partido para os limbos do sono, mas já estava adormecida, mais calma, era o momento de todos os possíveis, em que as reticências cediam mais facilmente...

Perotti o tirou dos sonhos:

— Chegamos!

Eles haviam parado na ponta do cais do Relógio, em frente à estátua de Henrique IV.

— Como é irônico — disse Guy para si mesmo.

— Como?

— Acho isso irônico, o emblema de um rei assassinado em frente aos escritórios da polícia.

— Um paradoxo a mais ou a menos não faz muita diferença para Paris, na minha opinião. Vamos, é por aqui. Em geral, o acesso não está fechado.

Passaram ao longo da imponente fachada e Perotti empurrou uma portinhola que exigia que se abaixasse a cabeça para transpô-la sem bater a testa no lintel de pedra e, depois de um longo corredor e de uma escada para o porão, saíram num grande hall abobadado ocupado por estantes. Lâmpadas elétricas que caíam do teto iluminavam as passagens e Guy notou um balcão atrás do qual um homem ergueu a cabeça do jornal.

Perotti o cumprimentou e, depois de dar uma olhada à direita e à esquerda, o homem lhe respondeu com um sinal de cabeça.

— O que nos interessa está no fundo, nos dossiês da primeira divisão da polícia.

Guy o seguiu sem uma palavra, fascinado pelo espetáculo; era a sua chance de penetrar no coração do sistema judiciário parisiense, ele que sonhava escrever um romance policial. Placas colocadas na lateral dos altos móveis remetiam para as diferentes seções: "Brigadas de investigação", "Brigadas de costumes", "Brigadas dos imóveis mobiliados"...

Perotti levantou o indicador na frente dele, como se quisesse detectar no ar o caminho a seguir, depois se lançou num passo rápido para uma fileira de caixas de madeira, entre as quais se amontoavam pilhas de papel, atadas por laços.

— Chegamos, aqui está. Isso deve ser por data, depois por ordem alfabética...

— Você desce muitas vezes aqui?

— É a primeira vez! O guarda me explicou tudo antes.

— Estou muito excitado, confesso! Entrar num lugar desses! E ter a oportunidade de ler os dossiês da investigação! Que sorte!

Perotti assumiu um ar contrariado.

— Nunca afirmei que teríamos acesso aos dossiês do caso e sim aos arquivos! O caso está em curso, não podemos ler nada sobre ele, está tudo no escritório dos investigadores.

Guy ficou decepcionado.

— Mas então... o que podemos esperar aqui?

— Que os investigadores Legranitier e Pernetty continuem a tratar as investigações como sempre o fizeram: com desenvoltura. E que não pensem ou queiram descer para consultar os arquivos e verificar se não há nada a respeito das vítimas!

Com essas palavras, Perotti começou a acompanhar com o indicador os nomes nos dossiês e andou vários metros se inclinando regularmente para verificar o que lia.

— Acredita mesmo que Pernetty e Legranitier não se interessam por esses assassinatos? No entanto, é um caso formidável, se assim posso dizer, para profissionais da investigação criminal!

— Eles só obedecem ordens, a decisão vem de cima, bem de cima!

— Como sabe? Achei que não era amigo deles.

— Sou observador, só isso. Na noite em que encontraram Milaine, havia vários investigadores à paisana e policiais de uniforme, mas nenhum sinal do promotor público do seu distrito. No entanto, em todos os fatos passíveis de uma pena superior a cinco anos de reclusão, ele deve, obrigatoriamente, comparecer ao local e fazer um relatório. É a lei. Você o viu? Não. Num crime como esse, se Pernetty e Legranitier não mandaram avisá-lo para que comparecesse, foi porque tinham instruções para agir assim. Instruções do procurador-geral ou de alguém mais acima, não sei, mas eles apenas obedeceram uma ordem! É evidente!

Guy ficou estupefato! Quem, do alto escalão, — e por quê? — havia dado ordens para não abrir uma investigação sobre o assassinatos das prostitutas?

— De repente, me veio uma desagradável sensação — disse ele, pensativo — a de reviver na França a sórdida história das agressões selvagens ocorridas em Londres há uns dez anos, o tal Jack, o Estripador!

Perotti parou subitamente.

— E esta, agora... — disse ele, surpreso.

— E então? O que houve?

— O dossiê de Anna Zebowitz é enorme — disse Perotti, pegando um maço de papéis. — Parece que a moça é bem conhecida do departamento de polícia!

Guy deu marcha à ré e começou a sondar as prateleiras, finalmente encontrando o que buscava:

— Não vai acreditar! — exclamou ele. — Existe um para Viviane Longjumeau, tão grande quanto!

Perotti se virou para Guy.

— Tem certeza de que é o certo?

— Tenho, estou com ele nas mãos!

Perotti franziu as sobrancelhas, exibindo uma expressão de alguém que não compreendia.

— Não devia ser! — espantou-se ele. — Esses dossiês normalmente são anteriores aos assassinatos, são arquivos organizados pela polícia a respeito de infrações cometidas pelas duas mulheres. Acontece que Viviane Longjumeau é um pseudônimo, é o nome que ela inventou para passar incógnita na rua Monjol quando foi procurar a filha! Não vai me dizer que a polícia de costumes construiu um dossiê tão gordo em apenas dois meses! Pegue-o, temos de olhar mais detalhadamente.

Guy não se sentiu muito à vontade à alusão do pseudônimo. E se a polícia de costumes tivesse um dossiê similar a seu respeito? Por um instante, ficou tentado a dar uma olhada, mas mudou de opinião, a presença de Perotti fez com que desistisse.

Os dois homens se sentaram em volta de uma mesa no meio do porão, embaixo de uma lâmpada elétrica que descia do teto bem em cima dos dois dossiês. Um halo virginal aureolava as etiquetas manuscritas dos nomes das duas mortas.

Perotti abriu o de Anna Zebowitz com uma mão e alisou nervosamente o bigode com a outra.

— Relatório circunstanciado da retirada do corpo — leu ele em voz alta. — Com a breca! É o dossiê criminal!

— Pensei que ele não estava aqui...

— Não devia estar! A menos que...

— Que o caso tenha sido arquivado? É isso?

Perotti concordou com a cabeça, pensativo e circunspecto.

— Desta vez tem a assinatura do promotor público, o do décimo sexto distrito — disse ele. — Ela foi encontrada na manhã de 12 de abril, no alto da torre norte do palácio do Trocadéro, na Exposição Universal. Dois dias antes da inauguração oficial. Veja! Aqui está o relatório redigido pelo investigador Pernetty, encarregado da investigação com o colega Legranitier. Eles interrogaram quem encontrou o corpo, um pintor de paredes. O homem estava tão chocado pelo espetáculo macabro que Pernetty o retirou imediatamente da lista de suspeitos, afirmando, eu cito: "O senhor Pacrel estava tão perturbado que as suas palavras saíam embrulhadas, os olhos estavam embaciados, as faces inflamadas e até o pescoço se agitava de uma maneira inquietante. Não há nenhuma dúvida de que o senhor Pacrel estava com os nervos à flor da pele e que, consequentemente, não pode ter cometido o crime, tamanho nervoso não se pode fingir."

— Verdadeira prosa — comentou Guy.

— Em seguida, interrogaram os agentes da polícia encarregados da vigilância do local durante as obras e durante a Exposição. Ninguém viu nada, nem ouviu nada. Um deles, no entanto, reconheceu que essa zona da Exposição era muito pouco vigiada porque era ali que estavam os selvagens importados dos quatro cantos do mundo para mostrar um espetáculo vivo aos pavilhões das colônias. "Os seus hábitos barulhentos, festivos e odorantes", segundo o policial, "incomodam os meus colegas que deixam esses povos se virarem no seu canto sem se aproximar demais."

— Parece mentira! — indignou-se Guy. — Que profissionalismo!

— Legranitier foi ao local para ver os tais selvagens. Eis o que ele concluiu: "Eles formam um número imponente. As condições de vida estão longe de ser tão más quanto poderíamos pensar, grande parte deles não fala francês, não sabem como se comportar, nem como se vestir, por isso muitos homens e mulheres estão vestidos de maneira imoral, ou melhor, despidos, eu devia escrever. Os costumes não são corretos, os hábitos são tão diferentes dos nossos que é impossível compreendê-los e se pode conceber que um crime tão abjeto como o que foi cometido na vítima Anna Zebowitz seja obra deles, tão diferentes e tão desvinculados da nossa civilização são eles." E estas manchas — de gordura, é o que parece — tendem a provar que o senhor Legranitier deve ter provado da comida dos selvagens na passagem! Mas, espere, ele conclui com o seguinte: "Conversando com os nativos do Congo francês, tive a sensação de que não me diziam tudo. Acho que estão com medo. Eles estão alojados não muito longe da entrada do palácio do Trocadéro e pode-se pensar que tenham visto alguma coisa naquela noite, mas, é evidente que não compartilham o que sabem. É inútil insistir com os selvagens, eles não se abrirão com ninguém."

— Não há nada sobre a vítima? Como a identificaram?

— Espere... Este grosso maço, são os relatórios de todos os guardas municipais, operários, artesãos e arquitetos interrogados com a alegação de que trabalhavam no local e que poderiam ter ouvido ou visto alguma coisa na véspera da descoberta do corpo... Os investigadores não lhes disseram o motivo exato dos interrogatórios para dissimular o assassinato.

— Quanto menos se diz, menos coisas se consegue!

— Ah, aqui está o que você queria! Anna Zebowitz. Identidade estabelecida pela presença de uma credencial no fundo de um bolso. Prostituta,

24 anos. O investigador Pernetty deduziu que uma prostituta encontrada morta dentro dos muros da Exposição Universal, antes da sua abertura oficial, necessariamente deveria ter sido introduzida por um operário dos trabalhos de acabamento, e concluiu que ela devia ter sido trazida de algum lugar perto. Portanto, ele procedeu por etapas: do setor conhecido por abrigar prostitutas mais próximo até o mais afastado, com uma fotografia da vítima em mãos, para perguntar às profissionais do *trottoir* se a conheciam. Não precisou muito tempo para que as moças da praça da Concorde a identificassem. Anna Zebowitz foi confirmada como identidade conhecida. Morava no décimo oitavo distrito de Paris. Nenhum filho conhecido, nem marido. Nenhum proxeneta. "Origem do interior", segundo as moças que a conheciam. Não era muito exigente quanto aos clientes, procurando um máximo de ganhos, às vezes imprudente, não hesitava em sair dos arredores da Concorde — em geral, o serviço era prestado no matagal no fim da avenida Champs-Élysées — para se aventurar com clientes, manifestamente sem muito dinheiro, bastando que agitassem algumas notas debaixo do seu nariz. A prostituição na Concorde, normalmente, só começava tarde da noite e somente durante a noite, mas Anna fazia parte das poucas moças que também apareciam de dia e eram constantemente presas pela polícia de costumes.

— Você foi até o local, não foi? O que viu de diferente?

— Infelizmente, não muita coisa, sou um investigador iniciante, como sabe, e não me confiam nada muito palpitante. Eu vi a pobre Anna, isso nunca esquecerei! Depois, me pediram para percorrer todo o palácio do Trocadéro para ter certeza de que não havia traços de sangue, roupas abandonadas ou, talvez, a arma do crime. Em vão.

— O que vou dizer pode surpreendê-lo, mas aceite entrar no jogo — interveio Guy. — Imagine que o homem que cometeu esses crimes seja um animal. Em qual você pensaria?

— Num leão, num tigre ou, talvez, num lobo. Por quê?

— Predadores. Que caçam.

— Para se alimentar! Esse não é o caso! Felizmente, aliás!

— É isso o que o diferencia, mesmo assim é um predador. E se os animais caçam para comer, não me parece idiota afirmar que, forçosamente, ele também tem uma razão para caçar! Você já caçou?

— Eu? O que quer dizer? — perguntou Perotti, pouco à vontade.
— Com uma espingarda ou um arco ou qualquer outra arma!
— Sinceramente, não.
— Pois bem, senhor Perotti, saiba que os caçadores têm os seus hábitos. Uma arma preferida que, às vezes, eles adaptam à presa, ao terreno de caça, o calibre, o modelo, etc. O fato é que os caçadores têm os seus hábitos, de território, tipo de presa, maneira de proceder para seguir a pista, para a batida, para matar...
— Está me dizendo que o assassino de Milaine é um caçador?
— De certa maneira, sim. É isso o que me vem à cabeça quando junto tudo o que sabemos. Há um comportamento repetitivo que o tranquiliza. Que o deixa confiante para caçar, para se sentir preparado para matar.

Perotti pôs a ponta do indicador no dossiê de Anna Zebowitz.
— E você acha que ele mata as prostitutas por hábito, porque isso o tranquiliza?
— Por um lado, sim, mas também acho que ele não escolhe qualquer uma. Isso me saltou aos olhos ao escutá-lo, se assim posso dizer. Anna e Milaine se pareciam! Elas estavam prontas para tudo para...

Subitamente, Guy se interrompeu e fitou Martial Perotti, ao se lembrar quem ele era em relação a Milaine. O entusiasmo que acabara de arrebatá-lo desapareceu de repente e Guy procurou as palavras certas para ser o mais delicado possível:
— Senhor Perotti — começou ele.
— Martial. Chame-me de Martial.
— Muito bem. Martial, vou precisar ser direto com você, até mesmo brusco. E apresento as minhas desculpas, mas não posso continuar sem toda a franqueza que lhe devo a respeito de Milaine.
— Está me assustando.
— Ela... Ela era mulher de vários homens, isso você sabe. Mas, sabe por quê? Milaine queria uma boa situação. Aceitava todos os encontros possíveis, esperando, finalmente, conseguir o certo. Não se contentava em ser a agradável companhia de uma noite ou duas, ela possuía ambição.

Perotti engoliu em seco e concordou.
— Eu sabia — disse ele baixinho. — Milaine nem sempre era uma boa atriz. E eu lhe agradeço pela franqueza.

— Levando em conta o que estamos fazendo, eu precisava ser sincero. Vejo a ligação que tinha com ela e não posso mentir sobre o que ela era realmente.

— É uma maneira gentil de dizer que não devo ter ilusões, que o único vínculo que Milaine tinha comigo era o dinheiro e o que eu poderia oferecer a ela? Eu sei disso. E ficará surpreso ao saber que esse era o meu objetivo, conseguir tirá-la da vida de prost... de cortesã — corrigiu-se ele.

Guy lhe deu uns tapinhas amigáveis na mão.

— Tenho certeza de que ela teria sido uma mulher realizada com você. Perdoe-me por ter abordado esse assunto delicado.

— Eu gostava dela, apesar de tudo o que ela era. É por isso que estou aqui esta noite, ao seu lado. É por isso que fui à rua Monjol com você hoje de manhã. Porque eu tinha uma afeição sincera por ela.

Os olhos de Perotti estavam vermelhos. Ele desviou o olhar e examinou o dossiê para disfarçar a dor.

Guy aproveitou para continuar na sua linha de pensamento anterior:

— Milaine e Anna tinham em comum o fato de estarem prontas para qualquer coisa por dinheiro, de serem pouco prudentes. Se eu acrescentar que Viviane Longjumeau era igualmente voluntária e não se fazia de rogada para encontrar a filha, temos três vítimas determinadas, que podiam ser presas fáceis, que se podia arrastar para longe sem dificuldade. Portanto, existe entre essas vítimas mais de um ponto em comum! Eu lhe digo: o assassino não as matou por acaso. Ele as escolheu e, provavelmente, há outros critérios que nos escapam!

— E esse dossiê? — perguntou Perotti, apontando para o que Guy tinha nas mãos. — É mesmo o do assassinato de Viviane Longjumeau?

Guy desfez o laço e levantou a aba de papelão, antes de concordar com a cabeça.

— É. O caso também foi arquivado.

Ele folheou as diferentes partes do dossiê, os relatos, os resumos, os croquis, os relatórios da dissecação e achou o que encerrava o caso: as fotografias tiradas no local do crime.

Clichês em que o contraste era muito acentuado, o preto engolia qualquer nuance, os brancos estavam claro demais e, no entanto, isso não era suficiente para mascarar o horror. O calçamento de um cais engolido por um charco de destruição, uma vida derramada nas pedras. Viviane jazia de lado com os saiotes levantados até as coxas. Era impossível identificar os rasgões do tecido do vestido tantos eram os dilaceramentos e as facadas. As pálpebras fechadas; mas a boca estava aberta, como uma ridícula pessoa adormecida com o maxilar pendente.

Dezenas de pernas rodeavam a morta, assim como rodas de charretes.

Havia outras fotografias, em outros ângulos. Guy estava hipnotizado pelo rosto de Viviane. Sempre havia considerado a morte como um novo estado que envolvia o corpo depois da vida. Confrontado com o que via daquela mulher, não havia mais dúvidas: a morte não existia como tal e não passava de uma ausência total de vida, uma consequência; era apenas o que restava, de uma vez por todas, de um mínimo de vida destruída. O lábio inferior pendente, as pálpebras moles, não totalmente fechadas sobre os olhos caídos, a ausência total de vigor para manter os órgãos, para retesar um mínimo de músculos que davam, mesmo durante o sono, a firmeza necessária para deixar tudo em ordem diante do peso permanente da gravidade; isso é que era a morte. Para os nossos corpos, viver consiste em lutar contra a atração terrestre. Nas fotografias, Viviane não era mais do que um fruto estragado, totalmente caído, à espera da putrefação.

— Quer sair para tomar ar fresco? — perguntou Perotti.

— Não, tudo bem.

— As do caso Zebowitz são iguais, mas achei melhor não dizer nada, elas são igualmente... obscenas.

— Viviane foi morta na noite de sábado, dia 7, para domingo, 8 de abril, no cais, perto do jardim das Plantas. Nenhuma testemunha. E, no entanto, parece que ela resistiu; os investigadores descobriram traços de sangue no local por mais de vinte metros de distância, alguns salpicos, esguichos e pegadas. Indícios que provam que ela continuou viva por um tempo, que tentou fugir.

— Eles fizeram algum desenho das pegadas?

— Não vi nenhum. Viviane era uma anônima exposta no necrotério, com o corpo dissimulado por cobertas, até que uma prostituta da rua Monjol a reconhecesse. E... ela foi violentada.

— O que não foi o caso Anna! Nem o de Milaine, me baseando no que vi na rua. O vestido dela não estava rasgado nem levantado.

— Isso não exclui o estupro. No entanto, preciso lhe contar a respeito de um detalhe sórdido: notei a presença de um líquido esbranquiçado na boca de Milaine. Infelizmente, o maxilar estava crispado e foi impossível olhar mais de perto.

— Você está pensando no...

— Líquido seminal? Não tenho certeza.

— Bom.

Perotti pareceu impressionado.

— O que eu ainda não lhe contei é que Viviane não foi violentada por um homem e sim por um objeto. Uma estatueta enfiada nas partes íntimas.

— Meu Deus — disse Perotti, cobrindo a boca com a mão. — Que tipo de estatueta?

— Não está especificado. A investigação foi feita por algum porcalhão, é o que acho!

Guy estava tão abalado pela série de fotografias de Viviane assassinada, que se sentia quase um estranho dentro do próprio corpo.

— Por que algumas foram violentadas e outras não? — perguntou-se em voz alta.

— Por que ele as conhecia pessoalmente e não teve coragem? — sugeriu Perotti. — Porque não teve tempo?

Uma porta bateu e ressoou em todo o porão, assustando os dois homens. Eles esperaram, à espreita, se preparando para sair correndo, até que tivessem certeza de que ninguém descia. Ao longo das extensas prateleiras, Guy podia enxergar o guarda, lá no fim, atrás do balcão, ocupado com a sua leitura. Ele não havia se mexido.

Perotti continuou a virar as páginas do seu dossiê e parou num documento manuscrito acompanhado de desenhos anatômicos.

— É o relatório da dissecação de Anna Zebowitz — disse ele. — O médico relata a presença de uma ferida aberta no nível do tórax e de golpes de um objeto muito cortante, provavelmente uma faca, tão numerosos que provocaram a ruptura da cavidade abdominal, o que explica por que os intestinos da vítima estavam espalhados pelo chão. A garganta havia sido cortada com brutalidade, mas o coração já não batia, segundo ele, porque não havia jatos de sangue nas paredes, na altura da cabeça. Oh, meu Deus, espere a continuação: a língua havia sido cortada e a ferida foi feita várias horas *antes* da morte. Veja, que estranho, o médico acha que ela foi morta no local.

— E daí?

— É que... com todo o sangue na escada, achei que ela havia sido transportada e que, durante o transporte, havia... espalhado o sangue. Desculpe-me por ser tão duro...

Guy afastou a desculpa com as costas da mão, como se os detalhes mórbidos não o afetassem mais.

— Se o médico tiver razão, foi o assassino que ficou coberto de sangue! Como, depois, passar despercebido na rua?

Perotti deu de ombros e voltou para a sua pilha de folhas.

— Uma substância oleosa não identificada — leu Perotti — foi encontrada numa mancha do vestido da infeliz e também na sua pele.

— Isso não nos faz avançar muito.

O jovem policial se encostou na cadeira e mergulhou nas lembranças.

— Há outra coisa... Eu já lhe falei sobre isso, a visão do que restava da coitada me fez pensar num quadro dos Infernos. Porque ela estava realmente espalhada... E... acho que posso dizer que estava... incompleta.

— Incompleta? Pode ser mais preciso?

— Faltavam alguns órgãos ou, ao menos, alguns pedaços da sua anatomia. Todo o interior havia sido esvaziado, na parte da frente. E posso afirmar, com certeza, que faltavam alguns. Isso era evidente, mesmo para alguém que não estudou medicina! Foi por isso que pensei que ela havia sido morta em outro lugar e transportada para lá. Não consigo imaginar um homem fugindo com órgãos humanos nos bolsos!

— O que diz o médico a esse respeito?

Perotti mergulhou no relatório antes de concordar com a cabeça e de ler em voz alta:

— "Ausência dos pulmões, do coração, assim como da veia cava superior, do arco aórtico e do ar..."

— Ausência? O que quer dizer?

— Não foram encontrados.

Guy soltou um longo assobio abafado entre os lábios.

— Uma verdadeira carnificina — murmurou ele. — E muitos mistérios. E, além de tê-los... roubado, ele se atirou em cima dela e lhe cortou a garganta *depois* de morta? É estranho.

— Acho que é uma fúria não controlada — sugeriu Perotti — um arrebatamento pela violência! Esta aumenta à medida que ele atinge a pobre Anna Zebowitz e se deixa levar, de tão aturdido que está!

— Aturdido não me parece o termo certo, cego seria mais apropriado, não acha?

— Pode ser. Não sou especialista. Para dizer a verdade, quem é?

Guy apontou para Perotti, como para acusá-lo.

— É exatamente do que precisamos. De um especialista.

— Você quer dizer essas pessoas que trabalham com a psique? Alienistas e outros exploradores do cérebro?

— Eu não pensava nos discípulos de Charcot, não, e sim em alguém que soubesse fazer uma análise refinada das características humanas e, ao mesmo tempo, da experiência de um predador.

— Aí não vejo ninguém, você me deixou numa sinuca! — admitiu Perotti.

— Vamos, Martial, um homem solitário, que conheça bem a sua espécie, que a decortique, que, todos os dias da sua obra, exponha a alma humana para examiná-la minuciosamente!

— Pois bem... você!

— Sim, um romancista! Mas não qualquer um! Além de ser romancista, é preciso que seja um desses homens raros que conhecem os instintos do predador, pronto a sacrificar tudo pela caça, que sabe perfeitamente os segredos dela, que passou a vida caçando, por horas a fio, às vezes durante dias seguidos sem parar!

— Ora, isso não existe!

— Oh, existe sim! Um indivíduo que domina perfeitamente o ato de matar, a tal ponto que, com ele, isso se torna uma arte! Vamos, eu lhe digo: um caçador de safáris! E acontece que em Paris há um homem que incorpora os dois, romancista e caçador.

— Pode nos levar até ele?

Guy inspirou profundamente, como para buscar coragem no fundo de si.

— Posso, a minha antiga vida pode nos abrir as suas portas.

15

A burguesia estava atrás de grades.
No bairro de Auteuil, a oeste do décimo sexto distrito, a Vila Montmorency havia sido construída onde trinta anos antes ainda se estendiam vários hectares de campos e vinhedos cultivados por agricultores, sendo que, alguns deles, nunca haviam pisado em Paris, apesar de a cidade ficar muito próxima.

No lugar da uva e do trigo, havia sido erguido um parque de residências elegantes, cercadas de jardins floridos, fechados por imponentes portões de ferro forjado.

O guarda saiu da guarita para cumprimentar Guy e Martial Perotti que haviam acabado de descer do fiacre.

O sol do fim da manhã batia nas grades e projetava a sua sombra nos canteiros de flores e arbustos podados, como se a própria natureza estivesse aprisionada naquele local.

— Senhores, os passeadores estão autorizados a entrar desde que respeitem as regras estritas da Vila Montmo...

— Viemos visitar um amigo — cortou Guy, entregando o seu cartão de visitas como determinavam os costumes. Senhor Maximilien Hencks.

— Ele foi avisado da sua vinda?

— Não.

O guarda os avaliou por um instante. Embora Guy usasse uma roupa bem-cortada, de um certo refinamento, o terno de Perotti era bem mais modesto e simples: paletó meio puído na extremidade das mangas, botões do colete sóbrios e uma calça ligeiramente gasta na barra. O guarda entrou na guarita para falar num telefone e Guy afastou Perotti um pouco de lado.

Guy ainda não havia confessado a sua mentira ao novo amigo.
A sua verdadeira identidade.

Não conseguira fazê-lo durante a viagem de fiacre — muito feliz por ter escapado de Faustine de manhã, a quem ele preferia poupar todas as emoções que não deixariam de suscitar o encontro com Hencks — e Guy havia decidido confiar naquilo cuja existência ele negava nos seus romances: o destino benfazejo. Se Maximilien traísse, sem saber, o seu verdadeiro nome, então ainda haveria tempo de confessar tudo a Perotti.

O guarda voltou e entregou o cartão a Guy, que, imediatamente, o fez desaparecer no bolso interno, e lhes indicou o caminho a seguir para a casa do senhor Hencks.

Longos cachos de glicínia violeta caíam por cima dos muros de pedra e sobre as grades de ferro pintadas de preto que fechavam os jardins.

Os dois visitantes se afastaram para deixar passar uma senhora elegantemente vestida, com um grande chapéu encimado de nós de seda e flores com pétalas rosa e brancas. Ela carregava um cesto de vime e lhes fez um sinal com a cabeça como cumprimento e agradecimento pela polidez.

— Gosto desses lugares onde as pessoas dizem obrigado por coisas que, no entanto, são naturais! — exclamou Perotti.

— Até agora não conversamos sobre política, mas preciso lhe perguntar: Martial, tem alguma simpatia pelos anarquistas?

— Está brincando? Eu tinha 22 anos quando Ravachol[1] punha bombas em toda a Paris e tive pesadelos por vários meses!

— Então vai se entender bem com Maximilien Hencks. Ele detesta os anarquistas e os expulsaria pessoalmente, se pudesse. É um monarquista fanático, ultranacionalista e dizem que é amigo de alguns extremistas como Déroulède.[2] Da minha parte, não tenho o que me queixar da sua atitude. Mesmo assim, evite abordar o assunto com ele.

— Como o conheceu?

— Ele gostou muito de um dos meus romances — confessou Guy, se perguntando se não falava demais. — Nele, eu comparava a alta burguesia

---

[1] François Claudius Koënigstein, conhecido por "Ravachol", foi um militante anarquista. Nasceu em 1859 e morreu na guilhotina em 11 de julho de 1892. (N. T.)
[2] Paul Déroulède (1846-1914) — Romancista e militante nacionalista francês. (N. T.)

com esse parasitas que vivem nos grandes mamíferos, mas que os limpam ao mesmo tempo. Ele me convidou para jantar para conversar sobre o livro.

— Mas, então, você já publicou livros, seu fingido! Por que me disse o contrário? É uma obra de costumes levianos?

— Não, não — disse Guy, sentindo-se desconfortável — é... teremos oportunidade de falar sobre ela. Pronto, chegamos.

Maximilien Hencks morava numa casa senhorial de tijolos coberta de hera, no meio de um longo jardim retangular com plantas altas, onde se escondia um laguinho cheio de espuma com uma sereia de pedra e um poço um pouco mais ao longe.

Guy puxou a corrente do sino e um empregado abriu a porta.

— O senhor Hencks os aguarda no escritório, por favor me acompanhem.

Eles foram levados até uma grande sala forrada de lambris marrons, de livros com capas de couro que cobriam as estantes, encimadas por cabeças de leão, de tigre e de gnu de chifres afiados. Um telescópio de cobre estava na frente de uma das janelas, sendo que a outra tinha uma parte oculta por uma imponente poltrona na qual lia um homem de cabelos grisalhos.

Deixando o livro em cima de uma mesa com pé de galo, ele se levantou para recebê-los.

Maximilien Hencks era muito alto, bem mais alto do que a média, com uma cabeça e meia a mais do que Guy e Perotti. A cabeleira negra e prateada, com as mechas jogadas para trás, dominava um rosto alongado e anguloso; com maxilares bem marcados, as faces, ao contrário, eram cavadas, as arcadas eram proeminentes e as sobrancelhas de um preto forte sobre olhos pequenos e fundos, um nariz fino em cima de uma boca larga e imponente, ele era feito de oposições, de contrastes, de pontas e anfractuosidades, um rosto tumultuado, sério e complexo.

A cabeça era mais assustadora do que as empalhadas que estavam por cima dele.

Repentinamente, o rosto se abriu, a rede de músculos sob a pele foi puxada para trás sob a máscara perturbadora e a boca aumentou mais, a testa se descontraiu e as faces se preencheram com um sorriso generoso.

— Guy, meu amigo! Quanto tempo sem notícias!

Ele falava com uma voz bem grave.

Os dois homens apertaram as mãos longamente; Hencks mantinha a mão do escritor entre as suas, enormes.

— Maximilien, eu lhe apresento Martial Perotti, um companheiro de aventuras.

Sem pedir a opinião deles, Hencks serviu três generosas porções de conhaque em pesados copos de cristal e entregou para os visitantes.

— Qual o motivo do prazer da sua visita, Guy?

— Para dizer a verdade, é um momento sério e triste.

— Estou vendo pelo seu rosto que subitamente se alterou. O que está acontecendo? Espero que não seja com Joséphine.

O nome da mulher fez Guy estremecer, mas, logo, se recuperou.

— Não, é... uma amiga. Ela foi assassinada. E tudo leva a crer que ela não tenha sido a primeira vítima do assassino. A polícia não está fazendo o seu trabalho; por uma razão que não entendo, eles arquivam os dossiês em vez de procurar levar esse monstro para a guilhotina.

— Venha se sentar — interveio Hencks, guiando-os para duas banquetas frente a frente, diante de uma grande lareira. — Quem está fazendo a investigação? A segurança pública ou a polícia de Paris?

— A segunda, a polícia.

— Infelizmente, não tenho muitos contatos nas altas esferas da polícia parisiense. Temo não poder ajudá-lo muito...

— Não é essa ajuda que vim pedir, na verdade, é a sua competência de... caçador.

Hencks recuou, sentado sozinho na banqueta.

— Precisa ser mais específico, Guy — disse ele.

— Martial e eu pusemos na cabeça que vamos realizar o que a polícia não faz: seguir a pista de quem cometeu esses massacres para entregá-lo às autoridades!

— Por quê? Para vingar a sua amiga?

Guy e Martial se olharam rapidamente.

— Vai muito além da vingança — explicou Guy. — Eu... Estou envolvido nesse caso, quero dizer: falando profissionalmente. Acho que posso fazer um livro dele.

— De um verdadeiro crime? Guy, tem certeza de que não está indo longe demais?

— Ao contrário, é uma oportunidade para um romancista entrar em contato com algo que nenhum intelectual contemplou: a alma mais negra.

Definir o Mal absoluto, ficar frente a frente com ele e ter a oportunidade de examiná-lo em detalhes como um corpo numa mesa de dissecação!

Hencks continuou cético, fitando os dois visitantes com uma expressão desconfiada.

— Quanto a mim, eu era... um amigo próximo da moça — confessou Perotti. — Não posso deixar Guy sozinho, Milaine era muito importante para mim.

Hencks tomou um gole de conhaque e cruzou a perna em cima do joelho.

— Não passo de um humilde caçador aficionado, são os animais selvagens que persigo e não os assassinos! Não posso ajudá-los nesse trabalho.

— É para definir melhor o retrato psicológico dele que estamos aqui, esse homem *é* um caçador — explicou Guy.

— O que o faz pensar assim? Gostaria que não confundisse caçador com matador!

— Ele sempre mata mulheres, todas da mesma condição, da mesma profissão. Inicialmente, na mesma zona, mas, depois, mudou. Os crimes são bárbaros. Ele deve ter uma espécie de hábito, algum ritual, pois nunca é visto, não há nenhuma testemunha, ele sequestra e mata. Um homem mau, hábil e esperto. Ele se comporta como um caçador.

— Você disse o mesmo terreno de caça?

— Disse, ele só mudou recentemente. De setembro até o começo de abril, foram sete desaparecimentos; ele escolheu as presas na rua Monjol, das quais apenas uma foi encontrada... massacrada. Depois, ele mudou por duas vezes, dois crimes em apenas uma semana. Essas também foram encontradas.

— Nove vítimas! — espantou-se Hencks, perdendo a fleuma. — Tem certeza?

— Seis nunca foram encontradas, isso pode significar que ele não as matou e que as mantém vivas em algum lugar.

Perotti sinalizou que não concordava.

— Não tenho a mesma opinião, isso implica muitas despesas, alimentar essas mulheres e isolá-las, não, não acredito nisso nem por um segundo. Quem cometeu esses crimes é, evidentemente, esperto e minucioso, mas não é um homem rico; com certeza é um pobre-diabo que não teve instrução nem amor, que cresceu no desequilíbrio, na violência das ruas e que tem poucos recursos, certamente, não o suficiente para possuir uma grande propriedade em Paris para que um vizinho não ouça nada.

— Um simples porão seria o suficiente! — contra-atacou Guy.

Hencks pôs um fim no debate:

— As três moças que se tem certeza de que morreram, foram mortas com a mesma arma? Da mesma maneira?

— Não — respondeu Guy. — Viviane a Anna foram crivadas de facadas ou de algum objeto muito cortante. Viviane fugiu, ferida, antes de ser alcançada. Em relação a Anna, é difícil dizer. Ela estava no alto de uma torre, estripada e degolada depois de morta. Martial acha que foram necessários vários homens para transportá-la tão alto. A última, Milaine, morreu... de maneira estranha. Transpirando sangue, com os olhos totalmente pretos e uma careta estampada no rosto. Uma visão dantesca que jamais esquecerei.

Hencks tomou novamente um pouco de conhaque e meneou a cabeça lentamente.

— Os caçadores — começou ele — ao contrário da crença popular, só querem saber da morte propriamente dita; a relação de força, claro, é bem desequilibrada com uma arma de fogo. A morte é uma finalidade da caça, é a meta a ser atingida, mas a viagem, no mínimo, conta igualmente. A perseguição. Sair de um lugar sem a presa e ter o desafio de encontrar uma, procurar as pistas, fazer a triagem para se concentrar *na* presa que se procura, e não em qualquer uma. Um caçador que sai em busca de uma caça grande não vai se demorar por várias horas seguindo a pista de uma lebre! Isso seria uma decepção para ele! Uma afronta à sua competência! Um dia de autêntica frustração! Não, o caçador seleciona a sua presa e, em seguida, é ela, e somente ela, que ele vai enfrentar. Ela vai se misturar com o entorno, vai deslizar por entre os sentidos do caçador para salvar a vida. É um confronto silencioso entre dois corações que batem, sendo que um está lá para parar o outro. Notem bem essa diferença, ela é fundamental! A caçada é uma dupla. Um deles quer eliminar o outro e esse outro quer salvar a própria vida.

— Existem diferentes tipos de caçadas, não é? — perguntou Perotti. — A da necessidade, para se alimentar, e a do prazer.

— É verdade. É preciso diferenciá-las. O seu homem não é uma leoa que parte para matar uma gazela para comer, ele é mais o gato que brinca com um rato aterrorizado até que ele morra. E quanto mais ele se debate, quanto mais ele grita, mais excitado fica o gato e gira em volta dele. O gato perde o interesse quando o rato não se mexe mais e fica silencioso, mesmo depois de várias patadas.

Guy havia compreendido.

— Viviane e Milaine não fugiram...

— Com certeza, não — aprovou Hencks. — Se entendi bem, ele já havia matado seis vezes antes delas e tinha a experiência necessária para não cometer erros. Salvo se se deixou levar por excesso de segurança, mas o primeiro equívoco o teria incitado a ter mais prudência. Se ele repetiu, foi voluntário. É o modo de caça que ele aprecia.

— Ele... *brincou* com Milaine? — indignou-se Perotti.

Hencks ergueu as sobrancelhas.

— Temo que sim. E se ele faz isso por prazer, quer dizer que repetirá. Nove vezes, é sinal de que ele não pode parar. Em compensação, a sua obstinação me deixa mais perplexo. Estripada e degolada? Quanto à sudação, suponho que seja um veneno. É curioso. Ele tenta outras armas, como um caçador que abandona a espingarda para tentar o arco. Mas, em geral, é uma prova de curiosidade, pois o caçador tem as suas armas fetiches, e só muda um pouco. Elas fazem parte do ritual que o deixa tranquilo, dos seus códigos, são quase um adereço tribal.

— E houve uma aceleração — especificou Guy. — Inicialmente, foram cinco em cinco meses, depois uma em fevereiro e três em abril.

Essa exatidão cronológica assustadora provocou um longo silêncio entre os três homens. O lancinante balanço mecânico de um relógio desfiava os segundos no hall contíguo.

— É a embriaguez do sangue — disse Hencks, sombriamente.

— Ele tomou gosto pela excitação da caçada? — presumiu Guy.

— Não. Ele tomou gosto pela excitação de matar, é o que temo. Ele já não se contentava em apenas matar e eis que começou a variar o método. Inicialmente a arma branca, depois, o veneno. Não vejo nenhuma possibilidade de ele parar. Ao contrário, vai continuar no mesmo ritmo, se não se sentir inquieto. Multiplicar os métodos para matar, para sentir o maior prazer possível.

— O maior prazer? — repetiu Guy.

— Sim. Tirar a vida pode ser uma forma de gozo. É o orgasmo divino, como eu o chamo. O poder de vida e de morte quando você termina o cerco, quando a presa está na sua frente, que o indicador está no gatilho, prestes a apertá-lo. Só depende de você tirar a vida ou poupá-la. É o seu poder de vida e morte sobre o que você acabou de acossar, um direito quase divino. A descarga emocional no momento em que o tiro parte, quando você sabe que acabou de tirar uma vida do cosmos provoca uma embriaguez formidável. Há homens que podem ser apanhados por essa embriaguez. É o que há de pior. Pois ninguém volta. Conheci um caçador que desistiu da caça por causa da embriaguez do sangue, porque ficou com medo. Ele queria sempre mais sangue. E nas colônias africanas, a vida de um leão é mais cara do que a de certos homens.

— O que acontecerá quando ele tiver testado todos os métodos? Ele vai parar? — perguntou Perotti.

Hencks estava muito sério e sinistro, como se tivesse uma terrível notícia para anunciar.

— A verdade é que não existe nenhum método perfeito. O que ele busca é a descarga do orgasmo divino e ocorrerá a mesma coisa que acontece com os prazeres adicionais. O que faz um alcoólatra ou um drogado quando o absinto ou o ópio não fazem mais tanto efeito?

— Ele aumenta a dose — completou Guy, também sinistramente.

— Exatamente. Ele consome mais e mais, até a orgia.

Inclinando a cabeça, Perotti passou a mão nos cabelos e ficou assim prostrado por vários segundos.

— Não podemos fazer nada para pará-lo? — perguntou ele. — Para desintoxicá-lo?

— Já é difícil afastar um homem do álcool ou da droga, mas fazê-lo abandonar a embriaguez de um orgasmo divino? Não, não acredito. É preciso saber parar antes, como fez o meu amigo, porque se atravessamos o cabo do crime, é tarde demais. Lembrem-se de que não se trata de um assassinato por cupidez ou por ciúme e sim de um assassinato por prazer! Aí está toda a diferença! Aquele que, pelos seus atos, se exclui do reino dos homens, se torna um fantasma da civilização. E nenhum fantasma consegue recuperar o seu envoltório carnal.

— Cabe a nós pôr um fim nessa loucura — disse Perotti com uma determinação renovada. — Você tinha razão Guy, na falta de outros elementos para encontrá-lo, devemos definir o que ele é. Diga-nos, senhor Hencks, o que faz um bom caçador, para que saibamos quem temos pela frente.

— Ser um bom caçador é ter um bom conhecimento. Para começar, conhecer o ambiente.

— Ele caça onde mora?

— Não necessariamente, até mesmo ao contrário. Em compensação, ele caça num meio que não lhe é totalmente estranho ou, em todo o caso, no qual ele se sente bem à vontade: vocês falaram na rua Monjol? Então, é um homem da cidade, frequentador desse lugar sórdido. Ele não teria escolhido esse antro caso não fosse um. Isso corresponde ao que ele gosta. De assumir um risco suplementar, provavelmente. De qualquer modo, ele conhece os bairros de vida difícil, eles não lhe dão medo a ponto de fugir.

— Você falou de assumir um risco — observou Guy. — O risco é importante para o caçador?

— Depende do homem. Alguns só veem o risco. (Ele apontou os troféus empalhados dos predadores acima deles). Quanto mais risco, mais saborosa é a vitória. Isso lhes dá informações sobre o homem! Quem ama o risco, quem o assume para caçar, é um homem seguro de si, talvez até mesmo um pouco arrogante. É um homem expedito, solitário, pois o auge do risco é caçar sozinho, sem rede de segurança! Ao contrário, aquele que não assume nenhum risco, que enfrenta as presas sem nenhum perigo para ele, que faz um levantamento do terreno antecipadamente, até mesmo que monta armadilhas para pegar o animal, é um homem que não tem segurança, que não gosta de se impor aos outros, que tem dificuldade para dizer não. É uma pessoa mais apagada.

— Tudo isso só determinando o tipo de caça? — espantou-se Perotti, num tom meio trocista.

— Claro que não; é a personalidade que determina que tipo de caça se prefere. Os homens não fazem as coisas por acaso, não quando as repetem de novo e de novo e, com certeza, não quando fazem por prazer. O prazer de cada um diz muito sobre o que ele é. Lembre-se, o dele é o orgasmo divino.

— Então, se estudarmos o risco que o assassino assume, podemos ter uma ideia da personalidade dele? — quis certificar-se Guy.

— Exatamente.

— Quais as outras regras fundamentais para ser um bom caçador?

— Ele deve conhecer a presa. Ser capaz de antecipar as reações dela.

— Acha que o nosso homem escolheu as vítimas antecipadamente? — sugeriu Guy.

— É muito possível. Ele deve observá-las para conhecer os seus hábitos, saber quem elas são, como vão reagir quando ele aparecer com a arma em punho. Para não ser surpreendido e deixar que elas escapem. Seria uma catástrofe se o prazer longamente preparado fosse repentinamente estragado. A raiva poderia ser proporcional ao orgasmo divino que lhe escorreu pelas mãos!

— Obrigada, Maximilien, por todas essas preciosas informações — disse Guy que, subitamente, percebeu a incongruência de fazer todas essas perguntas a um homem que ele não via há muito tempo e que se prestava ao jogo sem relutar.

Hencks o fitou com tanta intensidade que Guy ficou transtornado. A expressão dele não tinha nada de amigável.

— Vocês são como duas ovelhas que saem para defender o rebanho — disse ele num tom tão frio que fez Perotti se afundar na cadeira. — Duas ovelhas que acham que ao aparecer diante da raposa saberão fazê-la fugir. Mas não sabem que não é uma ovelha que dizima o seu gado. É um lobo. Um lobo enorme. Se ele sentir que se aproximam, saberá contorná-los e pegá-los numa armadilha. E vocês só se darão conta disso quando for tarde demais. Acredite, Guy, devia deixar de lado essa história, você não tem a competência necessária. Quem é capaz de matar nove vezes sem ser preso é um temível predador. A quintessência do caçador. Ele saberá farejá-los a léguas de distância e, se decidir atacá-los, vocês não o verão chegar!

— É importante para mim — respondeu o escritor, baixinho, com uma voz quase de criança. — A minha vida mudou Maximilien. Enormemente. E creio que por intermédio desse lobo, como você diz, poderei me libertar dos meus demônios.

Hencks apoiou o copo vazio ao seu lado e se inclinou na direção de Guy.

— Eu sei — disse ele. — Joséphine veio me ver um pouco antes do Natal.

Guy teve a brusca sensação de que um lagarto gigante lhe lambia a coluna vertebral. Um formigamento desagradável o atravessou até a ponta dos pés.

— Não direi a ela que o vi — tranquilizou-o Hencks. — Mas, se quer a minha opinião, não a deixe assim, sem nada dizer. Ela tem o direito de saber que está vivo. Você lhe deve essa verdade.

Guy mergulhou o olhar no seu copo, no qual ainda não havia tocado e o esvaziou de um gole. A queimação do álcool lhe fez bem, aqueceu-o.

— Não direi nada a ela — insistiu Hencks, dando-lhe uma palmadinha reconfortante na mão. — Mas saiba que o pai dela também está atrás de você. Ele não capitulou, a honra da filha está em jogo e ele está preparado para tudo para encontrá-lo, mandando interná-lo num hospício, se necessário! Veja, você tem muitos outros problemas para resolver. Não se arrisque nesse caso sórdido. Isso não é para você, Guy; eu o conheço e, segundo o que me disse sobre esse assassino, ele está acima da sua capacidade. Deixe-o para os profissionais.

— A polícia de Paris arquivou os assassinatos! Eles não querem cuidar disso.

— Devem ter uma boa razão. É um mundo completamente diferente do seu, no qual não vai querer se envolver, acredite em mim.

— Eu preciso.

— Não vai impedi-lo de matar de novo. Ele já acelerou, três vezes no mês de abril, você disse.

— Dias 7, 12 e 18 de abril — especificou Perotti.

Hencks sacudiu a cabeça, contrariado.

— O prazo está diminuindo cada vez mais. E estamos no dia 21. Se querem a minha opinião, ele vai matar de novo e logo, talvez até esta noite.

Guy e Perotti trocaram um olhar preocupado.

— E ele vai bater forte — acrescentou Maximilien Hencks. — Para se embriagar ainda mais.

16

Uma abóbada azul estava sobre Paris, como se quisesse destacar o branco da arquitetura, enfeitada aqui e acolá por grandes espaços verdes.

Guy e Martial caminhavam pela rua Mozart. Ambos haviam tido a mesma sensação de estarem gelados ao sair da casa de Maximilien Hencks, apesar do conhaque. Haviam optado por andar a pé para se aquecerem, enquanto faziam o balanço daquele encontro.

— Não sei se foi o homem ou o que ele disse que mais me fez estremecer — confessou Perotti. — Esse Hencks é um personagem dos diabos!

— É um dos maiores caçadores do nosso mundo civilizado — explicou Guy, não sem uma ponta de ironia quanto à escolha das palavras. — Ele percorre o mundo em busca de novas façanhas, de novas aventuras.

— Perdoe a minha curiosidade mas... ele fez referência a uma certa Joséphine...

Guy sentiu um vazio na barriga. Aproveitou as explosões do motor de um automóvel que ultrapassava a toda velocidade os landaus e outras carruagens abertas na rua, para encontrar as palavras certas.

O barulho se afastou e ele não sabia o que dizer.

— Eu fui casado — improvisou ele. — Na verdade... ainda sou. Abandonei o domicílio conjugal.

— Ah.

Perotti parecia ainda mais desamparado do que o próprio Guy.

— Não me orgulho disso. Ainda mais porque... eu fiz isso de uma maneira covarde, sem dizer nada.

— A sua mulher não sabe onde você está?

— Ela não sabe nada. Fugi numa manhã e nunca mais dei notícias.

O som das ferraduras dos cavalos no meio da rua, de repente, lhe pareceu hipnótico. Guy teve a impressão de que podia ouvi-lo e não fazer mais nada, que podia se deixar levar nesse ritmo perpétuo, dissolver os seus problemas no esquecimento.

Perotti o chamou de volta à realidade.

— Saiba que não o julgo, Guy. Eu sou solteiro e, aos 30 anos, é sinal de um grande defeito! Sendo que, simplesmente, acho que nunca encontrei aquela que abalasse o meu coração. Enfim, eu achava que... que havia encontrado.

Perotti pigarreou alto para expulsar a emoção que, inesperadamente, o deixou atrapalhado.

Esse homenzinho, de físico bem comum, de bigode, o terno um pouco gasto e toda aquela tristeza contida, inspirou piedade a Guy. Desde que era adolescente, Guy sempre sentira uma forte empatia por esse tipo de pessoa; ele se lembrava dos passeios com os pais quando não podia se manter indiferente aos vendedores de laranjas ou às lavadeiras com quem cruzava de manhã cedo, se perguntando como seriam as suas vidas ao ver as mãos enrugadas, de dedos tortos pelo trabalho. Imaginava a casa em que moravam, nas quais o vento entrava, os estômagos quase vazios depois das refeições, as dificuldades, o sentimento que tinham de injustiça. Às vezes Guy se sentia assim, excessivamente, às vezes nem tanto, mas nunca se sentia à vontade; um simples olhar que cruzava com o dele e se sentia envergonhado de ser tão bem-nascido. Morava num belo apartamento, nada lhe faltava ao lado dos pais. Ele era uma verdadeira esponja de emoções; bastava ficar algum tempo com alguém e absorvia todas as tristezas e as alegrias do outro. E se isso o permitia enriquecer rapidamente a sua paleta de conhecimento dos sentimentos, essa faculdade não o preservava, ele sentia profundamente toda a miséria do mundo e isso só fazia reforçar o seu mal-estar quanto à própria vida.

Com a idade, percebeu que só havia duas opções possíveis para padecer menos por esse sentimento de culpa: mandar as emoções para longe, encerrá-las no mais profundo do seu ser e tomar uma certa distância de todas essas coisas ou usar essas emoções como um motor para a sua vida cotidiana.

Ele havia feito a segunda escolha.

Ele conseguia se pôr em todos os lugares graças a essa empatia que lhe havia oferecido os caminhos da escrita; ele se punha no lugar de uma professora, de um carvoeiro, alternadamente de um aristocrata monarquista, depois, de um intelectual anarquista, bracejava à larga e não se tolhia por nada. Em vez de se isolar para fazer calar essa empatia incontrolável, ele saía o máximo que podia para saturá-la e multiplicar as experiências e, assim, empanturrar a sua alma com as diferenças. Porém, depois de vários anos de escrita, aceitou o óbvio: escrever havia sido um outro meio de se proteger. Atrás das palavras ele se sentia mais sereno, menos vulnerável; com elas, podia justificar a sua sensibilidade, se desvinculando para sofrer menos. Enfim, a empatia se tornara um instrumento prático para o seu trabalho, um instrumento que ele havia desligado da tomada de si mesmo e do qual se servia para alimentar a escrita, só para isso.

E aquilo chegou sem que ele percebesse. Um todo, a um só tempo, uma repetição incansável do seu cotidiano de romancista: sentar-se em frente à mesa de trabalho, pegar a pena e analisar friamente o que estava na sua mente para fazer daquilo a melhor história. E também o seu cotidiano de homem: uma vida de família, uma mulher com a qual a gente se acostuma, com os reflexos que o tempo estabelece para nos preservar das divergências que irritam, uma filha cujo amor lhe consumia muito tempo e que não só lhe dedicava, mas, também, pedia amor.

Fugir da sua vida havia sido um meio de se deixar envolver novamente pelas emoções. De deixá-las livres, pois voltara a ser ele mesmo. Livre de tudo, de qualquer decisão, de qualquer ato.

E sentir em Perotti um certo desespero não lhe deu muita pena e sim o tranquilizou quanto a si mesmo.

Já que não podia salvar o mundo, poderia tentar compreendê-lo.

— Não me falou muito sobre você, Martial — disse Guy, de repente. — Eu queria conhecê-lo.

— Eu? Pois bem, eu... me conhecer? Por quê?

— Por nada, pelo prazer de saber quem você é!

O rosto do insignificante investigador se descontraiu.

— Ah, você me tranquilizou! Por um instante achei que suspeitava de mim!

— A sua profissão produz paranoicos, Martial! A minha produz curiosos, vamos continuar a nossa caminhada e me conte quem é você.

Martial não se sentia muito à vontade com as palavras, menos ainda para falar sobre ele. O mais novo de uma família de seis filhos, originária dos prédios de Levallois-Perret que margeiam os enormes terrenos baldios povoados de trapeiros e de seus barracos de madeira, ele tinha uma afeição transbordante pela mãe, que se devotara aos filhos e ao marido — que Guy adivinhou ser violento pelos longos silêncios e constrangimento de Martial. O pai, empregado da Companhia de Gás, havia morrido quando Martial tinha apenas 12 anos e o fato não parecia tê-lo afetado excessivamente. Depois que uma parte dos irmãos e irmãs saiu de casa, Martial havia assumido a responsabilidade e cuidara da família. Apaixonado por mecânica, havia trabalhado inicialmente nas oficinas da Estrada de Ferro do Oeste, à beira do décimo sétimo distrito, antes de a mãe obrigá-lo a voltar para os bancos da escola. Era a ela que ele devia o fato de ter entrado para a polícia e ter escalado os degraus para ser inspetor com apenas 30.

Guy entendia o orgulho de Martial e, ao mesmo tempo, se perguntava se a violência do seu pai não estava na origem da sua carreira, no desejo de poder restabelecer o equilíbrio salvando as pessoas hoje em dia, como teria gostado que alguém salvasse a mãe e os filhos de um pai que os maltratava.

Antes que percebessem que haviam andado por muito tempo, chegaram às elevações que dominavam o Sena, à sombra das altas torres do palácio Trocadéro. O edifício colossal, preto, parecia ao mesmo tempo uma catedral moderna, com as imensas janelas escuras, uma multidão de torrezinhas e arcos e uma homenagem às construções mouriscas com seus dois campanários retangulares, que terminavam com mirantes encimados por cúpulas.

— Venha! — disse Perotti de repente, com uma pressa que alarmou Guy.

O jovem investigador arrastou o escritor para uma série de guichês embaixo do palácio, pagou dois francos por duas entradas e entraram nos corredores do edifício. Perotti parecia saber a direção como se trabalhasse naquele lugar, abrindo caminho a toda velocidade através da multidão que se deslocava lentamente entre as esculturas e as pinturas. Apontando as portas de cobre de um elevador, ele empurrou Guy na direção de uma escada estreita.

— Os elevadores ficam parados à noite — disse ele — e se estivessem funcionando fariam um barulho tão alto que os guardas não poderiam deixar de ouvir!

— Mas, afinal, vai me dizer o que deu em você?

Perotti parou perto dos primeiros degraus.

— A cena do crime, Guy! Foi aqui que Anna Zebowitz foi encontrada! Lá em cima!

De repente, o burburinho dos curiosos desapareceu, o esplendor e a grandeza do local tornaram-se mais tênues, como se a luz houvesse baixado bruscamente. Guy não admirava mais nada. Uma mulher havia sido morta ali. E na sombra de cada passante podia se dissimular a do assassino.

— Vamos subir — ordenou Perotti.

No meio do caminho, Guy precisou fazer uma parada. O ferimento na costela o impedia de respirar direito e ele não aguentava mais.

— Minhas pernas... estão... pegando fogo! — arquejou ele.

— Imagine só... fazer este trajeto... com uma mulher mutilada nos braços! Agora entende melhor... a minha teoria de vários assassinos?

Guy concordou entre duas caretas para recuperar o fôlego.

— A não ser que ela... tenha sido... morta lá em cima!

— E todo o sangue nos degraus?

— Deixado pelo assassino... pois ele próprio... estava ensopado de sangue. Havia muito... sangue lá no alto?

— Ela havia sido estripada e degolada... imagine só...

— Havia respingos nas paredes?

— Bem pouco.

Guy torceu o nariz. Eles retomaram os esforços para, suados, chegarem ao alto da torre norte. Uma dezena de senhoras em belas toaletes, com as sombrinhas fechadas, acompanhadas por homens que seguravam as bengalas, haviam acabado de sair do elevador para contemplar a vista.

Uma leve brisa bem-vinda soprava entre as colunas que sustentavam a redoma de pedra.

— Ela estava aqui — disse Perotti, indicando um canto na parede ao lado do elevador.

— Não vi as fotografias naquela noite nos arquivos, poderia me descrever a posição do corpo?

— Sim, ela estava assim, deitada, os braços afastados e... (ele abaixou o tom de voz para falar em voz baixa)... e não tinha mais abdômen. No lugar, um enorme buraco e todos os intestinos espalhados no chão, enrolados, como se quisessem testar a elasticidade deles! Sangue para todo o lado! Um pesadelo!

— E você disse que não havia respingos nas paredes?

— Que eu me lembre, não. Ah, sim, talvez pouco, agora que você está dizendo, acho que me recordo que havia alguns traços de sangue escorrido aqui, na parede. Mas, muito pouco. Podiam ter sido produzidos por movimentos rápidos e repetidos de uma faca que entrava e saía do corpo!

— E se o assassino estivesse praticamente deitado sobre a vítima para imobilizá-la e talvez lhe tapar a boca com a mão? Ele teria recebido a maior parte dos jatos de sangue!

Perotti deu de ombros.

— Ainda assim, foi preciso que ele a fizesse subir até aqui. Você mesmo constatou, sozinho é impensável!

Guy concordou e fitou o piso de arenito, em silêncio. Finalmente, soltou um suspiro de frustração e se aproximou do parapeito para contemplar o panorama prodigioso da Exposição Universal.

Estavam tão no alto que viam toda Paris, só a Dama de ferro os ultrapassava de muito.

Aquelas torres suntuosas, imensas, refletiam as culturas do mundo inteiro sob a renda de aço da torre Eiffel — pintada de amarelo para a ocasião — habitualmente tão maciça que humilhava qualquer outra construção, ela parecia quase pequena diante da extensão do prédio de ciências que se ficava aos seus pés. Um grande globo terrestre com quase cinquenta metros de altura dominava a estação do Champ-de-Mars e, ao longe, a imensa roda-gigante girava lentamente em cima da capital. Para todo o lado que olhasse, Guy sentia despontar o deslumbramento, como se a Exposição se estendesse ao infinito. De ambos os lados do Sena, subindo em direção à Concorde, dezenas e dezenas de construções extremamente detalhadas representavam as diferentes nações do mundo e a velha Paris — réplica perfeitamente verossímil da Idade Média — se estendia pela margem direita. Era um espetáculo deslumbrante.

— Que prova prodigiosa da genialidade humana — disse um dos homens com os olhos brilhantes.

— Quando se sabe o custo! — comentou um outro. — E pensar que tudo isso será destruído no fim do ano!

— Talvez, nem tudo, olhe a maldita Eiffel, ela ainda está lá desde a última Exposição Universal!

— Se não fosse o exército que instalou as suas experiências de comunicação no alto da torre, devo dizer que ela não teria sobrevivido ao escândalo do Panamá.[1] Vocês tinham dinheiro investido?

— Não, felizmente. Eu não faço parte dos muito parisienses aos quais ela lembra como foram enganados, ao seguir os conselhos do bom Eiffel, quando investiram as suas economias no financiamento catastrófico do canal do Panamá!

A mulher do primeiro deu de ombros, como se quisesse significar que tamanho êxito técnico bem que merecia algumas falências.

— Ouvi dizer que o Grande e o Pequeno Palácio, bem como a ponte Alexandre III sobreviveriam à destruição — comentou ela com um ar sonhador.

— Nenhum mais?

— Não.

— Que desperdício.

Ao lado deles, Guy e Perotti admiravam o panorama fascinante, esquecendo momentaneamente a razão de estarem ali. Tantas torres de estilos variados, de todos os países, de todas as épocas, palácios com cúpulas reluzentes, estruturas de aço modernas que lembravam a mais louca das invenções de Júlio Verne, e uma multidão infinita que cobria as passagens, que entrava e saía dos prédios como o forte movimento das ondas de uma maré inesgotável. Guy podia distinguir as silhuetas, os cachos de bolas presas aqui e ali nos reboques dos vendedores de alimentos, quase podia sentir o bom humor geral, o entusiasmo dos visitantes.

De repente, ele teve uma ideia. Indicando a cúpula enorme embaixo deles que separava as duas torres do palácio Trocadéro, perguntou:

— Que lugar é esse que vemos daqui de cima?

— O salão de festas do palácio, monumental. Tem de ir vê-lo, cinco mil pessoas podem ficar ali comodamente sentadas. É o maior do mundo até que se construa o efêmero salão do palácio da Agricultura e da Alimentação, atrás da torre Eiffel.

---

[1] Caso de corrupção ligado ao financiamento da construção do canal do Panamá. (N. T.)

Guy franziu as sobrancelhas.

— Por que a pergunta? — quis saber Perotti.

Mergulhado nos seus pensamentos, Guy respondeu com relutância, apenas audível:

— Falaremos sobre isso à noite... Preciso pensar.

Eles continuaram assim, hipnotizados pelo espetáculo por longos minutos antes de o escritor dizer, subitamente:

— Perotti, precisamos visitar essa Exposição logo!

— É que estou de serviço hoje à tarde, até o anoitecer...

— Faustine me acompanhará, será um bom pretexto para distraí-la.

— Você gosta muito de Faustine, não é? Dá para ver na sua atitude quando está perto dela.

Guy não se sentia muito à vontade, já era tempo de pôr um fim na proximidade que tiveram durante o dia; Perotti estava se imiscuindo na sua intimidade e isso o desagradava.

— Ela mexe comigo — concordou ele, antes de emendar num tom mais apressado: — Vamos, já é tarde, você vai se atrasar, vá embora e vá me visitar hoje à noite para analisarmos a situação. Tenho umas compras a fazer para transformar o meu apartamento no sótão num verdadeiro escritório de estudos de práticas criminosas. Temos muito o que estudar. Não faça essa cara, Martial, eu lhe garanto que daremos um grande passo na direção do assassino até amanhã de manhã!

— Gostaria de acreditar em você. Mas se não compartilho da sua alegria é porque estou pensando nas palavras do senhor Hencks. Esta noite, enquanto formulamos os fatos para nos aproximarmos um pouco do criminoso, é possível que ele volte a agir e que mate de novo. Estou pensando na pobre moça que não sabe que esta tarde vive as suas últimas horas. E fico aterrorizado por ela.

Guy empurrou a porta do *Boudoir* com um buquê de junquilhos que havia acabado de comprar no caminho. Deu uma olhada no grande salão, na biblioteca e, por fim, no salão de música antes de subir ao primeiro andar para procurar Faustine. Como não obteve resposta na porta do quarto, ele ia descer até a cozinha quando cruzou com Rose.

— As flores são para mim? — perguntou ela com um sorriso travesso.

— Você viu Faustine?

— Ela saiu faz uma hora, um convite para almoçar.
— Com quem?
— Um homem galante. Ele se apresentou a Julie explicando que precisava da moça mais bonita da casa para um almoço importante.
— E Faustine foi com ele? Com um homem que não conhecia?
— Ele pôs na mesa uma bela quantia! Diane estava lá, ela viu tudo!
Guy estava aborrecido.
— Ele disse quem era e aonde a levava?
— Não, é o tipo de homem que queria esconder a identidade, já que não tirou o chapéu ao entrar...
Guy lhe entregou o buquê de flores.
— Como você é atencioso! Se não houvesse a tal regra, eu bem que lhe ofereceria um pouco de calor hoje à noite...
Mas Guy já lhe havia dado as costas para subir ao sótão onde morava.

Durante toda a tarde, Guy tentou se acalmar fazendo mudanças no longo aposento em que vivia. Empurrou a cama para trás de um biombo cujo pé ele precisou arrumar, posicionou a mesa de trabalho um pouco mais para o lado, embaixo de uma das mansardas e colocou duas banquetas e uma poltrona em volta do grande tapete puído. Encontrou no sótão uma tábua larga caruanchada que instalou no centro do cômodo, apoiada numa viga. Já tinha folhas de papel, tinta e só lhe faltava uma caixa de tachinhas para ficar equipado.
Faustine voltou depois das 17 horas e foi bater na porta do sótão.
— Que bicho mordeu você? — disse Guy como acolhida.
— Como?
— Sair com o primeiro que aparece!
— Guy, não permito que fale comigo assim.
— Fiquei preocupado!
Faustine cruzou os braços. Os seus olhos de opala o fitaram, fazendo-o com que se calasse na mesma hora.
— Sou uma mulher adulta — disse ela calmamente, insistindo em cada palavra.
— Provavelmente, é isso que diziam Viviane e Anna, e mesmo Mi...
Faustine agitou o indicador, ameaçando-o.
— Não toque no nome de Milaine! — ordenou ela. — Nós fazemos o que queremos com o nosso tempo, com as pessoas com quem saímos, com

os nossos corpos e com a nossa vida! Agrade ou não aos puritanos, nós, as putas, como eles nos chamam, somos as mulheres verdadeiramente livres dessa sociedade! E eles fariam bem de se lembrar que entre eles e nós a diferença é de apenas duas sílabas!

A tensão e o medo de Guy desapareceram imediatamente. Ele percebeu uma raiva intensa em Faustine, e essa última frase, que não podia incluí-lo — ele não se considerava um puritano, muito pelo contrário — não havia saído da boca da moça por acaso.

— O seu encontro transcorreu mal? — adivinhou ele. — Venha, entre.

Ele a fez se sentar numa das banquetas e lhe entregou um copo d'água que ela recusou.

— Um político que precisava exibir uma bela dama pelo braço, para não trair o seu celibato, para fazer uma boa figura no meio de casais da aristocracia internacional. Que ele me ignore durante toda a refeição para falar de negócios é uma coisa, mas que as mulheres desses homens sejam igualmente insultantes, não posso tolerar! Elas logo compreenderam que não éramos casados e me tomaram por uma amante. Que olhares maliciosos! São umas hipócritas cujos maridos frequentam os grandes bordéis de Paris!

Guy se sentou ao lado dela.

— Ignore-as, não sofra por mulheres que nunca mais vai ver!

— Eu as detesto! — enfureceu-se Faustine, sufocando um grito e batendo com o punho no feltro do assento.

— Acalme-se, Faustine, não entendo porque isso a afeta tanto...

Ela ergueu para ele os grandes olhos azuis.

— Elas me lembraram a minha mãe. Os seus *a priori* de burguesa, as suas amigas entrincheiradas nos seus preconceitos! É por isso.

Guy recebeu a réplica como um gancho em pleno queixo. Ele sempre se perguntara como seria a vida de Faustine antes de entrar para o lupanar, quais as suas origens. Mas nunca poderia imaginar que ela viesse de um meio abastado.

— Sim, Guy, eu nasci numa boa família. Num mundo em que nada me predestinava a viver aqui, num bordel. As coisas mudam rapidamente, acredite.

Ela se levantou e saiu sem dizer nem uma palavra a mais.

17

Um interminável envoltório cinza havia deslizado em cima de Paris com o correr da tarde bebendo as luzes do crepúsculo para, finalmente, aspergir uma fina chuva sobre a capital assim que o sol se pôs.

As gotas tamborilavam na claraboia do sótão onde Guy se havia instalado, um longo espaço que ele enchera de lampiões de querosene como se naquela tarde, em especial, estivesse com medo das trevas.

Naquela noite, ele havia decidido que entraria na intimidade de um assassino.

Sentia a mesma excitação do primeiro dia da escrita de um romance, quando se preparava para entrar na pele de um novo personagem, quando tinha novas intimidades para densificar, novos companheiros para conviver por longas horas.

O tema principal dos seus romances lhe ditava a natureza das pessoas que devia inventar, a razão de ser da sua história lhe sugeria as vidas e as personalidades dos papéis a desenvolver. Naquela noite ia acontecer a mesma coisa, mas ele ia substituir o tema e os fatos romanescos por fatos criminais. Não era mais uma estrutura narrativa comandada por uma ou algumas ideias fecundas que ele devia destrinchar e sim os detalhes de crimes sangrentos. Porém a finalidade continuava idêntica: usar os elementos para chegar a um personagem.

Isso porque, intimamente, Guy estava convencido do seguinte: tanto quanto um bom romance se constrói na credibilidade dos laços entre a personalidade do "herói" e o seu impacto sobre a história relatada, os crimes repetidos não podiam ser desvinculados do seu autor. Nessa repetição havia o martelar de uma obsessão, a necessidade irreprimível de expressão de uma personalidade forte. Restava discerni-la dissecando os seus atos.

A claridade ondulante das chamas no sótão conferia ao lugar um ambiente quase gótico com o tamborilar da água nas janelas. Faltava pouco para Guy achar que estava num relato de Mary Shelley, de Poe ou de Charles Maturin.

Bateram de leve na porta e Faustine entrou.

Ela havia se enrolado num robe de seda rosa e pela abertura se notava uma longa camisola de cetim, coberta por uma túnica transparente de musselina branca. Faustine se pusera à vontade, como se pressentisse a necessidade de se proteger para entrar na cabeça do monstro.

Segurando uma bandeja com uma chaleira fumegante e três xícaras de porcelana que pôs na mesa do escritor perambulou pelo aposento com as mãos unidas na frente.

Guy não sabia o que dizer depois do episódio do fim da tarde, temia ofender a bela morena de temperamento forte.

Ele se limitou a admirá-la pelo canto dos olhos, fingindo reler as suas anotações. Faustine soltara os longos cabelos pretos, as mechas em espirais lhe cobriam os ombros e ele a viu umedecer os lábios várias vezes como se preparasse para tomar a palavra, sem conseguir.

Guy tentou lhe facilitar a tarefa:

— É sábado, não vai trabalhar esta noite?

Ela negou com a cabeça.

— Julie deve estar contente — insistiu Guy — Ouvi dizer que tem muita gente...

Então Faustine resolveu falar:

— Quero pedir desculpas pelo que aconteceu antes, fui um pouco rude com você, não deveria ter sido.

— Não se preocupe com isso, está perdoada.

Ela se virou para ficar de frente para Guy, com os seus grandes olhos azuis bebendo as luzes do sótão.

— Eu tinha 17 anos — disse ela num tom sério que fez Guy compreender que ia revelar uma parte importante de si mesma — quando a minha mãe quis me casar. Nasci numa família muito boa, dessas em que os casamentos são feitos quase sempre por interesse e não por amor. Dezessete anos e o temperamento que você conhece. E, além do mais, com um sonho. Quando me apresentaram o meu futuro marido, um jovem feio e grosseiro, fiquei com medo. Ele se chamava Nathan e era um pouco mais velho do que eu. Quis me opor à união, tentei me recusar, mas era uma coisa impossível na minha casa, não se dizia não à minha mãe. Então, entrei em pânico. Na semana anterior ao casamento, eu fugi. Sem um tostão, andei sem destino pelas ruas, até que uma mulher teve pena de mim e me recolheu. Quando fiquei sabendo do suicídio do meu futuro marido, que não suportara ser rejeitado e humilhado, a minha vida desabou. A minha benfeitora não apenas me recolheu, mas também conseguiu me manter viva depois dessa tragédia. Por várias semanas, ela cuidou de mim, sem pedir nada em troca. O tempo necessário para que eu pudesse me recompor. Para que eu encontrasse um meio de me olhar de frente. Graças a ela pude ter uma segunda chance, pude refazer a minha vida. Por nove meses fiquei aos cuidados dela, ela era gerente de um grande prostíbulo de Paris. Essa mulher é Julie.

Guy não disfarçou a surpresa e cruzou os braços no peito esperando a continuação.

— Depois de nove meses vivendo no escuro do quarto dela, tomei uma decisão. Julie me pôs para trabalhar no estabelecimento, como empregada. Eu pagava a mim mesma com uma parte do dinheiro das compras diárias. Dos bastidores, aprendi tudo da profissão de cortesã, mas também aprendi a me defender, a me posicionar diante dos homens com quem às vezes cruzava e que pediam uma noite comigo. Descobri o poder de atração que eu tinha e Julie me ensinou a usá-lo com sutileza. Tornei-me amante de alguns e acho que posso dizer que era, ao mesmo tempo, dar um fiau magistral para a minha família e, talvez, também, um meio de perdoar a mim mesma pelo erro, dando a cem homens o prazer que eu havia recusado a um só.

— Mas você não era respon...

— Até o dia em que Julie pôs o seu pecúlio em jogo para abrir a própria casa — encadeou ela, sem ouvir Guy. — Seis anos se passaram desde então e, embora tenha aceitado essa nova vida, em compensação, tenho dificuldade em suportar o que me lembra a anterior. Com o... a morte de Milaine, estou com os nervos à flor da pele. Por isso, esse incidente, hoje à tarde, desencadeou a minha raiva contra você. Você não tem nada com isso, eu lhe apresento as minhas desculpas.

Guy havia se aproximado e se pôs bem na frente dela. Ele pegou as suas mãos, que estavam geladas, e murmurou:

— Eu não sabia nada da sua história, Faustine, estou...

— Outra coisa: Faustine não é o meu nome verdadeiro. É o que escolhi quando fiz um pacto com Julie para uma segunda vida.

— Qual é o verdadeiro?

— Prometi a mim mesma não dizer a nenhum homem. Gosto de Faustine.

Guy aprovou gentilmente:

— Eu também.

— Agora você sabe por que mantive distância de você por tanto tempo. Você não fazia segredo da sua trajetória... singular. Tenho de confessar que as nossas semelhanças me assustaram.

— O que mudou?

— Nos últimos dias, eu... ao conhecê-lo realmente, eu... Na verdade, você faz com que eu me sinta menos sozinha.

E ela se aconchegou a ele, encostando a cabeça no ombro de Guy. Ela respirava forte e Guy não tardou a perceber uma umidade morna na pele do pescoço dela, por entre o seu cabelo despenteado. Então, ele lhe passou a mão nas costas, como faria um pai para consolar a filha.

Ou como um marido afetuoso.

Os degraus rangeram, anunciando a chegada de Martial Perotti, e os dois se afastaram imediatamente, como dois fantasmas afugentados pela aurora.

Faustine virou de costas para a porta, a tempo de secar as lágrimas e Guy foi receber o jovem investigador.

— Martial, só estávamos esperando por você, venha, instale-se nessa banqueta. Quer um chá? Como foi a sua tarde?

— Um profundo tédio! Uma papelada, ainda e sempre! Por mais louco que pareça, tenho mais satisfação na nossa relação de detetives amadores do que no meu trabalho de policial! Malditos sejam os primeiros anos de inspetor. Os mais antigos se aproveitam para me dar para fazer tudo o não tem interesse, enquanto correm para os locais onde as coisas emocionantes acontecem!

Faustine apareceu para lhe entregar uma xícara de chá.

— Ah, boa noite, Faustine! Obrigado.

Guy aproveitou para mostrar a tábua de madeira apoiada na viga, na frente deles. Comprida, ela subia quase até o teto.

— Bom, não vamos demorar mais. Eu lhes apresento a cabeça de Húbris.

— Como? — perguntou Perotti. — A cabeça de quem?

— Húbris, essa noção de descomedimento que os gregos da Antiguidade usavam para caracterizar os comportamentos excessivos, violentos, que transgrediam amplamente a tolerância e os códigos. Antes da existência dos pecados capitais da nossa Bíblia, Húbris era considerado como um anteparo espiritual, se preferir. Foi assim que batizei o nosso assassino. Húbris.

— Em que essa... tábua, é como a cabeça dele?

— Por ora, só vemos uma cabeça lisa e, justamente, a nossa missão consiste em abri-la para ver tudo o que contém. Os fatos vão nos ajudar. Estou convencido de que as nossas ações são uma linguagem, todo ato é uma expressão. A fortiori os que repetimos com frequência, voluntariamente ou não. Matar com essa necessidade de encenação, e fazê-lo várias vezes, é, evidentemente, uma forma de linguagem. No entanto, eu me pergunto sobre quem seria o destinatário: ele fala consigo mesmo ou se dirige à sociedade? O que dizem os seus crimes? É isso que vamos decifrar juntos!

— E como pensa proceder?

— Analisando os fatos. Vamos começar pelo principal: as vítimas.

Guy pegou a sua caneta-tinteiro e o maço de folhas que havia preparado, escrevendo o nome de cada uma das vítimas identificadas em páginas distintas que, em seguida, ele pregou na tábua.

A madeira estava tão carunchada que ele conseguiu enfiar as tachas com a mão.

Ele se virou para explicar o seu trabalho:

— Para cada uma delas, tomei o cuidado de anotar o nome, lugar e data do desaparecimento e o local onde o corpo foi encontrado. Acrescentei o método do... assassinato.

Ele se afastou para mostrar a montagem:

Cinco desaparecimentos entre setembro e fevereiro na rua Monjol. Todas mulheres, prostitutas. Identidades por nós desconhecidas (consultar o rei do Piolhentos para maiores informações.) Incompletas.

Louise Longjumeau — meados de fevereiro. Rua Monjol. Incompleta.

Viviane Longjumeau — *7 de abril. Rua Monjol. Cais do Port Saint-Bernard, perto do jardim das Plantas* — Apunhalada até a morte. Violada por um objeto, uma estatueta. Olhos negros.

Anna Zebowitz — *12 de abril. Praça da Concorde. Alto do palácio do Trocadéro* — Estripada. Mutilada/ roubo dos órgãos. Degolada post mortem.

Milaine Rigobet — *18 de abril. Rua Notre-Dame-de-Lorette* — Sudação sanguínea. Contração muscular generalizada. Olhos negros. Líquido branco na boca.

— Nove desaparecidas ou mortas no total — resumiu ele.
Faustine apontou a última página.
— Líquido branco? Na boca de Milaine. Como sabe?
— Eu notei no local.
— Será que poderia ser esperma?
Os dois homens, embaraçados, desviaram o olhar.
— Não façam essa cara! — indignou-se Faustine. — Lembro a vocês que o orgasmo é o meu comércio, então parem com esse pudor despropositado! Estamos falando de assassinatos, de corpos estripados, o sexo não deveria chocá-los no meio disso!
— Não, não era — respondeu Guy na defensiva. — Enfim, não tenho certeza. Mas não acho que fosse.
— A sua hesitação nos ajuda muito! — zombou a jovem. — Da próxima vez, me chame! Eu os informarei na mesma hora. Não tinha cheiro? Senhores, se vocês se conhecessem melhor, saberiam que o esperma exala profundos aromas de castanha.
— Não me lembro de um cheiro especial — confessou Guy.
— É uma pena. Vou dar o meu ponto de vista de mulher: acho estranho que tenha ocorrido um estupro com Viviane e não com as outras. Em primeiro lugar porque esse homem, Húbris como o chama, não violou Viviane diretamente e sim o fez com um objeto. Sabem no que ele me faz pensar? Numa criança. Que não ousa, então procede por etapas. Primeiro, substitui o próprio corpo por um objeto, depois ousa, finalmente, realizar ele mesmo o ato, no entanto, não vai diretamente à intimidade de Milaine, ele se atira na sua boca, como última etapa antes da violação real. O problema dele é de ordem sexual.

Guy e Perotti se olharam, circunspectos.

— Estou meio em dúvida — interveio Martial Perotti. — Tudo nos leva a crer que a motivação de Húbris é o poder, um desejo divino. Ele caça para matar, ele se outorga o direito de vida e de morte, ele se considera um Deus.

— E o que está subjacente ao domínio? — perguntou Faustine, obviamente conhecendo a resposta. — A sexualidade!

Guy pôs um fim na discussão, levantando o braço:

— Antes de levantar hipóteses sobre a origem dos atos dele, vamos nos centrar no que sabemos, nos fatos. Em primeiro lugar, ele só ataca mulheres. Todas prostitutas. Ele ataca moças que não sejam ariscas, não escolhe as mais desconfiadas, até mesmo ao contrário, sabemos que elas eram imprudentes! Anna e Milaine não hesitavam em acompanhar o primeiro que aparecesse a uma rua escura, desde que o dinheiro estivesse presente. Provavelmente, Viviane fazia o mesmo, por menos que isso pudesse aproximá-la da filha desaparecida.

— Portanto, é um caçador que não gosta de se arriscar — concluiu Perotti, fazendo alusão às afirmações de Maximilien Hencks.

Guy ergueu o indicador:

— Justamente, é nisso que poderíamos acreditar se não houvesse as cenas dos crimes! Acontece que, ao contrário, elas são lugares de risco! O cais do Port Saint-Bernard, mesmo em plena noite, é descoberto e, além do mais, é visível da margem oposta. A rua Notre-Dame-de-Lorette é movimentada mesmo tarde da noite, e alguém poderia passar; se eu fosse prudente e desconfiado iria para terrenos baldios, cemitérios ou parques, com certeza não tão perto das casas!

— Então, por que tamanha diferença entre a escolha de uma vítima fácil e a de uma cena de crime perigosa para ele? — espantou-se Perotti.

— Ele queria ter certeza de ter a sua presa — sugeriu Faustine. — Como um homem que quisesse ter prazer aceitaria qualquer moça para ter a certeza de gozar, em vez de correr o risco de ficar de mãos abanando ao se mostrar muito difícil. Em seguida, ele é possuído pela fantasia que ordena que se exponha, a sua excitação depende do perigo que ele corre.

— O sexo de novo! — exclamou Perotti. — Por que relaciona tudo com a sexualidade?

— A civilização de toda a humanidade foi construída na sexualidade! Devemos a ela a nossa sobrevivência! Ela está em nós, profundamente arraigada no nosso comportamento e até mesmo nas nossas trajetórias pessoais. A sexualidade é o motor da vida!

— Ora, nós não somos animais! Sabemos controlar as nossas... pulsões!

— Darwin provou: somos animais! Num estágio mais avançado da evolução, mas, mesmo assim, animais! E, acertadamente, você levantou o problema de Húbris: ele é invadido por pulsões que não controla. Um ser humano aparentemente civilizado que, no entanto, abriga uma bestialidade das mais primárias, incapaz de contê-la por muito tempo, precisa deixá-la explodir.

— Você me parece muito segura, minha cara, o que lhe dá essa segurança de conhecer tão bem a humanidade? — perguntou Perotti, com um quê de sarcasmo na voz.

— É que eu tenho uma experiência que você nunca terá em observar o homem no que ele tem de mais instintivo e primário: a sua sexualidade e mesmo o seu gozo. Às vezes, a sexualidade o deixa obcecado, eu sei muito bem! Nesses momentos, o homem tem nele alguma coisa especialmente selvagem, mais de animal do que de uma pessoa de comportamento superior! Eu sei como vocês são na intimidade!

Guy interveio de novo para acabar com o assunto:

— Húbris é um homem prudente, a escolha das vítimas prova isso. Se ele assume mais riscos para escolher a cena do crime, é porque ela é primordial! Observem como ele sempre elege lugares movimentados, em que é certo que a vítima será rapidamente encontrada. Ele quer que as pessoas fiquem chocadas, quer que saibamos da sua existência, dos seus atos. Portanto, ele tem uma mensagem para passar para a sociedade!

— Ele quer que falemos dele? — repetiu Faustine. — Nos jornais?

— É um meio de existir, de ser importante, talvez de se vingar.

— Mas, até o momento, nenhum dos seus casos foi divulgado — lembrou Perotti. — Os meus superiores zelam por isso ferozmente!

— Isso deve ser terrivelmente frustrante para Húbris. E se ele acelerasse o ritmo dos seus crimes para chamar a atenção da imprensa?

Perotti alisou maquinalmente o bigode e retomou a palavra:

— O promotor público não comparece às cenas dos crimes, os investigadores não o chamam, o que prova que eles têm instruções e que elas vêm bem de cima! O Estado não quer que esse caso transpire para a imprensa.

O que quer que Húbris faça, será em vão. A raiva dele pode ficar cada vez maior!

— O Estado quer abafar esses assassinatos por causa da Exposição Universal — sugeriu Faustine. — Uma das moças foi encontrada lá, seria uma péssima publicidade para Paris! Todo o mundo sabe que os riscos econômicos e políticos são enormes, ela custou tão caro que é absolutamente preciso evitar atemorizar os visitantes. E posso lhes garantir que os diplomatas de todos os países acorrem na surdina para multiplicar as negociações secretas e as alianças, o meu almoço de hoje ao menos me confirmou esse ponto!

Guy estendeu o dedo para a jovem:

— É bem provável! A notícia de um crime abominável dois dias antes da inauguração não seria nem um pouco apreciada! E a perspectiva de um monstro errante por Paris em busca de vítimas não é nem um pouco melhor. Como ele só mata prostitutas, é menos sério aos olhos deles, isso não incomoda muita gente, as autoridades enterram o caso para que ninguém fale a respeito dele.

— O fiasco da investigação do Estripador de Whitechapel,[1] na Inglaterra, ainda está presente nas cabeças de todos os policiais — especificou Perotti — eu garanto!

Guy continuou:

— Vamos voltar a nosso homem: sabemos que ele conhece Paris, que não tem medo dos bairros perigosos pois caçou por muito tempo na rua Monjol, é organizado e previdente. Se ele for um bom caçador, se gostar de conhecer a presa antes de atacá-la, talvez frequente as prostitutas, talvez as vigie.

— Com certeza tem um meio de transporte! — interveio Faustine. — Para pode raptar as moças sem ser visto.

— Um automóvel seria muito barulhento — completou Guy. — Com certeza é uma berlinda, ele precisa de um veículo coberto e fechado nas laterais. Duvido que tenha um cúmplice tão perverso que aceite acompanhá-lo no sinistro trabalho, isso implica que ele mesmo é o condutor. Portanto, deve amordaçar a vítima e amarrá-la, ou deixá-la profundamente atordoada, o tempo suficiente para chegar à cena do crime.

---

[1] Assassino em série, não identificado, que agiu no distrito de Whitechapel, na segunda metade de 1888. Ficou conhecido como Jack, o Estripador. (N. T.)

— E todas as moças que faltam? — perguntou Faustine.

Guy se aproximou da seu pequeno umidor de charutos para pegar um Partagás.¹

— Martial? (O investigador recusou polidamente). As moças desaparecidas, isso é curioso. Por que as primeiras nunca foram encontradas? Por que só achamos os corpos das três últimas? O que ele pode ter feito das outras seis? (Diante da hesitação dos amigos, Guy ergueu as mãos para exortá-los a falar.) Vamos, digam tudo o que lhes vier à cabeça, é assim que nos aproximaremos do mais plausível, do mais coerente!

— No começo, ele tinha vergonha — sugeriu Perotti. — Ele as escondeu em algum lugar.

Guy aprovou.

— Por que não? Faustine, alguma ideia?

A jovem dirigiu um olhar desconfiado ao investigador antes de dizer:

— Ele formou um harém. Esse homem não tem nenhum respeito pelas mulheres se levarmos em conta o que foi capaz de fazer; ele não as considera como seres humanos, elas não passam de objetos para satisfazer as suas pulsões. Inicialmente sexuais, mas isso não foi suficiente, então, as seguintes, ele matou.

— Sim, é interessante. Mas há um outro aspecto que não mencionamos: se a substância branca na boca de Milaine não era... bom, vocês sabem o quê. Nesse caso, podíamos encarar a violação de Viviane de maneira diferente: por que penetrá-la com um objeto em vez do seu sexo?

Faustine compreendeu imediatamente aonde Guy queria chegar.

— Porque ele não tem! Uma mulher!

Imediatamente, Perotti se indignou.

— Não podem estar pensando nisso! Francamente! Uma mulher não poderia fazer uma coisa dessas! Mesmo assim, se encontrassem uma que fosse maquiavélica o suficiente para perpetrar tamanhos horrores, ela não teria forças para raptar as vítimas, menos ainda para transportar Anna Zebowitz até o alto do palácio do Trocadéro!

— Concordo quanto à força. No entanto, as mulheres dispõem de uma astúcia temível: as prostitutas não desconfiariam de uma mulher, poderiam segui-la mais facilmente.

---

¹ Famoso charuto cubano, muito apreciado, lançado em 1845. (N. T.)

— Não concordo — opôs-se Faustine. — Vocês não imaginam como suspeitamos umas das outras, pelo menos as mulheres de rua. Algumas se dispõem a fazer de tudo para eliminar a concorrência!

— Está bem. Então, vamos afastar a hipótese de uma mulher. Portanto, temos um homem, corpulento, que não é sensível ao sangue...

— Que tem algumas noções, mesmo elementares, de... anatomia. Pois Anna foi estripada com cuidado.

— O que não foi o caso de Viviane — lembrou Guy — ao contrário, foi um sadismo confuso e bestial, quero dizer.

— Viviane foi morta antes de Anna. Isso talvez lhe tenha servido de... treinamento?

— Então, um homem forte, acostumado com sangue, talvez a cortar corpos, que dispõe de um veículo, que não tem medo dos bairros suspeitos, que, com certeza, possui uma casa afastada, ao menos na hipótese de que tenha sequestrado as primeiras vítimas. Outra coisa: a maioria dos raptos ocorreram no fim da tarde e, sobretudo, à noite, até mesmo bem tarde! Portanto, é alguém que tem tempo livre, que pode se preparar e repousar antes ou depois de agir.

Faustine dardejava as pupilas de gelo azuis em cima do escritor.

— Pressinto que você tem uma ideia exata, não é, Guy? — perguntou ela.

— Eu procedo por lógica, por eliminação, como eu faria para encontrar o personagem *certo* para um dos meus romances. E, imediatamente, penso num médico, num cirurgião, até mesmo num açougueiro! Porém, os primeiros trabalham demais, duvido que possam ficar livres assim, em momentos tão próximos e é preciso reconhecer: a profissão deles exige um autocontrole, um domínio dos nervos e sobretudo uma estabilidade psíquica que torna difícil associá-lo a um criminoso como o que perseguimos! Em compensação, os açougueiros... Mas é uma profissão bem mais festiva e alegre do que poderíamos pensar. Estive na zona dos matadouros da Villette outro dia e fiquei surpreso com o bom humor geral. E eles destrincham os animais durante o dia... Em compensação, há uma categoria profissional que poderia corresponder ao assassino: os açougueiros dos Halles.[1] Eles têm a reputação de serem taciturnos, solitários, trabalham de manhã cedo,

---

[1] Antigo mercado central de Paris. (N. T.)

podem descansar à tarde para se prepararem para a noite. Sou da opinião de que deveríamos ir lá dar uma olhada, por curiosidade, nem que seja para recolher outras pistas, outras ideias.

— Por que não? — admitiu Perotti. — Na falta de coisa melhor...

— O nosso homem é alguém muito fechado, daqueles que falam pouco, que sentimos que guardam tudo o que sentem, um homem que observa muito, que...

— Espere um instante, de onde tirou tudo isso? — perguntou Perotti.

— Dos atos dele, meu caro, dos atos dele! Ele é muito prudente, é observador, pouco seguro de si, ao menos aparentemente. Se fosse seguro de si, haveria uma forma de arrogância nos seus crimes, ao menos na escolha das vítimas, mas não, ele faz de tudo para selecionar aquelas que poderá afastar facilmente e dominar. Se ele deseja agredir a sociedade, ainda não ousa atacar as presas altamente simbólicas. Matar um policial ou um político seria bem mais marcante, mas são alvos difíceis. É um homem que fala pouco, que prefere ouvir os outros, para dizer a verdade, ele não gosta dos outros, é um solitário misantropo. Coloca as vítimas em evidência para existir aos olhos do mundo, pois, de outra forma, não aparece. Deve ter uma atividade pouco reconhecida ou não ser muito considerado na profissão. E para que seja a tal ponto perturbado, isso está, de longa data, inserido na sua evolução pessoal. Ele saiu de uma família na qual não era bem-tratado, devia ser visto como um zero à esquerda e, talvez, apanhasse. Não se sente ligado a ninguém. Tem raiva de todos. E é solteiro.

— Por quê? — quis saber Faustine.

— Um pai de família não teria posto as vítimas num lugar de passagem frequentado por famílias, como a rua Notre-Dame-de-Lorette.

— A não ser que tenha ódio da própria mulher e que os filhos também o considerem como um zero à esquerda!

— Sim, é verdade. Entretanto, a repetição dos crimes me faz pensar que ele tem muita disponibilidade de tempo. O que uma família não permitiria. E acrescento que ele já passou dos 20, provavelmente está nos 30. Simplesmente porque tem recursos para ter um transporte pessoal. Logo, teve tempo de trabalhar bastante e, depois, porque deve ser fisicamente apto a controlar mulheres fortes; nenhuma delas tinha vestígios de ter sido amarrada, pelo que pude constatar. Ele não é muito velho. E é preciso que o seu ódio pela sociedade tenha tido o devido tempo de macerar dentro dele para se tornar tão obsedante a ponto de passar ao ato! E, inclusive, não se passaram muitos anos, pois mesmo que ele tenha conseguido se conter por mais de vinte anos, não vejo razão para que isso explodisse quando já estivesse velho. Não, creio que podemos reduzir o intervalo entre os 25 e 35 anos.

Guy cortou a ponta do charuto e, finalmente, o acendeu, se envolvendo numa espessa névoa azulada.

Perotti pigarreou.

— A fumaça o incomoda? — perguntou Guy.

— De jeito nenhum. É que... acho que o retrato que você fez dele se parece muito comigo! E... isso me deixa pouco à vontade.

— Martial, esse retrato corresponde a muitos homens solteiros! E os que estão na faixa dos 30 sozinhos, como você, se parecem! Se eles ainda estão solteiros, é que muitos deles são tímidos, mais observadores do que belos falantes! E pouco seguros de si em público. Essa introspecção desenvolveu uma forma de vida interior rica, um mundo de fantasias pessoais que uma longa solidão contribuiu para fazer proliferar. Um sonhador que o tempo reforçou nesse caminho. É assim que é o nosso homem e é assim que você é! Isso não tem nada de vergonhoso! Pois há uma diferença essencial entre vocês: a qualidade das fantasias alimentadas pela vida solitária! As suas são normais, as de um homem... As deles são voltadas para todos os desequilíbrios que o formaram como indivíduo, os desapontamentos de uma infância infeliz talvez tenham deturpado as referências, os modelos, as necessidades dele. E nessa construção solitária, ele só remoeu o que era perturbado nele, sempre, até à obsessão, até fazer disso o seu modelo, as suas necessidades de adulto. Tudo está na qualidade da nossa natureza, esse colossal adubo das nossas fantasias. E essa natureza, eu acredito profundamente, se estrutura durante todas as etapas essenciais de aprendizagem da nossa vida: a infância e a adolescência.

Perotti ergueu as sobrancelhas tomando um longo gole do chá morno.

— Obrigado por me tranquilizar quanto à qualidade das minhas fantasias! — brincou ele.

Numa folha à parte, Guy escreveu:

Húbris.

25 — 35 anos. Solteiro. Introspectivo, tímido, observador, taciturno. Pouco seguro de si em público.

Possui um veículo. Um hábitat isolado (em Ménilmontant — perto dos assassinatos)?
Corpulento.
Frequenta os bairros perigosos. As prostitutas?
Não tem medo de sangue. Acostumado?
Sabe destrinchar carne?
Infância infeliz.
Quer chocar a sociedade.

Ele recuou para reler e encarou de novo os amigos:
— Outra coisa: o método para matar. Ele muda. Ele procura a si mesmo.
— Depois de nove raptos começa a ser duradouro — especificou Perotti.
— É justamente o que me causa um problema. Ele ainda não encontrou o método certo. Por isso é que duas coisas me vêm à cabeça: primeiro, ele ainda busca o melhor método, pois, as seis primeiras, que nunca foram encontradas, não foram mortas, E, portanto, ele "só" assassinou três mulheres. Ele está se aperfeiçoando. Segundo, ele tem muita experiência, mas ainda não está satisfeito com o método. Isso indicaria que ele não fantasiou a forma de matar propriamente dita, está obcecado com outra coisa. A morte é apenas uma consequência.
— Temo não estar entendendo. O que quer dizer? — perguntou Faustine.
— Esse homem não é louco, sabemos disso pela meticulosidade e organização que os seus crimes comprovam. Portanto, para que ele passe ao ato, para que um dia possa matar um ser humano, sendo que está plenamente consciente do que isso implica, é preciso que todas as barreiras sociais tenham cedido, uma depois da outra. Para isso foi preciso tempo. E não se trata de uma implosão pessoal, pois ele repetiu, de novo e de novo, sempre com muita atenção aos menores detalhes para não ser pego. Isso me leva a dizer que ele amadureceu essa fantasia de morte por muito tempo, por muito, muito tempo. Até que ela se tornasse uma tal presença, uma tal obsessão, que fizesse ceder as resistências que ele tivesse, todas elas, uma por uma. Uma fantasia lancinante que existia nele há anos. Ele mata, várias vezes, porque foi invadido pelo que, agora, é uma necessidade para encontrar o seu equilíbrio. Na sua construção pervertida ele precisou fazer uma compensação, assim como, por exemplo, os músculos do nosso corpo simplesmente compensam uma vértebra deslocada, efetuando um trabalho que não é deles e que, com o tempo, tem repercussão em todo o resto do corpo.

E é esse desequilíbrio que se torna o nosso novo equilíbrio. Mesmo que seja errado e destruidor.

— E, portanto, as fantasias que moram nele há tanto tempo não estão centradas na morte propriamente dita, é isso o que quer dizer?

— Exatamente. Há outra coisa. No domínio ou no papel que ele as faz desempenhar, ou não sei o que ainda, mas é uma pista que é preciso desenvolver. Infelizmente, não temos informações a esse respeito.

Guy acrescentou mais uma linha ao retrato:

A sua fantasia não leva diretamente à morte. POR QUE ELE MATA?
As cinco primeiras moças AINDA ESTÃO VIVAS?

Em seguida, ele continuou:

— Além de provocar a sociedade, que é o aspecto secundário do seu crime, temos de identificar qual é o prazer dele. Por que razão ele mata. Qual é o âmago do seu crime?

A chuva nas lucarnas havia se intensificado há alguns minutos e martelava o vidro com a insistência de quem quer entrar a qualquer preço, obrigando os três protagonistas a altear a voz para se ouvirem.

— Como vamos colher mais informações? — vociferou Perotti. — Já tivemos acesso aos dossiês das investigações e, neles, não havia grande coisa!

— *Você* — especificou Faustine — *você* teve acesso aos dossiês, nós não.

Perotti olhou para Guy, compreendendo que ele não havia contado a pequena escapada noturna ao subsolo do cais do Relógio.

— Explorando novas pistas — interveio Guy. — A vantagem de uma investigação atabalhoada é que ela nos dá a possibilidade de continuar, sem medo de que tudo já tenha sido coletado ou destruído!

— Instrua-me, pois eu, que sou investigador, não vejo o que podemos fazer a mais!

— A esse respeito, em relação aos métodos tradicionais, podemos contar com uma ajuda qualquer do seu departamento? Talvez o auxílio de alguns policiais de uniforme...

— Claro que não! — exclamou Perotti, avançando na banqueta. — Se os meus superiores souberem que estou maquinando com um romancista e uma... jovem, para ir adiante em casos arquivados pelas mais altas esferas do

Estado, a minha carreira ficará arruinada para sempre! Isso deve ficar entre nós a qualquer preço! Senão, vocês podem continuar sem mim.

— Eu tinha de perguntar, mesmo que desconfiasse da resposta. Restam, portanto, os métodos atípicos. Os métodos de romancista. Analisar os fatos para chegar à personalidade que torna esses fatos coerentes. Vamos pegar o caso de Anna Zebowitz. Hoje à tarde, no alto de uma das torres do palácio do Trocadéro, uma evidência me saltou aos olhos. Mesmo que Húbris quisesse chocar a população, por que *entrar* na Exposição, com todos os riscos que isso comportava? Reconheçam que é uma operação complicada e totalmente inútil! Ele poderia, no fim das contas, ter abandonado o corpo na entrada principal bem no meio da noite! Teria conseguido um efeito máximo! Em vez disso, ele foi para o alto de um torre, o que, diga-se de passagem, não lhe permitiria uma fuga em caso de problema; depois, ele mutilou Anna Zebowitz e insistiu, cortando-lhe a garganta, sendo que ela já estava morta. Qual a razão?

— A embriaguez do sangue — sugeriu Perotti — ele se deixou embriagar pela violência...

Guy concordou lentamente com a cabeça, não muito convencido.

— Degolar é um ato de barbárie total — observou Faustine. — Existe alguma coisa de cruel nisso, de colérico.

— Sim, é, também, o que eu sinto — confessou Guy. — O derramamento de sangue de Anna Zebowitz é quase... pessoal. Um ódio absoluto contra ela. Será que ele a conhecia?

— Nós nem pensamos que pudesse haver alguma ligação entre as vítimas! — exclamou Perotti.

— É verdade — admitiu Guy. — Acho que a semelhança com os crimes do Estripador de Whitechapel nos levou, involuntariamente, para esse esquema. Precisamos nos informar. Vou voltar ao local da Exposição, gostaria de compreender por que ele pôs Anna Zebowitz naquele lugar. Ele tinha, fatalmente, alguma razão. Ao menos simbólica! Em cima do salão de festas para estragar a sua magnificência?

— No alto de uma torre, um objeto fálico, com conotação sexual se ficarmos na simbologia... — insistiu Faustine. — Quanto a mim, posso ir à praça da Concorde, tentar saber mais sobre Anna Zebowitz.

— A maioria das moças vão para a Concorde à noite — lembrou Perotti.

— De noite não é um local muito frequentável...

— Não sou feita de açúcar, não se preocupe comigo.

Os dois homens se olharam de novo, compartilhando o mesmo nervosismo. Saber que Faustine, uma mulher tão bonita, ia percorrer as calçadas da Concorde tarde da noite não os deixava tranquilos. No entanto, Guy evitou admoestá-la, ele a conhecia bastante para saber que era uma causa perdida.

— Estou ouvindo vocês há um certo tempo — continuou a jovem — e estou surpresa por não terem dado mais espaço a Milaine na sua análise. No entanto, entre as vítimas, é a única com quem convivíamos, eu era a sua vizinha de quarto! Nós a conhecíamos melhor do que qualquer outra.

— É que... — lembrou Guy — já exploramos esse caminho no necrotério. Também li as cartas. Nelas, há alguns nomes de homens que talvez fosse útil encontrar caso necessário, mas a pista de Milaine não nos levou a parte alguma até o momento.

— Milaine mantinha um diário, já falamos sobre isso. Se existe alguma ligação entre as meninas, Milaine certamente mencionou, talvez até mesmo tenha o nome daquele que seria o seu carrasco!

— Com toda a certeza, mas é um diário que o assassino pegou! Ela não o carregava consigo. O médico do necrotério foi formal quanto a isso.

Faustine negou com a cabeça.

— Pensei novamente no assunto e isso não se parece com ela, não vejo por que ela o levaria. Um diário íntimo se guarda como uma coisa preciosa. De certa maneira, era o seu coração, ao qual ela não deixava os clientes terem acesso.

Faustine lançou um olhar embaraçado para Perotti. Sem se demorar, ela voltou a perscrutar Guy.

— Nós revistamos o quarto dela — insistiu o escritor — se não estava lá e se Milaine não o levava com ela, então o onde poderia tê-lo escondido? Ela possuía um quarto em alguma casa?

— Não, ela teria me dito.

— Na biblioteca?

— Também não, ela nunca correria o risco de que alguém pudesse encontrá-lo.

Guy franziu as sobrancelhas.

— Você a viu escrevendo no diário?

— Não, mas, constantemente, ela ficava escrevendo no quarto. Suponho que era o diário.

— Portanto, ela não o escondia na sua presença. Mas só na sua presença?

— Penso que sim.

Guy enfiou o queixo na mão para pensar, fitando o tapete gasto.

— Em que está pensando? — quis saber Faustine.

— Vocês mesmas limpam os seus quartos, é a regra da casa. E Milaine era do tipo prudente. Se ela quisesse esconder um diário íntimo, não o poria no quarto com medo de que algum dia pudesse ser descoberto por uma rival. Em compensação, ela confiava em você.

— Ele não está no meu quarto, posso garantir. Milaine devia poder pegá-lo sem passar pelos meus aposentos, disso eu tenho certeza.

— Mas existe um cômodo entre os dois quartos! Uma peça em comum! O banheiro! E nós não o revistamos!

Guy se levantou de um pulo, pôs o charuto num cinzeiro lascado e correu para a escada, seguido por Faustine e Martial Perotti.

Guy acendeu o lampião a gás no pequeno banheiro e abriu o armário embaixo da pia enquanto Faustine cuidava do roupeiro. Perotti havia ficado na porta, como se não ousasse entrar no banheiro. Olhava fixo para o clister em cima do bidê, com uma expressão horrorizada.

Guy se afastou suspirando, sem nada nas mãos. Continuando sentado no chão, ele examinou o banheiro. Faustine terminou a sua inspeção sem maiores sucessos. De repente, uma irregularidade no cenário chamou a atenção do escritor. Para ser original, a banheira não era totalmente aparente como o habitual e sim encaixada numa armação de ripas de madeira. As três primeiras ripas não estavam retas, Guy passou a mão e percebeu que elas tinham um jogo. Não precisou fazer força para soltá-las da parede, liberando um pequeno espaço escuro embaixo da banheira.

Faustine enfiou a mão ali e tirou um caderno com capa de couro, amarrado com um laço para fechá-lo.

— É o diário de Milaine — disse ela, quase religiosamente.

18

Nas esquinas dos Grandes Bulevares com a rua Drouot, havia sido erguido um alto poste no centro da interseção e, no meio dele, estava assentado um grande relógio de fundo branco.

A luz do gás incandescente descia até os ponteiros escuros.

Quatro horas da manhã.

As calçadas ainda estavam úmidas da chuva que caíra algumas horas mais cedo.

Guy havia levantado a gola do seu casacão para proteger o pescoço do vento frio que vinha da Ópera, um vento que assobiava uma ária monótona e sinistra, uma espécie de réquiem noturno para os insones.

Ele não havia dormido. Depois da descoberta do diário de Milaine, a excitação do trio chegou ao auge e se Faustine não houvesse insistido para ser a única a lê-lo, em respeito à memória da amiga, Guy e Martial o teriam feito imediatamente.

Incapaz de dormir, com a cabeça em ebulição, Guy havia optado por fazer uma visita aos Halles no melhor momento: no coração da noite. Ele havia esperado no sótão, com o charuto na mão.

E enquanto andava em passo acelerado, uma dúvida não cessava de atormentá-lo.

Ensandecido por essa repentina busca da verdade, ele começou a sentir uma pitada de culpa. O lugar que dava a Milaine na sua motivação era muito pequeno, não podia mentir a si mesmo, o seu verdadeiro motivo se resumia em uma palavra: inspiração. Pois ele sentia, nessa fantástica efervescência, no ragu das ideias do caldeirão da sua cabeça, que estava prestes a se servir assim que se sentisse pronto a atacar. Guy de Timée preparava a receita do que seria a sua obra-prima.

A realidade e a ficção, de certa maneira, haviam se confundido nas últimas horas; ele havia misturado os seus métodos de trabalho com os de uma investigação bem real e o personagem que perseguia, no fundo da mente, tinha, agora, uma existência concreta. Restava criar a confrontação. No início, ele não havia levado essa ideia a sério, não havia pensado realmente em se aproximar de Húbris, só havia sonhado com isso, mesmo que fosse uma projeção literária: ele fantasiava um reencontro com a pena. Com o *seu* assassino, quando a inspiração e a realidade espocassem para permitir que escrevesse *a* boa história.

Mas, Guy ainda não estava pronto.

E se eu descobrir a identidade de Húbris? O que vou fazer? Irei investigá-lo, estudá-lo como examinamos uma fachada para conhecer os mínimos recantos, para sentir, além do que ela é, o que ela exala, para pôr um sentido numa simples descrição?

Guy sabia que, no fundo, não tinha o que fazer com uma identidade. O que contava, na verdade, estava no que era sentido. Na impressão. Um rosto, um corpo, tudo isso tinha pouca importância, o que o atraía era o que poderia ler na atitude, na elocução, nos silêncios e, acima de tudo, no olhar.

Guy queria contemplar a mente do monstro.

Queria mergulhar na alma do Mal.

A violenta rajada do réquiem o fez ir em frente e ele apressou o passo para seguir o ritmo imposto pela natureza.

Os Halles de Paris já formigavam com uma impressionante multidão. Como havia escrito a respeito dele, Guy se lembrava de alguns números que lhe chamaram a atenção: 14.000 veículos hipomóveis de agricultores chegavam todas as noites do subúrbio para saciar a população de legumes, 166 milhões de quilos de carne fresca eram vendidos por ano, 27 milhões de quilos de peixe e meio bilhão de ovos.

O lugar era o ponto de convergência do comércio há oitocentos anos e nada o havia abalado, nem as epidemias, nem as guerras e até a morte havia sido expulsa pelo reinado do lucro, quando o contíguo cemitério dos

Inocentes havia sido esvaziado e mudado para as catacumbas da cidade para aumentar os Halles e erguer o jardim dos Inocentes — cuja terra ainda estava encharcada de fluidos corporais, o que em nada impedia os fornecedores exaustos de irem ali descansar no fim da manhã.

Sob o halo azulado dos lampiões de gás que uma fila de pequenos choupos peneirava, centenas de charretes e furgões com cavalos dóceis, estavam alinhados, já esvaziados. Muralhas de cenouras, de alhos-porós, de couves, de alface e de batatas formavam alamedas estreitas nas largas calçadas e Guy sabia que, antes do meio-dia, as ruas ficariam juncadas de legumes estragados, de papéis e de pedaços de caixotes que os catadores viriam limpar para que a calçada recuperasse a luz do sol.

Mais ao longe, ele podia distinguir os mercadores de flores que embalsamavam as alamedas com as suas montanhas de buquês, de cores ainda desbotadas sob o brilho espectral dos bicos de gás muito espaçados.

Também ouvia o cacarejar de um exército, do qual, em breve, não haveria nenhum sobrevivente, vítimas de uma batalha incansável, dia após dia e que jamais ganhavam: milhares de caixas de madeira cobriam as penas e as cristas das aves que iam na direção dos abatedouros.

E ali eram apenas os contrafortes dos Halles. O coração se estendia mais além, o verdadeiro comércio era feito em pregão, em leilão, nas grandes construções criadas por Baltard,[1] uma sucessão de hangares modernos com estrutura de ferro, fundido e não fundido, sobre fundações de tijolos. Esse altos esqueletos eram totalmente fechados por paredes e tetos de vidro que os faziam parecer templos modernos dedicados à glória dos deuses do Comércio. As imensas vitrines polidas brilhavam no interior: centenas de pequenas lâmpadas brancas diante das quais um interminável balé de sombras chinesas dançava sem nunca parar.

Guy abriu caminho entre os veículos dos compradores que começavam a afluir de toda a cidade, aproveitando a hora matinal para conseguir circular mais ou menos livremente antes dos fregueses da venda a varejo, que os comerciantes, com os cestos, não deixariam de abordar, saturando cada pedaço do calçamento.

---

[1] Victor Baltard (1805-1874). Arquiteto francês que, entre outras obras, construiu o famoso mercado de Paris, entre 1852 e 1872. (N. T.)

O tráfego se intensificava nas proximidades dos pavilhões de manteiga e de queijo e, sobretudo, no de aves e de caça; os odores, se faziam igualmente presentes, envolvendo quem passava, e eram tantos que, de capitosos, se tornavam estonteantes. Não demorou muito para Guy não conseguir mais avançar, encurralado por uma muralha de veículos e de passantes aglutinados.

Notando um grupo de homens fortes, com grandes chapéus de couro cinza e branco, incumbidos de transportar as mercadorias, Guy se enfiou entre dois carregadores. Com uma caixa em cima do chapéu, duas embaixo de cada braço, eles avançavam rapidamente, cortando a multidão com o seu físico impressionante. Guy esperava, assim, se aproximar do objetivo, mas os homens se enfiaram num outro pavilhão.

Por não querer atrapalhar o homem que estava bem atrás dele, Guy se sentiu obrigado a segui-los. Percebendo um problema, o homem forte em questão o interpelou com um sotaque arrastado do sul da França:

— Ei! Aonde você quer ir assim? Nós estamos trabalhando!

— Peço desculpas — disse Guy, seguindo a fila. — Quero chegar ao outro prédio, o das aves.

— Então, vá por baixo! — replicou o homem, com voz cantante, apesar da carga. — Os subterrâneos se comunicam!

Guy se afastou assim que pôde e encontrou uma escada que ia para o subsolo. O odor de queijo se dissipou quase imediatamente, substituído por um cheiro de mofo tingido de suor e reforçado por um calor sufocante.

O porão era tão grande quanto se podia esperar, sem janela nem claraboia, apenas alçapões, todos fechados.

Uma centena de homens, essencialmente adolescentes, na maioria estropiados, estavam em frente de uma vela diante da qual desfilavam milhares de ovos. Guy reconheceu os "contadores-observadores" dos recipientes de ovos, cujo papel consistia em separar todos os ovos que apresentassem manchas internas, sinal de um início de decomposição. Era preciso uma paciência, uma concentração e uma visão impecáveis para conseguir isso e os adolescentes satisfaziam plenamente esses critérios.

Guy passou entre as fileiras de chamas trêmulas para chegar ao corredor mal iluminado que, ele adivinhou, atravessava a rua.

Estava quase lá.

Atrás de uma porta, finalmente encontrou o pavilhão que o havia levado até lá.

Agora, o cheiro e o barulho eram bem diferentes.

Os "engordadores" alimentavam centenas e centenas de pombos em minúsculas gaiolas, usando uma pipeta numa tina grande cheia de uma comida líquida para aves, que eles enfiavam no bico dos pássaros com um gesto preciso e rápido. Guy passou para o espaço seguinte, o porão principal e, ali, a fragrância quente e ferrosa o invadiu ao mesmo tempo que uma visão de pesadelo.

Os vagões despejavam as aves que terminavam a corrida suspensas no teto pelas patas onde os pescoços eram cortados, em seguida eram depenadas ainda vivas, por homens inundados de sangue.

Guy teve um pensamento amargo em relação ao mundo em que viviam. Essa civilização bem-pensante era obrigada a dissimular o abjeto ritual alimentar no meio da noite, embaixo da terra, nas entranhas da cidade, como se estivesse envergonhada do que fazia.

Ali havia muito mais gente do que ele esperava e, de repente, se deu conta de que o seu projeto tinha algo de fútil, quase de demente. Observar os açougueiros de noite esperando encontrar um assassino sanguinário. Era de uma inocência absoluta.

Entretanto, Guy preferiu não pensar sobre isso e se pôs em ação. Ele deambulou entre as fontes de sangue e de penas, tomando cuidado em não se aproximar demais para evitar os respingos, em busca de uma ideia, de algum detalhe estranho.

Era curioso constatar que, afinal, o homem sempre soubera manter a perenidade dos locais essenciais à civilização. Por mais de oito séculos, aquele lugar havia abrigado o comércio e a violência mais fria. Pois Guy sabia que ali, nos Halles, era a forca e o pelourinho do rei. Era ali, também, que eram feitos os esquartejamentos, era ali que nasciam as revoltas durante a Revolução. Comércio e morte sempre haviam combinado, em todas as épocas e em todos os regimes. Como as amas de leite, necessárias e indissociáveis de uma sociedade que Guy considerou, sob uma nova luz, como malsã. Desequilibrada.

Um homem ergueu a cabeça bem na frente de Guy para fitá-lo e o branco perfeito dos olhos, no meio do rosto coberto de sangue, o assustou.

— Não fique aqui! Vamos respingar as suas belas roupas! — exclamou ele.

— Desculpe, eu... eu não queria importuná-los.

— É por você que digo isso! Sou pago por unidade, não tenho tempo de tomar cuidado com você!

— O que está acontecendo aqui? — perguntou outro indivíduo.

Esse estava mais apresentável. Um avental comprido todo sujo de vermelho cobria a sua calça e a camisa e a frente do boné tinham protegido o rosto das gotas escarlates.

— Não pode descer aqui, senhor! — disse ele, ao ver Guy. — Vamos, suba!

Guy decidiu blefar:

— Sou da Segurança. Quero fazer umas perguntas.

A Segurança Pública, em geral, impressionava as pessoas, bem mais do a polícia, pois, na cabeça de muitos parisienses, ela ainda era incorporada a uma polícia política.

— Diabo! Por que eu? — assustou-se o homem.

Ele era bem alto, mãos grandes, com as unhas pretas de sangue seco e o bigode, bem comprido, caía na frente da boca.

— É o responsável por este abatedouro?

— Sou, Jean Sylvain. O que está acontecendo? É por causa dos boatos, é isso?

Guy tremeu; a conversa começava bem.

— Sobre os rumores, o que sabe exatamente? — perguntou ele

— Que o nosso porão é um antro de anarquistas! Mas não é verdade! Eu juro! Aqui não tem mais deles do que em qualquer outro lugar! Não mais do que monarquistas, nacionalistas e outros!

Guy notou que uma meia dúzia de açougueiros haviam parado para acompanhar a conversa.

— Não é verdade! — exclamou um deles, um sujeito de ombros e braços enormes, exibindo um lábio leporino bem pronunciado que lhe deformava todo o lábio superior até o nariz. — Aqui somos todos vermelhos!

A sua gargalhada grosseira e sonora foi acompanhada em coro por todos os que haviam escutado a brincadeira.

— Quantas pessoas trabalham aqui todos os dias? — encadeou Guy antes que as risadas terminassem.

— Não mais do que quarenta — respondeu Jean Sylvain.
— Você conhece todos eles?
— Conheço. De tempos em tempos aparecem alguns novos, ou substitutos, mas no conjunto, conheço.
— Quantos têm entre 25 e 30 anos?
O chefe assobiou para expressar que não sabia.
— Não poderia dizer! Talvez a metade!
— E nessa metade, existe algum particularmente apagado, tímido?
— Como eu posso saber? Não os conheço fora daqui! Sou o chefe deles, não o pai!

Constatando que, agora, a maioria dos açougueiros havia parado de trabalhar para tentar escutar o que se passava, Guy se encheu de coragem e ergueu os braços para cima para chamar a atenção de todos e fazer parar os cochichos.

Só se ouvia o ruído úmido do sangue que terminava de escorrer das aves recém-degoladas e alguns cacarejos de agonia.

— Ouçam todos! — gritou ele. — Vocês são pagos por unidade, portanto, cada minuto que passa é dinheiro perdido para todo o mundo. Prestem atenção e sejam cooperativos e tudo terminará em cinco minutos. Quero que todos os que tenham entre 25 e 35 anos se coloquem à minha direita. Vamos! Droga! Apressem-se se quiserem voltar ao trabalho!

Depois de uma hesitação, vários rapazes passaram de um lado para o outro, enquanto os mais reticentes observavam a manobra com um olhar desconfiado. Guy insistiu, descompondo um dos mais corpulentos, desconfiando que se ele obedecesse, os outros o seguiriam:

— Vocês querem perder uma semana de pagamento e dormir atrás das grades? Façam o que eu disse!

Raramente ele havia dado prova de tanta autoridade. Mesmo acostumado a falar diante de um público que apreciava a sua obra, altear a voz e se fazer obedecer era uma coisa completamente diferente. No entanto, sentia um certo prazer nesse papel. Não era ele mesmo e sim um personagem dos seus livros e isso lhe dava uma nova força.

Os últimos recalcitrantes seguiram o movimento e foram para onde tinham de ir. Todas as máscaras de sangue contemplavam Guy. O contraste com o branco dos olhos e dos dentes era tão grande que eles se tornavam ameaçadores.

Guy se virou de frente para os homens de 25 a 35 anos.

— Agora, só ficam os que forem solteiros — gritou ele.

Inesperadamente, não ficaram mais do que seis homens. Guy apontou para um deles que era pequeno e magro e o fez sair do grupo.

— Quem de vocês tem um veículo, uma carroça, uma viatura qualquer para transportar uma coisa pesada? E não mintam, vamos investigar. Se mentirem, é a prisão, sem dúvida.

Três dos açougueiros restantes deram um passo à frente.

Entre eles estava o de lábio leporino, o mais forte dos três, um ruivo — ou louro; com o sangue Guy não conseguia saber — e um que poderia ter uns 30 anos, calvo, que não conseguia olhar Guy nos olhos.

— Senhores, vou anotar os seus nomes e endereço, é um simples controle — disse Guy tirando um caderninho e uma caneta-tinteiro.

Depois de anotar as informações de cada um deles, Guy se virou para o chefe:

— Confirma as identidades que eles deram? Atenção, será responsabilizado em caso de mentira!

— Confirmo. Bom, aquele ali... (ele mostrou o último, que parecia menos à vontade dos três)... é novo, não o conheço bem, mas foi o nome que ele me deu ao chegar no mês passado.

Guy guardou as suas coisas nos bolsos do sobretudo e se despediu da horda de açougueiros cobertos de sangue que o examinavam com curiosidade e desconfiança.

— Obrigado, senhores, isso é tudo. Podem retomar a sua atividade.

Guy fez um sinal de adeus para o chefe e se apressou a voltar para a superfície.

Ao sair ao ar livre, no meio da multidão que afluía de todos os lados apressada em encontrar a melhor mercadoria pelo melhor preço, Guy realizou que a situação o havia impressionado bem mais do que havia confessado a si mesmo, obnubilado que ficara pelo papel representado. Agora que a pressão diminuíra, as suas pernas começaram a tremer.

O fiacre o deixou em frente ao *Boudoir*, de manhã cedo, enquanto a cidade ainda despertava. Guy precisava de um bom banho. Sentia-se pegajoso. Em seguida, dormiria algumas horas antes de analisar a situação.

Ele havia acabado de subir os degraus da entrada quando notou um outro fiacre a uns cinquenta metros atrás do seu. Havia acabado de parar. Guy esperou um instante, mas ninguém saiu.

O cocheiro se inclinou para falar com o passageiro e, como se tratava de veículo coberto, Guy não pôde distingui-lo. O cocheiro deu de ombros e ficou esperando.

Guy hesitou. Teria sido seguido?

Um tremor glacial lhe percorreu a espinha quando pensou no sogro.

Era impossível, ele não poderia tê-lo seguido até ali.

Então, quem?

Talvez ninguém, estou imaginando coisas...

Mas, claramente, havia alguém que não queria aparecer.

Guy decidiu entrar, não insistir, não mostrar a sua desconfiança.

Assim que se viu do lado de dentro, correu para a janela do salão para dar uma olhada por entre as cortinas fechadas.

O fiacre se pôs a caminho e subiu a rua. Guy achou que ele diminuiu a velocidade ao passar diante da casa de prostituição, entretanto não foi capaz de discernir o ocupante do veículo.

Em seguida, aumentou a velocidade e desapareceu.

As coisas estavam começando a se complicar.

19

A mente havia acabado de abandonar seu corpo.
Depois, a própria mente se cindiu em duas: a consciência entrou em estase, deixando o inconsciente se expressar através de uma linguagem mais imagética, uma sucessão de cenas curtas, por vezes estranhas.

Guy mal havia dormido quando a mão no seu ombro o acordou com insistência.

— Vamos, Guy, volte a si!

As pálpebras pareciam doer, o rosto acima do seu parecia longe, assim como a voz... Em seguida, ele acordou de todo ao ver os olhos azuis de Faustine e as longas mechas pretas que lhe acariciavam a fronte.

Guy estava com dor de cabeça, não havia dormido mais do que uma meia hora.

— Esperei hoje de manhã para não abreviar a sua noite — revelou Faustine excitada — mas faz horas que não aguento mais. Eu li o diário de Milaine!

Guy se sentou na cama e Faustine se posicionou na beirada, com o famoso diário no colo.

— Você não dormiu? — perguntou Guy ainda sonado.

— Não pude. Milaine fala longamente dos seus pretendentes, tinha a intenção de sair do estabelecimento, queria uma situação estável, um amante rico e, há um ano, multiplicava os encontros por toda a parte.

— Você tem os nomes?

— Tenho, anotei todos eles.

Guy se levantou para buscar o pacote de cartas e eles compararam os nomes. Todos estavam ali.

— Destaquei dois deles — revelou Faustine — que você não havia citado. O primeiro é um *marchand*, o segundo é músico e, para o grande desgosto de Milaine, eles não pareciam prontos a lhe oferecer mais do que haviam pago por algumas horas, mas ela fala deles muitas vezes. Não, para dizer a verdade, é mais o lugar onde ela os encontrou que ela cita constantemente. Um círculo particular, perto da Bolsa, o... espere, o nome é complicado... Ah, aqui está: o Cenáculo dos Serafins!

— De fato, que nome curioso. E que tipo de círculo é esse?

— Um clube esotérico. Milaine foi introduzida pelo fundador e presidente, Louis Steirn. Aparentemente, o homem faz questão da presença de mulheres bonitas e paga generosamente por isso. Para divertir esses senhores.

— O que você está descrevendo é mais um clube erótico do que esotérico!

— Não, ele não pedia que elas dormissem com os frequentadores, ou melhor, não exatamente. Steirn fazia questão de belas cortesãs para agradar aos amigos, depois Milaine era livre para negociar diretamente; ele só pagava para que ela comparecesse! E, ainda, o mais interessante é que Milaine diz que não era a única! Ela cruzou com outras moças como ela nessas *soirées*.

— Não imagino as meninas da rua Monjol no meio de aristocratas com más sensações ocultas! — riu Guy.

— Talvez, não as da rua Monjol, mas por que não Anna Zebowitz?

Guy fez beicinho enquanto refletia, sem estar convencido pelos argumentos de Faustine.

— Em todo o caso, era no Cenáculo dos Serafins que Milaine fazia a caça ao amante rico! E guardei o melhor para o fim: foi lá que ela passou a... (o tom de voz mudou subitamente, para se tornar mais sério.) ... a sua última noite.

— Ela escreveu no diário no dia do seu assassinato? — perguntou Guy com uma excitação mórbida.

— Eis as suas últimas linhas:

Não consigo ficar parada. Hoje à noite vou voltar ao Cenáculo. Julie vai se irritar de novo comigo, mas eu não me importo, afinal, ela também recebe dividendos quando eu trabalho fora! Estou com um bom pressentimento desta vez. Jules e Raymond não têm ido lá há algum tempo e Charles já mudou de gosto, mas sei que a alta-roda estará lá, como sempre. Não sei explicar, mas sinto que esta noite será boa. Vou cruzar os dedos.

Diante do que havia acontecido com a pobre moça, essas últimas palavras eram terrivelmente cruéis.

Percebendo a emoção na voz de Faustine, Guy deu uns tapinhas amigáveis na mão dela.

— Hoje à noite irei ao Cenáculo dos Serafins — disse ele — para encontrar esse Louis Steirn e sondá-lo a respeito de Milaine e desses senhores. Nunca se sabe...

Faustine plantou as suas pupilas hipnóticas nas de Guy. Ele pensou detectar uma ponta de raiva.

— Afinal, Guy, é preciso mais do que sondar Steirn! Temos de listar e estudar todos os convidados de quarta-feira à noite! Foi o último lugar aonde Milaine foi antes da sua morte!

— Eu ficaria surpreso se Húbris tivesse ido caçar lá, não é o gênero dele. Declaradamente, ele ataca moças da rua, em lugares sórdidos, nesses cantos em que ninguém para, em que se olha sobretudo para os pés, onde nunca nos metemos no que não nos diz respeito. Por que mudar de repente? Seria assumir um risco que não tem nada a ver com ele! Acho que ele deve ter cruzado com ela no caminho de volta. Quando estava sozinha. Talvez procurando um...

Guy se empertigou bruscamente.

Faustine perguntou angustiada:

— O que há?

— Um fiacre! Isso poderia explicar muitas coisas! E se Húbris fosse o condutor do fiacre? Milaine podia estar procurando um para voltar para casa, não teria desconfiado, o mesmo poderia acontecer com muitas moças! Ele as vigia, ele as segue, assim que elas precisam dele o chamam e, sem saber, assinam a sentença de morte!

— É uma hipótese interessante, mas queria propor a minha: Húbris é um dos membros do Cenáculo dos Serafins. Lá, ele tem oportunidade de encontrar as cortesãs, você explicou que ele gosta de conhecer a presa, os seus hábitos e esse é um bom meio de fazer isso. Elas são convidadas por Steirn, Húbris tem oportunidade de observá-las, de ouvi-las falar de si mesmas, de vê-las e revê-las. No dia em que quer passar ao ato, só precisa se aproximar, num local isolado, e como elas o reconhecem imediatamente não desconfiam dele, é um conhecido, e ele ataca.

Enquanto ela falava, Guy havia se levantado para jogar água fria no rosto.

— Por que não? — disse ele, sacudindo-se. — Eu verei hoje à noite, *in loco*.

— Nós. Eu vou com você.

Guy se virou para olhar aquele pedacinho de mulher que parecia pronta a revirar toda a cidade para vingar a amiga. Ele cedeu.

— Está bem, iremos juntos.

Ele não tinha mais pudor em relação às mulheres da casa; tirou o camisolão e ficou só com uma calça de tecido leve.

Faustine desviou o olhar.

— Vai sair? — espantou-se ela.

— Acordado por acordado, vou aproveitar a manhã para dar uma volta para os lados da Exposição Universal, onde Anna Zebowitz foi encontrada.

Ele se deu conta de que Faustine se virara de costas.

— Oh, me desculpe, não achei que fosse incomodá-la.

— Tem de saber que não sou como todas as meninas da casa.

Surpreso, Guy percebeu uma ponta de frieza, entre raiva e... ciúme.

— Eu... Eu não dormi com Milaine, se isso a tranquiliza.

Faustine se levantou.

— Explicação idiota — soltou ela. — Você faz o que quiser, não é da minha conta.

— Não quero passar por um pervertido aos seus olhos.

— Não é isso o que as moças da casa gostam em você, justamente esse lado de menino mau? — retorquiu ela, no mesmo tom glacial.

— Foi o diário de Milaine que deu essa informação?

— As moças falam entre elas, Guy, não se esqueça. Neste estabelecimento não existe nenhuma que não saiba como você é na intimidade. Nenhuma.

Dirigindo-se para a porta, ela acrescentou, sob o olhar circunspecto do escritor:

— Vou deixá-lo se preparar, me encontre no salão, vou acompanhá-lo. Milaine também fez menção à Exposição no diário, um homem a levou até lá, ela não diz o nome, mas ele a fez visitar o pavilhão da Indústria, no qual ele trabalhava. Um membro do Cenáculo dos Serafins. Acredite no que eu digo, é no Cenáculo que Húbris se esconde. De tanto invocar a presença de espíritos, eles conseguiram convocar um monstro para a se sentar à mesa, só que eles não sabem. Agora, cabe a nós identificá-lo.

— Com que objetivo? O que espera de tudo isso, Faustine?

— Se eles abriram as portas do Inferno para tirá-lo de lá, nós devemos reabri-las para mandá-lo de volta.

— Você não quer apenas saber quem é ele, não é? Também quer enfrentá-lo.

— É possível — disse ela, com uma determinação assustadora.

— Os gregos tinham um nome para aquela que puniu Húbris. Eles a chamavam de Nêmesis. Acho que o nosso Húbris encontrou a sua Nêmesis — replicou Guy, com uma ponta de apreensão.

Isso porque, pela primeira vez desde os cinco meses que a conhecia, ele sentiu uma força na jovem e, sobretudo, uma ferocidade que nunca tinha visto em ninguém. Um calafrio o atravessou de lado a lado.

Faustine lhe dava medo.

20

O homem havia encolhido o mundo. Devido à sua engenhosidade, conseguira reduzi-lo até que ficasse do seu tamanho; a Terra inteira e todas as culturas modernas, e outras antigas, se viram reunidas em algumas centenas de hectares, no coração de Paris.

Guy levava Faustine, com um guia do jornal *Le Matin* na mão; sem tempo para passear, eles haviam evitado a entrada principal na praça da Concorde para ir diretamente ao Trocadéro, à sombra do palácio colossal com aspecto de uma catedral preta.

Circulando no meio de uma multidão já compacta apesar da hora — era domingo, dia de grande afluência — eles atravessaram o setor destinado às colônias e protetorados franceses, vendo, aqui e ali, estrangeiros de traços variados, peles que apresentavam todas as nuances de preto, de bronze, de cobre e até mesmo de ocre, mais ou menos amarelo ou alaranjado. E os trajes não eram nada discretos: onde a moda dos países ocidentais impunha cores escuras para os homens, muitos estrangeiros — sobretudo os asiáticos — ostentavam pomposamente roupas coloridas.

Acompanhando uma vertente suave que descia na direção do Sena, os pavilhões exóticos se erguiam no meio de uma vegetação abundante. Depois dos minaretes e cúpulas argelinas e tunisianas, da grande galeria crioula no meio das suas plantas tropicais, o casal passou pelos pagodes da Cochinchina e contornaram a asa esquerda do palácio do Trocadéro, para atingir uma parte ainda mais selvagem.

Os declives aumentaram, o caminho se encolhia e os visitantes subiam lentamente, galgando com cuidado cada degrau de cimento que imitava madeira. Ali havia mais árvores do que nos outros locais da Exposição, eram tantas que Guy e Faustine se sentiram num outro mundo. Um sucesso total: o visitante se transformava em viajante; com pouco esforço, esse viajante havia trocado Paris pelas profundezas da África. Um riacho serpenteava no fundo de uma minúscula ravina, se derramando numa série de pequenas cascatas na direção de um lago cheio de espumas. Eles o circundaram por uma centena de metros antes de ouvir os acordes dissonantes — para os ouvidos franceses — de instrumentos de cordas que não conheciam. O caminho fazia um cotovelo e chegava numa cabana de barro vermelho coberta por um telhado pontudo de palha. A folhagem das árvores proporcionava uma sombra agradável, sob a qual vários indivíduos — declaradamente congoleses — aguardavam, com roupas leves: um tecido fino passado na cintura e nos ombros para acolher os visitantes com largos sorrisos. Dois homens tocavam uma música tradicional em violas de quatro cordas.

Um negro alto se aproximou de Faustine e de Guy para cumprimentá-los com um sotaque que o fazia articular lentamente cada sílaba:

— Muito bom dia! Eis uma cubata dos *langouassis*,[1] da região do Chari, no Congo francês! Continuem a visita nessas terras, o pavilhão só esperava por vocês!

Faustine fechou a sombrinha e eles atravessaram uma ponte encantadora que passava por cima de um riacho onde estava atracada uma estranha piroga indígena, antes de terem acesso à construção principal, toda de madeira branca, com mosaicos de gesso e coberta por uma chapa de zinco ondulada. Uma varanda dava toda a volta no primeiro nível, de onde se podia ver um grande número de congoleses em trajes típicos circular no meio dos visitantes para reforçar a ilusão de que estavam no continente africano.

— Agora que estamos aqui — começou Faustine — vai me dizer por que este lugar e não qualquer outro?

— Perotti conseguiu que eu lesse os relatórios de Legranitier e Pernetty a respeito de vários crimes, inclusive o de Anna Zebowitz. Pelo que parece,

---

[1] Povo do Congo francês. (N. T.)

alguns congoleses viram alguma coisa naquela noite. Legranitier percebeu o medo das pessoas que interrogou. Eu gostaria de conversar com eles a esse respeito, mesmo que não tenham dito nada a Legranitier.

— O que o faz acreditar que terá mais sucesso?

— É fácil imaginar Legranitier exigindo respostas, impondo a sua... *forte* presença! Com pessoas assustadas, de costumes tão diferentes, isso não podia funcionar. Se eles estão com medo, precisamos oferecer uma ajuda! Mas, antes de qualquer coisa, gostaria de dar uma volta para compreender as condições de vida deles. Venha, a entrada é por aqui.

Eles passearam por entre uma grande quantidade de troncos de madeira preciosa, depois por um acampamento, pelo material de exploração deles — havia até um automóvel que havia sido usado lá — e, finalmente, por um modelo de cabana para europeus.

No andar de cima, Guy circulou entre prateleiras cobertas de vasos de palha, de armas locais, de marfim esculpido, de mandioca e de borracha, para chegar ao terraço de onde contemplou o entorno.

As duas torres do palácio do Trocadéro encimavam a cúpula do salão de festas; quanto ao resto, a paisagem estava oculta pelas altas árvores que submergiam a colônia do Congo francês, isolando-a.

Foi Faustine quem chamou a atenção para o que ele procurava:

— É estranho, existem habitações atrás da laguna, mas não vejo nenhum caminho que leve até lá. Não deve fazer parte dos locais a serem visitados.

— São os alojamentos! É exatamente isso!

Guy arrastou Faustine para a saída e começou a procurar a passagem que levava à pequena aldeia e parou diante de uma portinha de estacas com um cartaz: ENTRADA PROIBIDA AO PÚBLICO.

— Tem muita gente por aqui, nós não chamaremos a atenção, venha — disse ele, empurrando a porta.

Andando apressadamente, eles subiram na direção das construções recentes, todas de madeira. Elas cercavam um laguinho, fonte do riacho e o cheiro de uma cozinha rica em especiarias chegou até eles. Roupas secavam em cordas estendidas entre as cabanas.

Uma congolesa saiu para cumprimentá-los, um pouco surpresa, e esperou que eles falassem primeiro.

— Bom dia, eu me chamo Guy, e queria conversar com... Existe um representante ou...

— O chefe, vocês querem o chefe! — exclamou a mulher entrando e reaparecendo acompanhada de um homem vestido com um terno manchado, uma camisa mal abotoada.

— Bom dia! Eu me chamo Lukengo. O que posso fazer para tornar melhor o dia de vocês? — perguntou ele, com o mesmo sotaque cantado dos seus compatriotas.

De início surpreso que não lhe dissessem que era proibido entrar ali, Guy se recuperou e pôs a mão nas costas do homem para afastá-lo da mulher e disse:

— Estou procurando uma pessoa. Uma boa amiga, infelizmente, foi morta aqui, há pouco tempo. Creio que precisamos nos ajudar mutuamente, você e eu.

Lukengo franziu as sobrancelhas e cruzou os braços no peito.

Guy continuou:

— Estou aqui para ajudá-lo. A nossa intenção é encontrar quem fez isso a ela e afastá-lo de vocês. Se aceitar compartilhar conosco o que sabe, nós os protegeremos. Você sabe do que estou falando, não sabe?

Lukengo enxugou com o polegar, várias vezes, a comissura dos lábios, nervoso.

— Podemos livrá-los do medo — acrescentou Faustine — mas, para isso, precisa nos dizer o que os assusta tanto!

— Sabe de quem falamos — insistiu Guy. — Naquela noite, quando a moça foi morta, vocês viram alguma coisa. Sabe quem era ele?

Lukengo inspirou profundamente.

— Que diferença faz se sabemos, se vocês não podem fazer nada?

— Confie em nós — respondeu Guy. — Podemos libertá-los do medo; tudo o que preciso é que nos ponha na pista certa.

— Falar é atrair a raiva dele!

— Não se ele for detido — interveio Faustine.

— Ajudar-nos é ajudar vocês! — acrescentou Guy.

Lukengo estudou os dois visitantes, olhando de um para o outro e mordendo os lábios.

— Acho que vocês não têm ideia de quem falamos — disse ele, sombrio.

— Esclareça-nos — pediu o escritor.

Lukengo olhou em volta, depois pareceu se resignar. Fez sinal para que o seguissem e eles entraram num pequeno aposento com janelas dissimuladas por panos vermelhos. Dezenas de buquês de ervas e de flores estavam pendurados em pregos nas vigas do teto. Lukengo fechou a porta atrás deles e acendeu uma vela no centro do cômodo. Indicou banquetas de madeira para que eles se sentassem em círculos, sem mesa.

Ao retomar a palavra, Lukengo falou bem baixo:

— Naquela noite, foi um rapaz lingala[1] que o viu, mas não foi a primeira vez. Algumas mulheres e dois kikongos[2] já o tinham visto há várias semanas.

— Visto quem? — impacientou-se Faustine.

— Entre nós, temos um nome para ele, Ngungulu. O monstro, se preferir. De onde eu venho, dizemos a Besta com pele de lua.

Faustine e Guy trocaram um olhar cético, não esperavam por aquilo.

— Poderia nos dizer o que vocês viram, exatamente? — perguntou Faustine.

— Todas as testemunhas contam a mesma coisa: Ngungulu sai quando cai a noite, aparece da terra, pega crianças ou mulheres e entra na terra com eles para devorá-los.

Guy não compreendia aonde Lukengo queria chegar e interveio:

— Isso é o que vocês acreditam, mas aqui, naquela noite, o que viram?

— Estou dizendo, Ngungulu! Mas como os nossos filhos não estão conosco, ele só caça mulheres! Ele pegou uma das nossas! E dizem que, antes, ele caçou entre os senegaleses! Eles também têm um acampamento na área da Exposição, perto do Sena, ao lado dos tapumes.

— Você disse que um "monstro" sai da terra, para raptar as mulheres? — repetiu Faustine, incrédula.

— Eu sabia! Vocês não acreditam em mim! É sempre assim com pessoas como vocês! Eu confiei em vocês! E...

— Nós acreditamos em você — soltou Guy com veemência, para fazê-lo calar. — Só que... precisamos de elementos tangíveis. Se quisermos apanhá-lo, precisamos de informações concretas, senhor Lukengo.

---

[1] Língua banto, falada no centro-sudoeste do continente africano. (N. T.)

[2] Língua africana falada em vários países pelos bacongos, que formam um grupo étnico banto. (N. T.)

O chefe da comunidade congolesa balançou a cabeça lentamente.

— Esperem aqui — disse ele, antes de sair.

A luz do dia cegou os dois investigadores que tiveram de dar as costas para a porta.

— Não me diga que ele o convenceu com esse folclore! — cochichou Faustine.

— Obviamente, eles têm muito medo de Húbris. Ele deve ter alguma coisa que eles não compreendem e passam os atos dele pelo prisma das suas lendas para explicar. Sendo assim, se ele fez outras vítimas aqui antes, eu gostaria muito de saber!

Lukengo voltou com uma pequena caixa de madeira e a abriu sob a chama da vela.

Dentro, havia uma tira parecida com um pergaminho de uns trinta centímetros, vermelha e amarela, muito estragada, com as beiradas ressequidas. Com a ponta dos dedos, Lukengo virou-a, revelando um lado vermelho-escuro, do qual se destacavam pedaços de carne já secos.

Faustine recuou instintivamente, imediatamente antes que o odor de podridão a atingisse como uma bofetada. Ela deu um passo atrás.

— Meu Deus! Mas o que é isto?

Guy cobriu o nariz com a mão.

— A moça que desapareceu era mulher do rapaz lingala, de quem eu falei. Quando, numa noite, ele viu o Ngungulu, ele o seguiu até que entrasse na terra. E foi isto aqui que o Ngungulu deixou atrás de si.

— Um fragmento de pele — murmurou Guy.

— Ele está na muda! Engordando! — alarmou-se Lukengo.

— Você disse que ele leva as vítimas? (Guy se virou para Faustine.) Anna foi deixada no alto da torre.

— Diga-me — retomou a palavra Lukengo — a sua amiga que foi morta aqui no outro dia, estava com o ventre aberto, não é?

— Estava, como sabe?

— E faltava uma parte interna, não?

Guy aquiesceu de novo.

— Então, foi mesmo o Ngungulu! Ele a devorou! Comeu os órgãos dela! Para engordar ainda mais!

— O rapaz lingala pode nos mostrar onde viu o monstro se enfiar na terra?

— Pode. Por enquanto, ele está trabalhando no pavilhão e não pode sair, mas deve voltar para o almoço. Ele poderá lhes mostrar.

O olhos de Lukengo refletiam a pálida luz da vela, mas era o bastante para trair o seu ar assustado.

— Vocês são grandes caçadores? — perguntou ele.

— Por quê?

— Só os grandes caçadores podem se medir com o Ngungulu. Só os melhores. Os outros morrem por excesso de vaidade. E não esperem matá-lo. Poderão apenas feri-lo para que ele fuja. Mas é preciso obrigá-lo a se retirar antes que cresça demais, antes que se propague por toda a cidade. Depois, será tarde demais. Por esperar muito, por deixar apodrecer o que deve ser limpo embaixo dos pés, acabamos por gangrenar toda a Terra. Então, a violência se abaterá sobre vocês e sobre os seus filhos. Esta cidade estará perdida!

Bomengo foi ao encontro deles um pouco antes do meio-dia e, depois de uma longa conversa com Lukengo, foi cumprimentar Faustine e Guy antes de sair de novo.

— Já volto — limitou-se a dizer.

E foi o que fez, cinco minutos depois, carregando um pacote comprido de pele de cabra do avesso.

— Venham, vou lhes mostrar.

Eles seguiram o homem enrolado num pedaço de tecido branco e andando descalço, para sair da área do Congo francês e circular nas alamedas repletas, em direção ao Sena.

— Foi a sua esposa que desapareceu? — perguntou Faustine com compaixão.

— Foi. Há três semanas.

— Como ela se chamava?

— Elikya.

— Você viu o assassino na quarta-feira passada. Lembra-se de onde ele veio?

— Do rio! Ele subiu de debaixo da ponte! E a moça também! Ela corria rápido!

— Na direção do palácio?

— Sim. Eu a vi entrar, em pânico! E Ngungulu a seguiu logo atrás! Fiquei com medo, então, esperei! Quando me decidi a ir ver o que acontecia, pensando na minha mulher, não os encontrei! Lá dentro é muito grande! E, de noite, muitas portas são fechadas a chave. Mas, depois de um longo tempo ouvi um barulho e foi quando o vi sair para voltar ao seu antro. Então, eu o segui.

— Poderia descrevê-lo? Viu o rosto dele?

— Ele não tem rosto! É uma grande sombra que se confunde com a noite, ele é praticamente invisível e é preciso ser muito atento para notá-lo! Essa é a força dele, é assim que ele cai em cima das presas! Invisível e feroz!

Guy achou melhor não dar atenção a essa visão romanceada do que devia ser um homem prudente, discreto.

— E aonde vamos? — perguntou ele.

— Aonde o Ngungulu se enfia na terra. Na entrada do seu covil.

— Covil? Só isso?

— Só! Um reino maldito, nas trevas, com cheiro de carniça; o labirinto dos monstros!

Guy não conseguia acreditar nisso. Estavam mergulhados em pleno folclore congolês, misturando lendas e crimes, e se não houvesse acontecido o rapto daquela mulher, provavelmente teria deixado tudo aquilo de lado para não perder tempo. Mas tinha de verificar. Ter certeza de que não se tratava de mais uma vítima de Húbris.

No entanto, Guy ia sem nenhuma vontade.

Imaginar a jovem correndo, à noite, por entre os grandes contornos dos pavilhões, perseguida por uma criatura sanguinária, não tinha nenhum sentido! Era tão incongruente que...

De repente, Guy diminuiu o passo.

Desde o início, ele imaginava o crime de Anna Zebowitz como uma coisa pensada, num lugar preciso, escolhido com minuciosidade, como todos os outros. Mas era um assassinato diferente. O método e a crueldade não eram os mesmos. O local era muito afastado dos habituais, concentrados a leste de Paris...

E se se tratasse de um outro assassino? E se esse crime não tivesse nada a ver com a série de Húbris?

Guy não conseguia se convencer disso. Ela se prostituía como as outras, correspondia ao modelo de vítima-padrão, como as outras. Não, não podia ser coincidência.

Havia sido o fato de imaginar Anna Zebowitz correndo, perseguida pelo seu assassino, que tinha levantado uma dúvida, acionado uma intuição e, por isso, Guy tentou projetar a cena de novo...

O seu cérebro em ebulição fez uma ligação com o que ele conhecia do lugar:

As saídas! Ela corria em direção à saída mais próxima!

Todos os elementos que possuía se juntaram e ele compreendeu.

Faustine e Bomengo estavam um pouco à frente e se voltaram para procurá-lo.

— Está se sentindo mal? — preocupou-se Faustine ao ver o rosto crispado do escritor.

— Anna Zebowitz não foi abandonada lá em cima de propósito. Não foi uma encenação desejada por Húbris.

Faustine deu rápidas olhadas em volta, para se assegurar de que ninguém podia ouvi-los e se aproximou para incitá-lo a falar mais baixo.

— Provavelmente este não é o lugar para essa conversa — disse ela, indicando uma família com quatro filhos que passava perto deles.

Guy a ignorou e continuou na sua linha de pensamento:

— Ele a perseguiu, cortou-lhe a garganta de raiva, para soltar a cólera que sentia contra ela. Ela estava fugindo dele! Queria chegar à saída, mas ele estava tão perto, que não conseguiu. Ela tentou escapar entrando no palácio, mas, em vez de despistar, se viu encurralada numa das torres.

Faustine se colou a ele e ordenou entre os maxilares crispados pela indignação:

— Fale mais baixo! Existem ouvidos inocentes à nossa volta!

Guy começou a sussurrar rapidamente:

— Compreende a diferença que isso faz? Esse crime é diferente dos outros porque Húbris estava lá, sem o artifício da encenação que ele nos prepara habitualmente. A diferença do lugar pode ser capital! Talvez estejamos perto da casa dele!

— Por que ele não tentou dissimular o crime nesse caso?

— Provavelmente não teve tempo, nem oportunidade. Já que Anna Zebowitz estava encurralada lá em cima, ele a matou, massacrou, eu deveria dizer, mas sabia que a louca perseguição poderia ter chamado a atenção de algum guarda. Seria pego se fosse descoberto e não poderia assumir o risco de arrastar um corpo mutilado até embaixo, uma vez que os elevadores eram desativados à noite. Acho que não teve escolha! Ele fugiu a toda velocidade!

A cabeça dele fervilhava e Guy, repentinamente, fez uma nova associação de ideias.

— Bomengo tem razão! — disse ele. — É o covil do assassino! Acho que vamos encontrar as moças que faltam, minha cara Faustine.

— Explique.

— Bomengo falou de um covil com cheiro de carniça. Não era um efeito ou exagero de linguagem; tenho certeza de que, lá, existe realmente esse cheiro, não é Bomengo?

O interessado concordou vigorosamente com a cabeça.

— É carne podre! — achou necessário especificar o congolês.

— Elas estão lá e foi de lá que Anna Zebowitz fugiu. Ela já estava com a língua cortada quando ele a atacou no palácio do Trocadéro. Ele corta a língua de todas elas para que se calem! Para que elas não possam mais falar! Isso significa que as mantém vivas por um tempo! Vamos, Bomengo, nós o seguiremos.

E, dessa vez, ele foi bem atrás do congolês, com um entusiasmo manifesto.

Eles atravessaram a ponte Iéna e, quando chegaram em frente às fachadas dos pavilhões da Navegação Comercial, Bomengo os arrastou para uma escada de pedra que desaparecia embaixo da ponte, num cais onde, estranhamente, nenhum transeunte passava.

Eles logo perceberam o motivo. Um cheiro horrível empestava o local, apesar da brisa que soprava no Sena. Bomengo indicou um portão de ferro que fechava a saída de um subterrâneo com 1,50 m de altura.

Guy se ajoelhou diante do que pensava ser um coletor de águas residuais, provavelmente construído para a Exposição, pois era um pouco alto para um esgoto e, sobretudo, a água que saía se derramava diretamente no caís, num canal que dava diretamente no rio.

O cheiro persistia, odor de carne podre e de gás de decomposição. Guy não aguentou mais, pegou um lenço e pôs no nariz.

Além da fedentina em si, o que ela implicava lhe revirava as tripas.

Temia intuir o que estava no fim daquele corredor lúgubre.

Precisaria pensar bem nas palavras que usaria para convencer as autoridades a irem àquele lugar. Precisaria encontrar argumentos irrefutáveis para promover uma expedição subterrânea.

Bomengo apoiou o pacote no rebordo do pilar mais próximo e retirou o barbante para abri-lo. Tirou dois bastões de madeira que terminavam em pontas afiadas, um facão tribal de caça e um lampião a querosene.

— O que vai fazer com isso? — inquietou-se Guy, ao vê-lo se aproximar com as armas na mão.

— Eu as peguei no pavilhão. Tome, pegue esta lança.

— Mas... para quê?

— Para caçar! A sua vinda é sinal de que chegou a hora de expulsar o monstro. Não podemos nos furtar ao destino. A caminho, devemos entrar.

Bomengo puxou o portão que abriu sem dificuldade.

E ele mergulhou no covil da Besta.

21

Louise estava contente.
Tinha acabado de descobrir um pequeno fio de cabelo que escapara da sua gulodice. Bem em cima da orelha. Ela o pegou delicadamente entre o indicador e o polegar e deu um puxão para levá-lo à boca.

Manteve-o muito tempo na língua para desfrutar esse prazer.

Agora, estava totalmente calva.

No entanto, isso não parecia perturbar Lúcifer.

Afinal, o Diabo estava pouco ligando para a sua aparência, tudo o que ele queria era a sua alma.

Os cânticos ressoavam no Inferno. Cantos para a glória do Maligno.

Louise havia se acostumado com eles. Agora, soavam como uma canção de ninar durante a qual, ela sabia, poderia dormir tranquilamente.

Havia vozes de mulher no coral satânico.

Isso era o que mais havia surpreendido Louise. Mulheres pedindo para a glória do Diabo.

O que havia acontecido com elas?

Aquele Lúcifer as havia manipulado sob a sua aparência de homem afável? Louise o odiava. Todas aquelas mentiras...

O Diabo construía o seu reino na Terra com a ajuda de mentiras.

E ela, onde estaria agora?

Ali seria realmente o Inferno?

Ao menos é o seu covil, pensou ela. *Talvez o seu refúgio na Terra...*

Se ainda estivesse na Terra, talvez tivesse uma chance de sair dali algum dia. Para isso, seria preciso obedecer a ele, ser bem-comportada.

Mas para quê? ela teve vontade de gritar. *Nem mesmo sei o que ele espera de mim! Ele vem cada vez menos me ver, falar comigo!*

Subitamente, Louise realizou que quase tinha vontade de que ele voltasse, que batesse nela. Ao menos se sentia viva naqueles terríveis momentos.

Quantos dias, quantas semanas? Meses, com certeza, ali, fechada naquele buraco. Estava morrendo de fome, ele só lhe levava comida o suficiente para que ela conseguisse se sustentar, de quando em quando, e cada vez com menos regularidade.

Estava tão fraca que era impossível ter esperanças de fugir, mesmo se a porta ficasse aberta.

Uma porta para onde? Para o templo dos pagãos que invocavam o Diabo?

Se tinha uma coisa que ela havia notado, era a incidência das cerimônias que ela ouvia sobre o vigor de Lúcifer. Quando vinha vê-la entre duas reuniões festivas, ele estava apenas vivo, falava pouco, como se tivesse dificuldade para controlar o seu envoltório humano. Sendo que estava sempre com bastante energia depois de uma cerimônia. Quando ele lhe levava alguns víveres depois dos cânticos, chegava a ficar, no mínimo, uma hora com ela, olhando-a, contente. Trocavam algumas palavras. Nunca grande coisa, sobretudo banalidades. Para dizer a verdade, Louise não se lembrava bem. Ela ficava feliz demais por ter comida para se concentrar em qualquer outra coisa.

Mas notava como ele se locomovia com facilidade, como ficava alegre...

Lúcifer recebia a sua vitalidade nas celebrações à sua glória.

Louise reconheceu os cânticos que se propagavam naquele momento. Eram os cantos do final, os últimos. Isso significava que Lúcifer estaria forte depois disso. Poderia cuidar dela e lhe levar o que comer.

Sim, poderia fazer isso.

Esses cânticos tinham as suas vantagens, agora que pensava no assunto.

Então Louise recuou se apoiando na rocha da sua prisão e, porque ouvia os cânticos há meses, se pôs a cantarolar junto com eles.

Era um murmúrio inaudível pois nunca entendera as palavras, mas percebia a melodia e isso lhe bastava para sobrepor a sua voz, fraca, quase um sopro, às litanias ao longe.

"Glória a ti, Satã", disse ela entre duas respirações. "Glória a ti, meu Lúcifer!"

22

Guy se questionava sobre a própria covardia.

A covardia que o fizera fugir da mulher e da filha sem uma única palavra.

A covardia que, às vezes, o fizera preferir uma ausência do que uma explicação, uma palavra escrita do que enfrentar um olhar.

E que não se havia manifestado no momento mais oportuno para a sua própria segurança.

Ao ver Bomengo se enfiar na galeria escura, ele não pudera tomar a resolução de deixá-lo sozinho.

Como um fato evidente, havia tirado o paletó e o colocado, dobrado, numa saliência, enrolado as mangas da camisa e pegado a lança de madeira com 1 m de comprimento.

E o espanto foi duplo ao constatar que Faustine o seguia.

Bem que tentara fazê-la esperar no cais, para pedir socorro se eles não voltassem, mas ela nem quisera ouvir.

— Você e eu sabemos que nenhum homem se esconde lá embaixo — havia replicado — não há mais perigo aqui do que na ponte e, de qualquer jeito, quero estar com você se descobrir alguma coisa.

As palavras dela haviam ressoado, capturadas pelo eco que devolvia o arco de pedra, como se muitas vozes insistissem com Guy.

Portanto, os três se enfiaram sob a torre Eiffel, dobrados ao meio, Bomengo na frente levando a lanterna com esforço e Faustine fechando o cortejo.

O cheiro filtrava através dos lenços, nauseabundo, ainda mais concentrado agora que não havia mais vento para atenuá-lo, e Guy se perguntava se suportaria a visão que os esperava. Imaginava o pior, conforme o cheiro que sentiam. Faustine se sentiria mal, ele próprio mais fraco pelo espetáculo macabro e Bomengo arrasado por descobrir os restos da mulher... Que ideia mais louca ir ali, pensou ele. Que obsessão desconcertante... Mas estava realmente ali. Agir. Concentrar-se na ação, eis o que era primordial.

Guy percebeu que ele próprio se havia transformado em caçador.

Pensou em Maximilien Hencks.

O maior caçador francês... Um batedor perfeito, com inúmeras presas... orgulhoso por expor os seus troféus.

Repentinamente, Guy percebeu que ali havia alguma coisa interessante.

Um caçador é orgulhoso de suas façanhas, por definição... A sala dos troféus de Hencks é o centro da casa dele, o seu covil. E o mesmo deve acontecer com Húbris! Ele é um caçador consumado e deve adorar reviver as suas façanhas no meio dos troféus, contemplá-los...

Guy foi assaltado por uma dúvida.

— Devia andar mais devagar — disse ele a Bomengo — nunca se sabe...

Agora que pensava nisso, não podia conceber que Húbris abandonasse as suas presas assim, ao contrário, ele devia sentir uma espécie de gozo em se cercar delas à medida que a sua coleção aumentava; estava no espírito do caçador. Será que ele ia ali com frequência? Naquele lugar lúgubre e pouco prático? Guy suspeitava que sim. Estaria errado?

E se estivesse seguindo a pista errada? E se o odor infecto não passasse de um rato em decomposição?

Nesse caso, trata-se de uma família inteira de ratos! Pois é insuportável...

O corredor parecia não ter fim e quando Guy tentou ver a saída atrás dele, esbarrou em Faustine que erguia o vestido para sujá-lo o menos possível, tampando toda a passagem.

— Que aventura! — exclamou ela, com um sorriso que Guy mal discerniu na penumbra.

— Se quiser, pode se apoiar nas minhas costas para não cair.

Faustine pôs uma mão na cintura de Guy, a outra segurava firmemente o lenço no nariz.

Guy tomou o cuidado de mencionar cada detrito que pulava para evitar que Faustine tivesse más surpresas.

Perotti ficaria assombrado com o relato que lhe faria naquela noite, com um bom conhaque na mão...

Finalmente, Bomengo parou e se agachou. Várias canalizações, muito estreitas, desciam do teto; seria impossível seguir por elas. No entanto, mais à frente, depois de um degrau, o congolês estendeu o braço para o que parecia ser um poço sem rebordo.

— Temos de descer, é o único caminho! Mas preciso informá-los de que estou vendo água lá embaixo e acho que são os esgotos!

Guy lançou um olhar para Faustine que ergueu o queixo com ar resignado.

— Com os seus trajes, acho que seria melhor que retor...

— Ao diabo os meus trajes! Já fiz coisa pior na minha vida do que ser mal olhada por causa de um vestido todo enlameado.

A luz foi desaparecendo pouco a pouco, enquanto Bomengo descia a escada do poço com a lança presa embaixo do braço.

— Vá na frente Faustine — pediu Guy — para não ficar totalmente sozinha no escuro.

Com uma segurança e agilidade surpreendentes, a jovem foi se reunir ao guia no nível inferior. Quando Guy os encontrou, eles estavam numa plataforma exígua que se projetava num longo túnel cheio de uma água escura. A emanação mefítica agora estava no auge.

— Sem sombra de dúvida, estamos no caminho certo — concluiu ele.

Bomengo farejou o ar.

— Eu diria que o cheiro vem desta direção, ele é trazido por uma leve corrente de ar.

— Não há nenhuma beirada para se andar — praguejou Guy.

— Tem sim!

Bomengo se agachou e pôs um pé na lateral do túnel, afundando na água até os tornozelos.

— A calçada é estreita! — especificou ele. — Cuidado com os passos em falso, se não quiserem mergulhar neste caldo infecto!

Guy o seguiu, Faustine foi atrás. O escritor usava a lança para sondar a profundidade à sua frente e ao lado.

Bomengo parou de repente.

— O que foi? — alarmou-se Guy.

— Você ouviu?

— Não, o quê?

— Um sopro, rouco. E ali? Parece que a água se agitou na nossa frente!

Guy notou que Faustine havia se aproximado dele.

— Não notei coisa nenhuma, mas estou atrás de vocês e não vejo nada. Talvez sejam apenas ratos que fogem com a nossa chegada. Temo que o que nos espera os atraia em massa...

Desconfiado, Bomengo ergueu a lança e retomou a marcha.

As gotas de umidade que caíam do teto emitiam um *floc* ao bater na água que ressoava no interminável corredor.

Guy havia sido ingênuo ao acreditar que eles se habituariam aos eflúvios repugnantes. Em vez disso, a coisa ficava cada vez pior. Eles começavam a fazer a sua cabeça girar. Aproximavam-se.

Estavam muito próximos, pressentiu ele.

Então, as coisas aconteceram tão rápido que Guy não pôde reagir.

Bomengo oscilou para a frente com tanta rapidez que nem mesmo gritou. Ele caiu e foi imediatamente engolido pelas águas negras do esgoto. Ele havia soltado a lança e o lampião que flutuaram por um instante, empurrados pelo movimento da água.

Guy se inclinou para tentar distinguir o guia, preparado para socorrê-lo, mas cada ondulação que batia no vidro do lampião a óleo os deixava nas trevas, criando um ambiente estroboscópico. Faustine se contorceu para deslizar entre Guy e a parede e esticar o braço para tentar recuperar o lampião antes que afundasse.

Bomengo reapareceu, em pânico, cuspindo água e nadando rapidamente.

Faustine pegou a lâmpada e a ergueu acima da cena.

O túnel em que estavam cruzava com outro que o africano não notara e ele havia apoiado o pé no meio da passagem, onde a água era mais profunda.

— Pegue a minha mão — disse Guy — venha, vou puxá-lo.

Mas Bomengo se afastou.

— O que está fazendo?

— Procurando a minha lança! Vamos precisar dela!

— Deixe para lá, nade para perto, não deve ficar aí dentro, não sabe que tipo de doença está estagnada aí! Faustine, o que deu em você, não conseguimos ver mais nada, volte!

A jovem havia dado alguns passos de lado, na nova passagem.

— Ouvi um barulho — disse ela.

De repente, ela correu para perto de Guy e se agarrou a ele.

— Não estamos sozinhos! — sussurrou ela. — Vi alguma coisa se mexer!

— Você quis dizer alguém?

— Não, alguma coisa. Estava na água, grande, muito grande!

— Explique. (Ele se ajoelhou na beirada do que servia de calçada e agitou a mão na direção de Bomengo.) Aproxime-se, tem de sair.

Como o congolês não saiu do lugar, Guy insistiu, mais alto:

— Agora!

— Eu... Eu estou sentindo um movimento na água, aqui — respondeu Bomengo.

Guy sacudiu a mão acima da agitada superfície da água.

— Saia daí, droga! — gritou ele, subitamente, como se pressentisse a urgência da situação.

Bomengo largou a lança e, com largos gestos desajeitados, nadou a toda velocidade na direção de Guy. Ele chegou perto e os seus dedos chegaram a tocar os do escritor.

O rosto de Bomengo se transformou.

Os traços se enrijeceram, crispados, e os olhos se arregalaram.

Em seguida, os lábios se abriram para deixar passar um grito que não teve tempo de lhe sair da garganta, pois já afundava nas profundezas da água.

Ele desapareceu de repente, com uma violência inaudita, como se houvesse sido colhido por um trem em alta velocidade.

Faustine deu um soluço sonoro, perplexa.

O lampião começou a balançar na ponta do seu braço trêmulo.

Bomengo reapareceu na água, soltando um grito de medo e de dor que rasgou o ar propagando-se nos túneis das trevas. Ele lançava os braços em todas as direções como se quisesse levantar voo.

A sua fisionomia estava deformada pelo terror mais primário.

Como se a morte em pessoa o puxasse pelos pés.

Guy reagiu e tentou agarrá-lo pelo braço para mantê-lo na superfície. As unhas de Bomengo o arranharam e o africano foi de novo arrastado para debaixo d'água, com tamanha violência que nem teve tempo de respirar.

O silêncio que se seguiu foi terrível.
Nada além do eco dos gritos assustadores do infeliz e o marulhar das ondulações.
Só então, Guy percebeu que eles também estavam com os pés dentro da água. Ele não sabia o que tinha agarrado Bomengo, mas, provavelmente, agora, seria capaz de avançar para cima dele e de Faustine.
— Não vamos ficar aqui — disse ele.
Antes mesmo que pudessem dar meia-volta, o congolês reapareceu, projetado, cortou a espuma até a cintura, com água lhe escorrendo da boca, espavorido, exibindo um olhar que Guy nunca mais conseguiria esquecer: o de um homem resignado com a sua sorte e, ao mesmo tempo, aterrorizado com ela.
O torso do pobre rapaz foi balançado por um força prodigiosa, para a frente e para trás, a cabeça dele foi se chocar contra a parede e quando desceu novamente para os profundos abismos parisienses, não passava de uma marionete desarticulada, cujos cordéis haviam acabado de ser cortados.
Ocorreu um turbilhão estranho, a água se tornou mais espessa, cheia de detritos, depois, mais nada.
Contudo, Guy não ficara esperando. Pegando Faustine pelo braço, arrastou-a para o lado oposto, no novo túnel, o mais rapidamente possível.
Pouco importava se não sabia aonde iam, podiam, até mesmo, se perder.
Ele queria se distanciar da coisa que havia atacado Bomengo.
E, enquanto corriam na bolha de luz vacilante, Guy se lembrou das palavras do africano:
"Um reino maldito, nas trevas, com cheiro de carniça; o labirinto dos monstros!"

23

A morte morava em Paris.

Bem entre os quatro pés da torre Eiffel, como se a Dama de Ferro fosse a sua auriflama.

Havia estabelecido a sua morada nos esgotos, entre as paredes cobertas de limo e um chão líquido.

Deixara que Guy e Faustine se aproximassem do seu antro e se revelara assim que eles atravessaram o limiar da sua sinistra tumba.

Arquejantes, eles desembocaram num espaço semicircular que terminava em funil. Ligeiramente elevado numa inclinação suave, a água só cobria o primeiro terço.

O ar estava viciado a ponto de causar náuseas.

Um odor pesado, pútrido, que tornava a respiração difícil; tão carregado que se depositava nas fibras das roupas para também deixá-las deterioradas.

Se não fosse o medo que absorvia todas as outras sensações, Guy teria vomitado o café da manhã.

Enquanto o escritor averiguava a retaguarda esperando haver despistado a coisa, Faustine, que ia na frente, bambeou. Guy percebeu quando a luz do lampião começou a oscilar.

Correndo para segurá-la, ele viu o que a luz iluminava.

Todo o fundo daquele espaço estava ocupado por um amontoado fervilhante de saiotes, de rendas rasgadas, de tecidos de algodão coloridos e de couro, submersos entre grandes fragmentos de corpos infestados de vermes. Pedaços de corpos, que se podia reconhecer, saíam aqui e ali do pacote infame: os dedos de uma mão, um pé nu e até um seio.

Eles brotavam de um entrelaçamento de membros, de ossos, de corpos quase inteiros, de outros totalmente mutilados e de pedaços de carne desmantelados, irreconhecíveis.

Os cabelos atraíram o olhar de Guy.

Rostos de espectros.

As faces pendentes, bocas abertas sobre os abismos do caos, pálpebras afundadas, órbitas vazias, não eram mais seres humanos e sim fantasmas deformados interiormente pelo Além.

Quantos seriam?

Pois não haviam apenas mulheres, mas, também, vários homens.

Uma dezena no mínimo, senão o dobro; a pirâmide pululante de vermes era muito alta e os pedaços de carne estavam quase fundidos entre si sob o efeito da decomposição para se poder ter certeza.

O peso de Faustine nos seus braços fez Guy se ajoelhar.

Ela não estava inconsciente, mas o olhar parecia perdido e o peito se elevava muito depressa.

Inesperadamente, ela se inclinou para o lado e uma golfada de bile correu entre os seus lábios.

A cabeça de Guy rodava.

No entanto, ele não se permitia nenhuma fraqueza, não era o momento.

Não com o que havia massacrado Bomengo por perto.

— Faustine — disse ele baixinho, com medo de atrair o monstro — tem de se recuperar.

Guy lhe deu uns tapinhas no rosto até que ela piscasse. Então, ela enxugou a boca com o lenço que havia esmagado na mão fechada e suspirou profundamente.

— Consegue ficar sentada?

Ela aquiesceu e se recompôs.

Guy aproveitou para dar uma volta no local e o coração dele disparou quando descobriu um portão de ferro no fundo, que fechava o acesso a um outro corredor. Ele puxou sem conseguir abri-lo antes de notar um cadeado à chave que segurava duas barras.

Guy deu um murro no cadeado, de raiva e de desespero.

— Não se pode abrir?

— É o que eu temo.

— Não quero passar de novo por onde viemos, não volto para o túnel.

— Infelizmente, não temos outra opção.

Faustine sacudiu a cabeça.

Continuava sentada, em estado de choque. A parte de baixo do seu vestido pingava.

Em seguida, ouviu-se um rugido sonoro, em alguma parte do esgoto, que fez a jovem se sobressaltar e que ressoou por um longo tempo.

Agora que a sua vista se acostumava com a penumbra, Guy notou que muitos dos restos humanos também juncavam o chão até a água. Ele se aproximou e acompanhou o rasto que ia até a pilha de odor insuportável.

Ela emitia um ruído de sucção úmido; o formigamento de milhares de vermes em movimento, que se empanturravam até a obesidade.

Guy viu que ali, onde estava, havia um afundamento no monte de corpos. Haviam arrancado pedaços inteiros. Ele se inclinou para pegar o lampião e erguê-lo a uma boa altura.

À altura de uma perna nua na qual estavam as marcas de um maxilar gigantesco. Dez vezes o de um homem. Presas enormes.

Guy sacudiu a cabeça, se recusando a acreditar no que via.

Um rugido gutural atravessou os túneis e, se ainda subsistisse a menor dúvida, agora Guy não tinha mais nenhuma: aquilo não podia ser humano.

Ele correu para Faustine e a ajudou a se levantar.

— Não podemos ficar aqui — disse ele, aflito.

— Podemos sim! Talvez os gritos de Bomengo tenham sido ouvidos lá em cima, ou a nossa ausência acabará sendo notada!

— E quem saberá onde nos encontrar?

— Lukengo.

— Duvido que ele se aventure até aqui e, de qualquer forma, não podemos esperar.

— Ao contrário, estamos num lugar seco!

— Mas, o... a coisa virá.

— Como sabe? Com certeza, nós a despistamos!

Guy estendeu a mão para o buraco no monte de carne e apontou para os detritos que iam até a água.

— Estamos no seu guarda-comida — disse ele, sombriamente.

Desta vez, ele acreditou realmente que Faustine ia desmaiar e se preparou para segurá-la. Em vez disso, ela pegou a lança de madeira e ficou de frente para a entrada.

— Então, vamos embora imediatamente — exigiu ela.

Diante deles, a água estava completamente estática. Nenhuma onda na superfície, nenhum ruído ao longe, a não ser o das gotas de umidade que pingavam do teto e o dos passos deles na água que cobria a calçada.

Guy estendia o lampião na frente deles que abria um olho alaranjado apenas por 3 m, tanto assim que eles nunca sabiam aonde estavam indo.

Faustine olhava para o lado. No início também lançara olhares rápidos para trás, mas a opacidade das trevas a assustara e achou melhor desistir. De qualquer jeito, não via absolutamente nada.

Quando passaram pelo cotovelo em que Bomengo havia sido levado, Faustine agarrou Guy pela cintura e apertou com toda a força.

Esperava ver surgir a cabeça dele ou um membro mutilado.

Mas nada disso aconteceu. O rio subterrâneo estava tão tranquilo quanto um riacho do campo numa noite sem lua.

Mais uma dezena de metros e Faustine achou que não deveriam estar muito longe do poço que tinham de subir.

Então, ela viu a lança do congolês que boiava no meio da água.

— Guy! — disse ela. — Espere, quero pegá-la.

— Você já tem uma.

— Uma para cada um, caso seja preciso...

Posicionando-se de frente para o objeto flutuante, ela estendeu a mão.

Faltavam uns 20 cm.

Faustine procurou com a ponta do pé a beirada da calçada na qual eles andavam e ficou o mais perto possível, para ter um maior alcance.

Ela se inclinou de novo em cima da água.

Havia ganho uns 10 cm, mas que não foram suficientes.

Então, ela começou a puxá-la com a ajuda da sua própria lança.

Pequenos movimentos de aproximação na água para arrastar o objeto à deriva...

A lança começou a se aproximar, bem devagar.

Faustine se agachou com os joelhos na água, o vestido encharcado e estendeu novamente o braço para tentar pegá-la.

E não viu as ondas de um movimento que se aproximava rapidamente.
A mão mergulhou no líquido negro.
Guy agarrou o braço dela e puxou com brutalidade.

A água se levantou sob a ação de uma forma maciça que subiu à superfície e o escritor grudou Faustine na parede enquanto a coisa passava a toda velocidade pelo meio do túnel.

Guy apoiou a mão na boca de Faustine para impedi-la de gritar. Ela respirava forte, pelo nariz, as pupilas dilatadas de medo.

Quando o vulto se afastou, Guy aliviou a pressão.

— Passou — murmurou ele.

Faustine deglutiu várias vezes, como se não estivesse conseguindo engolir. Continuava a respirar forte.

— Estamos quase chegando — tranquilizou-a Guy. — Pode continuar a andar?

A jovem concordou com a cabeça, lentamente, incapaz de emitir uma palavra.

Eles chegaram ao poço e Faustine subiu na frente.

Guy ficou por uns momentos sozinho no esgoto.

Ele sondou a extensão plácida em volta, aquele espelho escuro que refletia todas as fundações da cidade.

— Adeus Bomengo — sussurrou ele. — Adeus amigo.

E foi a sua vez de se içar pelo tubo que levava à civilização.

24

— Os monstros não existem! — repetiu Perotti com irritação.
— No entanto, havia alguma coisa! — replicou Faustine. — Bomengo não morreu sozinho!

— Não pode ter sido aspirado por um turbilhão ou um bolsão de gás sob um monte de detritos submersos?

— Não. Você não estava lá, senão saberia que isso é impossível.

— Então algum animal. Não sei qual, mas é só o que imagino. Guy, o que acha? Você não diz nada há algum tempo!

Guy estava com as pernas cruzadas, um charuto apagado entre os dedos, o olhar perdido no vazio, sentado numa cadeira de couro, um pouco afastado dos outros dois, embaixo de uma das lucarnas do seu apartamento.

A luz do sol que filtrava através do vidro branco o tornava ainda mais pálido, parecia um morto.

— Húbris não guarda troféus — disse ele num tom lúgubre.

Houve um longo silêncio antes que Perotti reagisse:

— E o que esperava? Uma sala com cabeças empalhadas na parede?

— De certa maneira, sim. Achei que ele colecionasse os troféus. Como um caçador. Talvez eu tenha me enganado em toda a linha de pensamento, desde o início.

— Enganado? — surpreendeu-se Perotti. — Acabou de descobrir o lugar onde ele deposita os cadáveres!

— Mas não temos ele!

— Avise a polícia! Eles que se posicionem lá embaixo, ele acabará voltando!

— De qualquer modo, é preciso alertar as autoridades.
Perotti observou Guy por longo tempo.
— Estou percebendo que está desanimado — disse ele.
— Decepcionado.
— Mas, afinal, vai me explicar por quê?
Guy aumentou o tom de voz:
— Passei todas as horas dos últimos dias estudando os fatos para arquitetar a personalidade mais habilitada a cometer esses crimes para que, quando chegasse o momento, pudesse reconhecê-la no meio das outras. E eis que um elemento, um único, me faz duvidar da minha análise.
— Não vejo em que a ausência de troféus pode contradizer o que você deduziu!
— Nós estabelecemos que o fato de matar propriamente dito não era a origem do seu desejo, que ele procurava outra coisa. Pensei na excitação da caça. Mas se ele se desse tanto trabalho para esse prazer, necessariamente guardaria uma lembrança. No fim das contas é medir as suas próprias capacidades com as de uma outra vida, provar a sua força ao tirar uma vida, e não consigo imaginar uma atitude dessas sem a necessidade de, como consequência, guardar com ele a prova do seu triunfo.
— Talvez ele guarde alguma coisa, o que o faz dizer o contrário?
— A pouca consideração com que ele trata as vítimas depois de mortas. Elas estavam todas amontoadas, de qualquer maneira, meio nuas, como detritos vulgares. O caçador sente uma espécie de respeito pela presa, sente prazer em conservar o que a caracteriza mais, a cabeça ou a carcaça, que ele empalha para...
Guy franziu o cenho. Húbris não tinha nenhuma forma de compaixão por suas vítimas. Nenhuma. Depois de mortas, elas não eram o que haviam sido enquanto vivas. A perseguição o excitava, ele sentia prazer em preparar o seu ato, mas a presa não tinha nenhuma outra importância além do serviço que ia prestar para ele...
— Húbris é pior do que eu havia imaginado — articulou Guy, lentamente. — Ele não sente nenhuma empatia, as suas vítimas não são nem seres humanos para ele, são instrumentos dos quais se serve.
— Para quê? — perguntou Faustine, saindo da sua reserva.
— Essa é a questão. Ele não mata por matar, ele não faz isso para se medir com as vítimas, ele quer outra coisa.

— Ontem à noite, você falou de... desequilíbrio — lembrou Faustine. — Talvez seja simplesmente isso, um profundo desequilíbrio que o obriga a matar para sentir prazer.

— Não duvido nem um segundo. Alguma coisa aconteceu na idade em que ele se formava, no momento em que o adulto se estrutura, quando a nossa escala de valores se constrói, quando o nosso relacionamento com o outro e conosco mesmo se estabelece, quando o prazer é elaborado. E alguma coisa alterou tudo isso nele. Atualmente, ele sente prazer de uma maneira perversa aos nossos olhos, mas que corresponde a um reequilíbrio da sua personalidade em relação a algum trauma e, mesmo, a toda uma série de traumas. Mas há outra coisa, um motor que transcende a simples relação com o prazer, há um frenesi... Quantos estavam naquela sala? Dez? Quinze? Talvez até vinte! E eu acho que havia homens. Tenho a sensação de que Húbris faz uma espécie de... busca. Como se procurasse alguma coisa. Parece uma espécie de experiência.

— E aquilo que nos atacou na água? — insistiu Faustine.

— O seu cão de caça? Algum cérbero que ele deve ter posto lá para proteger o local onde deposita os cadáveres. Ou, simplesmente, para fazê-los desaparecer.

— Um cérbero? — repetiu Faustine, incrédula.

Guy olhou para o seu charuto apagado e pegou o fósforo na mesa de pé de galo para acendê-lo.

— Interrompa-me se eu estiver errado — interveio Perotti — mas tenho a impressão de que vocês não ficaram muito... impressionados com a agressão por que passaram há pouco.

— Nunca esquecerei a morte de Bomengo — afirmou Guy, numa espessa nuvem de fumaça. — Mas não estou mais com medo. O que não entendemos, nos assusta, quando compreendemos, ficamos tranquilos.

— Sabe o que é coisa nos esgotos?

Guy fez sinal afirmativo.

— Ela é forte o bastante para abocanhar um homem e sacudi-lo como uma boneca de pano, sabe nadar muito bem e silenciosamente, parece ter um gosto pronunciado por carne estragada, é capaz de sair da água... Só vejo um suspeito possível!

Perotti abriu os braços em sinal de interrogação.

— Pois bem! Diga!

Faustine havia entendido.

— Um crocodilo — disse ela, hesitante.

— Exatamente — emendou Guy. — Tenho certeza de que se verificarmos, teremos a confirmação de que um crocodilo foi roubado de algum lugar da Exposição nas últimas semanas. Húbris o soltou no esgoto e alimenta o monstro com as vítimas.

— Vou avisar os meus colegas, é preciso intervir antes que a fera ataque um visitante no Sena!

— Fique aqui, você tem tempo, fique tranquilo. Húbris a segurou numa zona específica com esse amontoado de carne, a fera não tem nenhuma razão para se afastar e, de qualquer modo, a essa hora, deve estar saciada...

A essas palavras, Faustine protegeu a parte de baixo do rosto com o punho fechado para conter o fluxo de lembranças atrozes que lhe voltava.

— Hoje de manhã — continuou Guy — fui para os lados dos Halles, para verificar a minha teoria de um açougueiro taciturno que trabalhasse à noite. Saí de lá com três nomes. Três solteiros entre 25 e 30 anos, corpulentos e que possuem um veículo.

— Poderia ter feito isso com qualquer profissão — obstou Perotti, num tom de voz cansado. — Os padeiros também têm um tempo livre no fim do dia, ou os entregadores, ou os vendedores de legumes ou...

— Húbris gosta de sangue. E possui noções rudimentares de anatomia, como você observou ontem à noite. Isso pode nos levar, legitimamente, para o lado dos açougueiros dos Halles. Excluí os médicos, ocupados demais, e os açougueiros da Vilette, muito cordiais, muito alegres e com o tempo mais ocupado. Só restavam eles. Agora, vamos considerar o que descobrimos há pouco. Um lugar cheio de cadáveres no centro da Exposição Universal. Isso não corresponde a uma encenação; não achávamos que íamos descobri-lo, Húbris fez de tudo para ocultá-lo. Portanto, ele o instalou lá por uma razão prática.

— Ele mora naquele lugar? Há pessoas que moram no recinto da Exposição? — surpreendeu-se Faustine, que havia se controlado.

— Com exceção dos guardas, de alguns técnicos e de uma parte dos nativos, acho que não — declarou Perotti.

— Em todo o caso, Húbris tem acesso regular à Exposição. Esse é um ponto importante. Vou investigar os meus três açougueiros dos Halles quanto a isso.

Faustine deu um sorriso amarelo, nervoso.

— Você acha *realmente* que poderia ser um deles? — perguntou ela.

— De qualquer forma, não os descarto. E saiba que eles me servem de... referência. Eles são um meio de confrontar a realidade com as minhas teorias.

— E o diário de Milaine? — perguntou Perotti. — Seria bom lê-lo rapidamente para...

— Isso já foi feito — respondeu Faustine. — Ela fala constantemente de um lugar em Paris, o Cenáculo dos Serafins. Aparentemente, era lá que ela recrutava os seus candidatos para se tornar uma amante rica.

Perotti pinçou os lábios e concordou com a cabeça, baixando o olhar.

— E nada a meu respeito? — perguntou ele, mais baixo.

Faustine pôs uma mão no joelho dele.

— Sinto muito.

— Não sinta, eu sabia o tipo de mulher que Milaine era quando pus na cabeça tirá-la daqui. Se eu tivesse mais recursos, ela teria me inscrito como primeiro da lista de pretendentes, mas não era esse o caso...

Ele engoliu em seco ruidosamente e foi atravessado por um longo suspiro.

— Era uma menina fantástica — acrescentou Faustine. — Ela se comportava assim porque não aguentava mais, sabe disso.

— Sei. Não consigo dormir à noite, penso nela. Digo a mim mesmo que certamente ela ainda estaria viva se eu tivesse os recursos para tirá-la daqui, para pô-la num belo apartamento, com vestidos bonitos e empregados. O dinheiro lhe teria salvo a vida.

Guy se levantou e foi se servir de mais um copo de conhaque.

— O poder do dinheiro... — proferiu ele, friamente.

Faustine o transpassou com o olhar.

— Você poderia se compadecer — lançou ela. — Afinal, que tipo de homem é você? Acabamos de sair de uma experiência pavorosa, Bomengo morreu debaixo dos nossos olhos, descobrimos o mais abominável dos lugares e, no momento em que deveríamos nos reconfortar em memória de Milaine, você estraga tudo com as suas reflexões cínicas!

— Milaine era cínica. E calculista. Deploro a morte dela, mas o seu suplício não a transforma subitamente numa santa!

Faustine se levantou num pulo.

— Vou embora, já tive a minha dose de emoções por hoje, não vou ficar escutando você sujar a memória de uma morta.

Guy soltou a fumaça do charuto.

— Vou sair às 20 horas para o Cenáculo dos Serafins — preveniu ele — se quiser ir comigo, seja pontual.

Porém, Faustine já havia batido a porta.

Perotti esperou que os degraus parassem de ranger para perguntar:

— Você a provocou de propósito para fazer com que ela saísse, não é?

— Bravo, fui desmascarado. Eu queria conversar sobre um ponto com você e Faustine já teve a sua cota de provações, prefiro poupá-la.

— Ela é uma moça resistente, não devia afastá-la dessa maneira.

— Eu a preservo, só isso. Hoje de manhã, naquele túmulo sinistro, notei uma coisa que me assustou intensamente: no meio dos restos mortais e dos membros cortados, havia vários corpos inteiros, ou quase. Todos estavam estripados. Com o abdômen e afundado.

— Banquete do crocodilo?

— Não, eles não estavam na parte atacada, estavam mais acima.

— E no que isso é pertinente?

Guy puxou uma tragada do charuto, abrasando a extremidade da bitola.

— Pensei em Anna Zebowitz. Nos órgãos retirados dela. Acho que ele fez o mesmo com aquelas pessoas. Ainda não sei o que ele está tramando, mas Húbris estripa algumas de suas vítimas para pegar uma parte da anatomia.

— Talvez seja uma fantasia!

Guy soltou a fumaça que formou um véu em volta dele.

— Não, senão ele faria com todas elas. Isso não está ligado com o seu prazer de matar e, no entanto, ele faz. Até mesmo com frequência. Isso está além da fantasia pessoal, é uma outra espécie de necessidade. E creio que está ligada à sua busca, a mesma que o torna frenético. Que o fez passar de um assassino precavido, paciente, para uma verdadeira máquina de guerra. Um predador feroz e obstinado.

— Mas, afinal, que tipo de busca um homem pode realizar com órgãos humanos?

— Médica? Um tráfico mórbido? Duvido. Isso não se parece com ele. É um solitário, não o vejo fazendo um conluio para vender pedaços das suas vítimas. Não, é outra coisa.

Guy contemplou o charuto com sabor de nozes. Começava a queimar o último terço. O mais forte.

Cada charuto era composto de três partes: um começo para se descobrir os aromas, um segundo terço para ganhar em intensidade, apreender toda a sua potência e, finalmente, a última, a dos gostos mais complexos, mais fortes, a essência do charuto.

Guy sentia que também havia atingido a essência do retrato que construíra de Húbris. Estava no limiar do último quarto, perto de penetrar no que ele tinha de mais primário, do que ele era no fundo. Na sua razão de ser e de agir.

No último passo para chegar à sua identidade.

E essa etapa passava pela compreensão do porquê ele retirava os órgãos das vítimas.

25

O templo erigido à glória do deus Dinheiro se erguia na praça da Bolsa, grande série de colunatas que lembrava os templos gregos. Ali, todos os dias da semana se vinha rezar para que a oferenda fosse multiplicada por dez ou mais.

Desde quando os parisienses se lembravam, aquele lugar sempre tivera uma ligação com a religião. Em outros tempos ali havia um mosteiro e essa nova forma de crença não chocava ninguém.

Porém, no domingo à noite, aquela praça ficava totalmente deserta, como se o Diabo a houvesse ocupado pessoalmente. Durante mais de cinquenta anos, toda Paris adquirira o hábito de ir até lá a qualquer hora do dia e da noite para acertar a hora com o relógio da Bolsa, reputado por ser o mais confiável em toda a capital. No entanto, essa tradição foi se perdendo aos poucos.

Faustine e Guy eram as únicas pessoas em toda a praça.

Eles andaram pela rua Vivienne e entraram num prédio haussmaniano[1] para bater na porta dupla do último andar.

Faustine havia falado muito pouco durante o trajeto. Nitidamente ainda furiosa com o escritor, ela exibiu o seu mais belo sorriso quando um mordomo lhes abriu a porta. Guy havia separado um cartão de visitas para se apresentar mas não foi preciso, pois o homem recuou para deixá-los passar.

---

[1] Relativo ao barão Haussmann, prefeito de Paris por 17 anos e que fez grandes obras e transformações na cidade. (N. T.)

— Sejam bem-vindos — disse ele.

Eles foram introduzidos num grande salão coberto de lambris antigos, com o piso que estalava sob tapetes coloridos. Três lustres de cristal inundavam de luz elétrica os mais coloridos canapés de veludo e uma grande mesa de bilhar no fundo. Uma dúzia de convidados conversava, com um copo na mão.

Um homem baixo e barbudo, na faixa dos 40 anos, bastante sedutor, se aproximou.

— Boa noite — disse ele, inclinando a cabeça e franzindo o sobrolho, traindo, precisamente por esse fato, a sua incapacidade de dar um nome para aqueles rostos.

— Guy Thoudrac-Matto e esta é Faustine, procuramos por Louis Steirn.

— Está na sua frente.

— Muito prazer. Eu gostaria de conhecer o seu Círculo em circunstâncias mais alegres, porém, infelizmente, temos de informá-lo da morte de um dos seus membros. Milaine Rigobet.

A fisionomia de Steirn se contraiu.

— Milaine? Ela se foi? Mas, como?

Guy examinou o pequeno número de convidados que ainda não prestavam atenção neles. Aproximando-se do presidente, falou em voz baixa:

— Assassinada. Na última quarta-feira à noite.

— Quarta-feira à noite? — repetiu Louis. — Mas... ela estava aqui!

— No caminho de volta. Somos amigos dela, a sua família. Poderia nos conceder uns minutos?

Louis os afastou de lado, para perto de uma biblioteca envidraçada de onde tirou três copos que encheu de aguardente de pera.

— Estou... chocado — confessou ele, depois de esvaziar o copo de um gole. — Milaine... ela que era tão... atenciosa. O assassino foi preso?

— Infelizmente, não. E você conhecia bem a condição de Milaine. Isso não incita a polícia a se dedicar à causa dela. Por isso estamos aqui; tentamos oferecer à nossa amiga a decência da verdade. A esse respeito, poderia nos dizer em que consiste o seu... clube?

Louis Steirn designou os homens de terno e algumas mulheres com belos vestidos que proseavam sob os lustres elétricos.

— Como pode constatar, este é um local de conversas. Um círculo privado, só se entra por convite.

— Vocês conversam sobre o quê?

— Principalmente sobre a vida após a morte. Sobre o mundo dos espíritos e, geralmente, sobre tudo o que não compreendemos.

Faustine, que não havia tocado no seu copo, se inclinou para perguntar:

— Sabe como Milaine descobriu o seu Cenáculo?

— Em geral, é preciso ser apadrinhado para entrar. No caso dela, acho que me lembro que foi introduzida por Félix Bertrand, um dos nossos membros mais antigos, de quem ela foi amante por um breve tempo. Milaine fazia parte das nossas... convidadas festivas. Compreenda que, às vezes, este lugar é o único que frequentam alguns homens, cujos negócios ocupam a maior parte do tempo. Eles apreciam poder conversar sobre assuntos que lhe são caros aproveitando, ao mesmo tempo, uma boa companhia.

— Os seus membros são pessoas poderosas — adivinhou Faustine.

Um ligeiro ricto se desenhou na comissura dos lábios de Steirn.

— Influentes, eu diria. Mas eles vêm de todos os horizontes, políticos, banqueiros, poetas, médicos... Olhe, o inglês ali é relojoeiro, um engenheiro de renome! O homem atrás dele, com a barba grisalha, é arquiteto, nós lhe devemos várias construções da Exposição, e o homem com quem ele está conversando é explorador, inventor e diplomata, só isso! Eu lhe digo: o Cenáculo reúne pessoas formidáveis e cosmopolitas. Todos unidos pelo desejo de explorar o Além.

Guy se demorou olhando o arquiteto, membro do Cenáculo e que tivera acesso à Exposição, ele seria o suspeito perfeito se não tivesse uma idade avançada. Ao vê-lo andar com um pé torto, Guy o eliminou imediatamente da lista.

— Creio saber que Milaine frequentou um *marchand*, depois um músico daqui, não é? — continuou Faustine.

— Realmente, embora isso não me diga respeito, tenho olhos para ver.

— Eles estão presentes agora à noite?

— Jules e Raymond nunca mais vieram desde que saíram de Paris para voltar para o interior.

— Ela também me falou de um tal de Charles, esse nome lhe diz alguma coisa?

— Charles Rabois, que está ali, perto do piano.

Tratava-se de um velho que balançava a cabeça em sinal afirmativo com insistência, significando que entendia o que lhe diziam, sendo que a sua expressão dava a pensar o contrário. Ele não podia ser Húbris de jeito nenhum, pensou Guy.

— E como procede para manter viva a sua assembleia? — perguntou Faustine.

— Todos participam com as suas leituras e pesquisas pessoais de antigos manuscritos. E sobretudo, são as sessões com um médium que nos abrem as portas da compreensão.

Mais pragmático, Guy continuou centrado no seu assunto, o assassino:

— Posso lhe perguntar quantos membros frequentam a sua casa?

— Dezessete.

— E quantos estavam presentes na quarta-feira passada?

Steirn ficou rígido.

— Por quê? Não está pensando...

— A polícia acabará por vir interrogá-lo — cortou Guy — e conhece as suas maneiras! Sendo que, conosco, as coisas são feitas com bom senso e, sobretudo, com a discrição que convém aos seus convidados. Vou relatar tudo isso aos investigadores, para evitar que eles venham aqui.

Steirn fixava Guy intensamente.

— Bom, de fato, é melhor assim — admitiu ele.

— E então? Quantos?

— Onze, eu creio.

— Muitas mulheres?

— Milaine, a condessa Bolosky, a nossa médium, bem como duas esposas dos meus convidados.

— E entre os sete homens restantes, quantos têm menos de 40 anos?

Steirn parecia desorientado com as perguntas. Ele pensou um momento antes de responder:

— Quatro.

— Eles são solteiros?

— Afinal, qual a relação com...

— Diga-me, senhor Steirn, isso fará com que todos ganhemos tempo.

— Não, não acho... Ah, sim, talvez Rodolphe Leblanc.

— Um homem tímido?

Steirn torceu o nariz.

— Um pouco, sim... É o homem que pode ver ali, com uma taça de champanhe, o das suíças compridas que lhe descem até o meio do rosto.

— Que está sozinho no canto?

— É ele.

Guy tomou um gole da bebida que lhe queimou a garganta.

— Que profissão ele exerce? — perguntou, com uma voz apagada pelo álcool.

— Ele vive de rendas. Os pais morreram num incêndio e lhe deixaram um pequeno pecúlio confortável. Por várias vezes tentamos contatá-los.

— Contatá-los? Os pais mortos?

— Sim, mais exatamente o pai, de quem ele era muito próximo. É por isso que vem aqui. Às vezes obtemos resultados desconcertantes.

Faustine desviou a atenção de Steirn do evidente ceticismo que Guy exibia:

— Eu gostaria muito de assistir a uma dessas sessões.

— É que, você me deixa confuso, elas são reservadas aos nossos membros.

A decepção se estampou na fisionomia da bela cortesã.

Louis Steirn acariciou a barba do queixo, fitando-a.

— Eu poderia fazer uma exceção para você — disse ele.

A alegria iluminou o rosto de Faustine.

— Seria formidável!

— E se tentássemos entrar em contato com Milaine? Para ajudá-los na investigação?

— Vocês poderiam?

— Tudo é possível, ao menos podemos tentar! Temos a noite para isso.

Guy se dirigiu à Faustine:

— Temos um encontro com Perotti em menos de duas horas para analisar o que aconteceu hoje de manhã — disse ele, num tom de mistério. — Não temos tempo de...

— Vá você, eu fico.

— Sozinha?

Steirn abriu um largo sorriso.

— Ela ficará em boa companhia, senhor, nós estamos aqui!

Guy não estava gostando disso. Ele não apreciava a pessoa, nem o local. Visivelmente, Steirn havia compreendido que ele e Faustine não formavam um casal e se posicionava como um rival com os seus sorrisos melosos e um olhar provocador quando fitava o escritor.

— Não estou certo de que seja uma boa ideia — opôs-se Guy — não depois do que aconteceu com Milaine.

— Não tenha medo, cuidarei pessoalmente para que ela entre num fiacre em frente à minha porta — insistiu Steirn. — Vamos, a senhorita está prestes a vivenciar uma experiência que poderá mudar a sua vida e as suas crenças, não a prive disso!

— Eu decidi ficar — disse Faustine, categoricamente, com um certo temor em relação a Guy.

Este suspirou e depositou o copo em cima de um bufê.

— Nesse caso, a questão está resolvida. Vou deixá-los, mas gostaria de conversar com esse senhor Leblanc antes de ir embora. (Guy mediu Faustine de alto a baixo com uma certa raiva.) Boa noite para vocês e seja prudente ao voltar para casa, Faustine.

Guy estava zangado. Ela estava sendo descuidada e provocadora.

A não ser que reaja assim para me fazer pagar pela minha atitude de hoje à tarde...

Guy não podia acreditar que ela quisesse jogar esse tipo de jogo, era fútil e pueril. Mas, afinal, não havia sido ele quem começara nesse tom?

Guy cumprimentou Rodolphe Leblanc. O homem era esguio, bem alto, tinha cabelos curtos e imensas suíças que lhe comiam metade do rosto. Guy avaliou que ele devia ter apenas 30 anos. Em seguida, notou o grande corte, recente, que ele exibia no pescoço. Parecia uma ferida que fizera ao se barbear.

— Guy Thoudrac-Matto — apresentou-se ele. — Vejo que está sozinho, permite que eu me junte a você?

Leblanc ergueu a mão em sinal de boas-vindas.

— Rodolphe Leblanc, fique à vontade.

— Constatei que você é um pouco como eu, mais observador do que um falante!

— Eu me mantenho reservado, só isso. Esses senhores e senhoras discutem sobre o caso Dreyfus e o antissemitismo. Prefiro evitar esse assunto, as minhas considerações políticas só dizem respeito a mim.

— No entanto, a política é um assunto de salão.

— Muitos aqui simpatizam com os orleanistas, com os legitimistas e até com os bonapartistas. Não é nada bom ter opiniões de esquerda com essa gente.

— É esse o seu caso?

— Sou republicano por tradição familiar e não por convicção, por isso não me preocupo muito em defender os meus valores. Porém, não gosto de passar por extremista revolucionário que, aos olhos desses conservadores, é o que são todas as pessoas de esquerda.

— Vem muito aqui?

— Venho. Mais pela experiência do ocultismo do que pela companhia, como já compreendeu.

— Você é sincero, gosto disso numa pessoa. Eu sou politicamente aberto a qualquer discussão. É sobre o esoterismo que o meu ceticismo pode incomodar.

— Cético? Então, por que veio aqui?

— Para mudar de opinião. Perdi uma amiga recentemente.

— Minhas condolências.

— Com certeza você a conhecia: Milaine Rigobet.

Guy ficou à espreita da reação de Leblanc que não piscou, não exibiu a menor expressão de surpresa, nem de tristeza.

— Realmente, já cruzei com ela. É uma infelicidade, tão jovem...

— Ela nos deixou na quarta-feira passada, ao voltar daqui.

Desta vez, Leblanc expressou uma profunda contrariedade.

— Quarta-feira?

— Sim, no caminho de volta.

As pupilas cinzas de Leblanc se agitaram, como se procurasse fazer a triagem das lembranças que apareciam diante dele. As suas pálpebras também não cessavam de abaixar e se levantar, expulsando tudo o que não tivesse alguma analogia com o caso.

— Você está bem? — inquiriu Guy.

— É que... Cético como você é, não vai me levar a sério.

— Ao contrário, só peço para ser convencido. Em que está pensando?

— Antes, eu queria perguntar: como ela morreu? Foi um acidente?

— Infelizmente, não. Um crime.

Leblanc pareceu quase aliviado.

— Ah. A mão do homem — disse ele.

— Tenho a impressão de que está... aliviado de que seja um assassinato.

— Prefiro isso do que se dissesse que ela tinha sangue nos olhos e que havia morrido de terror.

Agora foi a vez de Guy sentir um certo mal-estar.

— Por que diz isso?

— Porque quarta-feira à noite fizemos uma sessão que deu errado.

— O que quer dizer?

— Invocamos o espírito de um defunto, mas foi outra coisa que se manifestou naquela noite. Um ser mau.

— Se pudesse explicar a um profano como eu...

— Durante as sessões, tentamos estabelecer uma ponte entre o mundo do Além e a nossa realidade. Tentamos abrir uma brecha no éter que os separa e, através dessa fissura, chamamos com a voz, com a nossa energia, uma pessoa especial. Pode acontecer de ela nos sentir e se manifestar, às vezes, é uma outra, às vezes, ninguém. No entanto, é possível, mesmo que seja excepcional, que aquele que envereda pela brecha não seja o espírito puro de um ser humano com a sua neutralidade benfazeja e sim o de uma criatura maléfica. A brecha pode não ter sido aberta corretamente e, em vez de atingir espíritos puros, tocamos os que estão na errância. É um trabalho complexo, às cegas, e podemos nos enganar.

— Isso por que existem diferentes níveis de Além? — surpreendeu-se Guy com uma incredulidade manifesta.

— Se assim o prefere: em vez de abrir uma passagem para o Paraíso, nós atingimos o Purgatório, talvez pior.

— E como isso se traduziu concretamente?

— Por insultos. Pela posse de um de nós. Os seus olhos reviraram, ele teve uma convulsão. E, antes de deixar esse corpo, ele disse que ia beber a alma de um de nós. O fato de Milaine morrer algumas horas depois, poderia deixar contrafeita mais de uma pessoa.

— Acabei de conversar com Louis Steirn, ele não me contou esse incidente.

— Steirn, você ficará sabendo ao frequentar o nosso círculo, gosta de segredos. Ele ouve tudo, mas não diz muita coisa.

Guy observou o barbudo elegante em plena conversa com Faustine. Era evidente que lhe fazia a corte, enfeitiçado pela sua beleza assombrosa. E Faustine exibia um sorriso radioso.

Guy sentiu uma alfinetada no estômago. Tinha um mau pressentimento com a ideia de deixá-la ali.

— Mas, se não acredita em mim — encadeou Leblanc — devia conversar com Lucien Camille.

— Um outro membro do Cenáculo?

— Um sacerdote. Ele só vem aqui raramente, mas estava presente na quarta-feira passada. Foi ele o possuído.

— Um sacerdote, aqui?
— Todo o mundo o apreciava.
— No passado? O que aconteceu?
— Ele se tornou... Não era a primeira vez que ele foi possuído por um espírito maléfico. Agora só vem muito raramente. Antes, todo o mundo gostava muito dele, sobretudo as meninas que Steirn trazia. Ele as ouvia, ele lhes dava apoio ao confessá-las. Agora, ele dá medo a todo o mundo.
— Por meninas, você quer dizer meretrizes?
Leblanc concordou.
— Ele as conhecia bem?
— Melhor do que ninguém.
— Onde posso encontrá-lo?
— Durante o dia, na sua igreja.
— E à noite?
— Numa casa onde se fuma ópio no décimo oitavo distrito. Ele se entope de ópio até esquecer quem é. Para afogar os demônios.

Risos excessivos ribombaram, fizeram brindes, taças de champanhe se tocaram, os olhares brilharam numa mesma cumplicidade. Os belos vestidos, os ternos de corte perfeito elegantemente reforçados por uma corrente de ouro ou de prata maciça que saía do colete, remeteram Guy à indecência dessas reuniões em que os poderosos da cidade se juntavam para invocar as únicas forças superiores para o seu próprio poder: as forças do Além. Como se, qualquer que fosse a posição social, o homem tivesse, sistematicamente, necessidade de saber que havia uma presença acima dele.

Ele pensou em Bomengo e nas suas crenças tribais.

A morte dele o fez estremecer. Reviu a água turbilhonante dos esgotos.

O desaparecimento do congolês fez subir um jato de bile na sua boca, que ele reprimiu com grande esforço.

Era muito para um dia só.

Então, ele viu Louis Steirn se levantar e estender a mão para Faustine. Ele arrastou-a para longe, para trás de uma pesada porta envernizada, para levá-la a visitar o antro dos Serafins, esses Anjos supremos.

No entanto, quando o batente se fechou, em vez de asas magníficas, Guy teve a impressão de que Steirn ostentava um par de chifres pretos e uma cauda bipartida.

26

Perotti parecia um Atlas desiludido. Carregava todo o peso do mundo sem ter a envergadura necessária para isso.

Os ombros estavam curvados, a boca caída e nem mesmo o seu olhar conseguia se erguer para as outras pessoas.

Quando Guy entrou na cervejaria, em frente à igreja da Trindade, o jovem investigador só o viu quando estava bem próximo.

— Uma catástrofe — disse ele como preâmbulo.

— Conte-me.

— Eu não quis avisar Pernetty e Legranitier. De qualquer modo, sabia que logo seriam informados. Por isso, falei com um sujeito que me formou durante alguns meses. Eu lhe disse que uma testemunha me havia contado a respeito da presença de inúmeros cadáveres sob a torre Eiffel. No primeiro momento, ele zombou de mim, depois, insisti para que ele fosse, ao menos, até o cais com alguns colegas. Com o cheiro, eles ficaram com os rostos verdes.

Perotti molhou os lábios na cerveja.

— Vou poupá-lo dos detalhes, você conhece o espetáculo. Em compensação, nenhum traço de crocodilo ou de qualquer outra fera agressiva. O meu superior ficou em pânico, vários rapazes vomitaram pelos cantos, foi patético e assustador. Sugeri que montássemos uma cilada para pegar o culpado, insisti muito, sem resultado. Eles retorquiram que deveria ser obra de um animal selvagem ou de um louco, que nunca mais voltaria ao local. E sabe quem eles chamaram para controlar a situação?

— Pernetty e Legranitier?
— Exatamente! Por ordem do chefe da polícia! Qualquer crime abominável ou crime ritual em Paris e, a fortiori, nos limites da Exposição, tem de ser relatado a eles o mais rapidamente possível. Pode ter certeza de que não haverá nem uma palavra sobre tudo isso na imprensa amanhã. Os corpos serão evacuados no meio da noite, pelo Sena, certamente, para serem transportados para a Île de la Cité, para o necrotério. Em compensação, diante da enormidade da carnificina, duvido que ele arquive o caso rapidamente. Fui embora antes de os dois comparsas chegarem lá. Preferi evitar uma confrontação.
— E eles não vão mandar vigiar o local?
— Isso não parecia previsto.
Guy ergueu os braços e os deixou cair ao longo do corpo, num gesto de contrariedade.
— Húbris vai perceber mais cedo ou mais tarde que o seu esconderijo foi descoberto, temo pela reação dele!
— E quanto a você e o Cenáculo dos Serafins?
— Louis Steirn é uma pessoa singular, manipuladora e um pouco arrogante. Também descobri a presença de um rapaz suspeito na sessão de espiritismo em que Milaine estava na noite da sua morte. Rodolphe Leblanc. Mesmo que seja menos tímido do que eu pensava, é prudente e poderia corresponder à descrição. Termine a sua cerveja, temos um encontro.
— Onde somos esperados?
— A pessoa que vamos visitar não sabe da nossa ida, pode ser uma visita instrutiva. Vamos logo, não vou dizer mais nada, você vai ficar surpreso...

A colina de Montmartre parecia um pedaço do campo encalhado no meio de Paris, por acidente, como caído do céu.
Ruas estreitas, tortuosas, com calçamento solto e, às vezes, até de terra batida, ligadas entre elas por escadas irregulares, como se fossem vértebras que sustentassem a colina. Montmartre tinha duas faces. Uma festiva, constituída de imóveis que abrigava cabarés cujos nomes eram cada um mais pitoresco do que o outro: *O Inferno, o Cabaré do Caos, O Fim do Mundo, A Taberna dos Marginais* também conhecido com o nome de *Cabaré da Aranha*. Ali, as pessoas iam se "intoxicar" na companhia de Espectros e de

Mortos à disposição. A outra face era discreta, com a maioria das casas deterioradas, jardins particulares, antigas fazendas, conventos transformados em apartamentos para desafortunados que, em geral, saíam da prisão para entrar nessas outras celas. Era um bairro popular, movimentado durante o dia e barulhento à noite. Algumas ruas tinham uma péssima reputação por causa dos bandos que vagavam por lá e que assaltavam os passantes que não fossem do lugar.

E, entre essas duas faces, escondido atrás da basílica do Sacré-Coeur novinha em folha, havia o *Maquis*[1] parecendo que Deus nem queria olhar para ele.

Um terreno baldio, uma encosta colonizada pela vegetação, no meio da qual haviam sido levantadas casas de madeira, todas tortas, aglutinadas umas às outras ao sabor do terreno. A circulação era feita por atalhos escorregadios, entre árvores e arbustos cerrados, seguindo por escadas irregulares fabricadas com tábuas de madeira corroídas, que ligavam dois barracos erigidos em cima do nada, sobre pilotis, construídos de qualquer maneira.

Guy e Perotti passaram ao lado do Maquis, na parte baixa da rua Saint-Vincent, lançando olhares inquietos para o terreno baldio onde brilhavam inúmeras velas por entre gritos e risadas de crianças, apesar da hora tardia.

Sombras se moviam atrás dos galhos das árvores em cima das calçadas. Eram gatos selvagens, às dezenas, que perseguiam uns aos outros miando.

No alto da colina, as pás abertas do *Moulin de la Galette* cortavam a lua ao meio, como para protegê-la da paisagem patética.

— Ainda está longe? — perguntou Perotti. — Você sabe que não gosto de surpresas, por que não diz nada?

O jovem inspetor falava demais, fazia perguntas sem esperar pelas respostas, ele estava com medo.

— Quase chegamos.

— Posso saber por que olha para trás todo o tempo? Está perdido?

— Não. Estou sendo prudente. Hoje de manhã, ao voltar dos Halles, achei que estava sendo seguido.

---

[1] Existente nos anos 1890, na colina de Montmartre, o Maquis era uma espécie de favela com muita insegurança e falta de higiene. (N. T.)

— Seguido? Viu por quem?

— Infelizmente, não.

— Quando começou? Antes ou depois dos Halles?

— Não sei, desconfio que com a multidão a caça pode ter começado antes, mas, nunca se sabe...

Por sua vez, Perotti certificou-se de que não havia ninguém no rasto deles.

— Não gosto dessa ideia — confessou ele. — E se já pusemos o dedo na pessoa certa?

— Provavelmente isso não tem nada a ver com o nosso caso. Pode ser... a família da minha mulher. É bem o jeito deles. A não ser que Legranitier ou Pernetty me mantenham debaixo dos seus olhos; ainda não sei, mas prefiro ser cuidadoso.

Guy parou um pouco mais à frente, diante de uma janela imunda que não deixava passar a luz do interior.

Perotti designou uma placa na pintura decrépita, na qual ainda se podia adivinhar o nome do estabelecimento:

— O Cabaré dos Assassinos? Que nome estranho para se divertir!

A pequena sala tinha um teto baixo, estava embaçada de fumaça que misturava cheiros canforados, mentolados e outros ainda mais picantes, embora não identificáveis. Os globos de gás que espalhavam uma claridade ondulante pareciam faróis perdidos no nevoeiro de uma noite agitada.

Os rostos em torno das mesas redondas eram mal barbeados, as roupas, mal cortadas, nos pés, tamancos ou coturnos de couro grosseiro. Nenhuma mulher.

O proprietário, um homem gordo cuja barriga caía em cima do cinto como se quisesse sair do corpo, se levantou da mesa estragada que lhe servia de bar para receber os recém-chegados.

— Queríamos fumar — explicou Guy imediatamente.

— Na sala ou na alcova?

— Para dizer a verdade, onde está um conhecido, senhor Camille.

— Oh, o padre Camille! Ele está lá embaixo, venham.

O proprietário os fez seguir por uma escada em caracol para um porão abobadado particularmente escuro, onde cada reentrância era fechada por uma cortina. Os cachimbos e narguilés de ópio exalavam um perfume capitoso, amargo, num concerto de chupadas e sucções alternadamente gulosos ou, ao contrário, com o comedimento da moderação.

O proprietário indicou um par de sapatos gastos que apareciam embaixo da cortina.

— Aí está ele. O que querem que eu lhes traga? Ópio da Turquia ou do Egito? O primeiro é mais suave do que o segundo.

— Vamos começar conversando com o nosso amigo, eu lhe faço o pedido daqui a pouco — agradeceu Guy, afastando o reposteiro.

Um homem de batina, jogado num colchão manchado, segurava um longo cachimbo. Ao ver os visitantes, soltou uma nuvem leitosa pela boca que se desmanchou diante dos seus olhos pestanejantes.

— Gustave? — disse ele, aparvalhado.

— Eu me chamo Guy.

— Ah. E foi o Todo-Poderoso que o enviou?

Perturbado, Guy trocou um olhar circunspecto com Perotti, que parecia ainda mais desamparado.

— Eu vim aqui para lhe falar a respeito de uma amiga comum. Milaine Rigobet.

O padre piscou. Ele tinha bem uns 30 anos, mas os olhos eram os de um velho, cercados de olheiras e inchados, a pele amarfanhada, raiada de veias vermelhas. A sua boca era um traço rosa, tão fina quanto uma pétala de flor.

Ele se ergueu com dificuldade, com gestos de uma lentidão infinita.

— Milaine — disse ele, devagar. — Milaine, sim, sei quem é ela. Uma filha de Deus.

— Ela foi assassinada — disse-lhe Guy no mesmo instante, esperando provocar um choque bem violento para tirá-lo da letargia.

O braço do sacerdote no qual ele se apoiava fraquejou e ele caiu no colchão, batendo a cabeça na parede, de passagem. Uma fina linha de sangue apareceu na cabeça sem cabelos. Ele piscava como se estivesse acordando, sem saber onde estava. Desta vez, Guy o ajudou a se sentar e afastou o cachimbo.

— Como se sente? — perguntou ele.

— Assassinada? Mas assassinada como? Pela mão do homem ou do Diabo?

— Aconteceu na quarta-feira passada, o senhor a viu no Cenáculo dos Serafins, está lembrado?

O padre anuiu.

— Foi a noite da possessão — disse ele, sombrio, com o olhar no vazio. — A noite em que abrimos uma passagem para o Demônio. Então, foi ela que ele veio pegar? Isso não me surpreende, ele sempre ataca as pessoas mais delicadas...

— O senhor gostava dela?

— As moças como ela falam comigo, você sabe. Elas ficam felizes em encontrar um padre que não as julga. Maria Madalena fazia comércio com o seu corpo, não podemos esquecer.

— Milaine se abria com o senhor?

— Às vezes. Ela era frágil. Como Maria, ela queria mudar de vida, se libertar da condição em que vivia.

— Ela relatou algum episódio curioso com alguém? Algum homem que a amedrontava, ou que se aproximava demais?

— Louis se aproximava muito. Ele ficava em volta dela, sem cometer ousadias. Louis é assim. Ele não quer pagar. No entanto, ele é rico. Mas quer possuir as mulheres sem contrapartida.

A droga havia destruído toda a resistência e o padre Camille falava abertamente, inclusive sem se interessar pelos dois visitantes, como se falasse com a própria consciência.

— Louis Steirn?

— Ele mesmo. No entanto, ele é um homem bom e não hesita em fazer empréstimos àqueles que precisam.

— E Rodolphe Leblanc? Ele cortejava Milaine?

— Não diretamente. (Um ricto deformou o seu rosto). Mas ele gostava muito dela, eu sei. Os homens da Igreja têm um sentido de observação das relações humanas. E posso lhes dizer: os olhares dele para ela, o traíam. Ele bem que a teria seduzido se tivesse recursos. Acontece que Milaine queria um recomeço e, para isso, precisava de um homem rico.

— Leblanc vive de rendas, ele tem recursos.

— Não, isso é o que ele diz. Eu já o vi com a mãe. É ela quem controla os cordões da bolsa e só lhe dá muito pouco. Daria menos ainda se soubesse que fosse para manter uma amante! A senhora Leblanc não é fácil!

Guy cerrou os punhos. Eis uma coisa que o interessava, Leblanc vivia com a mãe. Uma mãe possessiva, ainda por cima.

— Sabe se Leblanc frequenta muito as prostitutas?

— Não sou o confessor dele. Ah, espere, onde está o meu cachimbo...

O padre Camille começou a procurar com tamanho desespero, que Guy preferiu entregá-lo. Ele deu uma longa tragada, com todos os músculos do rosto crispados, num esforço sufocante, expirando em seguida num relaxamento extático.

Ele se afundou ainda mais no colchão.

— Louis Steirn chama as prostitutas com frequência? — insistiu Guy.

A mente do padre Camille vagueava nos limbos do prazer do ópio.

— Padre Camille?

Perotti puxou Guy pela manga e fez sinal para irem embora.

— Não vamos conseguir nada, olhe para ele!

O padre começou a rir, um riso seco, o de um homem pouco à vontade.

— Você os ouviu cantar? — perguntou ele.

— Quem?

— Os Serafins, claro!

— Vocês cantam nas reuniões?

Lucien Camille negou com a cabeça.

— Não, eu não, sou apenas um anjo no meio deles. Mas existe o primeiro círculo, os assíduos, os íntimos de Louis...

— Rodolphe Leblanc?

— Entre outros... Eles queriam iniciar Milaine, eu os ouvi falar baixinho! Eles pensam que não tenho ouvidos!

— Iniciá-la em quê?

— No primeiro círculo! Fazê-la entrar no Cenáculo dos Serafins, não nessas reuniões divertidas que conhecemos, mas nas verdadeiras sessões! Eles queriam introduzi-la, para se divertir! Eles disseram que era para se divertirem com ela!

O padre Camille estava agitado, arregalava os olhos injetados de sangue, com as pupilas dilatadas. Uma gota de sangue púrpura deslizou da ferida na cabeça, deixando um verdadeiro rasto na passagem. Escorrendo pela têmpora até a beirada do maxilar, ela ficou suspensa.

— Para uma das sessões de espiritismo? Como a da quarta-feira passada?

O padre Camille se ergueu de um pulo, tão rápido que Guy não teve tempo de reagir e foi agarrado pelo colarinho.

— Você não entendeu nada! — berrou ele, de repente. — Isso é um divertimento para aqueles homens e aquelas mulheres; é uma janela para atrair muita gente, para recrutar elementos interessantes! Mas esse não é o verdadeiro Cenáculo! Todos aqueles convidados não passam de anjinhos enquanto os Serafins conduzem as operações!

— Acalme-se, padre.

Lucien Camille não escutava. Ele falava com raiva, as palavras jorravam do seu corpo, como se ele precisasse disso para ter esperanças de encontrar o repouso:

— Louis Steirn e o seu bando se encontram para glorificá-*lo*! Para servi-*lo*! Para implorar que *ele* os cubra com os seus poderes aterradores!

— Mas de quem está falando?

— Do Maligno! De Satã! O verdadeiro Cenáculo dos Serafins é um culto satânico! Eu sei! Eu os ouvi cantar! Eles me tomam por um imbecil, mas eu sei tudo!

Perotti olhava fixo para a extremidade do porão, aterrado com os gritos do padre.

— A culpa é deles se a bela Milaine está morta! — continuou o homem da Igreja. — Não é minha! A culpa é deles se o demônio entrou em mim naquela noite! Foi por causa das orações maléficas; eles o atraíram! Eu não tenho nada com isso!

As lágrimas invadiram os olhos dele e começaram a escorrer pelas faces.

— Eu sei — Guy tentou tranquilizá-lo. — Era apenas uma sessão cética. O senhor é sujeito a crises de convulsão ou a alguma outra afecção que pudesse explicar a sua...

O padre o puxou para a frente pelo colarinho, que não havia soltado. Eles ficaram cara a cara.

— Não é uma doença, fui realmente invadido pelo demônio! — gritou ele, com os maxilares cerrados. — Mas não sou responsável por isso. Foram os Serafins que mataram Milaine. Eles e o seu culto monstruoso! Não se aproximem deles! Ou serão os próximos!

27

Um círculo de velas iluminava a mesa redonda.
As chamas iluminavam os rostos por baixo, projetando sombras disformes nos tetos, como se cada pessoa sentada fosse um monstro.

A condessa Bolosky presidia a sessão de espiritismo, ajudada por Louis Steirn. Ela falava com um forte sotaque dos países do Leste. Era uma senhora idosa, de cabelos brancos presos num coque complicado e ostentava um colar de pérolas grandes nacaradas e um vestido de cetim champanhe, salpicado de pérolas mais modestas.

Faustine havia sido instalada à direita de Steirn, seguida dos Pommart, um casal de quadragenários, pouco loquazes no começo da noite, depois vinha um senhor velho e careca, o coronel Olibert, que usava um uniforme militar de gala, paletó preto e dragonas bordadas com fio de ouro. Rodolphe Leblanc e as sua longas suíças estavam na frente de Faustine e um ruivo alto com sotaque inglês, Marcus Leicester, completava o círculo.

Todos os convidados seguravam a mão dos vizinhos, mão direita na mão esquerda do parceiro. Com as pálpebras fechadas, eles haviam escutado as instruções da condessa que falava com voz grave, para se concentrarem na respiração, para perceberem o calor entre as palmas das mãos unidas, até que pudessem ouvir o próprio coração bater lentamente.

A meditação havia durado um longo tempo, a condessa desejava se certificar de que a energia passava pela roda dos convidados; ela exigia uma concentração total.

— Agora, nós formamos um turbilhão de energia que circula entre nós — disse ela — e eu sou a catalisadora. É por meu intermédio que a fenda entre os nossos dois mundos vai poder se abrir.

Faustine não sentia nenhuma eletricidade, nada além de um profundo relaxamento e o calor das mão de Steirn e da senhora Pommart. Em seguida, sentiu um formigamento na ponta dos pés.

Um leve sopro deslizou por baixo da porta e passou pelos seus tornozelos.

É apenas uma corrente de ar, tranquilizou-se *in petto*.

— Eu recebo as suas energias — continuou a condessa Bolosky. — Percebo que os seus corações batem em uníssono.

Seria possível? perguntou-se Faustine. Que os corações tenham progressivamente começado a bater na mesma cadência? Naquela altura, os mistérios do corpo humano não se importavam mais com a performance. No colégio interno, durante a adolescência, ela se lembrava de que quando várias meninas viviam juntas, acabavam por ter as regras ao mesmo tempo, como se fosse preciso acertar o passo por uma partitura comum, cuja verdadeira natureza ignoravam.

— Permaneçam concentrados interiormente — insistiu a condessa. — Na própria respiração, lenta e profunda, sintam o sangue veicular a vida até a ponta dos seus membros, projetem a mente até a extremidade dos seus dedos, adivinhem os movimentos do sangue nesse lugares, o frágil formigamento da imobilidade, vocês estão seguros por uma armação de ossos que, agora, podem perceber, estão bem sentados nas suas cadeiras com os pés totalmente no chão e as forças telúricas penetram por aí, irradiam nos seus membros inferiores e se dispersam em vocês, em nós. Elas nos ajudam na abertura da fenda. Pois o cosmos não passa de uma sucessão de estratos intrincados. Vivemos no meio de vários estratos, o dos nossos pensamentos conscientes e o do nosso inconsciente, dois estratos com uma separação frágil, dois planos diferentes e muito próximos. A morte é apenas a desagregação do envoltório físico que mantém o nosso ser num estrato específico. Com a morte, a nossa consciência não é mais segura por nada, ela se derrama no mundo como a água quando o copo se quebra. O nosso espírito se dispersa e, tão pequeno num universo tão vasto, ele não pode se manter, se dissolve no absoluto; nós já não somos um ser e sim nos espalhamos por toda a parte, decompostos.

Ela falava com voz pausada, lenta, articulando cada palavra com exatidão, apesar da sua origem estrangeira, e o som da sua voz grave acalmava.

— A nossa consciência e o nosso inconsciente funcionam como dois ímãs separados por uma folha de papel — continuou ela. — Quando perdemos o ímã da consciência, o inconsciente se torna móvel, então, ele desliza num plano imaterial e, liberado das coações do corpo, circula livremente nesse estrato particular, que é feito do impalpável, uma dimensão diferente da nossa, muito próxima e, no entanto, sem elemento concreto, nada além de uma curva unindo-se à vida, um estrato onde viaja o inconsciente coletivo. É ali que vagueiam os espíritos dos mortos, e nós estamos a ponto de criar uma abertura entre os nossos dois estratos, É com o inconsciente do morto que vamos conversar, não esqueçam, não é exatamente aquele que você conheceu, os seres que atraímos são diferentes daqueles que convivíamos enquanto eram vivos, agora eles são mais confusos, mais complexos, estão desembaraçados da própria consciência, são mais... sombrios também. Eu sou uma médium, à força da concentração posso perceber os limites dos estratos. Eu canalizo as energias para conseguir cavar uma fina abertura por onde poderemos chamar, entre os espíritos mortos, aquele que desejamos sondar. Porém, em meio a esses conglomerados de lembranças à deriva, existem os nossos próprios inconscientes. É ele que devemos vigiar. Não podemos deixar que o nosso inconsciente se aproxime dessa abertura, não podemos deixá-lo chegar ao nosso plano, ao nosso estrato. Para evitar uma crise de histeria ou, simplesmente, não permitir que a nossa própria personalidade e os seus segredos enterrados venham corromper a nossa sessão. Por isso, eu lhes peço que permaneçam bem concentrados ao longo do nosso trabalho. Não se entreguem ao cansaço, fiquem realmente concentrados, fiquem conosco. Agora podemos soltar as mãos e estendê-las em cima da mesa.

O contato frio da madeira nas palmas das suas mãos quentes e úmidas fez Faustine estremecer. Um calafrio que subiu ao longo da sua coluna, se propagando pelos lados, no peito, até os ombros.

Seria um sinal de que alguma coisa havia acontecido entre os estratos que a cercavam? A jovem expulsou essa pergunta para voltar a se mobilizar imediatamente no seu ritmo cardíaco, no seu corpo, no contato do ar com a sua pele como a condessa Bolosky lhes havia ensinado no início da sessão.

— Podem abrir os olhos — anunciou esta última.

A visão de Faustine levou vários segundos para se estabilizar, antes que ela conseguisse reconhecer os rostos nos quais dançava o halo das chamas. A luz era tão fraca que, por um instante, Faustine pensou estar no plano do inconsciente, flutuando no vazio, cercada de rostos suspensos cujos contornos se ocultavam nas trevas, como tecidos de pele que aflorassem à superfície de uma água escura.

A condessa Bolosky, que era a única a manter as pálpebras fechadas, retomou a palavra, agora mais forte, num tom sentencioso:

— A brecha está aberta! As nossas energias brilham entre os mortos, tão certo quanto uma lua no céu noturno. Nós a chamamos, Milaine Rigobet, lembre-se quem você era! Manifeste-se! Venha a nós, espírito perdido! Aproxime-se dessa luz que lhe fala, projete nela as suas palavras, que você recupere a linguagem, que a sua memória se firme, nós a chamamos com todo o nosso ser. Venha a nós, Milaine! Venha! Que todos os pensamentos que nos ouvem se agitem, que eles transmitam a nossa voz, a nossa espera, que Milaine deslize para nós, na direção da luz! Na direção do ruído! Na nossa direção!

A grande sala começou a ranger, um estalido seco que sobressaltou as pessoas presentes.

Por sua vez, a condessa Bolosky abriu os olhos, glóbulos brancos arregalados como se acabassem de lhe plantar uma faca nas costas.

— Ela está aqui! — disse a condessa num sopro rouco. — Milaine está entre nós.

Faustine foi atingida por uma forte corrente de ar frio que se introduziu entre as suas pernas, passou pelos seus braços, acariciando a sua nuca com o seu sopro glacial.

Várias chamas das velas começaram a vacilar e depois se firmaram.

Faustine estava imóvel na cadeira.

— Não rompam o círculo! — ordenou a condessa Bolosky. — Mantenham as mãos em cima da mesa.

Faustine colou as palmas das mãos na madeira. Como aquilo era possível? Sempre se considerara uma pessoa que tinha os pés no chão, pragmática. Embora gostasse de sentir medo com histórias de almas do outro mundo, nas quais fingia acreditar, nunca havia pensado que essas práticas pudessem ser sérias. Ao se sentar naquela mesa, havia simplesmente imaginado que fariam um copo andar com os dedos, que tentariam fazer contato com o espírito de Milaine, mas não que fosse funcionar. Isso porque o que havia acabado de vivenciar não dava margem à dúvida: o estalar da mesa, a corrente de ar gelado e as velas quase se apagando, aquilo tudo não era fingimento.

Havia alguma coisa com eles na sala.

Ela podia sentir.

As penugens na sua nuca e nos braços se arrepiaram.

— Milaine Rigobet — disse a condessa Bolosky — se for mesmo você, bata duas vezes na mesa.

Faustine previu um outro ranger da madeira, o seu coração batia tão forte no peito que ela preferiu se preparar.

A força dos golpes foi tão fenomenal que as velas se levantaram, fazendo com que Faustine e a senhora Pommart gritassem de terror.

— É ela mesmo — disse Louis Steirn, virando a cabeça para Faustine, sem abandonar o ricto charmoso.

— Milaine — continuou a condessa Bolosky — estamos aqui para ajudá-la, sei que está sofrendo, você sofre por ter sido privada da vida tão cedo. Podemos ajudá-la a encontrar a paz. Vingando a sua honra, desmascarando o assassino. Quer que o façamos pagar pelo que fez?

Os dois golpes ressoaram tão violentamente que uma vela caiu e outra se apagou. Todos os membros da sessão se mexeram na cadeira, incomodados, perturbados ou verdadeiramente assustados.

— Milaine, você conhece a identidade do assassino?

Dois novos golpes ferozes, que fizeram a mesa ranger. Faustine achou que ia acabar sucumbindo, dividida entre uma colossal excitação e um medo que lhe devorava as entranhas.

— Nós o conhecemos?

Dois golpes. A cada vez, as vibrações subiam pelas mãos de Faustine, fazendo os seus punhos tremerem, indo até os seus ombros.

Os presentes se observaram, estupefatos.

Leicester e Leblanc se olharam, assombrados.

A senhora Pommart fitou o marido, incrédula.

Só o coronel Olibert parecia totalmente indiferente, observando o círculo de velas com um ar *blasé*.

— É alguém sentado nesta mesa? — perguntou a condessa Bolosky.

Houve um grande silêncio. A médium abriu a boca para fazer outra pergunta quando uma forte corrente de ar frio surgiu na sala e fez tremer as chamas das velas. Metade delas se apagou antes de a corrente de ar se dissipar.

Faustine tremia, sem saber se era por causa do frio ou da angústia.

Steirn se inclinou para ela e sussurrou:

— Eu garanto, o Cenáculo possui muitos membros, temos muitos conhecidos, quase todos em Paris, para dizer a verdade. Não pense que a sua amiga acusa diretamente um de nós!

— Posso falar com ela? — perguntou Faustine com voz trêmula.

— Senhora condessa, a senhorita Faustine gostaria de se dirigir à morta.

Com um sinal de cabeça, a velha médium convidou Faustine a agir.

— Milaine? Sou eu, Faustine. Quero ajudá-la... Quero aliviá-la. O que posso fazer?

— É preciso fazer perguntas às quais ela possa responder com um sim ou um não — explicou Steirn.

— Estamos fazendo a nossa investigação com Guy — reformulou Faustine. — Será que daí, onde está, você pode... pode nos ver?

Dois golpes terríveis, rápidos.

— A bem dizer, ela não vê — interveio a condessa Bolosky — mas sente, através de todos os inconscientes dos vivos, ela sente o que acontece.

— Estamos seguindo várias pistas — continuou Faustine. — Será que entre elas, existe alguma que vá nos levar ao... ao seu assassino?

Mais dois golpes bem marcados, um "sim" bem firme.

Faustine hesitava entre passar em revista todas as pistas ou começar verificando a teoria de Guy.

— Nós estudamos o seu crime e Guy pen...

Dois golpes fortes ressoaram até no bufê atrás da jovem. A frase ficou em suspenso, presa na sua garganta.

— Guy? — repetiu Faustine.

O "sim" surgiu imediatamente.

Steirn considerou a jovem cortesã com uma sobrancelha erguida.

— Temo não compreender — confessou Faustine — a teoria de Guy está certa ou...

De repente, a mesa rachou ao meio, lançando um jato de poeira que crepitou nas chamas. Assustada, a senhora Pommart recuou tão impetuosamente que caiu com a cadeira para trás, rompendo o círculo instantaneamente.

A condessa Bolosky soltou um estertor sibilante e se retesou no lugar, como se houvesse sido transpassada por um raio.

E antes que todos recuperassem o fôlego, ela se jogou em cima da mesa, agarrou Faustine pelos punhos e puxou-a de encontro ao seu rosto enrugado.

— É você! — gritou ela, com voz cavernosa, como se falasse do fundo da garganta. — Você é a próxima!

Louis Steirn empurrou a condessa energicamente, ela caiu na cadeira com a cabeça jogada para trás e com mechas de cabelo arrepiadas que escapavam do coque.

O seu peito se erguia em grande velocidade emitindo um sibilo a cada inspiração.

Faustine continuou petrificada.

Ainda sentia o torno das garras da médium na pele. O contato glacial, o olhar penetrante.

E, sobretudo, a ferocidade com que ela lhe havia jogado aquelas frases na cara.

Faustine sentia bem no fundo a raiva que saíra das palavras. Palavras que não pertenciam à condessa, Faustine sabia disso. Palavras que jorraram direto do Além.

Palavras de Milaine.

E mais do que o sentido delas, havia sido o ódio que a havia abalado.

O ódio dos mortos pelos vivos.

Louis Steirn derramou o absinto sobre o torrão de açúcar mantido em cima do copo por um colher com um furo.

— Aqui está — disse ele, deslizando o copo na direção de Faustine. — Beba, vai lhe fazer bem.

Faustine mordeu o açúcar com sabores de ervas, sentindo uma ponta de funcho[1] por trás do anis.

---

[1] Erva aromática nativa da Europa e do norte da África e disseminada no mundo todo. (N. T.)

O seu coração havia recuperado um ritmo aceitável. Estava se recuperando das emoções. Todos os convidados haviam passado para o grande salão para compartilhar a experiência. Faustine podia ouvir as conversas inflamadas nas quais se percebia medo e entusiasmo.

— É assim em todas as sessões? Tão espetacular?

Steirn abriu um sorriso que deformava a sua barba negra.

— Não, felizmente para os nossos nervos, devo dizer! Esta noite foi... excepcional. Talvez, pela sua presença. Raramente vi uma manifestação tão evidente.

— A sessão com Milaine foi desse tipo?

Steirn passou a língua nos lábios, abaixando o olhar.

— Foi.

Ele tamborilou na mesa com a ponta dos dedos.

— Mas fique tranquila — acrescentou ele — as ameaças são comuns nesse tipo de manifestação e, em geral, sem consequências!

— Não estou assustada, não com as palavras. Foi o tom que me... Havia tanta raiva quando ela falou comigo!

Steirn estendeu a mão para o teto.

— Às vezes, eles são zombeteiros, um pouco agressivos, suponho que haja uma espécie de inveja em relação a nós.

— Por "eles", você quer dizer os... mortos?

— Sim, os mortos. Beba, vamos, você precisa disso.

Faustine deu um gole no absinto e engoliu; no mesmo instante, uma bola de calor subiu pelo seu esôfago, espalhando um perfume floral até o seu cérebro.

— Eu acho — emendou Steirn — que você é uma formidável catalisadora.

— Eu? — surpreendeu-se Faustine, rindo.

— É, você, a sessão desta noite tende a prová-lo. Existem pessoas assim: veja a condessa Bolosky, você poderia lhe fazer concorrência!

Faustine continuou rindo, isso lhe fazia bem. Agora, ela realizou que havia ficado bem mais abalada do que queria reconhecer. Havia entrado cética, mas curiosa e saía em pânico.

— Não tenho certeza de ter esse dom — disse ela.

— Você se subestima! Olhe, o que diria de repetir a coisa?

Faustine apertou o copo entre os dedos.

— Não tenho certeza de que...

— Uma sessão menos tensa, para verificar as minhas afirmações. Para testar o seu dom.

Faustine suspirou, embaraçada. Escaldada com a primeira experiência e, ao mesmo tempo, excitada pela curiosidade. Sentia-se lisonjeada.

— Pode ser — soltou ela, reticente.

— Eis o que vamos fazer — replicou Steirn, se aproximando, — Quarta-feira à noite, você virá aqui, vou reunir um pequeno comitê, amigos de confiança. E vamos testar. Estou certo de que será positivo, confie em mim.

— Está bem — respondeu Faustine, terminando o absinto para se aquecer.

Steirn levantou o indicador à frente.

— Em contrapartida, vou lhe pedir a maior discrição. Isso fica entre mim e você. Ninguém mais. Nem mesmo o seu amigo, esse tal de Guy. Senti que ele estava muito desconfiado agora há pouco e você precisa saber: os céticos anulam toda a energia por ocasião das sessões.

Faustine concordou, largando o copo.

— Perfeito — alegrou-se Louis Steirn, com o olhar brilhante. — Será o nosso pequeno segredo.

28

As lanternas vermelhas da luxúria ardiam na noite, consumidas por dentro.
Faustine ficou surpresa por encontrá-las ainda acesas ao descer do fiacre que a trazia do Cenáculo. Já era mais de uma e meia, num domingo à noite; isso era, no mínimo, assombroso.

Quando empurrou a porta, ela não ouviu música, nem risos, nem conversas e só sentiu um cheiro de charutos apagados.

Vários globos de gás estavam acesos.

Julie apareceu da cozinha, a sombra de Gikaibo estava na porta.

— Onde estava? — perguntou ela, secamente.

— Saí.

— Isso eu percebi! Agora você tem clientes externos? Acha que é Milaine?

A observação ofendeu Faustine que cruzou os braços.

— Saí para me divertir.

— Numa noite de trabalho? Mas, o que deu em você? Sem me avisar? Eu estava prestes a mandar Gikaibo por toda Paris para socorrê-la!

— Eu deveria ter dito, é verdade — desculpou-se Faustine. — Peço desculpas. Eu não a encontrei e, no momento, ando distraída.

— Eu percebi! O senhor Lambert veio esta noite, exclusivamente por sua causa!

— Julie, não estou pronta para esse tipo de coisa.

— Mas você gosta do senhor Lambert! Ele é gentil, romântico, engraçado e encantador! Ele nos fez rir bastante esta noite.

— Sinto muito.

Julie perdeu a paciência.

— É a sua profissão, minha linda. Eu já lhe concedo malditos privilégios! Em geral, neste mundo, ninguém escolhe os clientes, lembre-se disso!

— É passageiro. Vai voltar.

— Às vezes, é preciso forçar!

O tom de voz subiu.

— Se sou tão querida é porque sou generosa! — explodiu Faustine. — Nenhum dos que passaram por entre as minhas coxas falará delas sem saudades e sem desejo de voltar! E, para isso, preciso estar com a cabeça inteiramente no trabalho! E não é o caso, no momento, isso é tudo!

Surpresa com a raiva de Faustine, Julie deu um passo atrás. Mediu a moça de alto a baixo e tirou o avental branco que enrolou numa bola jogando-a na balaustrada da escada.

— Lembro que não a forcei a fazer esse trabalho — soltou ela, dando-lhe as costas.

Julie voltou para a cozinha e Faustine a viu enxugar o rosto rapidamente. O gigante japonês lhe deu uns tapinhas amigáveis no ombro para reconfortá-la.

Será que ela chorava realmente? Faustine sabia que ela estava com os nervos à flor da pele desde a morte de Milaine. Julie precisava administrar tudo, engolir tudo, forçar as moças a se mostrarem dignas, a não expressar a tristeza para que a casa funcionasse e os clientes ficassem satisfeitos.

Ela havia ficado com medo, compreendeu Faustine. Depois de Milaine, Julie temia perder outra das suas meninas, temia que algum louco infestasse o bairro em busca de novas presas.

E não estava totalmente errada.

No entanto, Julie reagira mais como uma mãe do que como uma mulher mais velha.

Inesperadamente, Gikaibo a tomou nos braços e empurrou a porta com o pé.

Faustine não podia acreditar. Não era um simples gesto reconfortante, não, havia outra coisa na maneira como ela imediatamente se havia refugiado nos braços dele... afeição! Gikaibo e Julie? Contudo, a patroa tinha um cliente regular, um cliente fiel e atencioso. Seria uma fachada para evitar falatórios a respeito da patroa fazendo sexo com um *amarelo*?

O balançar lancinante do relógio do hall a tirou do estupor.

Faustine foi para o quarto e começava a desatar o vestido e o espartilho quando um vulto se dobrou atrás dela.

O homem havia se aproximado pelo banheiro que ligava o quarto dela ao de Milaine. Faustine não o havia notado, mergulhada nos seus pensamentos.

— Não devia ter feito isso — disse ele.

Faustine deu um pulo da penteadeira, abafando um grito.

No mesmo instante, reconheceu Guy.

— Com que direito...

— Oh, perdão, sinto muito! — desculpou-se ele, olhando para os ombros nus. (Deu meia-volta para não olhar mais para ela, mas continuou no quarto.)

— Saia do meu quarto, Guy!

— Eu estava preocupadíssimo! Você não devia ter ficado lá sozinha com Steirn!

— Eu sou adulta. Agora, saia.

— O Cenáculo dos Serafins não é o que você pensa. É um lugar perigoso.

Faustine segurava o vestido aberto com as duas mãos espalmadas no peito. Ela se plantou na frente do escritor:

— Tudo bem, você quer conversar, pode ser, não estou cansada, mas vá esperar no corredor que eu ponha uma camisola, droga! Preciso lembrar que você não é dos que podem me pedir mais?

Com essas palavras, o rosto de Guy se fechou, os maxilares se crisparam, as sobrancelhas se contraíram.

Ela o pôs para fora e foi buscá-lo quando estava pronta, de camisola, por baixo de um robe de cetim.

A presença dele a havia assustado muito. Durante todo o caminho de volta, ela não cessara de pensar na insistência com que Milaine havia enfatizado o nome de Guy. Na importância dele. Faustine havia lutado por vários minutos, impedindo-se de formular o pior, até que as suas reticências cederam: será que Milaine havia designado Guy como culpado pelo seu assassinato? Impossível. Então, o que ela queria dizer? Que ele tinha razão nas suas hipóteses do crime? A não ser que tudo fosse uma sombria maquinação...

— Você voltou tarde — disse Guy, sentando-se na beirada da cama.

— Você também não vai começar!

— É por causa de Louis Steirn, sinto que ele é traiçoeiro.
— É um conquistador, só isso.
— Não, Faustine, é mais do que isso. O olhar dele não se limita em desnudar as pessoas, ele atravessa os indivíduos, vasculha o nosso interior.
— Eu sempre soube que contemplar um espelho transtornava a alma.
— O que quer dizer?
Foi a vez dela se sentar do outro lado da cama.
— Não gosta dele porque ele se parece com você.
— Não diga besteiras!
— Oh, sim! Ele é carismático, é o tipo de homem que se nota quando se entra numa sala. E você tem o mesmo olhar que nos deixa pouco à vontade quando o sustentamos. Você não se dá conta, Guy, mas as suas pupilas invadem a cabeça das pessoas, como se perscrutassem o conteúdo do pensamento delas. Você causa esse efeito, como Steirn, é por isso que não gosta dele!
Guy estava boquiaberto.
— Eu não sabia... que era assim que você me via — gaguejou ele.
— Você não sabe de muitas coisas — afirmou Faustine secamente.
No mesmo instante, ela se detestou por ter sido tão dura com ele. Mas não devia baixar a guarda, não agora. Por isso emendou:
— Vivenciei uma experiência incrível esta noite. A sessão de espiritismo ultrapassou, de longe, as minhas expectativas. Milaine voltou até nós!
Guy balançou a cabeça, com ar zombador.
— Asneira! Steirn e os amigos debocharam de você.
— Não comece a julgar sem saber! Você não estava lá! A mesa tremia tão forte que seria impossível que os golpes fossem dados por um de nós!
— Algum cúmplice escondido atrás de uma cortina na sala ao lado ou mesmo no apartamento de baixo poderia ter feito isso!
Faustine se inclinou para ele e insistiu:
— Eu vi a mesa rachar na minha frente!
— Havia lascas de madeira ou serragem?
— Por quê?
— As primeiras provam que a mesa rachou na sua frente, ao contrário, a serragem tende a provar que ela já estava serrada e foi uma armação!
Faustine sacudiu a cabeça com menos virulência do que antes.
— Não — disse ela, abalada — foi real. Milaine voltou realmente.
Impaciente, Guy a pegou pela mão e disse num tom mais suave:

— Faustine, você não deve se aproximar de Steirn e dos amigos dele. Eles são... perigosos.
— Não exagere, não sabemos nada de...
— Ao contrário! Perotti e eu já sabemos qual o jogo deles. É uma seita satânica!

Faustine ficou desnorteada.
— De onde tirou isso?
— De um membro do Cenáculo, não um desses do primeiro círculo, mesmo assim um frequentador assíduo. Um padre.
— Um homem da Igreja? Ele sabe que, supostamente, são satanistas, mesmo assim vai lá? Que tipo de padre você desencavou?

Guy contorceu o rosto.
— Justamente, um padre meio... original. Ele os frequenta porque é o melhor meio de ficar de olho neles. E, para dizer a verdade, ele se preocupa com a moças que Steirn leva. Ele acha que elas são...
— Vítimas de um ritual sangrento? Ora, Guy, Steirn não mata ninguém! Todo o mundo sabe que ele chama cortesãs. Se as matasse, isso não deixaria de ser relatado à polícia pelos frequentadores, como você diz!
— O padre acha que elas são usadas em orgias satânicas. Elas não são mortas e sim violentadas.

Um silêncio pesado caiu no quarto.
— Prometa que vai evitar Louis Steirn e os amigos dele — pediu Guy.

Depois de um profundo suspiro, Faustine concordou com a cabeça.

Guy estava muito obcecado com a segurança dela e Faustine não podia dizer o que havia tramado. Mas, estava orgulhosa do seu plano. Orgulhosa de contribuir para vingar Milaine se infiltrando no Cenáculo.

Isso porque agora lhe parecia evidente que o assassino da amiga era um membro do Cenáculo dos Serafins.

Um homem que a conhecia e em quem ela confiara naquela noite.

E a oportunidade que Louis Steirn lhe oferecia ao introduzi-la entre os seus membros, habitualmente taciturnos, era um milagre.

Mas, Guy não compreendia. Queria protegê-la a qualquer preço, como se ela não soubesse cuidar de si mesma. E ele estragaria a única chance de entrar no Cenáculo, de conhecer cada um dos Serafins.

Faustine não se deixava enganar, Louis Steirn era realmente um homem perigoso; ele tinha esse olhar penetrante, mas, ao contrário do de Guy que penetrava para saber, o de Steirn esmagava o que estava na sua frente, para controlar, para manipular. E a tentativa de isolar Faustine, sob o pretexto de que Guy era um cético, não era muito hábil.

Entretanto, com o seu evidente desejo de possuí-la, Steirn ia fazer o lobo entrar no curral, pensou Faustine.

Cego pelo desejo de seduzi-la, lhe daria tudo o que ela pedisse. Bastava entrar no jogo dele. E Faustine sabia contentar um homem melhor do que a maioria das mulheres.

Ela era perita.

Havia chegado a hora de se certificar disso.

As lanternas vermelhas se apagaram por volta das duas horas da manhã.

O fiacre permaneceu no mesmo lugar ainda por cinco minutos.

A morte estava esperando, observando a fachada da casa de prostituição do fundo do seu grande capuz preto.

Em seguida, a porta foi aberta e a morte saiu.

A capa estalava no vento e ela subiu os degraus do *Boudoir de soi*.

Uma luva de couro surgiu das dobras da capa e acariciou a argola que servia de maçaneta.

A morte quase nunca se anunciava.

Preferia atacar sem ser vista.

Mas, daquela vez, ia mudar de método.

Ia avisá-los.

Pois não havia nada melhor do que uma presa prevenida.

Aquela que exalava o medo pela transpiração.

A morte estava diante da casa de prazer, com a sua grande opalanda se agitando com a brisa noturna.

Um grande vazio no lugar do rosto e as trevas como fácies.

E facas no lugar dos dedos.

Ela os cortaria em pedaços ao abraçá-los. Todos eles.

"*Mais devagar!*" sussurrou ela. "*Para desfrutar cada segundo!*"

E, para começar, ela devia entrar.

O couro da luva produziu um ruído áspero ao girar a maçaneta.

Trancada.

Não era sério. A morte podia abri-la. Bastava um pouco de habilidade.

A morte não estava com pressa.

Tinha o tempo a seu favor.

29

Guy estava comendo um pedaço de brioche com um quarto de maçã quando Rose entrou na cozinha.

Ele dava pequenas mordidas, se forçando a engolir, pois, desde que acordara, a lembrança de Bomengo e da sua terrível morte o perseguia.

— Grande começo, meu caro! — exclamou ela, colocando o envelope diante dele. — Tem correspondência para você!

Guy apoiou a *pâtisserie* e empurrou a xícara de chá.

Ele fitou o retângulo creme como se aquilo não pudesse existir.

Era um belo papel vergê de alta gramatura.

Não havia dúvidas, vinha de uma pessoa rica.

O coração de Guy estava acelerado.

Ele sabia quem estava por trás da carta.

E, de repente, todas as suas dúvidas alçaram voo, estava mesmo sendo seguido, no mínimo, desde a véspera.

Eles o haviam encontrado.

O seu sogro e os seus homens. Teria contado à sua filha? Joséphine estaria a par do retiro de luxúria que ele havia encontrado? E a filha? Clara...

No fundo, era dela que sentia saudades. Dela, e somente dela. Que tipo de monstro abandonaria assim a filha, sem uma palavra? Que monstro faria uma coisa dessas?

Um homem que se perdeu. Egoísta o suficiente para escapar, para optar por fugir enquanto ainda podia, para sobreviver. Um homem que havia pensado na sua salvação antes da felicidade da filha, eis o monstro que sou. E é você, minha pequenina, que sofre as minhas dores. Mas, veja, minha bela Clara, eu fui fraco, eu me deixei encerrar numa vida que não queria por uma sociedade que não tinha nada a ver comigo e, agora você é o belo erro que cometi, o seu paroxismo, um cruel mas magnífico erro. E cabe a você assumi-lo... Não acho que algum dia poderá me perdoar, mas, talvez, me compreenda. O livro que vou escrever, será também para você, para que você fique sabendo.

Guy fitou o envelope como se esperasse uma resposta.

Através da literatura poderia explicar algum dia à filha a sua falta de coragem e tudo o mais que não podia contar. Que olhar para ela era contemplar a mãe, a mulher que ele não amava. Que as suas boas maneiras o remetiam à família da mulher e aos seus próprios pais, empertigados, encerrados numa moral rigorosa, cegos nas suas fortunas familiares, afogados em preconceitos, trocando uma vida de pequenos prazeres por uma busca ridícula de perfeição. Que todas as vezes que ele a ouvia falar dos amigos, tinha vontade de estapeá-la para trazê-la de volta à Terra. No entanto, ele a amava, mas era o fruto da sua carne que ele amava, a sua inocência infantil, antes que fosse estragada por essa burguesia fétida.

Teria se tornado um anarquista? Não era essa a impressão que tinha. Guy aspirava a estabilidade política da III República. O que não suportava mais era a mentira cotidiana, a mentira que o havia transformado num homem que ele desprezava, a serviço da família, do seu editor, das críticas e de um público no qual não se reconhecia.

Fugir sem dizer nada era se matar aos olhos deles.

Para retomar o gosto pela vida, para fazer renascer o rapaz cheio de sonhos que ele havia sido.

Será que, algum dia, Clara poderia compreender tudo isso?

O retângulo de papel esperava por ele.

Seria um ultimato para que ele voltasse para a família, sem escândalos?

Guy pegou a xícara de chá e inspirou profundamente. Não ousava se decidir. Virou o envelope, com a ponta dos dedos. Nenhum endereço, nada além do seu nome.

Um meio de mostrar a familiaridade entre o autor e ele. No entanto, ele não reconhecia a letra.

Precisava ir em frente. Dar provas de um pouco de coragem, ao menos uma vez.

Por que, diabos, ele era tão covarde quando se tratava da sua família?

Inesperadamente, a mão fugiu da sua autoridade e ele o abriu. Um cartão da mesma cor creme do envelope.

Agora, não havia dúvida, ele não conhecia aquela letra.

Surpreso, e ainda um pouco nervoso, ele começou a ler aquelas poucas linhas.

E, então, ele soltou a xícara que se quebrou no piso da cozinha, espalhando uma longa poça de chá fumegante.

O cartão estava espetado no painel de madeira, preso na viga.

A luz do sol se derramava pelas lucarnas e Faustine começou por abri-las para deixar entrar ar fresco no sótão empoeirado.

Guy havia subido para procurá-la depois de ler o bilhete uma dezena de vezes.

— Tem certeza de que não é uma brincadeira? — perguntou ela.

— De quem? Falando sério, ninguém sabe que estamos investigando!

— Você anuncia isso em toda Paris há três dias! Na rua Monjol, nos Halles, no necrotério, na Exposição Universal e, ontem, no Cenáculo dos Serafins!

— Não é uma piada de mau gosto, Faustine. Vamos, leia!

— Mesmo assim, não posso acreditar que Húbris tenha vindo até aqui e se dirigido a você...

Ela ficou em frente à tábua de madeira, na qual estavam presas todas as anotações do escritor, no meio dos nomes das vítimas e dos detalhes das mortes selvagens.

Tic tac, tic tac, o ponteiro gira,
Eles caem, eles caem, as rameiras
E os seus homens bons!
Os dos esgotos bem esvasiados,
Como o salvador de aumas e o anjo guardião!
É você quem eu ponho agora,
No topo da lista,
Eu não o esqueço, eu o vigio,
E eu vou esvasiá-lo quando chegar a sua vêz,
Quando me convir, só para rir.
Ha, ha, ha!

Faustine recuou um passo, engolindo em seco.

— Que personagem odioso — disse ela, sem conseguir tirar os olhos do bilhete.

— Nós o ofendemos — observou Guy. — Se ele nos ataca assim, é que tocamos num ponto sensível.

— Como isso chegou? Por um moço de recados?

Guy hesitou antes de responder.

— O envelope foi deixado à noite.

— Na caixa de cartas?

Foi a vez de o escritor engolir em seco, embaraçado.

— Não. Foi posta na mesa de pé de galo. Rose encontrou hoje de manhã, ao descer para abrir as janelas. Perguntei para todos da casa, ninguém tinha visto nada antes.

Faustine soltou um riso nervoso.

— Quer dizer que ele... ele entrou na casa? Enquanto nós dormíamos?

— É por isso também que não se trata de uma brincadeira. Alguém entrou aqui. Ele queria que soubéssemos que pode nos atacar a qualquer momento.

— Ele poderia nos...

As palavras morreram na boca de Faustine.

— Poderia e fez isso de propósito, para reforçar o que ele é capaz de fazer. Como já disse: nós o ofendemos! Agora, vamos enxergar pelo lado bom: a oportunidade que ele nos oferece para encontrá-lo...

— O que quer dizer?

— Por essas poucas linhas, ele nos dá uma amostra de quem é.

Faustine se demorou a reler o texto.

Em seguida, ficou tensa.

— Espere um minuto! Como ele pode saber que fomos nós que descobrimos as pessoas no esgoto?

— Ele sabe que o esconderijo foi descoberto, não que fomos nós. Ele não nos acusa. E fala sobre isso sem se preocupar se sabemos ao que ele faz referência, enfim, foi o que eu deduzi. A mesma coisa acontece com o texto: por que, por exemplo, nos falar do salvador de almas?

— Ele delira, não há nada a tirar disso.

— Ao contrário, minha cara! Há tudo a tirar disso! Ele nos escreveu! Abriu-se para nós! E, como sabe, eu faço as palavras falarem...

— Mas isso é ininteligível!

— Não tenha tanta certeza! Ele se esforçou, a construção das frases é requintada e, no entanto, existem dois erros de ortografia, uma concordância que não foi feita e "esvasiar" com "s". E nem vou falar sobre a pontuação. Ele não é um literato, no entanto, quis escrever certo.

— Se você diz...

— Em seguida, há a escolha das palavras. "Rameira" em vez de "prostituta", é uma palavra vulgar. Em voga nas ruelas e nos pátios dos fundos e não nos Grandes Bulevares! É um termo pejorativo que, em geral, se usa para falar das prostitutas.

— Você está bem-informado — disse Faustine, com um quê de ironia.

— Conheci esse tipo de gente e aprendi essa paralinguagem na minha adolescência. O equivalente a rameira, no masculino, seria sujeito, ou malandro, para continuar no pejorativo. Acontece que ele emprega "homens"!

— E daí? Você mesmo disse que ele se esforçou.

— Justamente por isso! Ele escolheu deliberadamente um termo pejorativo para as mulheres e não para os homens. Isso pode significar que ele sente raiva ou desprezo pelo gênero feminino! Lembre-se, até a nossa macabra descoberta sob a torre Eiffel, ele só havia atacado prostitutas, mulheres! Tenho a impressão de que tem horror a elas.

Guy pegou uma caneta-tinteiro e escreveu na folha do seu painel que era usada para o retrato de Húbris: "*Raiva das mulheres.*"

— Ele se põe muito em destaque — notou Faustine. — "*Eu* não o esqueço, *eu* o vigio. *Eu* vou esvaziá-lo... quando *me* convier."

— De fato, ele gosta de falar de si mesmo. Pouco seguro de si em público, como eu disse sábado à noite, porém, em contrapartida, no fundo, se acha o mais forte. O melhor. Se não encontra o seu lugar na sociedade, a culpa é dos outros. É o tipo de homem que atribui os próprios fracassos ao outro.

Faustine começou a se interessar pelo jogo. Estudou o texto com atenção.

— A noção de controle. Ele quer dirigir — destacou ela. — É diretivo, não quer nos informar, quer nos fazer sentir que ele é o chefe.

— Suponho que, com toda a violência que possui dentro dele, deve ficar furioso quando as pessoas não agem como ele quer.

— Ele também cai no misticismo: "salvador de alma" e "anjo guardião". Uma relação a Deus?

— Quem é o salvador de almas na religião católica? E o anjo guardião?

— Seríamos nós? O salvador de almas para mim — disse Faustine — e o anjo guardião para você?

Guy estava cético.

— Precisamos de tempo para amadurecer tudo isso. Vamos analisar a situação com Perotti. Três cabeças valem mais do que duas. Enquanto isso, tenho um passeiozinho a sugerir.

— Hoje de manhã?

— Sim, a noite fez a sua oferenda de cadáveres ao doutor Efraim e acho que, neste momento, ele está com o nariz enfiado neles, se me permite a expressão. Proponho ir cumprimentá-lo! Tenho algumas perguntas a fazer...

— Agora? — surpreendeu-se ela, mostrando o relógio de bolso que estava em cima da mesa. — Ainda é muito cedo.

— Faustine, não podemos perder tempo. Lembre-se do aviso que Húbris nos deixou: "Tic tac, tic tac, o ponteiro gira." Ele não escreveu isso à toa. Deve estar preparando um maldito golpe.

Guy pegou o seu chapéu-coco, a bengala e prendeu o relógio no paletó.

— Acha, de verdade, que ele poderia nos atacar? — perguntou Faustine.

— É o que temo. A carta não chegou aqui sem motivo. Se ele sabe quem somos, pois o meu nome estava escrito no envelope, é que batemos na porta certa nos quatro últimos dias. Nós nos aproximamos, se é que não encontramos com Húbris, sem saber. Ele estava lá, debaixo do nosso nariz, e não vimos nada!

30

Eles eram 12 deitados nas mesas.
Homens e mulheres. Do adolescente até os de 30 anos.
Doze no mínimo.

Pois ainda era preciso ter certeza de que as pernas, os braços, as cabeças e o que restava de torsos correspondiam entre si.

Para grande surpresa de Faustine, o doutor Efraim, com os seus óculos redondos e a voz aguda, os recebeu sem demora. Ao ouvi-lo falar, diante dos cadáveres recém-entregues, parecia que estava contente com a visita. Um homem sozinho, no meio dos mortos, não devia ser contra a um pouco de vida.

— Têm certeza de que estes mortos estão ligados à sua amiga? — perguntou o baixinho de barba preta e cabelos grisalhos.

— Absoluta — afirmou Guy. — Pernetty e Legranitier não lhe disseram nada?

— E por que acham que os recebi? Vocês chegaram afirmando que iam poder me ajudar a respeito da pilha de mortos que me entregaram! E, em contrapartida, tenho os dois investigadores taciturnos exigindo um relatório rápido, sem me dar nenhuma informação!

— Eles não o mantêm a par das investigações? — surpreendeu-se Faustine.

— Que ideia! Eles pegam as minhas conclusões e só. Se quero saber mais, cabe a mim correr atrás dos resultados! E com esses dois, posso esperar sentado... Acontece que o legista é um médico obsessivamente curioso.

Ele se virou para as mesas de dissecação. Todas lotadas.

O cheiro continuava repugnante.

Sob a luz elétrica, as carnes estavam quase marrons, as peles amarelas, às vezes violetas. As raras roupas ainda nos corpos estavam rasgadas e trapos úmidos se amontoavam no chão.

Faustine e Guy, que só entreviram os cadáveres ao entrar, demoraram-se a estudá-los.

Membros cortados.

Coxas abertas, pele flácida sem carne no interior, como um travesseiro esvaziado das suas penas.

Torsos escancarados, as caixas torácicas eram uma fôrma rígida em cima do vazio dos abdomes. Guy chegou a distinguir um maxilar inferior sem nada em cima, apenas dentes, uma língua e tendões, como elásticos vermelhos dilacerados.

Vez ou outra, uma pequena forma viscosa e alongada, engordada por esse banquete interminável, se contorcia no buraco de uma ferida ou no fundo de uma órbita.

Faustine se agarrou ao médico que não esperava por isso e quase caiu para trás. Ele a ajudou a se sentar numa cadeira e lhe ofereceu um copo d'água.

— Foi você que quis vê-los — lembrou ele à guisa de desculpas desajeitadas.

Guy respirava pela boca, para atenuar o cheiro e, também, porque estava com falta de ar.

O espetáculo o sufocava; ele se virou para ficar de frente para o médico.

— Como disse, são 12?

— Por enquanto. Como pode constatar ainda é preciso te certeza de que os braços e as pernas encaixam no resto. Faltam muitas partes.

— Quais?

— Um pouco de tudo, várias cabeças, ou pedaços do crânio, uma grande quantidade de músculos foi retirada dos membros, todos os torsos foram esvaziados dos seus órgãos e, aparentemente, não há nenhum cérebro nas poucas cabeças restantes.

Guy sufocou um suspiro de desgosto.

— Tem alguma ideia de como foram mortos?

— Ainda é muito cedo e, depois, você viu o estado avançado de decomposição! Passei todos por um jato para eliminar os vermes, mas eles ainda fervilham lá dentro.

— Jato de água? Mas talvez houvesse indícios nos corpos! Fragmentos de arma ou de tecidos pertencentes ao assassino.

Efraim deu de ombros.

— De qualquer forma, seria impossível saber o que é da vítima e o que é do assassino — disse ele com um ar indiferente.

— Eu vi traços de... de mordidas. Imensas!

— Realmente. Para que sejam tão grandes devem ser de animais. Alongadas, presas pontudas. Não posso dizer mais nada.

— Tem alguma ideia da espécie que poderia ter feito esses estragos?

— Francamente? Nenhuma!

— Nem mesmo um crocodilo?

O doutor deu de ombros.

— Pode ser. Preciso estudar melhor as feridas.

Faustine, que aos poucos ia recuperando a cor, se levantou para se aproximar dos corpos, com um lenço na boca.

Ela estendeu a mão apontando o astracã enrolado de um púbis feminino.

— Há indícios de sevícias sexuais?

Efraim se assustou com a pergunta.

— Como? — perguntou ele.

— Indícios de violência?

O pequeno médico parecia chocado.

— Todos esses corpos chegaram esta noite, ainda não verifiquei tudo isso! Mas não há dúvida de que no estado em que está o dela, será difícil observar esse tipo de ferimento!

— Talvez haja objetos — especificou Guy, pensando em Viviane Longjumeau. — Poderia verificar?

— Olhem, estou achando vocês muito insistentes! Espero que não seja uma atração pervertida para escrever nos seus romances!

Guy decidiu jogar aberto:

— Milaine era nossa amiga e sabe muito bem que Pernetty e Legratinier não investigam a morte dela. Acontece que queremos saber, a morte dela merece ser punida tanto quanto a de qualquer outra pessoa. Nós fazemos as nossas próprias investigações, é por isso que estamos a par de tudo sobre esses corpos. É o mesmo assassino! Já que a polícia não quer agir, em nome da nossa amiga desaparecida, não faremos o mesmo. Ajude-nos, por favor.

— Vocês não podem substituir as autoridades!
— Só fazemos o nosso dever. Pela verdade. Você viu essa carnificina — disse Guy apontando a pilha de membros humanos. — O culpado vai continuar, mais e mais e, para não perturbar a Exposição Universal e o cortejo de visitantes e diplomatas, as autoridades, como diz, ficam de braços cruzados. Elas preferem abafar o caso por alguns meses, do que correr o risco de que uma investigação e todas as perguntas que fazem parte dela atraiam os jornalistas.

— Isso é mau — replicou o médico, reposicionando os óculos redondos no nariz.

— Por favor, concorde em nos dar as informações — acrescentou Faustine.

Efraim soltou uma risada amarga.

— Pela primeira vez alguém se interessa pelo meu trabalho — disse ele. — Eu deveria estar diante de investigadores curiosos, que tivessem respeito pela minha arte, desejosos de saber mais sobre ela, para compreender estas... pobres pessoas aqui, mortas, esquartejadas como um animal qualquer.

Ele ficou olhando o casal estranho, meio engraçado, que o visitava.

— Bom — suspirou ele. — O que querem saber?

— Se houve violência sexual nessas pessoas.

Efraim soprou ruidosamente, esvaziando os pulmões como se expulsasse o seu embaraço junto com o ar. Depois, pegou uma longa pinça e um escalpelo e se aproximou dos corpos.

Faustine desviou o olhar e Guy foi para perto dela.

No entanto, o som de carnes rasgadas foi o suficiente para dar tonturas na jovem e ela voltou a se sentar.

Depois de um longo tempo, o doutor Efraim jogou os instrumentos numa bacia de metal, livrando-se do avental de couro manchado e concluiu:

— Em relação à violência não posso afirmar nada, a putrefação está muito avançada, em compensação, nenhum objeto, quanto a isso sou formal. Tudo isso me faz pensar na sua amiga, a que vocês queriam conhecer o pai do feto...

— Milaine — completou Faustine.

— Tenho como acabar com a guerra entre os dois garanhões que reivindicam a paternidade!

— Ou seja?
— Ela não estava grávida! Ela mentiu para todos.
— Eu sabia — disse Faustine. — Ela teria me falado se fosse esse o caso.
— Perotti vai ficar arrasado — acrescentou Guy. — Saber que ela riu dele, como dos outros, que ela o manipulou para que lhe oferecesse rapidamente uma situação estável, não vai deixá-lo satisfeito.
— A não ser que não contemos nada.
Guy olhou para Faustine. As pupilas azuis pareciam absorver toda a luz da sala.
— Ele tem o direito de saber.
— É um segredo que deveria continuar protegido nas entranhas de Milaine, não precisa ser divulgado.
Efraim os interrompeu:
— Quanto à causa da morte, o meu relatório estipula que ela continua desconhecida. Penso num potente coquetel de venenos. Atropina para explicar as escleróticas pretas, estricnina para as contrações musculares que arreganham os lábios numa abominável paródia de sorriso e arsênico para a sudação de sangue. A não ser que...
— O quê? — quis saber Guy.
— Que ela tenha morrido de medo.
— Isso é possível?
— Tudo é possível.
— Mas não explicaria os... os sintomas!
— Uma reação do corpo. O olhar escurecido pelo que ela viu, o rosto congestionado pelo terror e o suor de sangue, tudo isso tem um lado muito... diabólico.
Guy ainda não queria acreditar, o médico parecia falar totalmente a sério.
— Estaria disposto a sustentar essa tese diante da polícia? — disse, surpresa, Faustine.
— Não! Claro que não! Isso não passa de divagação de um velho médico que já viu coisas estranhas no seu necrotério! A combinação de venenos continua a ser o mais provável... Principalmente, porque a estricnina deixa a pessoa muda. O que explicaria o porquê da sua amiga não ter gritado na rua.
— Então, veneno. Isso poderia ser o líquido na boca de Milaine?
— Não sei. Não pude identificar o que era.

— Esperma? — perguntou Faustine.

O médico pareceu chocado pelo fato de uma mulher ser tão direta e demorou um instante para negar com a cabeça.

— Não, não vi espermatozoides no microscópio. Parecia mais um vômito gástrico, se bem que a cor e a acidez não correspondessem.

Pegando Guy pelo ombro, ele mudou de tom, de grave se tornou autoritário:

— Diga, você foi controlar o seu ferimento no braço, como aconselhei? Não? Eu bem que desconfiava, vamos, sente ali e me deixe ver isso.

Guy retirou o paletó e levantou a manga da camisa.

— Você tem sorte, está cicatrizando corretamente.

A ideia de expor a ferida no meio daqueles corpos em decomposição, infestados de larvas, não era algo que agradasse o escritor.

— Pode saber de quando datam as mortes? — perguntou ele.

— De várias semanas para alguns, provavelmente mais para outros, não posso ser mais preciso.

— Na ocasião da nossa primeira visita, você mencionou um professor que estuda os insetos e que poderia apurar essa avaliação, por que não pedir a ajuda dele?

— Perda de tempo por nada. Como disse muito bem, de qualquer modo, Pernetty e Legranitier estão pouco ligando se o meu relatório é detalhado ou não.

— Os vermes que você limpou já foram para o esgoto?

O doutor Efraim se empertigou e fitou Guy por cima dos óculos.

— Pode descer a manga, mudei o curativo, em breve você terá apenas uma bela cicatriz.

Dizendo isso, ele saiu da sala e voltou com um balde, aparentemente muito pesado, que fervilhava num concerto de ruídos úmidos semelhantes aos que produzem as pessoas mal-educadas quando comem de boca aberta.

— Tome — disse ele — sirva-se, pois é isso o que tem na cabeça, não é? O professor Mégnin, do Museu Nacional de História Natural, talvez lhe dê informações. Em geral, para visitar o museu, é preciso fazer um pedido por escrito e enviar ao diretor pelo correio; mas se falar com o porteiro da minha parte, ele o deixará entrar. Boa sorte!

Milhares de vermes amarelos dançavam debaixo dos seus olhos.

* * *

O piso de madeira do Museu de História rangia com os passos de Guy e Faustine. Eles andavam entre as imensas prateleiras cheias de espécies de insetos do mundo inteiro colecionados há quase um século.

Guy segurava uma pequena caixa de ferro, com uma certa repugnância.

Encontraram o professor Mégnin onde o porteiro lhes havia indicado: sentado atrás de uma mesa imensa coberta de coleções de coleópteros pregados em pedaços de feltro.

Era um homem velho de rosto redondo, com um gorro de lã na cabeça. Levou vários segundos para notar que tinha visitas.

— Bom dia professor — disse Guy, pondo a caixa de ferro na mesa. — Precisamos da sua competência.

— A respeito de quê?

— Eis algumas amostras de moscas encontradas em animais mortos. Queríamos saber o momento da morte, parece que é capaz de nos dizer.

O professor Mégnin pegou a caixa e a abriu. Umas vinte larvas se contorciam lá dentro, Guy havia raspado o próprio balde para capturar o máximo possível de uma só vez. Mégnin derramou o conteúdo diretamente na cobertura da mesa de couro e começou a examiná-lo, fazendo uma triagem com a ponta do dedo das moscas mortas de diferentes tamanhos, das larvas e de vários pedaços de insetos secos.

— Ah, estou vendo que a maior parte delas é de mosca clássica, *Musca domestica*... A não ser que seja *Stomoxys calcitrans* ou, talvez, *Fannia canicularis*, preciso verificar... Onde está a minha lupa? E estou vendo que há pupas, muitas delas.

— Pupas? — repetiu Faustine.

— É, esses envoltórios translúcidos são cascas de quitina nas quais os seus dípteros se desenvolveram antes de se tornarem as belas moscas que encontram em volta dos seus pratos.

— E é bom que haja pupas?

— Essencial! Olhem esses cadáveres de moscas, são moscas azuis como as chamamos em geral, moscas da carne. Originalmente, elas não passam de um ovo. Em seguida, larvas, com três estágios bem-definidos que produzem mudas quando crescem e comem. Vem o estágio ninfal em que elas ficam imóveis, a pupa, e para terminar, o imago: estágio adulto. Para garantir esse desenvolvimento final, a nossa mosca precisa de calor, que podemos medir em calorias — é uma unidade que permite definir a quantidade de calor.

— Então, vai poder nos dizer quando morreram os nossos animais? Estudando os ciclos?

— Vou tentar. É para uma experiência científica? Vocês são do museu?

— Não, não somos daqui — confessou Faustine.

O professor Mégnin sacudiu os ombros:

— Dá no mesmo! Entre cientistas, podemos bem nos ajudar, não é?

— Olhe — interveio Guy, que estava orgulhoso por ter, involuntariamente, pegado amostras variadas no necrotério — existem até pequenas moscas mortas e outras maiores, jovens e velhas.

— O tamanho não tem nada a ver com idade! As moscas são todas do mesmo tamanho, exceto os machos e as fêmeas. Se, por exemplo, dois machos não são igualmente grandes é porque não são da mesma espécie. Eu precisaria saber onde o seus animais morreram, ao menos onde se decompuseram.

— Nos esgotos — respondeu Faustine.

— Na sombra e na umidade?

A singularidade do lugar não parecia deixá-lo curioso.

— Sim.

— Em que região exatamente?

Faustine hesitou em responder. Guy o fez por ela:

— Embaixo da torre Eiffel.

— Vou entrar em contato com o BCM para ter um levantamento das temperaturas nesse lugar de Paris nos últimos 12 meses.

— BCM? — perguntou Guy.

— Trata-se do Escritório Central Meteorológico. Faz vinte anos que eles arquivam tudo! Uma mina de ouro para pessoas como eu. Em seguida, só terei de comparar as diferentes pupas e espécies que vocês encontraram, pois saibam que em cada etapa de decomposição, diversas espécies se sucedem. Por acaso, vocês não têm outras amostras?

— Podemos conseguir isso.

— Na verdade, seria mais simples se eu pudesse ir ao local.

— Temo que isso não seja possível — apressou-se a responder Guy.

— O que se há de fazer. Preciso de um máximo de amostras, de tudo o que encontrarem. Pois cada espécie é importante.

— Mandarei lhe entregar... um balde cheio.

— Perfeito! Os levantamentos da temperatura de cada dia me darão uma ideia do número de calorias absorvidas diariamente pelas nossas pequenas amigas, moderadas pelo frio e pela falta de luz do lugar. Você saberia a temperatura média desse local?

Faustine e Guy se entreolharam, aflitos com a pergunta.

— Eu diria entre 12 e 20 graus, não mais — avaliou o escritor.

— Bom. Sabemos que a temperatura do subsolo parisiense é mais ou menos estável.

— Quanto tempo vai lhe tomar tudo isso? — perguntou Faustine.

— Se eu não fizer uma criação comparativa? Algumas horas, no máximo.

— E... o preço para esse serviço?

O professor afastou a ideia com as costas da mão.

— Faço isso para lhes prestar um serviço. É meio como uma brincadeira! Isso vai me tirar da classificação entediante de hoje. Para onde posso mandar os resultados?

31

O vendedor de bebidas estava com o seu carrinho à sombra do cedro-do-líbano, no jardim das Plantas.

Guy ofereceu uma limonada a Faustine e eles andaram por entre os arbustos do Pequeno Labirinto, no meio dos outros transeuntes.

Um pouco mais abaixo, na alameda principal, as babás olhavam as crianças brincarem, sentadas nas cadeiras que deviam pagar às pessoas que as alugavam. Um catador de excrementos seguia a uma boa distância um senhor com os seus dois cachorros, preparado para encher o seu bornal com essa oferenda que se apressaria a vender naquela mesma tarde para os curtidores de pele dos Gobelins, para que os banhos assim preparados pudessem clarear e amaciar as peles. Desde essa descoberta, as ruas de Paris nunca ficaram tão limpas, apesar da paixão dos parisienses pelos canídeos.

Um vendedor ambulante andava por ali carregando uma maleta pesada, cheia de broches recuperados, de laços, de bonecos para crianças e de farinha de rosca, tentando vendê-la para as senhoras para o almoço do meio-dia...

Guy sempre fora fascinado por esse incrível movimento das ruas. Parecia que, a cada dia, o homem era capaz de inventar uma nova profissão para se manter vivo. Quando, algum dia, eles fossem dois bilhões no planeta, encontrariam outras coisas para criar, novas profissões para sobreviver. Não havia sido isso o que acontecera nesse século louco em que a industrialização aparecera? Para todos esses engenheiros criativos, cientistas geniais, burgueses investidores, quantos tosquiadores de cães, cardadores de colchões, catadores de pontas de cigarro, empalhadores de cadeiras haviam surgido do nada? Isso também era progresso: permitir a cada um encontrar um lugar, a todos coexistirem. Encontrarem um equilíbrio.

Porém, ao contemplar as saias manchadas das mulheres que alugavam cadeiras e as calças furadas dos ambulantes, Guy rememorou a própria vida. Quando era adolescente, havia perambulado por entre esses habitantes da periferia, esses miseráveis e tinha conhecido a dureza do cotidiano deles. Onde estava o equilíbrio?

Quanta injustiça havia no acaso de se nascer num bairro e não num outro! Às vezes, ele se perguntava como o sistema ainda funcionava, como não havia ocorrido uma outra revolução.

A instabilidade política era a prova desse descontentamento.

A aristocracia e a nostalgia monarquista, a burguesia e o orgulho republicano, o proletariado e os seus ideais anarquistas e um punhado de nacionalistas ferrenhos por todo o lado. Grosseiramente, era nisso que tinha se transformado a sociedade na virada do novo século. Uma pirâmide de idealistas que, antes de tudo, se opunham pelo que tinham e pelo que não tinham.

Em suma, uma sociedade materialista, sob a autoridade do rei Trabalho e da rainha Riqueza.

— Você parece triste — observou Faustine.

— E estou, um pouco.

— Por quê? Está pensando em Bomengo, não é? Tento esquecer aquelas imagens horríveis. Não paro de dizer a mim mesma que, agora, ele foi ao encontro da mulher.

— Para dizer a verdade, não pensava mais nisso.

— Oh, desculpe.

— É a injustiça do mundo que me entristece. A miséria de uns e a felicidade insolente de outros.

— Eles aproveitam o que têm, acredita mesmo que os miseráveis se comportariam da mesma maneira se estivessem no lugar dos ricos? Não está se afeiçoando às ideias comunistas de Marx?

Guy parou.

— Húbris faz a mesma coisa com as suas vítimas — disse ele. — A injustiça de ser bem-nascido e a injustiça de ser morto sem razão.

— O que sabe sobre isso? Certamente existe um destino por trás de tudo, mesmo ele não pode matar tanto e assim, sem uma razão.

— E se ele não tiver nenhuma? Matar por matar, só pelo prazer de ser o emissário do Destino!

— Seria insensato. Ninguém faz isso, exceto os loucos, talvez, mas você mesmo disse: ele não é louco!

— Não, é verdade, e a carta dele, embora de uma arrogância quase pueril, comprova isso. Ele não é louco.

Guy franziu as sobrancelhas, invadido repentinamente por ligações que fazia na cabeça.

— Nunca sei se devo rir ou temer quando você faz essa cara — confessou Faustine.

— As profissões mais simples... — murmurou ele, examinando a alameda principal e multidão de passantes. — Sim, é isso! Como não pensei imediatamente? É tão evidente! Húbris tem outro local onde deposita os cadáveres!

— Como?

— Quando ele escreve "eles caem, eles caem, as rameiras e os seus homens! Os do esgoto bem esvasiados, como o salvador de almas e o anjo guardião!", ele está falando de outras vítimas. São profissões e não metáforas! O salvador de almas, entre os trapeiros, é aquele que recupera a alma dos sapatos gastos para lavá-las e colocá-las em sapatos novos! E o anjo guardião, encontrado em todas as tabernas baratas, são os homens que acompanham os clientes embriagados até as casas deles, carregando-os ou protegendo-os de uma agressão! Húbris matou outras pessoas além das que encontramos. Ao menos duas, nos diz ele.

— Então, por que nos dizer? É uma coisa idiota, já que não sabíamos!

— Para se vangloriar. Mais uma vez, para nos mostrar que é ele quem manda, ele decide o que podemos saber. É uma necessidade doentia dele. E faz isso com ludismo, ele se diverte. Ele nos desafia a competir com ele, ao menos intelectualmente. Creio mesmo que ele gosta disso. Na verdade, talvez não o tenhamos deixado com tanta raiva quanto eu pensei. Agora, ele comprovou a própria existência através dos nossos olhos.

— Então, a carta não é uma ameaça.

— Ao contrário, temo que sim. Ele bem que poderia atacar um de nós, para nos provar a que ponto é poderoso. A partir de agora, não sairemos mais sozinhos.

— Aliás, onde está Perotti? Ele não vem todas as manhãs analisar a situação conosco?

— Vem. Não tive notícias dele hoje.

Guy mordeu os lábios, nervoso.

— Não faça isso, vai destruir a sua boca.

— Acho que podemos esperar por outras cartas. Ele vai querer brincar conosco. Provocar-nos. E, enquanto isso, poderíamos tentar encontrar esses dois assassinatos, vou pedir a Martial que se informe, nunca se sabe. Venha, prefiro esperá-lo em casa.

— Em casa?

— Sim, por quê?

— A maneira como você falou é que foi divertida. Como se fôssemos casados.

Guy ofereceu o braço a Faustine.

— Então, ao menos vamos fingir — pediu ele com um sorriso crispado.

Perotti não passou de manhã pelo *Boudoir de soi*.

Guy começou a ficar impaciente.

Até então, ele não havia realizado que não sabia o endereço do jovem inspetor, nem o da delegacia de polícia. Não tinha nenhum meio para encontrá-lo. Guy ficava repetindo para si mesmo que ele devia estar bem, que devia ter sido retido por algum caso criminal mas, no entanto, a bola do seu estômago não melhorava.

Quando, no fim da tarde, bateram na porta e Jeanne anunciou que ele tinha visitas, Guy deu um pulo da cadeira onde tentava ler, para ver, com profunda decepção, que não era Perotti e sim o professor Mégnin.

— Tenho os seus resultados! — exclamou o cientista, agitando uma folha de papel. — Enfim, fiz o que pude com o que tinha! Os seus animais estavam mortos há uns vinte dias, os mais recentes, e acho que podemos nos reportar ao último outono para os mais antigos.

— Tão longe? — surpreendeu-se Guy.

— E começo de abril foi há pouco — acrescentou Faustine, incrédula.

— Encontrei vários grupos de insetos, muitos dípteros, mas poucos tatuzinhos. Velhas pupas, meio decompostas e insetos mortos, na minha opinião datam de antes do inverno. No entanto, eles também não eram numerosos, por isso eu acho que já era um período frio, portanto, o outono. Segundo o BCM, a temperatura foi a 5 graus a partir de outubro último.

— Nada mais antigo? — insistiu Guy.

— Não, não para mim. Em contrapartida, os seus morreram uns depois dos outros, não todos ao mesmo tempo. Os grupos estavam quase todos representados em estágios muito diferentes. Diga-me, animais nos esgotos embaixo da torre Eiffel, você está fazendo um estudo dos ratos?

— Estou, é mais ou menos isso.

— Eu tinha certeza! — triunfou Mégnin. — Sobre parasitas?

— Principalmente — mentiu Guy.

— Sabia que as moscas veiculam em média uma centena de agentes patogênicos? Cólera, salmonela, disenteria, tuberculose e tifo são, frequentemente, os companheiros de viagem desses dípteros! Entre outros!

— Isso é formidável, de fato — comentou Guy, acompanhando-o até o hall.

Quando ele voltou, Faustine o gratificou com um sorriso cúmplice:

— Que homem estranho.

Mas Guy não estava num clima de descontração.

— No outono. Húbris começou no outono. É antigo. Para que tivesse pleno acesso a esse lugar isolado durante as obras da Exposição, é porque tinha uma autorização especial.

— Quem sabe, ele não entrava um pouco mais longe, pela rede das canalizações?

— Duvido muito! Porque imporia a si próprio uma caminhada longa com as vítimas? Não faltam lugares como esse que ele escolheu para depositar os cadáveres! Ele escolheu esse porque era o mais prático. Portanto, ele não estava longe. Eu me pergunto em que ponto estavam os trabalhos da Exposição no mês de outubro.

— Conheci um expositor, posso perguntar, ele deve estar a par.

— É um cliente? — perguntou Guy, desconfiado.

— Não. Um engenheiro inglês, Marcus Leicester.

— Ah, ele. Eu me lembro de tê-lo visto no salão de Steirn. Por que não? E se começarmos indo à Exposição? Permite que eu a convide para uma noitada?

Pareceu a Guy que as grandes íris azuis de Faustine começaram a faiscar.

— Com prazer — disse ela, toda sorrisos.

Faustine subiu para se preparar e desceu usando o seu vestido mais bonito — seda branca, bordada de pérolas e de rendas esvoaçantes — e um grande chapéu com flores.

Quando terminava de calçar as longas luvas, Faustine passou em frente ao olhar enfurecido de Julie.

A jovem subiu no fiacre que Guy havia chamado e eles saíram em direção à praça da Concorde, se misturando com o tráfego da noite.

Sem notar, nem por um instante, que um veículo se punha em movimento atrás deles.

32

O homem havia ultrapassado mais um limite da sua evolução. Agora, não havia mais dúvidas de que ele era não apenas a quintessência da vida inteligente na Terra, mas, também, estava em vias de dominar todos os segredos do mundo.

Bastava ir à praça da Concorde à noite, para ter a certeza disso.

A porta monumental da Exposição Universal iluminava Paris, da Madeleine ao Louvre, passando pelos Invalides.

Essa porta consistia numa série de arcos que se abriam numa enorme cúpula com quase 40 m, enquadradas por dois magníficos pilonos ainda mais altos que pareciam obeliscos modernos, no topo dos quais brilhavam dois globos enormes.

O conjunto era coberto por cabuchões luminosos, com centenas de lâmpadas brancas, verdes, azuis e douradas que projetavam no céu escuro o seu halo generoso. A iluminação era tanta que alterava as cores das bandeiras nos mastros em volta da porta. Depois que a noite caía, parecia que as nações convidadas vinham de outros lugares, de regiões desconhecidas.

Mais à frente da porta monumental, o Pequeno e o Grande Palácio surgiam acima da fileira de árvores, brilhando por dentro como imensos vaga-lumes com abdome de vidro, de aço e de pedra.

Do outro lado do Sena, apareciam as construções na esplanada dos Invalides, brilhando intensamente; em seguida, o pavilhão dos estrangeiros embelezado por projetores sabiamente dispostos e, para terminar, em frente ao Trocadéro, um jogo de sombras e de luzes sob a torre Eiffel abrasada: o palácio da Eletricidade, invisível a distância, mas cuja famosa claridade noturna provocava murmúrios em toda a Europa. Ali, a luz parecia pulsada, quase cegante; o palácio da Fada Luminosa irradiava a luz na direção do cosmos como se fosse o farol da humanidade dirigido aos deuses.

Uma Babel de luz.

Faustine ficou boquiaberta, como uma criança embevecida pelo espetáculo. Ela estendeu a mão na direção da roda-gigante ao longe, na qual dançavam as lanternas, depois para a centena de barcos de todos os tamanhos, de uma simples embarcação à balsa de transporte, todas decoradas no estilo da Exposição: guirlandas de lâmpadas azuis, verdes e douradas suspensas entre dois mastros.

Enfim, Guy compreendeu o novo apelido dado a Paris: a Cidade luz.

Pouco importava que tudo isso fosse desaparecer depois de sete meses apenas, pois dali se desprendia tanta magnificência que as memórias ficariam marcadas para sempre. Muitas coisas concebidas para a Exposição perdurariam, as invenções, as alcunhas e também as histórias.

Guy esperava que a de Húbris terminasse rapidamente, antes de estragar esse fantástico exagero de sucessos.

Com a bengala debaixo do braço, ele comprou dois ingressos e ambos entraram na área das festividades. O perfume das sidras, dos vinhos aromatizados com canela e das frutas caramelizadas, vendidos em todas as esquinas, envolveu-os imediatamente.

Sem saber por onde começar, paralisados pelo excesso de opções de diferentes atrações, de palácios a visitar, andaram sem objetivo por mais de uma hora, contornaram uma imensa estufa, passaram ao lado dos pavilhões estrangeiros com a arquitetura típica de cada cultura, admirando na margem oposta a grande reprodução de Paris na Idade Média, prometendo a si mesmos que voltariam, nem que fosse apenas para se perder ali.

— Agora, ela já ganhou — disse Guy — a fada Eletricidade destronou o rei Gás. O nosso futuro será com ela. E se nos decidirmos a entrar em algum lugar? Veja, o... *Maréorama!* Que tal?

Faustine leu em voz alta o cartaz que representava um navio a vapor passando por Veneza e Constantinopla:

— "Uma viagem inesquecível partindo de Marseille, através de todo o Mediterrâneo." Por que não?

Eles se juntaram aos curiosos que se empurravam, impacientes para entrar na grande construção sem janelas, subir uma escada interminável e, finalmente, entrar numa imensa sala ocupada pelo convés superior de um barco a vapor.

Os visitantes eram iludidos na perfeição, cada detalhe do navio havia sido reproduzido, do piso à mastreação, passando por todos os aprestos necessários. O barco estava pronto para largar. Guy e Faustine deram a volta numa das chaminés, mas perceberam que era impossível se sentar do lado de dentro, onde as senhoras se apressavam a escolher uma escotilha para aproveitar o espetáculo conversando.

— Prefiro ficar do lado de fora — declarou Faustine.

O imenso hangar era totalmente decorado por um tela pintada que representava a bombordo — do lado da ponte de embarque — o porto de Marseille e as suas angras. A estibordo, o mar se estendia ao infinito.

— Olhe! — exclamou Faustine se inclinando por cima da amurada. — Tem água até ao redor do casco!

Um hábil jogo de luzes iluminava o barco pela popa, para simular um sol nascente.

De repente, as chaminés começaram a roncar e uma espessa nuvem de vapor branco saiu delas, seguido de um toque de sirene que assustou a maior parte dos visitantes. Homens da tripulação surgiram por uma pequena porta, seguidos do capitão, e começaram a manobra de aparelhamento. A água em volta do navio se agitou e tornou-se borbulhante, enquanto a âncora era levantada por ordem do capitão.

Faustine havia juntado as mãos sob o queixo e não conseguia abandonar um sorriso infantil.

— É extraordinário! — comentou ela.

Inesperadamente, todo o convés foi sacudido por um movimento de balanço da proa para a popa e as telas, com 15 m de altura, começaram a desfilar da frente até a parte de trás do navio. Marseille começou a se afastar com a terra, dando lugar ao mar, de ambos os lados. Um ar forte saiu do teto, pela proa, impregnado de respingos de água do mar.

— É incrível! — continuou Faustine, subjugada.

O seu cabelo ondeava sob o chapéu, o vestido dançava com o vento.

A música de uma orquestra modesta iniciou os seus primeiros acordes, uma serenata agradável tocada por músicos invisíveis.

Ao mesmo tempo, a iluminação fazia evoluções, uma luz de grande intensidade passou por cima do barco como a curva de um sol artificial.

À medida que as lâmpadas foram se apagando, mergulhando o convés numa semipenumbra, as telas de ambos os lados também ficaram mais escuras, desenhadas de estrelas. Ao balanço do barco foi acrescentado um balanço lateral.

O vento ficou mais intenso assim como o marulhar da água na parte de baixo e um clarão atravessou o hangar com tanta impetuosidade como se um dos projetores houvesse explodido, imediatamente acompanhado por um trovão que ressoou por vários segundos. A orquestra estava afinada: os instrumentos de corda estridentes e os metais ameaçadores.

Várias pessoas gritaram de surpresa.

Os passageiros que não se haviam refugiado no interior tiveram de se agarrar com força para não cambalearem e receberam uma chuva fina nos ombros, forçando as senhoras a se abrigarem atrás dos companheiros.

Faustine se agarrou a Guy.

Em seguida, as estrelas desapareceram nas gigantescas pinturas, dando lugar a um céu azul enquanto os projetores recuperavam a vida.

Argel desfilou a bombordo, cidade branca de sombras violetas, antes que o mar voltasse a ocupar o seu lugar.

Os projetores mudaram a luminosidade, tons menos amarelos e mais laranjas apareceram, misturados com marrom e vermelho. A música tornou-se mais alegre, viva, acompanhada de um tambor que tocava uma cadência infernal. Depois a terra voltou, a estibordo desta vez, e Nápoles desfilou na tela. Um cenário de cor ocre e terra de Siena queimada com os seus *pifferari*[1] dançando a tarantela.

— A Itália! — disse ela correndo para a amurada. — Sempre sonhei em ir lá!

Essa felicidade infantil encantava Guy. Ele não se cansava de contemplá-la, a carinha esfuziante lhe aquecia o coração naquele período de dúvida.

Ele gostava da sua graça, da malícia do seu olhar, do contraste da pele branca com os cabelos pretos...

Guy se perguntou se, além da atração física que sempre havia sentido por ela, como por outras moças do *Boudoir*, não havia um sentimento bem mais forte.

---

[1] Tocadores de pífaro, que é uma flauta simples, sem chaves. (N. T.)

Mais poderoso do que o desejo sexual.
Uma energia capaz de transcender uma pessoa.
Ele engoliu em seco, contrafeito.
Não, não estou apaixonado. Isso não tem nada a ver! Estou impressionado pelo que ela é, pelo caminho que ela seguiu... pela semelhança das nossas trajetórias! Não é nada mais além disso...
As palavras soavam sem convicção.
Eu a aprecio. Eu gosto dela...
E, além do mais, quais seriam as suas chances com ela? Quantos homens haviam dado com o nariz na porta? Quantos orgulhos arrebentados como bolas de encher com um simples "não"?
Guy não queria essa humilhação, não precisava disso, se reconstruir depois da sua fuga já era bem delicado, não sentia autoconfiança, não podia assumir o risco de...
De quê? perguntou-se ele. *De dar os primeiros passos?*
Ele estava se confessando. Não podia deixar passar esse segundo de lucidez.
Então, sim, eu a desejo. Não, é mais do que isso: sinto um formigamento nas pernas e na barriga quando ela está comigo, não ouso me comportar com naturalidade por medo de desagradá-la... E não quero perder tudo fazendo-a fugir.
Além do mais, parecia que Faustine também o apreciava, a atitude dela havia mudado em alguns dias. Não o ignorava mais, ao contrário, observava-o, espiava as reações dele quando ela tomava a palavra.
Será que havia uma reciprocidade no desejo?
Ele conteve um suspiro.
Mesmo que ela compartilhasse dos seus sentimentos, que futuro poderiam ter juntos? Eles se pareciam demais! Duas pessoas vulneráveis, dois fugitivos que sentiam toda a dificuldade do mundo em se olhar no espelho, em suportar o que eram. Faustine era como ele, não lamentava a sua fuga, mas se obrigava a pagar o preço todas as vezes que fazia um cliente entrar no seu quarto...
E eu, qual é o meu ritual de culpado?
Ele já sabia. Era essa vontade de entrar na parte mais funda dos seus pesadelos, de descer nos seus abismos pessoais, de explorar o que de pior havia nele. Todo homem, ao longo da vida, enterrava, dia após dia, a parte

sombria do mundo com a qual entrava em choque, fosse ela interna ou exterior, ele a sepultava bem no fundo. Era a terra adubada dos seus medos, a matriz dos monstros de cada um. E alguns homens enterravam tantas e tantas que o montículo se tornava colossal; um mundo subterrâneo onde mergulhavam as raízes da personalidade, um reservatório móvel, invasor, uma criatura sufocante: um Leviatã de sombras.

Guy não soubera domesticar essa fera, havia deixado que ela crescesse ao longo dos anos e, em vez de dominá-la, para afogá-la, longe, muito longe, no fundo de si mesmo, ele a havia alimentado. Ao se confinar naquela vida que detestava, ao se condenar a não demonstrar o seu sofrimento, a engolir, a escrever o que ele não era, havia contribuído para reforçar a coisa nebulosa nele. O que era ela exatamente?

Um golem de violências.

De frustração, de raiva e mesmo de ódio, mas também com uma boa dose de perversão, de crueldade, de cinismo. Uma neutralidade malévola que só tinha por objetivo ser útil à sua sobrevivência. Uma construção desequilibrada.

Como a de Húbris.

De onde lhe vinham todas aquelas trevas?

Da sua grande sensibilidade que o havia confrontado muito cedo com a escuridão do mundo. Ela havia entrado nele com a mesma facilidade de uma agulha que atravessa a pele de uma criança. E Guy não fora forte o suficiente para resistir. Ela o maltratara. As suas angústias haviam aparecido muito cedo.

Não haveria alguma coisa a mais?

O seu desequilíbrio não repousava num distúrbio afetivo? Os pais distantes, pouco expansivos, à maneira deles, não o haviam modelado para ser o receptáculo perfeito das angústias do mundo?

Esse era o seu ritual para pagar o preço de haver abandonado a família. Teria de descer para enfrentar o seu Leviatã de sombras, o seu golem de violências.

A sua obsessão de escrever um romance policial era a demonstração concreta disso. E, para apreender da maneira mais certa o balanceio do crime, teria de se transformar em explorador para os leitores. Cabia a ele buscar o material necessário para que eles aderissem à viagem, para que sentissem a veracidade das suas palavras.

Cabia a ele desenterrar a lama, passar para o outro lado da sociedade, passar para as Trevas. Ele as usaria para conhecer o que se chamava de Mal.

Porque era exatamente isso, o Mal, essa energia negra no mais fundo de cada um. Teria de lidar com ela até despojá-la de todo o mistério para, em seguida, vesti-la com o seu relato. Os seus leitores lhe seriam devedores, pois assistiriam a essa excursão nebulosa no conforto daquele que vira as páginas.

Nesse cruzeiro virtual, o leitor teria a impressão de haver feito a viagem, sem passar realmente pelos riscos necessários.

E Guy havia escolhido ser o guia.

Agora, ele sabia por quê.

Faustine voltou para perto dele.

— Está chorando? — inquietou-se ela.

Guy secou a lágrima com um gesto brusco.

— Não, é o vento, o sal que eles põem na água vaporizada, isso arde.

Ele nem percebera que haviam chegado diante de Constantinopla e das suas cúpulas rutilantes, dos minaretes que emolduravam o Bósforo, um grupo de almeias[1] dançavam ao som de uma ária oriental.

As luzes laranja ficaram brancas e a música cessou enquanto a tripulação punha a prancha no lugar para o desembarque.

Enquanto voltavam para terra firme, 1 km de telas era desenrolado em sentido inverso por toda a altura do hangar para a próxima travessia. Antes da saída, Guy notou o pivô esférico e os quatro êmbolos que manobravam o navio a vapor para criar a sensação dos movimentos de balanço.

Ele ficou mais tranquilo ao contemplar o reverso do cenário. Gostava de compreender o funcionamento das coisas. Era um pouco como acontecia com ele, disse a si mesmo com uma ponta de ironia.

Chamado para olhar o relógio pelos gritos insistentes do estômago, Guy convidou Faustine para ir ao restaurante *Kammerzell*, bem próximo. Era uma reprodução exata do original de Estrasburgo.

Guy estava terminando a taça de champanhe, quando disse:

---

[1] Dançarina oriental de estilo sensual. (N. T.)

— Para que Húbris nos escreva e me conheça é porque já o encontrei. Sabe que estamos na sua pista. Quem está a par?

— Todos os que você interrogou. O rei dos Piolhentos, para começar.

— E, portanto, toda a rua Monjol.

— Os Serafins do Cenáculo — acrescentou Faustine.

— Os açougueiros dos Halles. O doutor Efraim, de certo modo o professor Mégnin... O padre na casa de ópio.

— O padre? Acha que ele é suspeito?

— Todos eles são. Todos os que nós cruzamos de perto ou de longe.

— Daí a incluir um homem da Igreja e os dois cientistas que *nós* fomos ver!

— Efraim é um bom suspeito! Ele sabe cortar, não tem medo de sangue, o fato de passar a vida convivendo com cadáveres pode tê-lo perturbado, a não ser que peguemos o problema no sentido oposto: é preciso ser perturbado para escolher essa profissão! Ele tinha acesso a todas as informações para se sentir seguro: sabe como a polícia trabalha. Em resumo, é o suspeito ideal!

— Por que não Pernetty e Legranitier, já que estamos nesse ponto?

— Por que não, de fato? Há também os congoleses e até Perotti!

— Perotti?

— Foi ele que veio até nós, não se esqueça!

— Está falando sério?

Faustine parecia aterrorizada.

Guy deu de ombros.

— Isso começa a incluir muita gente — disse ele. — Mas é uma prova de que avançamos. Húbris se sente acossado, o que quer dizer que não estamos longe.

— E o que pensa fazer?

— Em primeiro lugar, estudar em detalhes o que ele nos deu: a sua escrita. Apaixonado pela escrita como sou, estudei por muito tempo o que chamamos de grafologia.

— O estudo da personalidade pela escrita?

— Sim, é isso. Preciso de um ambiente calmo, ficar concentrado; farei isso esta noite.

Constatando que ele beliscava muito pouco no seu prato de *foie gras* com geleia de *gewurztraminer*,[1] Faustine o interpelou:

— O que você tem hoje? Eu o estou achando abatido.

Guy deixou passar vários segundos antes de responder:

— Estou preocupado com Perotti.

— Agora, ele passa de suspeito a vítima?

— Ele não está a par de que Húbris nos localizou. Estou preocupado com a segurança dele, é legítimo.

— Ele não pode ficar conosco todo o tempo, esse rapaz também tem uma vida!

— Permita que eu duvide. O tempo dispersou o que restava da sua família, ele sacrificou tudo pela profissão e, ao ver o prazer que ele sente em me visitar, acho que tem poucos amigos ou mesmo nenhum.

— Ele havia dito que viria hoje?

— Não, mas depois de três dias, tornou-se um hábito.

— Ora, Guy! Ficou separado do seu companheiro por um dia e entra em depressão! Eu me pergunto qual dos dois é o mais solitário!

— Oh, reconheço sem problema a minha solidão, eu a busquei! Você vai rir se eu disser que Gikaibo é o meu único confidente!

— Mas ele não fala três palavras de francês!

— Justamente por isso! Aí está a sorte! Posso dizer tudo sem temer ser julgado!

— Quando penso nesse enorme personagem, ele também deve se sentir muito só... Decididamente, você os atrai!

Guy deu um sorriso cansado.

— Não é a situação que provoca isso? Eu não fui parar num prostíbulo por acaso, não acha?

Faustine lhe devolveu o sorriso e pegou a mão dele, acariciando-a afetuosamente.

— Estou feliz por tê-lo conhecido.

— Você levou muito tempo para me notar!

— Você me dava medo, parecia comigo...

— Em geral, as pessoas se sentem atraídas pelo que se parece com elas.

---

[1] Uva branca característica da Alsácia. (N. T.)

— E, às vezes, isso as repele. E, depois, eu não confiava.
— Em mim?
— Em mim. Você parecia uma pessoa boa, fiquei com medo de aceitar muito rapidamente a sua amizade, de me deixar manipular e de que tudo acabasse em decepção.
— Fique sabendo que não seduzo as moças com mentiras e nunca prometo a minha amizade para dormir com elas. É por isso que gosto dos lupanares! Pagar deixa a situação clara de ambos os lados.
— Pagar o deixa com a consciência limpa.
O tom de voz subiu imediatamente:
— Por quê? Por ter deixado a minha família? Se imagina que quero limpar a consciência todas as vezes que desejo ter prazer com uma mulher, está enganada a meu respeito!
— Você seria capaz de amar novamente uma mulher?
A raiva de Guy desapareceu na mesma hora.
Por que ela lhe perguntava aquilo?
A mão de Faustine apertou a dele.
— Se eu me permito fazer essa pergunta, é porque eu não gostaria que você fosse escravo da sua culpa. Você abandonou tudo porque era um fantasma, não volte a sê-lo por outras razões.
— E você, Faustine?
A jovem o penetrou com o seu olhar azul-celeste.
— Eu não sou um fantasma — replicou ela, meio secamente. — Eu escolhi ser o que sou, goste disso ou não.
Guy queria detê-la para acalmá-la, dizer que a sua pergunta se referia à sua capacidade de amar de novo, mas ele não ousou. Faustine tinha esse incrível dom de deixá-lo sem ação.
Ela soltou a mão dele.
— Não estou mais com fome — disse ela. — Podemos voltar?
— É claro.
Eles sentiram o frescor da noite, aquecida pelo aroma de salsichas grelhadas de um restaurante alemão e Guy a levou para um viaduto que passava por cima de todo um lado da Exposição a mais de 7 m de altura.
A plataforma rolante provocava uma aglomeração e eles foram obrigados a entrar na fila para terem acesso a ela.

Subiram uma escada para desfrutar do panorama e encontraram os tapetes móveis. Três calçadas paralelas, a primeira imóvel, a segunda que circulava a uma velocidade de 4 km por hora e, a última, em dobro. Os passantes andavam na primeira até se sentirem prontos a passar para a seguinte e faziam a mesma coisa para chegar à mais rápida, por etapas. A hesitação nos rostos era palpável, podia-se ouvir nas observações a apreensão junto com o divertimento.

Guy e Faustine entraram e pisaram na plataforma rolante. Em pouco tempo foram levados em boa velocidade à volta dos maiores prédios da Exposição, desfrutando de uma visão totalmente desimpedida dessa cidade luz dentro da cidade.

A maioria dos passageiros ficava parada, mas alguns preferiam andar para ganhar ainda mais velocidade. Havia aqueles que desciam de um tapete para o outro e aqueles que subiam.

Risos e brincadeiras.

E gestos de cumprimento dirigidos às pessoas embaixo ou aos moradores que estavam nas sacadas da avenida Bourdonnais, ainda interessados pela tropa de observadores que iria desfilar diante de suas casas por sete meses.

Por mais de 3 km, os tapetes serpenteavam levando lentamente uma multidão ao sétimo céu.

O movimento coletivo era tão grande e contínuo que Guy não viu a faca se aproximar pelas costas.

A lâmina se ergueu lentamente.

O agressor demorou preparando o ataque.

Para matar.

33

O suor nos olhos o incomodava. Com a respiração entrecortada, as pernas bambas, as suas mãos estavam tão úmidas que ele temia que o cabo da faca escorregasse.

Seguiu a fila de passageiros sem perder de vista o homem de chapéu-coco e a mulher com uma grande chapéu.

Havia muita gente.

Isso não o agradava.

Isso o deixava em pânico!

Nunca tivera essa impressão de controlar tão pouco o corpo.

Estava muito perto deles.

Ele levantou a faca embaixo da capa.

Mirar nos rins, transpassá-los, um e outro. Depois ir embora. Dois golpes rápidos por trás.

Afastou uma adolescente que o atrapalhava, depois um casal que não parava de mudar de lugar para comentar a paisagem.

Gente demais.

Movimento demais.

Isso o cobriria, mas também era perturbador.

Passariam vários segundos até que as pessoas compreendessem o que havia acontecido, o que lhe permitiria desaparecer na próxima escada. Misturar-se com a multidão mais embaixo e entrar numa composição de trem elétrico, sob o viaduto, para fugir da Exposição o mais rápido possível.

Ele se aproximava da porta de saída. Precisava apertar o passo e estar preparado para atacar no momento certo.

Num instante ele estava bem atrás de Guy e de Faustine, preparado para atacar. Esperou estar quase na altura da escada e armou o gesto.

Um gesto tão rápido que ele mal sentiu que havia perfurado a pele e cortado a carne através da roupa.

Havia sido muito rápido.

O homem havia se curvado.

Mas não era o homem certo.

Um jovem havia entrado bem na sua frente no momento em que o golpe havia partido.

Ele havia sido atingido.

Gente demais! Movimento demais!

Em pânico, o homem hesitou.

Não podia ficar só nisso. Ele soltou os ombros do menino.

Precisava terminar o trabalho, no verdadeiro alvo desta vez.

Guy se esforçava para alimentar a conversa sobre banalidades, falavam essencialmente sobre o que ele admirara durante o passeio. A saída se aproximava e ele queria ter certeza de que Faustine não ficara com raiva dele por causa da discussão no restaurante.

Ouviu um gemido choroso atrás de si e se virou para verificar se havia algum problema.

O rosto congestionado e assustado do adolescente lhe chamou a atenção.

Em seguida ele viu o alto vulto encapuzado logo atrás.

Um vulto nada habitual naquele cenário alegre e colorido.

O brilho das lâmpadas num objeto metálico atraiu o seu olhar.

Uma lâmina maculada de sangue.

Ela cortou o ar na direção do seu abdômen, para estripá-lo.

Instintivamente, Guy deu uma violenta bengalada no punho que segurava a arma.

A sua experiência em savate lhe era útil de novo.

Assim que desviou o golpe, a sua outra mão acertou no capuz preto.

O choque fez o assaltante recuar, o seu queixo e a boca apareceram, crispados pela surpresa e pela dor.

Mas o homem, resistente, se recuperou imediatamente e jogou uma mulher com toda a força contra Guy, que cambaleou com o peso dela e caíram para trás.

Várias pessoas começaram a gritar.

Enquanto Guy se levantava, o vulto encapuzado desapareceu.

— Onde ele está? — gritou Guy. — Em que direção ele foi?

Mas os passantes mais próximos apressavam-se em levantar a senhora e a cercar o adolescente. Um homem ao lado dele gritava, chorando.

Faustine estava ajoelhada ao lado do menino e havia rasgado a barra do vestido para fazer uma bandagem. A calçada estava coberta de sangue.

O burburinho da agressão se propagava nas proximidades.

Guy examinava a multidão de cabeças para tentar ver o agressor, em vão.

Ele olhou a sua camisa, intacta.

Mas havia passado perto.

A faca jazia aos seus pés.

Lívido, o adolescente o fitava com os seus grandes olhos verdes, como se fosse culpado pelo seu intenso sofrimento.

— Ele vai viver — exclamou Faustine, entrando na biblioteca do *Boudoir*.
— O médico confirmou, o ferimento não foi mortal.

Gikaibo, que a havia acompanhado, cumprimentou Guy e foi se fechar no seu lugar preferido: a cozinha.

— Ele vai ficar com sequelas?

— O médico não soube dizer. Ainda é muito cedo.

Guy se serviu de mais um copo de conhaque e Faustine se serviu de absinto.

— Entrei em contato com a polícia municipal — contou ele. — Pedi que avisasse sem demora o inspetor Perotti. Por sorte, o guarda o conhecia e me indicou onde encontrá-lo. Enviei um portador para lhe entregar uma mensagem, e ele acabou de voltar: Perotti terminou o trabalho e voltou para casa!

— Ficou tranquilo? Martial está bem!

Guy aquiesceu, sem perder o ar contrariado.

— Também entrei em contato com um amigo por telefone. Ele deve chegar a qualquer momento. Não estará sozinho.

— Quem é ele?

— Maximilien Hencks. Virá acompanhado de um conhecido e de uns 15 homens. Vamos sair hoje à noite.

Foi a vez de Faustine se preocupar:

— Hoje à noite? Mas já passa da meia-noite!

— O colega de Hencks é amigo de Déroulède, oficiosamente ele recuperou os membros da Liga dos Patriotas quando Déroulède foi banido em janeiro último.

— Você frequenta os antissemitas? O caso Dreyfus não o emocionou?

— Não se engane, Hencks é monarquista-orleanista, os judeus estão lá! O amigo dele é que é um pouco mais... obtuso, embora negue ser do mesmo lado que Jules Guérin[1] e da sua liga antissemita. Não ponha todos os simpatizantes do general Boulanger[2] no mesmo saco.

— Se ele é intolerante, me explique o que vai fazer com ele numa hora dessas?

— Preciso de homens fortes e disciplinados, Hencks pensou neles. É tudo o que tenho à mão. Vamos prender o nosso agressor.

Faustine, que levava o copo à boca, interrompeu o gesto.

— Você... você sabe quem é?

Guy apontou a faca, ainda manchada de sangue, num lenço em cima da mesinha de pé de galo.

— Não foi Húbris — disse. — Ele não teria agido assim, não tão... estupidamente, com a multidão em volta dele. Era um amador, um homem que queria que o seu crime fosse chocante, que provocasse um grande alarde no meio da multidão, na área da Exposição Universal.

— Eu não compreendo. O homem parecia ter um ódio pessoal por você; segundo o pai do menino, era em você que ele queria enfiar a faca, quando o filho dele passou na frente.

— Era, e em seguida, ele tentou rasgar o meu abdome.

---

[1] Jornalista e ativista francês, diretor de um hebdomadário antissemita (*L'Antijuif*). (N. T.)

[2] General francês, ministro da Guerra em 1886, célebre por ter abalado a Terceira República num movimento que ficou conhecido com o nome de *boulangisme*. (N. T.)

Faustine apoiou o copo, com o rosto inesperadamente desfeito pela incredulidade:

— O seu sogro? Ele poderia estar furioso a esse ponto com você?

— Com ele nunca se sabe, embora o incidente desta noite não tenha nada a ver com ele. Olhe a faca: o formato diferente, a lâmina bem pontuda, o comprimento, é o que chamamos de desossador. Uma faca de açougueiro. Acho que não fiz só amigos ontem quando fui aos Halles.

— Por que eles iam querer a sua pele? O que disse para eles?

— Eu me passei por um membro da Segurança Nacional. Aparentemente, lá é um antro de anarquistas. Nos tempos atuais, é preferível não se meter muito com eles. Depois dos atentados de Ravachol, de Emile Henry[1] e companheiros, todo o mundo sabe que é um ambiente perigoso. Eles assassinaram até mesmo um presidente da República, já pensou um inspetor insignificante que vai até o feudo deles?

— Por que fez uma coisa dessas?

— Eu não conhecia as ideias deles! Eu tinha dúvida, mas foram eles que me seguiram domingo de manhã. Agora, vou resolver o problema. Não vou deixar a ameaça pairar em cima da minha cabeça indefinidamente.

— Poderia lhes explicar que você não é o que eles pensam.

— Eles me degolariam por ter mentido, por lhes ter arrancado informações! E não posso mandar a polícia lá, claro, pois isso se voltaria contra mim, Pernetty e Legranitier poderiam saber que eu me fiz passar por um inspetor.

— Então, a sua solução é lhes mandar os piores inimigos? Você será responsável por um banho de sangue!

— Pedi a Maximilien Hencks que encontrasse sujeitos obedientes, eles saberão se controlar, só vão me escoltar, não haverá pancadaria, não é esse o objetivo.

Guy pegou o chapéu e a bengala, enrolou a faca no lenço e se preparou para sair.

— Já vou. Depois de um golpe desses pode-se apostar que os anarquistas estão reunidos no porão para discutir a respeito. O idiota que nos atacou usou uma faca com um cabo de chifre, gravado com as suas iniciais! Será fácil desmascará-lo!

---

[1] Anarquista francês, guilhotinado em 1894 por ter cometido vários atentados. (N. T.)

Faustine não compartilhava da excitação dele, cruzou os braços e soltou:

— Espero que saiba o que está fazendo, pois não é bom trancar dois extremos na mesma caixa.

Ao empurrar a porta do prostíbulo, Guy se perguntou se, por trás dessa frase, Faustine não fazia alusão a um pouco mais do que a essa situação explosiva. A eles dois.

34

Monstro insone, os Halles de Paris já recebiam os primeiros peixeiros e suas carroças cheias de peixes que ainda estrebuchavam.

Guy conduzia o pequeno exército reunido por Hencks entre os prédios de tijolo, ferro fundido e vidro, andando à sombra das fileiras de árvores, fora do halo dos postes de luz, ressabiados como bandidos.

Eles eram vinte, três amigos de Hencks, aristocratas que manejavam o florete político tão habilmente quanto a espada de duelos aos quais se entregavam com tanta regularidade para lavar a honra de seus ideais monarquistas; e, sobretudo, indivíduos um pouco rústicos, amantes da bandeira e de uma certa ideia da França. Este último grupo era chefiado por um amigo de Maximilien Hencks: Jean Maisier, um ruivo baixo com um bigode que caía ao lado da boca até o queixo e que usava um boné.

Eles estavam quase chegando ao pavilhão número 11, o dos matadores de aves. Guy se virou para Hencks e Maisier:

— Compreenderam bem? Não quero provocação! Tenho contas a acertar com um deles, com ninguém mais, vocês estão aqui só para obrigá-los a não agir contra mim.

— Não haverá nenhum problema — garantiu Maisier. — Os meus companheiros o protegerão desses vermes! Ninguém tocará em você!

— Guy, eu ficarei com você — especificou Hencks — caso aconteça alguma coisa.

Maisier assobiou entre os dedos e uns 15 homens se espalharam em volta do pavilhão deserto.

— O caminho está aberto! — disse ele, todo sorrisos.

Guy entrou acompanhado de Hencks e dos seus três comparsas. Atravessaram as alamedas vazias e encontraram um indivíduo estendido no chão, inconsciente.

Um dos soldados de Maisier apareceu.

— Este estava de vigia! — cochichou ele.

— O acesso ao subsolo é por esta porta — instruiu Guy.

Imediatamente uma dúzia de nacionalistas se precipitou para entrar no porão, e quando Guy se juntou a eles, viu que cercavam oito açougueiros sentados em banquetas no meio do matadouro.

Ganchos pendiam do teto, o cheiro de carne era forte e uma espessa camada de sangue seco cobria a terra.

Os anarquistas pareciam perdidos, tentando entender o que estava acontecendo. Dois deles quiseram se levantar e foram imediatamente projetados contra a parede, com um cassetete no pescoço.

— Calma! — ordenou Guy.

Muitos dos açougueiros não puderam disfarçar a surpresa ao reconhecê-lo. O homem de lábio leporino o fitava direto nos olhos.

— Vocês sabem por que estou aqui, não é? — perguntou o escritor.

— Para nos prender — disse o mais magricela dos oito.

— Para lhes mostrar que se me atacarem de novo, os meus amigos aqui presentes conseguirão encontrá-los, todos vocês, até o último, e fazê-los pagar por isso.

— Policial porco e devasso! Pequeno-burguês hipócrita! — enervou-se Lábio Leporino. — Pensa que não vimos a sua manobra? Você se diz a serviço da moral, do Estado político e vive no meio das rameiras!

Guy deu a volta e chegou perto dele. Com um gesto fulgurante, ele o agarrou na parte de baixo do rosto com uma mão e os testículos com a outra. O açougueiro começou a gemer e a contorcer o rosto.

— Pouco importa quem eu sou — disse ele, apenas a alguns centímetros do nariz do homem. — Pouco importa o que eu faça. Se eu vir um único de vocês rondar à minha volta ou das moças, mandarei castrá-lo para ter certeza de que nunca mais poderão gozar. Fui claro?

Lábio Leporino lançou uma série de gritinhos abafados que pareciam uma aprovação e Guy o soltou.

— E você — disse ele, ameaçador, apontando um dedo acusador para o magricela. — Como se chama?

— Eu? Etienne Daistre.

— As iniciais correspondem e você está com um roxo no queixo, onde eu bati há pouco. Foi você quem me agrediu.

Jean Maisier pulou nas costas de Daistre e lhe bateu violentamente atrás dos joelhos com o seu cassetete.

— Nada disso! — exclamou Guy.

— Ele esfaqueou um garoto, Maximilien nos disse! — protestou Maisier.

— Quem ataca as crianças da nação, ataca a França!

Guy se agachou de frente para o açougueiro que estava de gatinhas no chão.

— Como vê, não controlo os meus amigos. Se fizer isso de novo, nunca mais vai andar. Acredite, terá inveja do destino que reserva aos seus frangos todas as manhãs.

O magricela concordou com a cabeça freneticamente.

— Sim, sim, eu compreendi. Isso não vai acontecer de novo.

Ele estava aterrorizado e Guy soube que ia colaborar.

— Por que eu? — perguntou o escritor.

— Para atingir a autoridade por intermédio de quem veio pôr os pés no nosso território. Não era pessoal, é só porque a espontaneidade de massa não funciona, a revolução social só ocorrerá através da propaganda do feito. É preciso multiplicar as ações, dormimos por muito tempo, há 94 anos as nossas redes não agem mais. Era a ocasião de relançar a nossa ação. De motivar as outras células! Nada pessoal, estou dizendo!

Guy havia compreendido.

— E eu era apenas um símbolo...

Por um momento, ele havia suspeitado que Húbris estivesse entre eles e que os manipulara para atacá-lo. Mas não passavam de um grupo de anarquistas cansados de esperar a mudança política.

Ele se levantou.

— Vou esquecer vocês — explicou ele — mas se não fizerem o mesmo, vocês pagarão! Todos vocês!

Dito isso, ele quis ir embora, mas parou embaixo da escada, ao constatar que Jean Maisier e os seus homens não haviam esboçado o menor sinal de sair.

— Vamos embora — disse ele ao nacionalista.
— Não sou surdo, vou esperar que esteja lá fora.
— Vamos embora *juntos* — insistiu Guy.

Jean Maisier abriu um ricto provocador.

— *Você* faz o que quiser, amigo. Eu e os meus amigos não vamos deixar um bando de terroristas prontos para agir, depois do que acabei de ouvir. Seria criminoso!

Os anarquistas se agitaram, imediatamente controlados pelos homens de Maisier. Vários olhares convergiram para Guy.

— Não vou deixar que acertem as contas agora. Nós tínhamos um acordo, uma escolta e nada mais!

— Só vamos lhes dar uma forte correção, para que não tenham mais vontade de ameaçar quem quer que seja em nome das suas ideias fanáticas!

Guy se atirou contra Maisier, mas esbarrou na carcaça possante de Hencks que se havia interposto entre os dois.

— Não vale a pena — disse ele, baixo. — Não poderá fazer nada, eles são muito numerosos.

— Quem você trouxe? — indignou-se Guy — Você devia conseguir pessoas de confiança!

— O que está pensando? Que basta tirar o fone do gancho para conseguir capangas servis? A violência provoca sistematicamente uma resposta violenta, qualquer que seja a forma. Agora, vamos subir, você não poderá impedir o que vai se seguir. Sinto muito, Guy, acredite.

Guy estava alucinado de raiva.

Ele mediu Jean Maisier, pronto para passar às vias de fato.

— Terá de responder por isso! — exclamou ele.

— Quando quiser, os duelos são a minha segunda paixão, depois da perseguição aos anarquistas...

Guy o fitava.

Porque era incapaz de olhar os açougueiros nos olhos.

35

Naquela terça-feira de manhã, quando Perotti atravessou o limiar do sótão, Guy correu para abraçá-lo.
Olheiras profundas marcavam o olhar do escritor, avermelhado pelo cansaço.
— Eu me preocupei muito com você! — admitiu ele. — Sem notícias o dia inteiro, isso não é do seu feitio!
— Fique tranquilo, passei o dia na delegacia, não podia acontecer muita coisa comigo, o comissariado estava abarrotado! Temos novos problemas com os imigrantes italianos, uma manifestação de racismo num bairro em que eles são acusados de todos os males atuais da França! É sempre a mesma coisa com os imbecis que se metem na política, eles começam por acusar o *outro*! Hoje são os "*Ritals*"[1] como nós os chamamos, amanhã os italianos serão os nossos amigos e será a vez de um outro povo! Você verá!
— Parece levar o problema a sério. Perotti é originário do outro lado dos Alpes, não?
— Da Savoia. Os meus pais vieram para Paris logo depois que ela foi incorporada à França. Mas, em relação ao nosso caso, tenho informações que talvez possam interessar.
— Eu também e são muitas! Sente-se, o que vou contar pode muito bem fazer com que perca o equilíbrio. Húbris sabe que o perseguimos.

---

[1] Em francês, termo de gíria, pejorativo e insultante para denominar os imigrantes italianos. Pouco usado nos dias de hoje. (N. T.)

— Como?

— Ele nos escreveu. Para dizer a verdade... Ele entrou aqui para deixar a carta dentro de casa. Um envelope com o meu nome.

Perotti exibia a expressão de quem contempla um fantasma.

— Veja, aqui está ela — acrescentou Guy, dando tapinhas na missiva pregada na prancha de madeira.

— Não posso acreditar...

— Agora compreende a minha preocupação?

— Não podemos levar isso na brincadeira...

— É esse o caso? — surpreendeu-se Guy.

— Não, é verdade, mas aí, trata-se das nossas vidas! Tem certeza de que quer continuar?

— Acha que ainda temos escolha? Húbris não vai nos deixar assim! Em contrapartida, temos de ser particularmente prudentes. Nada de sair sozinho!

— Mas, Guy, lembre-se de que tenho um trabalho! Não posso ficar com você!

— No exercício da sua função, protegido no escritório, você estará em segurança. Para ser sincero, estou pensando em Faustine: não quero correr riscos.

Perotti revirou os olhos sacudindo lentamente a cabeça, como se não ousasse dizer o que lhe ia no coração.

— Ela... ela é... o arquétipo — gaguejou ele — o arquétipo da vítima ideal. Mulher, jovem, cortesã.

— Foi o que disse a mim mesmo. Não ouso falar com ela, conhece o seu temperamento. Mas ela difere num ponto das outras: não é do tipo ingênuo! Ela não seguirá facilmente um desconhecido!

A esta altura, Guy pensou no almoço em que Faustine havia acompanhado um rico político, três dias antes. Na realidade, as circunstâncias podiam, às vezes, torná-la imprudente.

A jovem surgiu nesse momento, empurrando a porta do sótão para cumprimentar Perotti.

— Guy lhe contou sobre a agressão de ontem à noite?

O policial pareceu em pânico.

— Uma agressão? Húbris?

— Não — interveio o escritor com um ar triste. — Um anarquista que me havia tomado pelo que não sou.

Faustine o encarou.

— Como transcorreu o seu pequeno acerto de contas? — perguntou ela muito secamente, para que ele compreendesse que continuava a não aprovar o seu comportamento.

Guy abaixou o olhar.

— Eu deveria tê-la escutado. Se isso pode tranquilizá-la, não seremos mais importunados por esses homens.

— Você lhes deu uma boa correção, foi isso?

— Não queria que fosse assim, acredite.

Faustine bateu a mão no vestido.

— O que esperava? Organizar um grupo com esses extremistas, era certeza de que isso ia acontecer! Seria bom escolher melhor os seus amigos, esse senhor Hencks me pareceu uma pessoa perigosa.

— Não, Maximilien não é uma pessoa delicada, porém, não é mau.

— Não com os seres humanos — completou Perotti. — Contudo, eu não gostaria de ser um animal isolado num bosque com ele! Diga-me, ontem foi um dia danado para vocês!

— Você lhe contou sobre o necrotério? — perguntou Faustine a Guy.

— Não — respondeu ele, embaraçado. — Ainda não.

Guy fez o relato da manhã e das conclusões do professor Mégnin.

— E, acerca de Milaine — acrescentou ele — há uma coisa que precisa saber.

Faustine pigarreou alto, sentando no sofá em frente a Perotti.

— Pois bem, o que, Milaine? — inquiriu Perotti, contrariado pelos subentendidos que ele não captava.

— Conversamos sobre a morte dela com o doutor Efraim — encadeou Faustine.

— As causas da morte não podem ser identificadas — completou Guy. — Poderia ser devido a um coquetel de venenos, a menos que... Que ela tenha morrido de medo.

— Foi ele quem lhes disse isso? Um médico?

Guy deu de ombros. Faustine lhe era grata por não ter dito mais, ele podia ler isso na expressão dela. A mentira de Milaine quanto à gravidez fictícia. Como não queria mais se desentender com ela, Guy achou que aquele não era o momento e não disse a verdade.

Ele massageou a nuca, as pálpebras coçavam e tinha a impressão de que estavam debruadas com um fio de chumbo.

— Você parece exausto — notou Perotti.

— Eu não dormi. Não consegui pegar no sono. (Ele deu uma olhada rápida para Faustine para constatar que ela ainda não sorria). Então, analisei a carta de Húbris. Fiz o estudo grafológico.

— Isso é concludente? No comissariado, sempre ouvi dizer que era uma tolice!

— Aos seus olhos pode-se acreditar na psicologia? Você dá algum crédito aos trabalhos de pessoas como Charcot?

— Da mesma maneira que forças como a eletricidade e a gravidade regem o nosso mundo físico e apenas aprendemos a dominá-las, sim, quero acreditar que forças *psíquicas* agem nos nossos corpos e nas nossas complexas cabeças! Mas, daí a fazer o retrato de um indivíduo por intermédio das suas palavras! É um pouco de exagero!

— Se me lembro bem, você é um apreciador de pintura, não é? A grafologia não é mais improvável do que afirmar reconhecer um artista só pela observação de uma tela. Basta ser atento, conhecer os códigos. A mesma coisa acontece com a personalidade. Você já notou que existe uma forte relação entre a personalidade de um indivíduo e os seus gestos, a sua maneira de falar, de se vestir, as expressões do rosto, em suma, todas as manifestações externas de uma pessoa. Isso porque o exterior reflete o interior, o exterior não passa de um prolongamento, de uma linguagem do interior. Afinal, isso é bem normal, pois é a nossa personalidade que dá vida ao nosso ser, ela transpira através de tudo o que somos. A mesma coisa acontece com a escrita. Esta última é um meio de comunicação, cujos códigos aprendemos muito cedo, ao mesmo tempo em que aprendíamos os códigos da sociedade. Todos os símbolos da nossa vida se misturaram no mesmo momento, segundo um ritual que assimilamos conscientemente e uma grande parte inconscientemente.

— Está me dizendo que a maneira de escrever é o reflexo da nossa alma?

— Exatamente isso. Ela é simbólica e, portanto, traduz, com os movimentos, os movimentos do nosso psiquismo! Antes de começar, é preciso que compreenda bem a importância do contexto no qual a humanidade se construiu, com um simbolismo muito forte que se acentuou ao longo dos séculos, em milênios, e essa herança, queiramos ou não, todos carregam, influenciados pela sociedade na qual crescemos. E essa sociedade alicerçada nessa experiência, erigida sobre esses símbolos, os transmite, invariavelmente, a todos aqueles que a constituem, pois eles se constroem através dela. Tudo isso, para dizer que vivemos num mundo de símbolos, dos quais uma grande parte nos é comum.

— Poderia ser um pouco mais concreto? — pediu Perotti.

— Em todas as civilizações, a noção do que está no alto, em cima, é associada ao céu, ao sol, à luz, ao infinito, à esperança, seja no plano espiritual ou intelectual. Eis um forte exemplo de simbolismo que nos é transmitido inconscientemente. Em todos os lugares e há muito, muito tempo. Inversamente, o que está embaixo é assimilado à Terra, às trevas, ao que está enterrado, ao inconsciente, à ação concreta. No meio, temos o horizonte, a vida cotidiana. Se pegar a noção de esquerda, ela se insere nos nossos mecanismos — e talvez esteja ligada aos hemisférios do cérebro tanto quanto a história simbólica da nossa espécie — como sendo do passado, das tradições, das normas e da mãe. Ao contrário, à direita, é o futuro, o que não está em nós, o outro, os projetos e, enfim, o pai.

— Os nossos pais estão *realmente* ligados a direções? — surpreendeu-se Faustine.

— Do ponto de vista simbólico, sim! O passado, aquela que dá a vida, que alimenta e educa, que estabelece normas, é a mãe. O que projeta por seu dinamismo e pela sua autoridade para o exterior, que altera a fusão entre o filho e a mãe, é o pai. A mãe está ligada à nossa personalidade voltada para si mesma, o nosso egocentrismo, se preferir, o pai está voltado para o outro.

— Que seja — disse Perotti. — Qual a ligação com a escrita?

— Como eu disse, ela é simbólica, ela concentra o que queremos dizer, com tudo o que somos, a aprendizagem que tivemos alterada pela nossa percepção, pela nossa personalidade. Ela é a ligação entre o visível e o invisível. Escrever é conjugar o pensamento, é esforço muscular, tensão nervosa, olhar, em resumo: todo o ser! E a tinta, por isso, é um pouco o sangue da alma.

Guy pegou uma folha de papel na sua mesa e a estendeu entre as suas mãos.

— Escrevemos como somos. Por exemplo, se você resolver escrever uma carta a alguém, em que sentido vai pegar essa folha? No sentido da altura, como é o uso clássico? Nesse caso, você age por raciocínio, por lógica, é o pensamento que predomina. No sentido da largura, à italiana? É a noção de comunicação, o instintivo ou o criativo.

— Só pela escolha do sentido da folha em que vou escrever? — comentou Perotti, cético. — Sem nem mesmo ter escrito uma palavra?

— Sem uma palavra, é verdade, mas não sem ter agido! É uma escolha que você faz e ela não é feita por acaso. É preciso estar atento a isso. Vamos continuar com o bilhete deixado por Húbris.

Guy se posicionou diante do quadro de madeira.

— O que nota em primeiro lugar?

— A letra um pouco irregular? — sugeriu Faustine.

— Antes disso.

Olhares desconfiados, interrogativos.

— A escolha do papel! — exclamou Guy, que o cansaço levava a exagerar todas as reações. — Húbris não optou por esse papel meio especial por acaso!

— E se fosse o único que ele tivesse à mão? — disse Faustine.

— Ele não se limitava a escrever um bilhete para si mesmo, ele se preparava para entrar em contato conosco, era um momento importante para ele, sem sombra de dúvida, deve ter dado ao fato o máximo de atenção. É um papel espesso, pesado. Alguém que gosta do aspecto material, que vive no concreto. Ele precisava sentir bem a folha, o seu peso. Além do mais ele não pegou um papel liso e sim um papel vergê.

— Qual a diferença? — perguntou Perotti.

— O homem impaciente, que não quer demorar na transmissão da sua ideia, prefere o papel liso, enquanto aquele que não tem medo do confronto, até mesmo que gosta de resistência, o combativo, aprecia o grânulo bem marcado.

— Outro dia, nos referimos a uma personalidade que não suportava que não a obedecêssemos — retorquiu Faustine. — Isso é contraditório.

— Temos de saber moderar. Húbris talvez não goste que façamos oposição a ele, mas pode ser combativo. Um não anula o outro. Vou continuar: a cor creme, puxando para o amarelo. O amarelo é, habitualmente, uma cor brilhante, a cor da luz, da inspiração ou da intuição. É, também, a cor do ouro, do poder, a cor dos deuses. Mas, aqui, ela é um pouco apagada e pode remeter à crueldade, à dissimulação.

Perotti tomou a palavra:

— Não quero questionar tudo o que você afirma, mas confesso ter dificuldade em conceber que uma cor possa dizer alguma coisa!

— E, fora do contexto, você tem razão, as cores não querem dizer nada. Exceto que, mais uma vez, as formidáveis esponjas que são os nossos cérebros as assimilam pela nossa própria experiência e pela nossa cultura, a que herdamos de milhares de anos de tradições, de códigos e essas cores são associadas, queiramos ou não, a inúmeros símbolos. Em seguida, o tom carregado de luz é positivo, o de sombra, mais sinistro, não evoca a mesma coisa. Para todo mundo, e isso você não pode negar, o amarelo é o sol, o ouro, as coisas positivas, símbolo de força, de autoridade, de poder, de prosperidade. O amarelo das divindades astecas ou egípcias, o amarelo das roupas do imperadores chineses, "Filho do céu" ou, ainda, o amarelo da auréola de Cristo, o ouro do cibório ou da casula do sacerdote, todas noções divinas. Ele também pode declinar num amarelo "sujo", doente, o da velhice, do traidor da pátria cujas janelas pintamos de amarelo, dos homens traídos,[1] dos sorrisos mordazes. E é assim com todas as cores. O vermelho do sangue, do fogo, do amor e da violência. Em suma, no cotidiano de bilhões de seres humanos, as cores foram transmitidas com uma bagagem de associações que são os símbolos adquiridos por nós.

— Consciente e inconscientemente — acrescentou Perotti que, agora, parecia convencido.

— Então, foi um papel puxando para o amarelo que foi escolhido — prosseguiu Guy. — Vamos guardar isso na cabeça. Agora, antes de passar para a letra em si, é importante olhar onde Húbris optou por posicionar o texto em relação à folha. Vocês podem notar que ele não centralizou o texto, a margem inferior é muito grande. Se relacionarem isso com as minhas explicações sobre o simbolismo dos espaços, pode ser que Húbris procure se afastar da terra, do pragmatismo, do corpo, para se aproximar da alma. Uma tendência a ficar nos seus pensamentos, um lunático? Nada disso é

---

[1] Referência à antiga expressão francesa "ser pintado de amarelo", que significa ser traído pela mulher. Sem similar em português. (N. T.)

fixo, será preciso, é claro, correlacioná-lo a todo o resto para que faça sentido.

— A margem da esquerda é muito irregular — chamou a atenção Faustine.

— Em relação às normas, à educação, à mãe e ao seu ser egocêntrico, o que concluem?

— Que ele está distante do passado? Que existe um problema com a sua história pessoal?

— É possível; e que ele não seja estável. Sujeito a sofrimentos internos constantes, também pode não estar de acordo com as normas que lhe foram ensinadas, uma pessoa que não está adaptada à vida social ou, ao menos, que faz passar o seu interesse pessoal na frente do respeito às tradições, até mesmo das leis. E, no entanto, observem a margem direita: ela é regular, existe a preocupação em não cortar as palavras, ele é previdente. Em contrapartida, essa margem é muito grande; ele põe muita distância entre ele e o outro, entre ele e a vida.

— O que representa a alínea no início do parágrafo? — perguntou Perotti. — Porque a dele é muito marcada.

— A alínea é uma "margem social", um recuo de si mesmo antes de tomar a palavra. Para preparar o leitor, e por respeito também, deixamos um espaço antes de nos expressarmos. A alínea de Húbris é interessante pelo fato de ser muito marcada, um pouco demais. É quase obsequiosa, ele exagera, o que não é natural.

— Ele está pouco ligando para nós? — sugeriu Faustine.

— Eu diria que só poderia fazer isso, que caberia melhor na sua margem esquerda irregular; um desafio às normas, à educação. Ele marca em excesso a história da alínea, como nós notamos, como se fosse forçado a isso, mas que não é natural aos olhos dele.

Guy juntou as mãos à frente e cruzou os dedos examinando os dois ouvintes; tinha a sensação de ser um professor de escola, em plena aula.

— Falta observar a distribuição e a densidade geral antes de passar para a letra — prosseguiu ele. — O que mais me marcou foram os intervalos entre cada letra, entre cada palavra e, portanto, a alternância entre o branco e o escrito. A gestão que ele faz do cheio e do vazio. Olhem, no início de cada linha, os espaços são relativamente curtos, depois, ao longo das palavras, os brancos se alongam. E são ainda mais marcados no fim do texto. Sentimos que ele se esforçou no começo, mas o natural foi voltando à medida que ele se concentrava no sentido e não na forma. Sem dúvida, as três últimas linhas são a sua forma de escrever mais natural. Há um alongamento dos espaços à medida que andamos para a direita. O homem estava fechado em si mesmo, para a esquerda, e quanto mais ele vai em direção aos outros, em direção ao futuro, mais ele se desagrega. A isso, devemos acrescentar que o movimento da escrita é bem inconstante, uma parte é reta, até mesmo rígida, e uma parte é fusiforme. Tenho a impressão de que ele alterna retraimento e criatividade. Como se tivesse uma vida interior muito rica, muito fantasiosa, mas que a reprimisse de tudo que é lado.

— Você também falou de densidade — interveio Faustine. — Acho que esses espaços entre cada linha são muito marcados, até marcados demais.

— É verdade, como se ele não aceitasse a norma, mais uma vez. Ele se distancia do que escreve em cima e, ao mesmo tempo, se distancia das conveniências e da sociedade. Agora, vamos passar para a forma da escrita. Ela é calcada no que nos foi ensinado na escola, depois nós evoluímos, nós a personalizamos, para que fique mais próxima do que somos, para que expresse o nosso caráter, em suma, para que se pareça conosco. Aliás, não é por acaso que essa transformação ocorre na adolescência, quando a nossa personalidade se emancipa da autoridade para se afirmar. Essa é a prova de que a nossa caligrafia é o reflexo do que mora dentro de nós.

— No entanto, há caligrafias que se parecem — interveio Faustine.

— Sem dúvida, existem "grupos" de caligrafia, modelos genéricos; no entanto, além das características gerais de semelhança, cada um desenvolve gestos que lhes são próprios. Vamos voltar ao nosso caso. As formas são angulosas, as bases estreitas em cima da linha, a caligrafia de Húbris é agressiva, cheia de resistência. Ao contrário da minha, aqui, é muito fina, é a de uma mente rápida, mas relativamente insubmissa. A caligrafia em ângulos é sinal de resistência psicológica, de força, mas também pode ser sintoma de uma falta de controle das próprias emoções, até mesmo de intolerância.

Perotti permanecia silencioso, as suas pupilas passavam do escritor para a carta pregada no quadro, verificando tudo o que ouvia com profunda concentração.

— Martial, você não diz mais nada, ainda está prestando atenção ao que dizemos?

— Estou. Tenho de reconhecer que você conseguiu que eu voltasse atrás no meu ceticismo. Talvez fosse útil propor os seus serviços à polícia, pois, ao ouvi-lo, o culpado está em vias de se desenhar debaixo dos nossos olhos!

— Eu não iria tão longe. A grafologia vai nos permitir fazer uma representação psíquica que, se cruzarmos com Húbris, poderá nos ajudar a reconhecê-lo. Agora vou abordar a dimensão de cada letra. O que chama a atenção nesse texto são os traços verticais e as pernas das letras, ou seja, os traços verticais que sobem, como os "l" e os "t" e os que descem como os "g" e os "p". Os dele são muito acentuados. As pernas dos "p" descem demais, aliás, como os "g", do qual podem notar a agressividade da barriga da letra, que não é uma barriga, e sim um triângulo esticado ao máximo.

Faustine se interessou pelo jogo e sugeriu a sua explicação:

— Ele procura voltar para a Terra, para os seus instintos e é um cerebral, ele faz isso com o pensamento e não com o corpo?

— Não se esqueça da margem inferior desproporcional!

— O texto no centro é a ação, o presente, não é? Então, naturalmente, ele está distante das suas bases, das suas raízes, mas sabe disso e tenta se reaproximar.

— Podemos, ao menos, concluir que ele está em ação, mas que é repuxado para todos os lados, violentamente, vejam a agressividade dos traços verticais e das pernas das letras. Ele força o traço. Ele *quer* agir para se equilibrar, ele está em ação, mas a agressividade é violenta. Isso é reforçado pelas linhas encavaladas aqui e ali, pelas palavras que não estão na mesma altura das outras. Algumas estão um pouco mais altas, outras, um pouco mais baixas, demonstrando uma luta permanente, o acavalamento para cima remete à impulsividade e os outros a uma tendência biliosa, porém, o que quer que seja, existe uma vontade de controlar tudo.

— As forças sexuais não são representadas no seu simbolismo?

— Eu ia justamente chegar aí. Elas estão com os instintos, com a base, a terra e a obscuridade: embaixo.

— Embaixo, é evidente — ironizou Faustine. — Não podemos imaginar que ele tenha algum distúrbio sexual com toda a distância que ele toma, como na margem inferior?

— Mas, afinal, o que você tem com essa história de sexualidade? — perguntou Perotti. — Não misture tudo! Guy falou muito bem: ele mata para se equilibrar, é a morte, o sangue, o poder que são os seus motores. Isso não tem nada a ver com a sexualidade, você vai nos fazer embarcar numa pista errada com isso!

— Acho que Faustine tem razão — interveio Guy antes que ela o fizesse com muita paixão. — Não podemos separar a sexualidade das suas motivações, a sexualidade é inerente ao nosso comportamento, ela está ligada ao que somos. E não se esqueça de que Viviane foi violentada com uma estatueta, isso não é insignificante! Aliás, as pernas das letras estão anormalmente aumentadas nos "j". Existe uma forte atração pelas profundezas, o que pode estar ligado às suas próprias trevas, mas, também, à sua sexualidade.

— Concretamente, existe algum traço de caráter que você possa destacar com certeza nessa carta? — impacientou-se Perotti.

— Ele é nervoso.

— Ah, e por quê?

— Por causa da ligação entre as letras e entre as palavras. As ligações são as respirações da alma durante a escrita e Húbris tem uma caligrafia agrupada, isto é, ele liga várias letras numa mesma palavra e deixa espaço entre outras. Se ele fizesse isso por sílabas, seria a prova de um bom equilíbrio, mas não é esse o caso. As ligações são totalmente anárquicas, o fio do seu pensamento é interrompido todo o tempo, o ato de escrever é cortado, é uma respiração arrítmica, prova de forte ansiedade. Húbris é nervoso. A pressão que ele fez enquanto escrevia confirma isso. Olhe o lado do avesso da folha, praticamente podemos ler só com os sulcos que atravessaram o papel que, no entanto, é grosso.

— Eis uma coisa concreta! — alegrou-se o jovem investigador.

— E vou lhe dar mais — revelou Guy. — Nós escolhemos a maneira que traçamos as letras e, mais uma vez, isso não ocorre na confusão do acaso. As letras podem ser fechadas, cheias ou abertas. As dele são abertas embaixo e à esquerda, veja como ele desenha os "o", a circunferência no alto, à esquerda não é fechada, o traço do início da letra não fecha o círculo. Portanto, abertura à esquerda. Isso também ocorre com os "a" e o "b" minúsculo. Quanto aos "s", eles são abertos embaixo, assim como o círculo dos "q" que não é fechado.

— Parece que ele faz o traço ao contrário — notou Faustine.

— É isso o que ele faz e se não houvesse tanta coerência no conjunto, tamanha leveza em cada letra, eu diria que é uma tentativa de dissimulação, mas não é esse o caso.

Perotti se inclinou para a frente, com os cotovelos nos joelhos; quanto mais durava a explicação e entrava em detalhes, mais ele parecia convencido.

— E o que isso quer dizer, essas aberturas à esquerda e para baixo?
— É a zona de vulnerabilidade. A nossa falha, se achar melhor. À esquerda, Húbris é tão profundamente marcado pelo passado, que não pode fechá-las. Embaixo são os puxões para o concreto, para o material, mas também podem ser em direção aos instintos, às trevas ou para a sexualidade.

— Poderia ser um problema não resolvido com a mãe, não? — perguntou Faustine.

— Poderia. E estaria ligado à história dele, às lembranças. Vou terminar com o simbolismo das letras, pois elas também, como qualquer coisa, têm essa conotação. Vou me concentrar em duas letras em particular, os "a" e o "b". O "a" é a primeira letra do alfabeto e, para lhes dar uma ideia da importância que ela tem, o alfabeto de todas as línguas conhecidas começa com o som "a". Aí também, vocês podem meditar sobre a ausência do acaso na criação das nossas civilizações! Será que é por que o primeiro som agradável que sai da boca de um recém-nascido é uma espécie de um longo "a"? Não sei. Seja o que for, o "a" abre o alfabeto e, portanto, o conhecimento, a linguagem. Em suma, o "a" abre para a vida. É uma letra que tranquiliza, teoricamente fechada, bem assentada, que lembra o amor, portanto, a vida, a segurança e até mesmo a alegria. Como todas as letras afetivas, o círculo do "a" minúsculo clássico, poderíamos dizer, normalmente deve começar pela direita e pelo alto e ser desenhado no sentido inverso dos ponteiros do relógio. Acontece que Húbris traça os dele ao contrário, no sentido dos ponteiros do relógio, eles são inclinados, parecendo mais com "o", e são atrofiados quando os comparamos com as outras letras. Finalmente, o "b" remete à mãe, como o "f", de fêmea e, aliás, o "m". É a segurança do lar, a infância, o alimento afetivo dado pela mãe para um despertar, um desenvolvimento de si mesmo. E, ainda, os "b" de Húbris não são bem-feitos, a circunferência da base é muito aberta à esquerda, essa roda que deve simbolizar o alicerce bem-construído em direção à elevação está incompleto.

— Ele sofre de uma cruel falta de afeição materna — concluiu Faustine, como boa aluna. — Ele não tem amor dentro dele, não sente nenhum amor; assim como os "a" atrofiados, esse sentimento é quase ausente nele. A sua personalidade nunca foi segura, ela é mal construída, a relação com a mãe não era boa, o passado o atormenta, ele vive num mundo de fantasias, provavelmente sexuais, muito elaboradas, que ele se empenha em combater. Resumi bem?

Guy aplaudiu.

— Eu acrescentaria que ele não tem muita atração pelo próximo, não se preocupa com as regras, não respeita as leis se elas atrapalham o seu bem-estar, mas quer parecer correto, em todo o caso, fazer com que acreditem que ele se interessa pelo próximo, sendo que isso é só uma aparência. Ele gosta de impor essa aparência quando fala com os outros.

— A cor amarela?

— Sim e sua maneira de insistir no "eu". Ele é previdente, organizado, mas relativamente intolerante. E, principalmente, existe uma luta permanente dentro dele, uma profunda ansiedade, uma vida extremamente introvertida na qual o próximo não tem nenhum lugar. E, às vezes, ele perde o controle. É uma pessoa imprevisível.

— Ele mata quando perde o controle? Isso não combina com um assassino organizado!

— Pode ser que ele tenha começado a "carreira" de criminoso ao perder o controle, agora, eu diria que ele mata como abrimos uma válvula de segurança para eliminar o excesso de gás. E como ele acelerou o ritmo, eu terminaria dizendo que ele tomou gosto, que acontece alguma coisa quando ele mata que lhe dá uma forte satisfação, que merece que ele assuma o risco de recomeçar, de novo e de novo. Esse é Húbris. Então, entre todas as pessoas com que cruzamos, esse retrato lhes lembra alguém?

Os olhares de Faustine e de Guy convergiram para a mesma pessoa.

Martial Perotti.

36

Perotti alisou o bigode, nervoso.

— O quê? Por que me olham assim? Não estão pensando que eu...

— Acalme-se — zombou Guy. — Você é muito sensível, meu bom amigo. Sobretudo para um policial!

— É que essa história de mãe, de homem solteiro, tudo isso não deixa de mexer com os meus miolos. Começo a me perguntar se sou normal!

Faustine o presenteou com um sorriso carinhoso.

— Fique tranquilo, ninguém é! E problemas com a mãe, ou com uma mulher, creio que somos três aqui a tê-los!

— É verdade, diga-se de passagem — exclamou Perotti. — O que lhe diz que não é a letra de uma mulher?

— Para dizer a verdade, nada, a não ser as nossas conclusões anteriores. Tenho um trabalho para você, Martial. Poderia verificar nos seus arquivos se houve um assassinato de um reparador de calçados e de um segurança no ano passado?

A essas palavras, Perotti deu um tapa na testa.

— Droga! Eu tinha quase me esquecido! Ao entrar aqui eu disse que tinha novidades para contar. Ontem, depois da história com os imigrantes italianos, dei uma passada nos arquivos. Eu queria verificar se haviam ocorrido outros crimes com uma encenação forte, uma espécie de ritual: retirada de órgãos, objetos nas partes genitais etc. Então, peguei todos os dossiês de assassinatos não resolvidos dos últimos vinte meses! Uma pilha enorme! Passei dez horas com eles!

— Qual o resultado? — perguntou Faustine.

Perotti fez suspense com um silêncio acompanhado de um ricto de contentamento.

— Quatro assassinatos no ano passado, no verão, entre junho e setembro.

— Isso representa um por mês! — disse Faustine. — E se houvesse uma relação com os ciclos da lua?

— Ele não teria acelerado — replicou Guy, impassível. — Martial, o que estava dizendo?

— Duas mulheres, sendo que uma era prostituta e uma sem identificação e dois homens, provavelmente trapeiros. Miseráveis! Estripados e sem nenhum órgão no abdômen! E quanto à que não foi identificada, também faltava a cabeça.

— Que horror — murmurou Faustine, entre dentes.

— Em que parte de Paris? A leste ou no setor da Exposição?

— É aí que a coisa complica: as quatro vítimas foram encontradas em lugares totalmente diferentes. A primeira na esquina da ponte de Change com o cais do Relógio.

— Debaixo do nariz da polícia! — exclamou Guy. — Uma provocação, certamente. Quando foi isso exatamente?

— Em junho de 1899, dia 12, encontrada por uma brigada às quatro horas da manhã. Estripada, certamente não no mesmo lugar, havia pouco sangue. O segundo, em 21 de julho, em frente aos degraus da Bolsa. Mesmas circunstâncias.

— Outro símbolo, o do comércio, do lucro, do capitalismo — relacionou Faustine.

— O terceiro, em 10 de agosto, lá para os lados de Montmartre, na rua Deux-Frères e, finalmente, no dia 1º de setembro, aquela sem cabeça, na praça da Concorde.

— Praça da Concorde? — repetiu Guy.

— Sim, as obras da Exposição fechavam uma boa parte da praça, ela foi localizada não muito longe dos tapumes. Em todos os casos, ninguém viu nada, nenhuma testemunha. Tudo leva a crer que essas pessoas foram mortas em outros lugares, foram revelados traços de óleo na última, um óleo muito fino! Na época, é o que parece, os investigadores ainda não tinham instruções para fazer o mínimo possível e fizeram um trabalho muito bom. Conseguiram mandar analisar esse óleo que tinha uma taxa de viscosidade extremamente baixa e era, no mínimo... excepcional: eles conseguiram determinar que se tratava de óleo de marsuíno.[1]

— O que é isso?

— Infelizmente, a investigação parou logo depois, Pernetty e Legranitier tomaram a frente e conhecemos a vontade deles para enterrar os casos.

— Óleo de marsuíno — disse Guy, pensativo. (O seu rosto se iluminou inesperadamente.) É claro! Anna Zebowitz também tinha uma substância oleosa nas roupas! Duas vezes em seguida, não é mais um detalhe, é um indício.

— Para que serve esse óleo? — perguntou Faustine.

Os dois homens permaneceram em silêncio.

— Bom — continuou Guy — o que há para tirar de tudo isso é que Húbris começou a sua carreira há um ano e não tirou folga desde então: já temos vinte vítimas comprovadas, contando com Elikya, a mulher de Bomengo.

Ao pronunciar o nome do jovem congolês, Guy sentiu um vertigem. Fechando imediatamente as comportas da sua memória, rechaçou as ondas de terror e de culpa que se precipitavam na sua consciência. Bomengo não teria morrido em vão, disse a si mesmo. Não, se o seu sacrifício permitisse a prisão de Húbris.

— Vinte mortos em dez meses! — especificou ele.

— Não consigo acreditar que a polícia não faça nada — praguejou Faustine. — E os jornalistas? E o povo? Ninguém reage!

— Não há nenhuma coordenação, talvez seja aí que está a inteligência de Húbris, ele escolhe as vítimas em lugares diferentes, para que as pessoas não se deem conta. Com exceção da rua Monjol. Mas ele sabe que lá é o Purgatório, que lá ninguém irá chorar para a polícia, que farão de tudo para evitar os jornalistas.

— Por que ele se concentrou nas meninas da Monjol? — surpreendeu-se Faustine. — Afinal, são sete moças!

— Não sei. Levando em conta a sua engenhosidade, ele deve ter uma boa razão. Martial, não encontrou nada anterior a esses quatro crimes?

— Nada. Junho é o mais antigo. Os corpos que viram no necrotério, ontem, poderiam ser os que desapareceram da rua Monjol?

---

[1] Cetáceo também conhecido por toninha ou boto. (N. T.)

— É possível. Eu teria de organizar um encontro entre o doutor Efraim e o rei dos Piolhentos. Porque, se aqueles 12 cadáveres não correspondem aos da rua Monjol, ultrapassamos os vinte. Teríamos 26.

— Vinte e seis — repetiu Perotti, baixinho.

O silêncio voltou a reinar no sótão. Todos eles olhavam para o vazio, perplexos com esse número que chegava à beira do grotesco.

Uma melodia tocada ao piano ressoava, ao longe, no estabelecimento.

— Ele mata homens, mulheres, adolescentes e pessoas mais velhas — disse Guy, pensando em voz alta. — Como se o que prevalecesse fosse uma necessidade de matar, mais do que um mundo fantasioso a ser evacuado. Acontece que não posso acreditar que uma pessoa inteligente possa passar ao ato sem que seja pela pressão de uma fantasia que se tornou tão forte que a submerja. Pela análise grafológica, sabemos que Húbris é perseguido pelo passado, que existe um problema com a mãe e que uma grande parte dos seus mecanismos atuais são pervertidos por causa de tudo isso. Sou tentado a afirmar que ele mata para solucionar essa anomalia.

— Que tipo de anomalia, de fantasia, incluiria todos os sexos e todas as idades? — perguntou Faustine.

— Essa é exatamente a pergunta que devemos nos fazer. E está necessariamente ligada a essa ablação que ele faz quando pega os órgãos. Martial, você verificou se não há novos assassinatos nesses dois últimos dias?

— Eu indaguei. Por ora nada em especial, nenhum crime ritual chegou aos meus ouvidos.

— Fique bem atento a esse ponto, cada crime, quer Húbris queira ou não, é um indício suplementar da identidade dele. Tente verificar se os dois homens mortos na praça da Bolsa e em Montmartre não eram um sapateiro e um segurança. Faustine, você disse ter um contato que pode dar informações sobre a Exposição Universal?

— Disse, um engenheiro inglês.

— Pergunte a ele em que ponto estavam as obras em outubro último, início dos primeiros crimes naquele local.

— Pensei que não devíamos mais nos separar.

— Você irá com Gikaibo. Perotti estará em segurança com os colegas dele.

— E você, o que vai fazer? — inquiriu Perotti.

— Vou aos locais do quatro primeiros crimes, os mais antigos. A primeira vez é sempre um momento único, especial. Ele não escolheu esses lugares ao acaso, existem símbolos demais no fato de ele jogar um corpo na frente da polícia e nos degraus da Bolsa. Quero seguir esse roteiro e tentar compreender o que se passa na cabeça de Húbris.

Perotti assumiu um ar sinistro.

— Cuidado — disse ele — não tenho certeza de que seja bom descer demais nesses abismos.

— Eu os conheço — murmurou Guy, se levantando. — Eu os conheço...

— Você estará sozinho — lembrou Faustine.

Guy balançou a cabeça, insistentemente.

— Húbris sabe quem eu sou e onde moro. Tenho esperanças de que, agora, ele se decida a me seguir. Pois, se não posso ir até ele rapidamente, talvez ele venha a mim.

37

Faustine se protegia do sol com a sua sombrinha branca, bordada com pérolas e pequenos nós de tule.
A massa enorme de Gikaibo lhe fornecia uma proteção suplementar.

Eles já estavam esperando há dez minutos, quando Marcus Leicester foi ao encontro deles.

Faustine havia telefonado para Louis Steirn de manhã, para saber como entrar em contato com o engenheiro inglês e havia marcado um encontro em frente ao palácio da Eletricidade.

O palácio estendia o seu enorme conjunto atrás da torre Eiffel e era tão comprido e largo que fazia a torre parecer menor. Mas Faustine estava cativada pelos chafarizes que camuflavam a entrada do palácio.

Uma gruta com perspectiva vertiginosa se erguia diante da entrada, dominada por um frontão curvo, sob o qual se viam fontes em vários níveis com dezenas de metros de largura nas quais a água caía em cascata até encher um tanque, grande como um lago, ornamentado com jatos de água que dançavam como nuvens que quisessem decolar. Sessenta metros de pedra modeladas com inúmeros detalhes: rostos, empenas, fontes e corpos que não se sobrepunham, caíam do céu, tão maravilhosos quanto um fragmento do Paraíso que viesse dar na Terra.

Faustine ficou por longos minutos em frente a um bloco de rocha natural, no centro do edifício, que suportava um grupo de estátuas brancas, alegorias pomposas: a humanidade avançando para o Futuro, conduzida pelo Progresso que vertia duas fúrias que se debatiam na água: a Rotina e a Raiva.

Por um instante, imaginou Húbris no lugar da humanidade.

Todos os golpes eram permitidos, acobertados pela sobrevivência, pelo progresso.

Pela evolução.

Inclusive varreria tudo o que atravessasse o seu caminho.

Para isso bastava ficar de consciência limpa, oferecendo ao inimigo, a qualquer forma de oposição, um rosto detestável.

Havia muita pretensão nessa alegoria para que agradasse a Faustine, que se pôs de lado para evitar os pingos d'água trazidos pelo vento.

— Espere-me ali — disse ela a Gikaibo.

Faustine havia notado um quiosque meio afastado, sem nenhuma indicação, como se não fosse aberto ao público e, como Leicester não se decidia a aparecer, ela se aproximou.

Um cartaz "APENAS pessoal administrativo" barrava a porta.

Um homem, usando um chapeuzinho de feltro, saiu de lá e Faustine o parou com um gesto:

— Desculpe-me, senhor — disse ela com o seu sorriso encantador — queria algumas informações sobre este lugar.

O homem pestanejou, contemplando a maravilhosa jovem e ergueu o chapéu para cumprimentá-la.

— Sobre o palácio da Eletricidade? — perguntou ele.

— Sim, e sobre os expositores, em toda a volta.

— O que deseja saber, senhorita?

— Queria saber detalhes originais sobre a construção, casos singulares, tudo o que pudesse animar uma boa noite entre amigas!

— Sou um dos comissários deste espaço, a senhorita está falando com a pessoa certa! Théodore Sébillot, para servi-la.

— Chame-me de Faustine — respondeu ela estendendo a mão para que ele imitasse um beija-mão rápido.

— Casos interessantes é o que não faltam! Quer que a acompanhe numa visita?

— Eu adoraria, mas infelizmente marquei encontro com uma pessoa que não deve demorar. Poderíamos...

— Quando quiser, Faustine — respondeu Sébillot, apressadamente.

O charme da jovem conseguia maravilhas.

— Votarei para vê-lo amanhã à tarde — disse ela. — Veja, estou curiosa sobre tudo o que se refere às fundações, ao subsolo, em resumo, a tudo o que não se vê! Não posso negar que me interesso por todas essas formidáveis construções, porém, desejo ainda mais aprender sobre o que foi necessário para sustentá-las. E tenho um gosto muito pronunciado pelas histórias... picantes, para não dizer amedrontadoras!

— Então, fique certa de que as terá em profusão amanhã! Não quero prendê-la por mais tempo, senhorita!

Ele se despediu e voltou ao trabalho, exibindo um sorriso embevecido.

Faustine estava radiante. Com um pouco de sorte, se houvesse ocorrido algum desaparecimento de pessoal ou outras descobertas mórbidas no subsolo durante a construção, ele os contaria em detalhes.

O poder que ela conseguia exercer sobre os homens não cessava de surpreendê-la. Numa sociedade em que era de bom-tom ter uma amante, uma bela mulher que soubesse usar o seu físico e os seus adornos poderia conseguir tudo de quase todos os homens.

Julie a havia formado bem durante aqueles anos. Havia ensinado a Faustine a inverter a sua condição de mulher, a dirigi-la em vez de se submeter.

Faustine não queria uma existência de esposa, obediente ao marido, irrepreensível na manutenção da casa, no apoio ao esposo, dominada e dócil. E, além do mais, as palavras de Julie estavam gravadas na sua cabeça: "Um marido respeitável é um homem fiel, não à esposa a quem ele não saberia impor os caprichos da carne que a natureza lhe dita, mas à casa de prostituição, cujos bons costumes e boa higiene ele conhece, que lhe garanta voltar para a esposa com boa saúde e bem-preparado para as coisas necessárias ao leito conjugal!" Julie se preocupava com os políticos que começavam a militar para o fechamento dos bordéis. Ela temia, não pelo seu comércio, mas pelo equilíbrio dos casais, e gostava de repetir para quem quisesse ouvir, que isso seria substituir o bom senso pela hipocrisia.

De uma coisa Faustine estava certa: ela vira passar pelo *Boudoir de soi* tantos homens que tinham uma honra pública imaculada, que não poderia acreditar no amor romântico e fiel. Ela se acostumara à ideia de que eles eram assim constituídos e não poderiam se contentar com uma relação truncada. Antes só do que mal acompanhada.

Gikaibo se aproximou, cobrindo-a com a sua sombra.

— Acho o seu encontro aqui — disse ele, de uma só vez.

Marcus Leicester se inclinou diante deles. O ruivo estava elegantemente trajado com um terno cinza justo, que destacava as suas formas longilíneas, e uma cartola. Exibia um fino bigode ralo sobre o lábio superior e suíças cortadas em ponta que reforçavam os seus traços angulosos e as suas faces fundas.

— Eu lhe apresento todas as minhas desculpas por este atraso, tive muito trabalho com os meus visitantes pela manhã!

— Está totalmente perdoado, eu me impus no último momento. (Ela se virou para o gigante japonês e pôs algumas moedas na mão dele.) Gikaibo, conheço a sua atração por sorvetes, vou poupá-lo da caminhada e das explicações que você não compreenderia e o encontrarei perto do sorveteiro que cruzamos há pouco.

— Guy disse: eu a sigo por toda a parte.

— E eu digo: vá espairecer com um sorvete, você mereceu! Vamos, mexa-se!

Faustine o viu se afastar, aliviada. A presença dele mudava a relação dos homens com ela, eles se abriam menos.

— Você está na parte de relógios, não é? — perguntou ela ao engenheiro inglês.

— Estou. Aliás, eu deveria ter sido instalado na seção de Relógios do primeiro andar do palácio dos Invalides, mas eles me mudaram no ano passado, durante as obras, para me encaixar com a seção inglesa da indústria. Mas, no final, foi uma coisa boa, assim o meu trabalho se destaca mais do dos outros relojoeiros!

— Em nome do povo francês, eu lhe apresento as minhas desculpas por esse racismo, infelizmente, bem do nosso tempo.

— Ora, não se preocupe com isso, vivo em Paris há mais de dez anos, e me sinto adotado em muitos aspectos!

— Aliás, você fala um excelente francês! Eu o parabenizo por isso.

— Posso conduzi-la aos meus domínios?

Faustine se apoiou no braço dele e se deixou levar pelo meio da multidão, para o ar fresco de um prédio à imagem de toda a Exposição: desmesurado.

Eles andaram pelos corredores abarrotados, entre várias centenas de automóveis do mundo inteiro, todos eles modelos que logo estariam em circulação, depois entraram num hall que faria empalidecer de inveja qualquer estação parisiense pela sua vastidão. Imponentes máquinas a vapor, a gás e à eletricidade se enfileiravam até o infinito, algumas delas ligadas a teares para acioná-los mais rapidamente do que qualquer operário conseguiria fazer.

Num caos de roncos, de estridências, de zumbidos e de gritos de deslumbramento, Faustine e Marcus Leicester atravessaram o hall no sentido da largura e chegaram a uma escada monumental, toda feita num rendilhado de aço e arenito, para chegar ao primeiro andar, bem mais calmo.

— Você chegou à França imediatamente antes das ondas de atentados anarquistas, não?

— Em 1889, exatamente.

— E essa violência não fez um monarquista como você fugir? — brincou Faustine.

— Certamente não! Eu não me sentia bem na minha casa, problemas de família me impeliram a deixar a minha terra natal.

Pensando no retrato psicológico que Guy havia traçado, Faustine se mostrou ainda mais curiosa:

— Problemas familiares? É horrível não se sentir seguro entre as pessoas do seu próprio sangue!

— É sim. O meu irmão mais velho não aceitou muito bem a morte dos nossos pais, ele se tornou hostil e nós brigamos. Mas ele conseguiu virar toda a família contra mim. Então, preferi sair de Londres e mudar de ares! Além do mais, Paris é famosa pela qualidade da sua ourivesaria e por seus relojoeiros! Eu sabia que seria bem recebido aqui. E não me decepcionei, fique tranquila!

Eles entraram na seção da Grã-Bretanha, exclusivamente dedicada às minas e à metalurgia, contornaram pirâmides de cabos e lingotes de aço inglês, de pregos, de parafusos, de ferramentas e várias vitrines de explosivos Nobel. Os nomes de Nettlefolds e G. Craddock e Cia. estavam gravados em grandes e belas letras de ouro em cima dos espaços de exposição e os representantes das empresas em questão abordavam os passantes para se vangloriar dos méritos do material.

Faustine, então, se deu conta de que a Exposição não era apenas um pretexto para divertir as massas enquanto os diplomatas se encontravam para estabelecer futuras alianças, mas era, também, uma plataforma inestimável para a indústria e o comércio mundial.

A relojoaria Leicester ocupava o fundo do prédio: duas grandes vitrines envidraçadas cheias de mecanismos complexos, de peças minúsculas e, enfim, de belos relógios que rutilavam sob a iluminação elétrica.

— Eis o meu reino! — exclamou orgulhosamente Marcus Leicester.

— Foi você quem fabricou todos esses relógios aqui?

— Sim, eu e a minha equipe, evidentemente.

— Vocês são muitos?

— Tenho um assistente e um aprendiz. Ou melhor, tinha! O aprendiz nos deixou no começo do ano.

Desconfiada, Faustine perguntou:

— Deixou? Você quer dizer...

— Não! Pelos deuses, não! Não nesse sentido. Ele apenas preferiu se juntar à concorrência! Fique tranquila!

— E você expõe as suas criações para comercializá-las?

— Sim, é um meio de me fazer conhecido. As caixas são de aço inglês, sólido, inoxidável e com mecanismos resistentes. A minha especialidade são as reservas de funcionamento! Os meus relógios podem funcionar mais de quarenta horas sem precisar de corda!

— Fantástico! — fingiu se entusiasmar Faustine.

Ela deixou que ele contasse as proezas técnicas que conseguira realizar, admirando com atenção cada objeto que ele apontava. Por ela, ele chegou até a retirar das vitrines os mecanismos mais sensíveis, colocando-os na palma da sua mão.

— E aqui está o modelo mais cobiçado! — terminou ele. — O Leicester Turbilhão, cujo nome vem deste pequeno círculo de ouro em movimento que você vê bem em cima das seis horas.

— O que é um turbilhão? — perguntou Faustine que buscava desesperadamente um jeito de orientar a conversa para a pessoa dele, sem, no entanto, parecer indiscreta.

— Veja, a gravidade exerce uma força constante nos frágeis mecanismos dos relógios e, para contrabalançar essa atração que altera o balancim, o famoso relojoeiro Breguet inventou, há tempos, uma espécie de gaiola giratória que distribui as posições do conjunto escape-balancim para obter um funcionamento médio de equilíbrio.

— Em suma, o homem conseguiu vencer a gravidade nos seus mecanismos mais sensíveis!

— Exatamente isso! Não preciso lhe dizer que a criação de um turbilhão é extremamente complicada e só está ao alcance dos melhores relojoeiros!

— E como aprendeu essa arte?

— Com o meu pai, eu assumi o negócio familiar.

— Ele era famoso na Inglaterra?

— Infelizmente não tanto quanto gostaria. O sonho dele era fazer o que Breguet realizou: fornecer relógios para a realeza! Mas tenho a esperança de conseguir isso algum dia!

— Seria uma bela homenagem! E de uma deliciosa ironia: um súdito de Sua Majestade exilado na França para conseguir ser o seu fornecedor! Por que escolheu o nosso país?

— Foi graças a Louis Steirn! Eu o conheci em Londres, em 1887. Ele morava na Bedford Street, muito perto da minha casa e como a minha babá me havia ensinado o francês, nós nos conhecemos numa noite, num *pub*. São 13 anos de amizade.

— Steirn em Londres? O que ele fazia lá?

— Com a sua paixão pelo espiritismo, ele havia posto na cabeça de dar a volta o mundo conhecendo os grandes médiuns.

— E ele fez isso?

— Não. Para dizer a verdade, creio que ficou em Londres, onde passou muito tempo junto da célebre Helena Blavatsky,[1] depois em Nova York e Chicago, voltando, exausto, depois de quatro anos de viagens e de pesquisas.

— Não pensei que fosse uma paixão a esse ponto! Eu imaginava que o Cenáculo fosse uma espécie de salão que o senhor Steirn houvesse criado para se divertir.

Leicester pareceu contrariado com as palavras usadas por Faustine e respondeu meio secamente:

— Isso não é absolutamente uma diversão! É o centro da vida dele, a sua obra!

— Um filho de Allan Kardec, em suma.

---

[1] Escritora, filósofa e teóloga russa (N. T.)

— Claro que não! Louis não aderiu aos princípios de Kardec. É bem verdade que o perispírito de Kardec é interessante, mas a sua teoria de progressão pela reencarnação não é plausível! Para Louis, às vezes os espíritos se juntam com o inconsciente coletivo que influi na vida intrauterina do bebê, mas nada além. A reencarnação de uma alma, de um espírito, num novo corpo é uma total aberração para quem teve uma experiência como a que Louis e a condessa Bolosky nos fizeram compartilhar.

Pressentindo que ia se envolver num assunto delicado, Faustine preferiu não insistir.

— Imagino que deve dedicar todo o seu tempo a esta exibição!

— Mais do que imagina!

— E quanto tempo leva para montar um projeto como este?

— São meses de preparação! Só para que a minha candidatura fosse aceita, foi um calvário administrativo!

— Ouvi dizer que alguns expositores começaram a ocupar o lugar no verão passado.

— Isso me surpreenderia, o prédio ainda estava em construção. Em compensação, no começo de outubro nós pudemos entrar para preparar a instalação.

Outubro. Os primeiros cadáveres nos esgotos. O coração de Faustine se acelerou.

— Você estava aqui? Vinha sempre?

— Vinha, evidentemente. Por quê?

Ignorando a pergunta, a jovem continuou:

— E, nesse período, não viu nada surpreendente? Ou ouviu rumores assustadores?

— Rumores assustadores? O que está procurando, Faustine?

— Sonho em escrever um livro sobre a Paris das sombras, tudo o que não se sabe sobre a cidade, os crimes mais sórdidos, os casos mais surpreendentes e preciso de material!

Leicester ergueu a sobrancelha direita e exibiu uma expressão desconfiada.

— Que ideia estranha! — comentou ele. — Pois bem, não. Sinto decepcioná-la, mas não tenho nada de especial para contar. E, também, eu não estava o tempo todo aqui, faço viagens regulares, de negócios, a Londres.

— Ah, bom, paciência. Londres deve ser uma cidade esplêndida.

— E é! Cosmopolita e tentacular! E preciso dizer que a variedade das nossas colônias leva até ela um toque de exotismo que a torna única na Europa!

— Vai com frequência para lá?

— Vou por 15 dias, todos os meses, às vezes um pouco mais. Por exemplo, um pouco antes da Exposição fui buscar tudo o que precisava com os meus fornecedores. Passei todo o mês de fevereiro na minha terra de origem.

Fevereiro, desaparecimento de Louise da rua Monjol.

Há alguns minutos, Faustine olhava Marcus Leicester como o suspeito ideal, mas esse álibi o inocentava de, pelo menos, um dos crimes de Húbris. E se estudasse as suas ausências frequentes, Faustine pressentia que elas terminariam por inocentá-lo. Húbris não podia estar todo o tempo na estrada, ele era sedentário, precisava de tempo para preparar os assassinatos, para localizar as vítimas, segui-las, para aprender a conhecê-las...

Eles haviam passeado por toda a coleção do relojoeiro inglês e chegaram ao fim, num mezanino acima do térreo. Embaixo, Faustine via os visitantes entrarem e saírem do prédio, com os rostos entusiasmados, conquistados por esse excesso de material à glória da indústria moderna apesar dos estandes ainda inacabados como o que ela via de cima, um grande espaço coberto por um oleado branco. O progresso estava nesse estado, resumiu ela: numa evolução permanente e espalhado em todas as mãos, sem um controle real. Tudo era permitido, por pouco que justificasse um avanço para a humanidade. Mas, que humanidade? indagou-se Faustine. A massa de pessoas ou o que a caracterizava como uma forma de vida dotada de uma empatia excepcional? Nessa era propícia para o futuro do homem, onde estavam os filósofos para tentar trazer um pouco de bom senso a essa fúria industrial? Seria por acaso que os pensadores mais presentes eram os mais radicais?

— Que formigueiro, não? — observou Leicester.

— É exatamente isso! Espero que, no fim, saibamos ao menos manter a nossa identidade! Imagine um mundo regido por todas essas máquinas, no qual o homem só tivesse o lugar de consumidor!

— Isso nunca acontecerá.

— E por quê?

— Porque num mundo em que as máquinas fossem onipresentes, não haveria lugar para todos: veja-as! Elas fazem o trabalho dos operários! O que seria de todos os operários do mundo se fossem substituídos por essas invenções? A sociedade é piramidal, há um lugar para todos e eles são a base, a nossa civilização foi construída dessa maneira. Se quiser substituí-los, então o que acontece? A sociedade fica sem fundações! E acaba desabando! Não, eu lhe digo: nunca deixaremos isso acontecer.

— Espero que o futuro lhe dê razão...

Eles conversaram durante mais de uma hora, antes de Faustine se despedir.

Quando ela encontrou Gikaibo, sentia-se melancólica, tomada por profundas dúvidas. Depois da fonte pretensiosa, do discurso idealista de Leicester, ela se deu conta de que toda essa Exposição não passava de uma ilusão gigantesca.

Servia para reunir o povo, para diverti-lo, para lhe dar uma fé no futuro industrial, para apoiar as direções, muitas vezes loucas, que o mundo tomava. Bastava olhar a Exposição das colônias, instalada com grandes despesas no Trocadéro para, é o que parecia, dar um toque de exotismo e permitir que os parisienses viajassem, sem custos, por elas. Mas cada pavilhão procurava sobretudo o pitoresco, o tribal, sem nunca elogiar a cultura real dos povos. Limitavam-se a pô-los a par da realidade, eram "selvagens" que, na verdade, só serviam para mostrar o contraste entre o homem primitivo e o formidável progresso exibido do outro lado do Sena.

Esse paradoxo, essa sociedade de duas caras não era saudável.

Não era surpreendente que pessoas como Húbris nascessem no meio dessa demência que corroía o mundo moderno.

Pessoas com referências truncadas, desestruturadas.

Eles voltaram ao *Boudoir*, onde Jeanne os recebeu discretamente.

— Julie está furiosa com você! — disse ela, baixinho.

— Por quê? Por que não estou trabalhando?

— Você podia fazer um esforço! Já estão começando a falar... Ah, a propósito, um homem procurou por você.

— Não vou marcar nenhum encontro por enquanto, preciso descansar.

— Não tem problema, quando lhe disseram que você não estava, ele solicitou a Rose no seu lugar.

— Perfeito.

— Antes de sair, ele deixou isto para Guy, poderia lhe entregar?

Jeanne lhe deu um envelope.

Papel marfim.

O sangue latejou nas têmporas de Faustine, os ouvidos começaram a zumbir.

— Ele ainda está aqui? — perguntou ela, trêmula.

— Não, na verdade, ele levou Rose com ele, queria convidá-la para almoçar *antes*.

— Eles saíram? E Rose ainda não voltou?

Jeanne se virou para o relógio do hall.

— Não e já está durando muito o caso deles!

Faustine virou o envelope e viu escrito o nome "Guy". Imediatamente, ela foi tomada por uma vertigem.

Era a mesma letra do envelope anterior.

A letra de Húbris.

38

Golpes surdos.
Repetidos incansavelmente.
Um malho de madeira que batia seguidamente num cilindro preso à cintura da vendedora ambulante de legumes e frutas, para atrair os clientes.

Ela berrava para os passantes, lançando perdigotos nos ombros de todos eles, pouco amável, mas os seus legumes eram bonitos e maduros.

Guy passou por ela, em frente à entrada do *Moulin de la Galette* onde ressoavam os rangidos das cadeiras e das mesas que eram puxadas para lavar o chão. Na véspera, o lugar tinha vindo abaixo com os passos dos cantores e dançarinos até fartar, como todas as noites.

Finalmente, ele encontrou a rua Deux-Frères, que não passava de um beco sem saída espremido entre o *Moulin* e o Maquis.

O lugar era calmo, isolado; de um lado, a vegetação de um grande terreno baldio ultrapassava o tapume coberto de cartazes dos espetáculos dos cabarés de Montmartre, do outro, um muro cercava o *Moulin de la Galette* e o seu jardim. Em plena noite, o local devia ser barulhento, com os clientes festejando bem ao lado. Húbris podia ter matado a vítima ali.

Guy tirou o seu caderninho preto do paletó para reler as anotações.

A vítima era um homem.

Tão poucas especificações! praguejou o escritor. O que podia fazer com tão poucos detalhes?

Ele descreveu círculos no fundo do beco para observar os mínimos aspectos do local, não havia mais nada para catar no chão, claro, não depois de tanto tempo!

Guy ouviu um ranger atrás dele e, ao empurrar uma velha porta, descobriu que o beco dava num pequeno pátio. Uma antiga mó de moinho colocada num canto e um modesto obelisco que apontava para o céu ocupavam aquele estranho cenário.

O lugar era perfeitamente acessível. Pensando bem, Húbris podia ter entrado ali, aliás isso era bem provável.

Guy se inclinou para ler a inscrição erodida na coluna de pedra:

"*No ano MDCCXXXVI, este obelisco foi erguido por ordem do rei para servir de alinhamento para a meridiana*[1] *de Paris, do lado norte. O seu eixo está a 2,931 toesas,*[2] *2 pés da face meridional do Observatório.*"

Isso poderia ter alguma relação com Húbris? Que mensagem deveria ler ali? Em relação ao cais do Relógio era bem evidente a vontade de provocar a polícia. Mas, ali, haveria algum significado?

Provavelmente, Húbris havia escolhido aquele beco devido à sua calma e nada mais.

Um beco sem saída... era arriscado. Se ele fosse pego matando ou deixando o corpo, não tinha como fugir. A única vez em que havia sido tão imprudente fora no alto do palácio do Trocadéro e, agora, parecia estabelecido que Anna Zebowitz havia sido morta lá porque estava fugindo do assassino; não havia sido ele quem escolhera o lugar.

Húbris era prudente. Previdente! Ele não teria ido ali e assumido o risco sem razão, isso não se parecia com ele.

No entanto, Guy não percebia nenhum sinal particular a não ser a agulha de pedra e a mó abandonada. Já que era preciso se aprofundar desse lado, que simbolismo poderia lhe atribuir? A roda que alimenta o povo e a elevação na direção dos deuses? Uma relação histórica? 1736, a que Húbris poderia fazer alusão? Seria um monarquista?

Guy suspirou e decidiu ir à cena do crime seguinte, aquela não revelava nenhum dos mistérios.

Ele andou por Montmartre, com a permanente impressão de estar no campo, antes da agitação de Paris perturbar o chilrear dos pássaros. Ele

---

[1] Interseção do plano do meridiano com o plano horizontal de um lugar. (N. T.)

[2] Antiga medida de comprimento da França equivalente a seis pés, ou seja, quase dois metros. (N. T.)

pulou num ônibus e chegou à praça da Bolsa ao meio-dia. As operárias do Sentier[1] saíam em massa, as "costureirinhas", — como passaram a ser chamadas em toda Paris — com as suas marmitas de lata na mão, saíam para almoçar nos bancos, nos parques ou nos pátios dos fundos.

Guy se esgueirou entre essa maré humana que subia a rua na direção do jardim do Palais-Royal e ficou de frente para o palácio Brongniart.[2] Indivíduos de terno preto subiam e desciam os degraus, apressados, como se o futuro do mundo estivesse em jogo exatamente naquele minuto.

Guy imaginou o corpo de um homem deitado nos degraus do templo inspirado no de Vespasiano, com o sangue coagulado em cascatas escuras nos vários níveis.

Por que a Bolsa?

Para denunciar o comércio dos banqueiros? Húbris teria, na ocasião, uma tendência anarquista?

Evidentemente, o crime não podia ter sido cometido ali, o local era muito descoberto, muitas janelas davam para a praça, o tráfico era intenso, mesmo tarde da noite.

Húbris possuía um veículo. Isso era certeza.

Ele raptava as vítimas para matá-las em algum lugar e as abandonava, sem os órgãos, nas esquinas das ruas de Paris impregnadas de símbolos. Restava saber quais eram eles.

Guy estava impressionado com o alinhamento das colunas e se perguntou se não podia haver alguma coisa ali, por isso começou a contá-las.

Sessenta e seis em volta do palácio.

O seis era um número diabólico, especialmente o triplo seis.

Mas o que podia querer dizer 66?

Temo que não muita coisa!

Cansado, chamou um fiacre e pediu para levá-lo à praça da Concorde. Não tinha mais ânimo para ir ao cais do Relógio e, de qualquer modo, já o conhecia por ter ido lá quatro dias antes.

Desceu na entrada da ponte da Concorde para gozar de uma visão global. Embaixo, as chatas descarregavam o carregamento cotidiano de areia, de

---

[1] Centro têxtil e bairro tradicional de confecções. (N. T.)

[2] Inaugurado em 1826, foi sede da Bolsa francesa por mais de um século. (N. T.)

cascalho e de madeira, mas, na praça, os cavalos espocavam rebocando cabriolés, cupês, landaus, vitórias, charretes e zorras carregadas ao máximo, por entre ônibus de dois andares e de ônibus a vapor. Vários automóveis se enfiavam entre eles, soltando estampidos em cada aceleração.

O obelisco se destacava das altas fachadas do outro lado da esplanada, com a Madeleine ao fundo.

Mais um prédio de colunas, observou Guy.

Em seguida, ele percebeu a evidência.

Dois obeliscos!

O de Montmartre e aquele.

As colunas da Bolsa.

A torre do Relógio que encimava o cais do mesmo nome.

Construções que se projetavam para o céu.

Que representavam a força. O poder. A vontade do homem de se aproximar de Deus.

Essas pontas faziam eco a um discurso de Faustine.

Ela via uma ligação com a sexualidade em tudo o que Húbris fazia.

Aqueles objetos também podiam ser comparados a um sexo de homem, forma alongada, retesada.

Faustine estava certa, Húbris tinha um problema com a sexualidade.

Seria por isso que ele conhecia a rua Monjol, por isso que só matava prostitutas?

Aquela era uma pista que não se devia desprezar.

O que levou Guy ao rei dos Piolhentos.

Precisava da ajuda dele.

Então, sem esperar mais, chamou novamente um fiacre e foi levado ao outro lado de Paris, para subir a rua Asselin.

Quando Guy bifurcou na Monjol, duas mulheres desdentadas e curvadas, com as costas maltratadas por muito tempo, se atiraram em cima dele:

— Venha meu belo! Venha me dar o seu sumo!

— Vou levar você ao sétimo céu — disse a outra.

— Obrigada, mas tenho um encontro — respondeu Guy, empurrando-as.

As duas mulheres lamentaram e cuspiram quando ele passou.

Guy encontrou Victor, o rapaz de bigode penugento — desta vez ele exibia um belo olho roxo — que o acompanhou até a residência do rei dos

Piolhentos, um apartamento escuro, com as persianas fechadas, que cheirava a tabaco e a absinto.

Gilles o recebeu friamente, sempre com a barba por fazer, com as cicatrizes na testa e no queixo, as sobrancelhas em desalinho e os pequenos rasgos no lugar dos olhos.

— Diga-me que estripou o miserável que nos causou tanto mal! — disse ele.

— Ainda não. Mas estamos nos aproximando dele. Descobrimos os corpos. Preciso saber se são moças da sua rua.

— Não são.

— Como sabe? Nem mesmo levei alguém daqui ao necrotério para identificá-las!

— O obeso e a fuinha voltaram. Eles nos deram uma surra com os outros sujeitos.

Pernetty e Legranitier.

— Por quê?

— Por prazer! Eles só fizeram perguntas depois... Victor foi obrigado a acompanhá-los ao necrotério para ver os cadáveres. Não reconheceu nenhum, mesmo depois de eles terem lhe dado outra surra.

— São uns canalhas — indignou-se Guy.

Será que a polícia estava intensificando as investigações?

Para isso, seria preciso que houvessem começado! Acredito que o grande número de corpos embaixo da Exposição deu-lhes medo. Principalmente, enquanto não forem identificados. Se se tratar de burgueses que estivessem se divertindo, o caso não poderá ser abafado por muito tempo mais...

— Se não tem mais nada para me dizer, vá embora, não estou disposto a receber visitas! A não ser que seja para se embebedar comigo. Quer um copo de absinto?

Guy recusou polidamente e recuou até poder sair do apartamento que o sufocava. Ao descer a escada que rangia, perguntou a Victor:

— O seu rei não está bem?

— Está no período de depressão. Ele é assim, uma crise de felicidade, uma crise de morrer de tristeza. Nesses momentos, é melhor nem falar com ele, ele o esfaqueia por nada!

— Então, você não reconheceu nenhum dos corpos do necrotério?

— Não, nenhum. Dos que ainda estavam com a cabeça em cima do pescoço! Havia alguns bem feios!

Constatando que, além de olho roxo, ele tinha hematomas nos braços, Guy perguntou:

— Os dois desgraçados não o pouparam. Você está bem?

— Vou me recuperar.

— Foi ver um médico?

— Pra que ele leve os meus cobres? Eu me trato como um forte, com o tempo!

— O médico do necrotério poderia auscultá-lo, tenho certeza de que ele não...

— O judeu? Ele é completamente louco! Fala todo o tempo da mulher, como se ainda estivesse viva!

— Edna? — lembrou-se Guy.

— É, essa aí!

— Como sabe que ela morreu?

— Os dois desgraçados me falaram.

— Para assustá-lo.

— Não, é verdade! Vi no olhar deles; também não gostam do médico.

Guy afastou as dúvidas que o assaltavam, não tinha tempo a perder com um médico velho que havia sido simpático. Efraim tinha o direito de vivenciar mal o luto da mulher.

Perder uma pessoa tão querida, às vezes era difícil de aceitar.

Guy se despediu de Victor e chegou novamente ao bulevar da Villette e continuou andando para ter tempo de pensar o que faria a seguir.

Os 12 cadáveres do esgoto não eram de ninguém da Monjol.

Vinte e seis mortos.

Era aberrante. Essencialmente mulheres, prostitutas na maioria, mas, também, havia homens e adolescentes.

O que levava Húbris a fazer as suas escolhas? Ele não atacava ao acaso. Guy não acreditava nisso. Devia ser fruto de uma reflexão, de uma preparação. Mas por que mudar? Ele podia compreender que as prostitutas representavam vítimas fáceis, mas, por que os outros?

Guy sentia que já tinha peças suficientes do quebra-cabeças para juntá-las e entrever uma grande parte da alma de Húbris. No entanto, não conseguia fazer as ligações. Estava ali ao alcance da sua mão e a frustração de não conseguir o enraivecia.

Seria preciso pegar um mapa de Paris e marcar os locais das cenas dos crimes para reconhecer a estrela de cinco pontas[1] ou um desenho esotérico?

Guy parou em frente a uma mercearia, com as vitrines cheias de pequenos frascos.

Aproximando-se do balcão, ele perguntou ao vendedor:

— Por acaso, o senhor tem óleo de marsuíno?

— Óleo de maxilar e cabeça de marsuíno? Sim, tenho, o senhor é sortudo.

— Por que sortudo?

— Porque não é fácil achá-lo em Paris, claro!

— Não sabia. É uma compra que me pediram para fazer. Estou curioso: para que serve, exatamente?

— Oh, para qualquer coisa que se queira. É um óleo de excelente qualidade e as pessoas compram, sobretudo, para cozinhar, mas é um excelente lubrificante e vou lhe dizer uma coisa: algumas pessoas o usam na lamparina a óleo, parece que dura mais tempo e não produz tanto cheiro! Mas pelo preço que custa, é um belo desperdício, se quiser a minha opinião!

— Vou levar um frasco. De onde ele vem?

— Diretamente do Canadá e eu o recebo a cada três meses. Tome, é o último! Com ele, a sua senhora vai cozinhar uns bons pedaços de carne!

Guy não sabia o que pensar. Aí, também, havia um mistério. Apesar de tudo, o óleo era indissociável de Húbris. Duas de suas vítimas tinham esse óleo nelas; para um produto tão raro, não poderia ser uma coincidência.

No trajeto de volta, a hipótese mais louca lhe veio à cabeça.

Um óleo excepcional para um uso também excepcional.

Não, impossível.

Sobretudo, era impensável. Guy não conseguia formular isso em palavras.

No entanto, essa hipótese, por mais extraordinária que fosse, explicava quase tudo.

A ablação dos órgãos. Vítimas mais e mais numerosas à medida que Húbris tomava gosto.

---

[1] Estrela à qual os ocultistas atribuem um poder mágico. (N. T.)

A palavra era repugnante.

Aterrorizadora.

Durante o percurso de volta, no fundo, Guy não cessava de repetir a si mesmo que seguia a pista errada, que estava exagerando.

Mas a dúvida persistia.

Ao chegar diante do bordel, a palavra saiu e ele precisou pronunciá-la em voz alta, relutante:

— Canibalismo.

39

Guy reconheceu, sem sombra de dúvida, as letras pretas com traços verticais esticados, pernas angulosas e margem esquerda irregular.

Ele respirava lentamente, hipnotizado pelo retângulo de papel e pelo que esse retângulo implicava.

— Rose saiu com ele sem hesitar? — perguntou pela segunda vez.

Faustine concordou com um gesto de cabeça.

— E nem Jeanne, nem ninguém, conseguiu vê-lo? Quem abriu a porta?

— Jeanne. Mas, ela não prestou atenção, ele usava um chapéu e tinha um bigode preto. Poderia ser um mandatário, Húbris não assumiria o risco de se mostrar, não acha?

— É possível. Ele também pode ter pecado por orgulho, pelo desejo de, enfim, se revelar, de jogar.

No jogo dos mais espertos, quem ver por último verá melhor,
O Rei pôs a dama em cheque ao tomar a sua Torre,
E agora, o que vai fazer o bispo?
Tic tac, tic tac, o ponteiro quase chegou na hora,
Para o fim da partida, para o triunfo do Rei,
Para acabar com vocês, Melmoth volta para casa.
Até a noite.

Guy bateu na folha com o indicador.

— A escrita mudou, você notou?

— Ele escreveu mais grosso desta vez e quase não deixou margens.

— É verdade, é uma reação bem infantil. Ele quis se apoderar de todo o espaço, é invasor, quer se impor, poderia estar se sentindo frustrado e quer compensar essa frustração. Porém, o que me salta aos olhos em primeiro lugar é o tamanho da letra: ela foi quadruplicada! E todos os sinais que havíamos estudado estão novamente presentes, mas, amplificados. Acho que da primeira vez ele se esforçou, ele queria se dirigir a nós através de uma mensagem, ele *pensava* em nós ao redigi-la. Desta vez, tudo o que contou foi o que ele sentiu. Nós desaparecemos do componente. Ele estava totalmente voltado para si mesmo. As letras bem grandes traem o culto de si mesmo, trata-se, também, de pessoas de imaginação transbordante, mas das quais não se pode esperar nenhuma objetividade pois estão muito invadidas por si mesmas.

— Ele não completa todas as letras, nem todos os traços do "t" estão presentes, os "e" não estão terminados e os "s" são tão achatados que mal conseguimos distingui-los, o que não foi o caso da primeira vez.

— O arrebatamento dele e a espontaneidade foram cortados. Ele não consegue ir até o fim do seu pensamento, está desconfiado. Mas veja o traçado das letras, ele se entrega mais aqui do que da primeira vez. Os "f" são muito interessantes, segunda letra que ligamos à mãe, à fêmea. Isso é ainda mais pertinente porque é a única letra que evolui nos três planos, com um traço vertical simbolizando o ideal feminino que sobe para a zona do espírito, da esperança e, portanto, do ideal; uma perna ancorada no instinto e o traço horizontal que normalmente deve ligar o "f" às outras letras, no momento presente, mas que pode se esticar para o passado ou para o futuro. E os "f" dele não são absolutamente harmoniosos. A perna é reta, seca, sem nenhuma volta, árida, eu diria. Húbris não tem uma boa imagem da fêmea; olhe como ele quase não faz o traço de ligação, os "f" são separados das outras letras. As fêmeas, as mulheres, não são um elemento equilibrador para ele. Húbris as afasta, as separa da sociedade, as separa dos outros. Os traços verticais parecem um anzol ao contrário, o que é muito imagético quando sabemos o que é feito com ele.

— Às vezes, o traço horizontal começa bem antes da parte vertical — observou Faustine.

— É verdade, aqui e ali, começa bem antes.

— É sinal de que ele tem alguma história com as mulheres. Será uma recordação dolorosa?

— Observe que os "f" são mais bem-desenhados quando ele faz este traço longo. Eu estaria mais inclinado a imaginar uma onipresença da mãe na lembrança dele, na sua relação com a mulher. Se preferir, só a mãe interessa para ele. Outra coisa relacionada: os "p". Uma das três letras ligadas ao pai. Se eu lhe disser que à perna do "p" corresponde a força, a virilidade e à barriga do "p" o campo afetivo, o sentir do amor paternal, o que deduziria?

— Os "p" dele são minúsculos, a perna é bem marcada e desce anormalmente mais abaixo em relação às proporções das letras, e a barriga está totalmente ausente, ele tem pouca estima pelo pai, é viril e não se sentiu amado?

— É mais ou menos isso, realmente. Um pai ausente. Talvez tenha crescido sem o pai, se bem que o símbolo de força, a perna, vá longe, nas profundezas. Se a letra não fosse tão pequena, eu diria que ele não teve um pai. Mas, no caso, sou tentado a afirmar que o pai, não apenas era ausente, mas, provavelmente, violento. Húbris minimiza todos os seus "p" e, no entanto, as pernas da letra são longas. Ele destaca a virilidade.

— Ele pode ser ter sido... violentado pelo pai?

— Deve ter apanhado do pai. Em todo o caso, não há amor, ele não aceita a existência do pai.

— Voltamos à origem em potencial dos distúrbios dele, do seu desequilíbrio — orgulhou-se Faustine, com um ar contrariado. — Um amor avassalador e idealizado pela mãe, talvez, até mesmo incestuoso, um pai violento e frio. É por isso que quando ele pega as mulheres escolhe cortesãs, símbolo da perversão suprema aos olhos dele, a antimãe por definição.

— A não ser que isso seja pelo lado prático: presas mais fáceis, na rua, tarde da noite, que não hesitam em subir num veículo com um cliente. Não se pode negar a adaptação da qual ele soube dar provas. Outra coisa me salta aos olhos: o texto e o seu sentido. Ele usa a metáfora do xadrez, como se tudo não passasse de um jogo para ele, ele dá a si mesmo o papel do Rei, com maiúscula. Muito amor-próprio, mais uma vez! Acho que a dama é você, Faustine, e a Torre é Rose. Ele devia ter dois bilhetes preparados no bolso, pois se você estivesse aqui, essa mensagem não teria sentido. Acontece que ele perguntou por você e se voltou para Rose, por despeito. Portanto, ele maquinou o golpe, foi estudado.

— E você é o bispo?

— Temo que sim. Ele me denigre, me dá o papel mais degradante. Devo tê-lo ferido ou passado bem perto dele. Ele se sentiu ameaçado e quer me humilhar. Ele nos mostra que controla o jogo, ele é o chefe, o ganhador. Ele não joga pelo prazer de jogar, mas para vencer. Se atravessarmos o caminho dele, ele vai se irritar. Acho que a menor contrariedade pode provocar uma fúria terrível.

— E ele insiste novamente na noção de tempo que não temos.

— Sempre para nos pressionar, para provar que *ele* tem o controle e não nós, que é ele que dirige. O que me surpreende é a referência a Melmoth.

— Não é o pseudônimo daquele escritor inglês, Oscar Wilde? É, eu li no jornal recentemente. Ele se exilou na França há três anos e vive com esse nome! Será que Húbris descobriu a sua verdadeira identidade? Ele o está ameaçando para voltar para perto da sua família?

— É uma possibilidade. Mas eu pensava no romance *Melmoth* de Charles Robert Maturin, o romance precursor da literatura gótica e, provavelmente, o relato de maior sucesso sobre a errância e a danação. É, também, uma enfática crítica social e um livro virulento contra o catolicismo.

— Húbris estaria politizando os seus crimes? — exclamou Faustine, sem acreditar nisso.

— *Melmoth* é a história de um gênio que vende a alma ao Diabo para viver 150 anos a mais. É uma obra sobre uma família dilacerada, sobre um grande amor e, obviamente, com um fim trágico.

Faustine ficou pálida.

— Teria alguma coisa a ver... comigo? Com o meu nome?

— Não sei. Provavelmente tem um pouco de tudo. Talvez, ele fale de si mesmo, uma pessoa que andou sem rumo por muito tempo, que sofreu na estrada da vida e que, finalmente, encontrou o meio da sua redenção, o caminho da paz.

— Através de crimes abomináveis — lembrou Faustine, sombriamente.

— Não podemos continuar sem fazer nada, Rose está com ele! É preciso agir!

Guy ficou nervoso, inesperadamente.

— É o que eu quero! Só que não sei o que fazer! Estou no meu limite, Faustine. Sou um homem de palavras, de reflexão, eu estruturo, elaboro, escrevo, mas não sou um homem de ação! Enfim, não sei como fazer a ligação com o real de todas essas folhas pregadas no painel! No entanto, *sinto* que todas as peças estão ali, debaixo dos nossos olhos, mas não consigo juntá-las para agir!

— Húbris abandona os corpos quando cai a noite. Isso quer dizer que Rose ainda está viva. Vamos ver todas as pessoas com quem falamos na última semana, vamos bater em todas as portas, vamos apurar os ouvidos, entrar nos apartamentos, estou pouco ligando para o decoro, trata-se de salvar Rose!

Guy observava Faustine com uma tristeza no olhar.

— Ele abandona os corpos, como você disse, porém isso não quer dizer que não os mate bem antes. A última frase não dá margem a equívocos. Ele vai entrar em contato conosco assim que tiver realizado o sórdido trabalho.

— Pois bem, fique aí contemplando o seu belo trabalho — enfureceu-se ela, tomando a direção da escada — não vou ficar esperando, de braços cruzados, que ele mate de novo!

Guy tentou agarrá-la pelo braço, mas ela se soltou com gesto brusco.

— Faustine! Não seja teimosa, não vai adiantar nada...

Mas a jovem já disparava escada abaixo, tão rapidamente quanto o vestido lhe permitia.

40

A intensidade havia subido aos poucos.
Progressivamente.
Sabores de moca, trazidos pela queima das folhas de tabaco, em seguida, notas achocolatadas até que o fogo mostrasse toda a sua força no último terço do charuto e expressasse os toques de pimenta verde mais agressivos, tonificantes para a mente.

Guy apoiou a ponta incandescente do charuto num cinzeiro.

O ar do sótão estava saturado de uma fumaça acre, de uma nuvem estagnada na frente das suas ideias pregadas na prancha de madeira.

Ele havia fumado três charutos sem sair do lugar.

Paralisado pelo desafio.

Repetia para si mesmo que havia deixado Rose morrer, que não fizera nada, que era incapaz de agir.

Não sabia o que precisava saber.

Húbris tivera razão ao mostrar a sua superioridade, pois quanto a isso não havia sombra de dúvida. O escritor havia se fantasiado de Justiceiro triunfante, havia acreditado ser a Nêmesis do matador. Porém, a Nêmesis permanecera na reflexão e Húbris na ação.

Perotti apareceu no começo da noite, com ar cansado.

— Acabei de passar oito horas nos arquivos e, depois, com os trapeiros de Pantin! Tudo isso para confirmar que o homem encontrado na Bolsa, no ano passado, era mesmo um restaurador de calçados, um salvador de almas! Quanto ao outro, o anjo guardião, não encontrei ninguém que desse uma informação confiável, nenhum relatório, mas podemos apostar que essa era a profissão dele. Não vejo por quê Húbris mentiria.

— Obrigado, Martial — disse Guy, sem entusiasmo.

— Você não está bem? Venha, eu o convido para jantar nos Bulevares, estou morto de fome!

Guy lhe entregou o retângulo de papel deixado pelo assassino, sem dizer uma palavra.

Perotti leu e se jogou num dos sofás. No mesmo instante, começou a alisar o bigode, o seu gesto favorito quando ficava nervoso.

— Tem alguma ideia do que isso significa?

— Ele veio aqui hoje à tarde e saiu com Rose.

Aterrorizado, Perotti tapou a boca com a mão.

— Meu Deus... — murmurou ele.

— Acho que está na hora de contar à polícia tudo o que sabemos, o que já fizemos, pois, visivelmente, não saberemos usar nada contra Húbris.

— Vai desistir? — indignou-se o jovem policial. — Depois de tudo o que fizemos? Você sabe muito bem que as autoridades vão arquivar tudo o que lhes der, enquanto a Exposição durar! E o pior: temo que queiram se certificar de que não falaremos sobre isso com os jornalistas! A minha carreira, que mal começou, vai acabar no fundo de um escritório sem janelas, você será espionado da manhã à noite, se eles não o enviarem diretamente de volta para a sua mulher e Faustine será amordaçada à força, se for preciso! Não faça isso!

— Ele matou a nossa Rose! — enfureceu-se Guy.

— Ainda não! Não sabemos nada sobre isso!

— É evidente! Húbris precisa matar tanto quanto você e eu precisamos comer, dormir e fazer sexo. É o alimento dele! Rose não deve ter durado duas horas naquelas mãos experientes! Se ele teve o trabalho de escrever "*Até a noite*", foi para zombar de nós, para nos fazer sofrer, para nos mandar, muito lucidamente, de volta aos nossos limites!

— Então, agora, você lhe concede um crédito? Ele não é mais o pobre miserável apaixonado pela mãe e desequilibrado, mas o grande Húbris, vencedor do não menos grande escritor que você é? Você é lamentável, meu caro! Você fede a charuto, está com os olhos vermelhos e os ombros caídos; o que Faustine vai dizer ao vê-lo desse jeito? É assim que vai seduzi-la?

— Não diga bobagens...

— Vá dizer isso a outro! Não sou cego! Recomponha-se, este não é o Guy que eu conheço. Rose precisa de você.

— Estou sem nenhuma ideia — confessou Guy, deixando as mãos caírem com força nos braços da *bergère* remendada. — Uma página em branco.

— E Faustine, onde ela está?

— Saiu para bater em todas as portas de Paris para encontrar Rose.

— Você deixou que saísse sozinha? — alarmou-se Perotti.

— Gikaibo foi com ela.

— Ah, bom. Acho que podemos esperá-la, na falta de coisa melhor. Mas deixe-me arejar este lugar!

Faustine voltou uma hora depois, abatida. Só havia encontrado portas fechadas, exceto a de Louis Steirn que estava no meio de uma conversa com a condessa Bolosky. Gikaibo a impedira de ir à rua Monjol, temendo não poder garantir a segurança dela e o doutor Efraim não trabalhava no necrotério naquele dia.

A terceira carta chegou um pouco antes da meia-noite, quando um silêncio pesado pairava no sótão, com os três cochilando, na expectativa.

Uma criança de rua a trouxe, a carta lhe havia sido entregue por outro menino, na praça Saint-Georges. Inútil insistir nesse aspecto. Guy havia compreendido que Húbris tomara o cuidado de confundir as pistas.

Quente como a brasa e no entanto
Bem murcha a bela Rose,
Ela não gostou do beco da Chapelle...

Guy correu para pegar o *Atlas de Paris* e encontrou o beco da Chapelle no décimo oitavo distrito, perto da estação de mercadorias.

Pegou o paletó, o chapéu e a bengala, acompanhado por Perotti e constatou que Faustine não havia piscado, permanecendo sentada com os olhos nas palavras de Húbris.

— Fique aqui — disse Guy — vou pedir que Jeanne venha lhe fazer companhia.

— Ele a matou — respondeu ela, num tom monocórdio. — Ele matou a Rose.

Ela se levantou e se juntou aos dois homens que estavam prestes a sair.

— Faustine, não acho que seja uma boa ideia você ver isso — insistiu Guy.

— Quero vê-la.

— Será penoso e você...

— Quero lhe dizer adeus — cortou ela antes de sair.

A barulheira dos trens a vapor fez Guy estremecer quando se aproximou do beco escuro. Atrás de um muro de tijolos de 3 m de altura, ele via voar na noite penachos de fumaça, nuvens negras num céu azulado. O sangue lhe gelava nas veias ao pensar que Rose havia passado os seus últimos instantes ali.

O barulho era tanto que ela poderia ter gritado por uma hora sem que ninguém a ouvisse. Na rua da Chapelle, na qual eles andavam, só passavam carroças que iam em direção às fortificações para alcançar os bairros da periferia. Era um lugar triste, pouco frequentado por ser muito próximo do subúrbio. Os parisienses temiam os bandos de Saint-Denis, Saint-Ouen e Aubervilliers que faziam incursões nos limites da capital para assaltar os burgueses.

Húbris tivera tranquilidade para agir.

No beco, estreito e sujo, cartazes descolados das paredes assobiavam, tecidos rasgados vibravam no piso de terra batida entre vasilhames vazios sacudidos pelo vento que emitia um ruído surdo.

O coração de Guy acelerou. Ele estava com a boca seca.

Faustine foi a primeira a vê-la, apesar da cortina de penumbra que fechava o beco. Ela soltou um grito de horror, imediatamente abafado pelo rugido de uma locomotiva.

Guy acendeu o isqueiro acima do vulto estendido no chão com o rosto contra a parede.

No mesmo instante, ele reconheceu os cachos ruivos.

A bela Rose.

Os traços dela estavam petrificados numa abominável careta: lábios repuxados, maxilares cerrados, testa franzida, músculos do pescoço saltados, como se a morte a houvesse cristalizado no pior momento de sofrimento.

A chama do isqueiro se refletia estranhamente nos olhos da moça.

Guy se lembrou dos abismos que haviam engolido os olhos de Milaine.

O branco do olho totalmente negro.

O vestido havia sido rasgado, assim como o corpete. O peito da jovem estava descoberto.

A pele branca contrastava horrivelmente com os profundos sulcos que cortavam os seios. Duas facadas para cortar os mamilos, uma cruz de sangue em cada seio.

O vestido estava levantado até as coxas, uma das meias de seda havia sido dilacerada e descia abaixo do joelho.

Guy tentou envolver Faustine com os braços para afastá-la antes que ela visse mais, porém ela se soltou e se ajoelhou ao lado da amiga segurando-lhe a mão.

Os soluços a sacudiram.

— Ela... ela ainda está morna — murmurou Faustine fungando. — A minha bela Rose, meu Deus, porque você tinha de estar lá?

Quanto a Guy, ele não sentia mais nada.

O coração dele já batia normalmente. Havia se acostumado com a penumbra, com os odores de umidade, de fungo, de urina e estudava a silhueta que as roupas claras ressaltavam suavemente das trevas.

Nem bem morreu e já parece um espectro — pensou ele.

Ele havia se preparado para aquele momento durante a tarde toda. Sabia que era inevitável. Rose já estava morta no instante em que aceitara acompanhar o homem que viera buscá-la.

Ele havia compreendido, havia temido, mas, a cada baforada que dava nos seus charutos enfiava cada vez mais na cabeça a ideia de uma morte implacável.

Naquele momento, Guy não sentia nenhuma emoção. Desde que tivera a macabra confirmação das suas certezas, uma barra havia caído, um desvio privava seu cérebro de empatia e o impedia de pensar na moça estendida na frente dele a não ser em termos racionais, para analisar os fatos.

Proibia a si mesmo qualquer compaixão.

Para segurar o choque.

E o esgotamento em que estava o ajudava a consegui-lo. Há dois dias que não dormia.

Quando, finalmente, Faustine se levantou para se afastar, Guy espreitou a reação de Perotti. Ele media Rose de alto a baixo como se esperasse que ela recuperasse a vida.

O escritor acendeu novamente o isqueiro, fazendo com que Perotti piscasse.

— A postura — destacou o escritor. — É estranha.

— Como Milaine, paralisada.

— Eu me referia à maneira como ela foi empurrada contra o muro.

— É verdade, como um detrito qualquer.

— Ou como alguma coisa que não se suporta, que preferimos afastar, que não queremos ver. Como se ele não houvesse assumido desta vez. Ajude-me a puxá-la para mais perto de nós.

Eles pegaram o corpo pelos ombros e pela cintura, com muito cuidado, pois não queriam alterar nada e a puxaram por 1 m.

O escritor pegou a parte inferior do vestido e começava a subi-la quando Perotti o impediu com um punho firme:

— Guy, tem certeza de que quer fazer isso? E a dignidade de Rose?

— Ela não a tem mais, Martial.

Guy firmou a pegada no tecido e o inspetor o soltou.

Faltava o culote.

O escritor se assegurou de que Faustine não estava olhando. Ela havia ido para a entrada do beco e soluçava, de costas para o triste espetáculo.

A chama não iluminava o suficiente e Guy se inclinou para enxergar um pouco de sangue que havia escorrido entre os lábios da prostituta. Inspirando profundamente, ele enfiou dois dedos no sexo da moça, enquanto Perotti soluçava de surpresa.

— Não há nada — reconheceu Guy, se enxugando com um lenço. — Sinto muito, eu precisava fazer isso antes que a polícia viesse e desaparecesse com todos os indí... O que é isso?

Ele apoiou um joelho no chão para ver melhor um reflexo engordurado na coxa e um risco brilhante que havia pingado até o chão.

— Isso é — disse ele, imediatamente.

— É o quê?

— Esperma! Mas ele foi... limpo. Ou melhor, não totalmente, não muito bem. Húbris limpou as coxas de Rose, olhe, a penugem aqui está um pouco pegajosa.

— Que horror.

Guy não compartilhava da repugnância do companheiro; ao contrário, exultava por, enfim, descobrir uma pista que reativava a sua inspiração.

— Tome, pegue o meu isqueiro — disse ele — e verifique, por você mesmo, se ela não tem nada embaixo das unhas. Procure um tecido, um pelo, qualquer coisa que prove que ela lutou e que possa nos dar informações sobre o nosso homem.

— Não, nadinha de nada. As unhas estão perfeitamente manicuradas.

— Ela não se defendeu. Não sei o que ele faz, mas consegue fazer com que elas confiem, que não vejam nada chegar. E os ataques devem ser fulminantes, para não lhes dar tempo de reagir.

— Guy, você... você não sente nada com a visão desta pobre moça? Você a conhecia, não?

— Eu dormi com ela — respondeu Guy, pela primeira vez, desde que haviam entrado no beco, com um leve tremor na voz.

— Você está totalmente isolado das suas emoções — notou Perotti com uma ponta de medo.

— Preparei este momento na minha cabeça o dia inteiro. Enterrei as esperanças de ela ser salva, Martial. Ao menos por enquanto. Vai chegar o momento em que toda essa culpa virá à tona. Só espero que Húbris tenha sido neutralizado até lá.

— Você vai acabar desenvolvendo um câncer de tanto engolir os seus sentimentos, eles vão apodrecer internamente, assim é o câncer: muitos sentimentos guardados em vez de expressá-los; os cânceres são a manifestação dos sentimentos apodrecidos.

— Ajude-me a abrir o maxilar dela, em vez de ficar falando bobagens.

Os dois tiveram de fazer muita força para conseguir separar os lábios.

Um líquido esbranquiçado escorreu no mesmo instante.

— Devolva-me o isqueiro! — ordenou Guy, arrancando-o das mãos de Perotti. — Sim! Estou vendo alguma coisa!

O nariz dele estava quase enfiado na boca da morta.

— Parecem... fragmentos de uma pastilha branca, muito fina, a maior parte está derretida.

— Um medicamento?

Guy apontou para o rosto aterrorizado.

— Estou mais inclinado a achar que é uma pastilha que contém a mistura de venenos que ele faz com que elas absorvam. Elas acreditam que estão chupando uma pastilha refrescante e, na verdade, é a morte, em poucos segundos.

Guy apalpou o ventre e terminou examinando os seios com os mamilos abertos.

— Temos de avisar a polícia — disse Perotti. — Se nos encontrarem aqui, seremos suspeitos incontestáveis desse crime! Todos nós a conhecíamos. Não quero acabar na guilhotina por um assassinato que não cometi!

Guy não respondeu, como se não estivesse ouvindo.

Ele apontou para o muro, para as coxas, para os seios de Rose e a sua boca se mexia enquanto falava para si mesmo, tão baixo que Perotti não podia ouvir.

— Afinal, Guy, o que você tem?

— Ele não retirou os órgãos desta vez. Também não massacrou a vítima com uma arma branca. Ele recomeçou com o seu outro ritual em que o aspecto sexual predomina. Tenho a impressão de que ele não está bem. Húbris tem duas maneiras de proceder: uma pensada, em que ele age como um homem que tem outra coisa na cabeça além do assassinato, como se tivesse um objetivo diferente. E outra em que ele não controla bem a cena do crime, como esta aqui. Ele é puxado até as suas fantasias de morte, que não consegue estabelecer corretamente. E, hoje à noite, ele estava mal.

— Por que diz isso?

— Ele sabia que iríamos encontrá-la, pois foi ele que nos trouxe até aqui. Ele fez uma encenação para nos impressionar, para nos mostrar a sua superioridade. E, no entanto, em vez de ajeitar o cadáver de maneira um pouco... estudada, para nos aterrorizar ainda mais, abandonou-o num canto, como se estivesse envergonhado do que fez. Em seguida, ele sobe um degrau na conotação sexual, os seios mutilados, esta cruz sobre o que dá o leite, fala muito! Ele nos remete, mais uma vez, à mãe dele!

— Ou, simplesmente, à raiva que tem contra as mulheres, contra a maternidade, contra essa mulher da vida que não merece alimentar uma criança e até nem dar à luz!

— É verdade, boa observação, Martial. Enfim, o esperma foi limpo. Ele não esperava que nós notássemos, fez tudo para disfarçar. Mas a escolha de um lugar tão escuro, certamente o prejudicou nessa tarefa. Ele não assume esse prazer. Ou, melhor, essa falta de virilidade, pois, perdoe-me falar tão cruamente, a vagina de Rose foi cortada, eu senti perfeitamente. Húbris enfiou alguma coisa cortante dentro dela, várias vezes até. Mas não conseguiu violentá-la com o seu sexo, ele gozou do lado de fora. Eu lhe digo: Húbris está mal. Alguma coisa está acontecendo.

— Melhor assim! Talvez, isso o leve a se render!

— Não conte com isso, ele tem muito amor-próprio, ele começou uma luta conosco e irá até o fim. Em compensação, temo que ele perca as estribeiras.

— O que quer dizer?

— Que ele decida se bater de frente. Que ele se decida nos atacar diretamente. Rose foi um crime de substituição, ele foi procurar por Faustine. Depois do que fez aqui, ele vai ter de apertar o cinto, tenho medo de que não espere mais.

— Tenho uma arma em casa e posso pegá-la se quiser.

— Faça isso, nunca se sabe.

Guy acariciou a testa de Rose e afastou as mechas cacheadas que escondiam parte das suas feições.

— Eu vou vingá-la, minha doce Rose — disse ele, baixinho. — Estou perto, eu sinto. Temos tudo para desmascará-lo, mas a centelha não vem.

Ele lhe deu um beijo na face.

A face de um rosto deformado pela dor e pelo medo.

41

Guy acordou ao meio-dia.
A cabeça parecia apertada num torno por causa dos charutos que fumara sem parar, na véspera.

Ele enfiou a cabeça numa bacia de água fria e ficou em apneia o maior tempo possível para pôr as ideias no lugar.

Rose estava deitada numa mesa de dissecação no necrotério, na ilha de Saint-Louis.

Perotti havia avisado a polícia com uma mensagem anônima levada por um jovem comissionado, encontrado na rua. O procedimento havia provocado uma discussão entre Guy e Faustine, pois o primeiro não queria atrair Pernetty e Legranitier para o bordel. Dois crimes em uma semana iam despertar suspeitas e poderiam atrapalhar as suas investigações, sendo que a jovem não queria que Rose fosse tratada como uma desconhecida. Guy conseguiu um *sursis* de dois dias. Depois disso, Faustine iria ao necrotério identificar Rose para que ela tivesse direito a uma sepultura com o seu nome.

Porém, o mais difícil havia sido convencê-la a não dizer nada às outras moças do estabelecimento.

— Não vou representar diante delas! — havia exclamado Faustine.

— Dois dias apenas. É tudo o que eu peço; não diga nada a elas antes disso. Depois da morte de Milaine, a de Rose vai fazer o *Boudoir* afundar, elas não vão aguentar mais e Julie também não. Elas avisarão a polícia e nós ficaremos de pés e mãos atados. Eu lhe peço dois dias, Faustine!

— Vou fazer o que puder — havia suspirado a moça, coagida. — Mas, a ausência de Rose na casa vai alarmá-las do mesmo jeito, pode ter certeza.

— Mesmo que Julie vá prevenir a polícia municipal, ela não abrirá uma investigação por uma prostituta ausente. Sobretudo se disserem que ela saiu com um cavalheiro.

Portanto, Guy dispunha de dois dias.

Dois dias para fazer os fatos falarem, para prender Húbris.

Perotti havia prometido passar por lá a caminho do trabalho e bateu na porta do sótão um pouco antes das 13 horas.

— Vou procurar me informar sobre o que eles fizeram da Rose — disse ele. — As circunstâncias do assassinato provavelmente farão com que os nossos dois investigadores preferidos sejam chamados ao local do crime.

— Esperemos que eles não reconheçam a Rose.

— Fique ciente de que eles veem muitos rostos. Duvido que o de Rose lhes seja mais familiar do que qualquer outro.

— De qualquer modo, eles virão aqui, mais cedo ou mais tarde. Preciso agir antes deles.

— O que tem em mente?

— A pastilha que estava na boca de Rose, o mesmo ocorreu com Milaine. Vou me informar sobre a fabricação, sobre os lugares onde se pode conseguir arsênico, estricnina e atropina. Nunca se sabe.

— A atropina é usada para melhorar o ritmo cardíaco, a estricnina para a respiração e, em doses fortes, serve de veneno contra roedores, podemos produzi-lo nós mesmos, comprando noz-vômica e, finalmente, o arsênico é um conservante bem conhecido que podemos conseguir em todas as drogarias parisienses. No total, esses ingredientes não são muito difíceis de encontrar e, é claro, um médico estaria em melhores condições para consegui-los facilmente e a qualquer momento.

— A sua cultura no assunto me deixa estarrecido!

— Não tenho nenhum mérito, fiz o exame de inspetor recentemente e os venenos fazem parte do programa! Infelizmente, eles sempre são usados para os crimes e um bom policial precisa saber identificá-los. Preciso me apressar, estou sendo esperado. Termino o meu plantão às 17 horas e, então, passarei por aqui de novo para informar no que deu o caso Rose.

Novamente sozinho, Guy se postou em frente à caixa de charutos e hesitou.

Ele a soltou e foi se sentar num dos sofás, em frente à prancha coberta de folhas espetadas.

Cinco desaparecimentos entre setembro e fevereiro na rua Monjol. Todas mulheres, prostitutas. Identidades por nós desconhecidas (consultar o rei do Piolhentos para maiores informações.) Incompletas.

Louise Longjumeau — meados de fevereiro. Rua Monjol. Incompleta.

Viviane Longjumeau — 7 de abril. Rua Monjol. Cais do Port Saint-Bernard, perto do jardim das Plantas — Apunhalada até a morte. Violada por um objeto, uma estatueta. Olhos negros.

Anna Zebowitz — 12 de abril. Praça da Concorde. Alto do palácio do Trocadéro — Estripada. Mutilada/roubo dos órgãos. Degolada post mortem.

Milaine Rigobet — 18 de abril. Rua Notre-Dame-de-Lorette — Sudação sanguínea. Contração muscular generalizada. Olhos negros. Líquido branco na boca.

Ele acrescentou:

Quatro outros assassinatos (os primeiros?) entre junho e setembro. Dois homens e duas mulheres, miseráveis. Em toda Paris. Estripados e órgãos retirados.

Doze vítimas mortas entre outubro e começo de abril. Homens e mulheres, de adolescentes a adultos. Cortados. Às vezes sem os membros. Vísceras retiradas.

Elikya, mulher de Bomengo, morta no começo de abril. Sequestrada por Húbris no próprio local da Exposição.

Rose — 24 de abril, no Boudoir. Beco da Chapelle — envenenada. Violada por um objeto cortante. Traço de esperma nas coxas, que foi limpo. Pastilha branca na boca.

Embaixo, o rosto do monstro tomou mais forma quando ele pôs em palavras o resultado do estudo grafológico:

Húbris.

25 — 35 anos. Solteiro. Retraído, tímido, observador, taciturno. Pouco seguro de si em público.

Possui um veículo. Um hábitat isolado (em Ménilmontant — perto dos assassinatos?)

Forte.

Frequenta os bairros pobres. As prostitutas?

Não tem medo de sangue. Acostumado?

Sabe destrinchar carne?

Infância infeliz.

Quer chocar a sociedade.

A fantasia dele não é a morte diretamente. POR QUE ELE MATA?

As cinco moças da rua Monjol, AINDA ESTÃO VIVAS?

Tem um problema com as mulheres, pelas quais não tem nenhuma estima, e com o amor materno. Pai violento? Gosta do poder, de controlar tudo e é relativamente intolerante. É uma pessoa antissocial, que não respeita as normas, mas que toma cuidado em público, sabe jogar com os códigos e usá-los em vantagem própria, se bem que, por natureza, seja distante dos outros. Um solitário. Nervoso. É previdente e desconfiado. Todo o tempo dividido entre as suas fantasias e a realidade.

Guy recuou para contemplar todo o quadro.

— Você tem uma conta a ajustar com o mundo, não é verdade? — disse ele, como se Húbris estivesse ali. — As coisas não correram bem para você quando era pequeno, o seu pai lhe batia, a sua relação com a sua mãe não era bem-definida. Ela vinha pedir perdão por não defendê-lo, quando você estava sozinho, demonstrando um amor um pouco excessivo? Agora que você é adulto, gosta de se sentir poderoso, capaz de fazer pagar o que sofreu. Mas como é incapaz de atacar a sua mãe que não o defendeu, que destruiu completamente as suas referências, você ataca as mulheres em geral porque as detesta. Você odeia até a ideia de que elas deem à luz, não? E quando o ódio ao seu pai reaparece, muito forte, você ataca os homens.

Guy concordou com a cabeça. Sim, era isso, ali ele tinha alguma coisa.

— É por isso que você não ataca tanto os homens! O seu pai era um canalha, ele lhe batia e você queria devolver na mesma moeda, mas, no fundo, aprendeu a conviver com a violência, se adaptou, é uma linguagem que, agora, você domina e pode usá-la por sua vez. Mas o que a sua mãe fez, não pode aceitar. Ela transgrediu todos os tabus. É verdade que ela não o protegia quando choviam os golpes, mas, isso, você poderia ter aceitado. Você poderia ter superado essa indiferença como superou a violência do seu pai. Porém, ela foi um pouco mais longe, é nela que a sua raiva se focaliza. A sua mãe cometeu o irreparável. Você tem muito pouco respeito pelas mulheres, o seu ideal feminino não existe, pois a mulher original, a origem do seu relacionamento com elas, foi deturpado desde o início.

Guy teve uma iluminação. Uma certeza. Todos os elementos do retrato coincidiam nessa direção, era a mesma evidência de quando ele criava os seus personagens para os romances e que, de repente, toda a história se encaixava na sua cabeça, quando tudo fazia sentido com a narrativa que ele queria escrever, ele sabia que tinha *a* ideia certa.

Pegando a caneta-tinteiro, ele escreveu em letras grossas:

"*Húbris dormia com a mãe.*"

Desta vez ele tocava na própria essência dos crimes.

Vinte e seis em dez meses.

Era muito. E ele estava acelerando, implodindo. Os conflitos interiores se chocavam. Depois de explodir a válvula de segurança e fazer com que ele passasse ao ato pela primeira vez, esses conflitos o levavam pouco a pouco, à autodestruição.

Como se matar mais e mais não conseguisse acalmá-lo, como se matar essas pessoas fosse como matar o seu pai e, sobretudo, a sua mãe, para perceber que, depois da primeira adrenalina, isso não resolvia nada. Essa aceleração, esse frenesi em matar o outro se tornara, na verdade, uma forma de destruir a si mesmo.

Será que, definitivamente, Húbris seria capaz de sentir culpa?

— Não — disse Guy em voz alta. — Mas há muitos conflitos nele. Essa batalha permanente, esse mal-estar que havia conseguido acalmar com os crimes, na realidade se acentuou quando ele tomou consciência de que matar não o aliviaria, mesmo que, no momento, tivesse a impressão de que tudo não ia melhorar. Ele não suportava mais e Rose era a prova disso. Ele não se controlava mais na cena do crime.

As ideias espocavam na página branca da inspiração. Finalmente, Guy recuperava as suas sensações. Tudo se imbricava perfeitamente. Ele sabia que estava em pleno desabrochar criativo. Tinha de aproveitá-lo.

Ele releu todos os dados mais uma vez.

A maneira como os mamilos de Rose haviam sido cortados o atormentava.

Seria de ordem pessoal? Guy conhecia os seios dela, ele os havia amado. Ou havia ali um elemento que o seu inconsciente identificava sem conseguir passá-lo para o campo do consciente?

— Duas facadas perpendiculares, a extremidade do mamilo cortada, as feridas partindo de cima do peito, até as laterais do corpo, um traço horizontal cortando cada um dos seios.

De repente, Guy ficou paralisado.

Os olhos se arregalaram enquanto ele inspirava interminavelmente.

Como podiam ter passado ao largo daquilo?

Estava tudo ali, debaixo dos olhos deles.

Não só o retrato exato de Húbris, como, também, a identidade dele.

E Guy não se havia enganado.

Eles o conheciam.

42

A lâmina da faca brilhava diante dos seus olhos como uma joia de prata.
O fio, em especial, traçava uma linha hipnotizante que parecia capaz de cortar o infinito.

E por que não as diferentes camadas da matéria entre o mundo dos vivos e o dos espíritos? perguntou-se Faustine.

Essa arma, uma faca para carnes que ela havia pegado na cozinha do *Boudoir de soi*, assumia, na sua cabeça, a aparência de uma chave.

Uma chave para a vingança.

Por Milaine, por Rose e por todas as outras.

Por que ela não estava lá, na véspera, quando Húbris se apresentara?

Como não aguentava mais, Faustine saiu do quarto e se esgueirou até o hall, dando um jeito para não cruzar com ninguém.

Rose não havia voltado naquela noite e todo mundo comentava desde que haviam acordado. Faustine não se sentia preparada para suportar os olhares inquietos das amigas e para mentir para elas.

Também não estava com vontade de que Gikaibo a atrapalhasse.

Guy a fizera prometer que nunca sairia sem o colosso japonês, no entanto, ela decidiu romper o pacto.

Que risco correria em pleno dia?

Húbris não a atacaria de frente, não tentaria levá-la à força, ele só agia por meio de artimanhas. Era muito covarde para proceder de outro modo.

E quando ele se aproximar de mim, saberei recebê-lo, pensou ela apalpando a faca presa na sua coxa com a liga da meia.

Faustine não sabia aonde ir, o encontro com Théodore Sébillot seria no começo da tarde, por isso ela se deixou levar pelos seus passos até... o jardim da Trinité, no bulevar Haussmann, às fachadas suntuosas do Printemps,[1] onde Faustine se lembrava com saudades de ter vindo pegar um elevador pela primeira vez com os pais...

Como estaria a sua mãe? Aquela mulher autoritária, fria como o gelo. Ela não perdoara a sua fuga, Faustine tinha certeza disso, provavelmente era uma ferida tão viva que a filha devia estar morta aos seus olhos há muito tempo. E o seu pai? Sempre apagado? Homem de poder e de decisão nos negócios; discreto e submisso em família. Dos dois, provavelmente era ele quem sofria mais com a sua ausência, com a sua fuga.

Faustine sentiu um aperto no coração ao pensar nele.

Saber que a sua filha estava num bordel certamente o teria matado.

Provavelmente, ele não se refizera do suicídio de Nathan, filho de uma família influente com quem tinha negócios.

Faustine não podia suportar aquela vida de códigos, de boas maneiras, de alianças, relicário de uma aristocracia que não tinha periclitado depois da Revolução, reforçando, ao contrário, as suas tradições ao mesmo tempo que se voltava para si mesma para sobreviver.

Levar os homens para a sua cama nem sempre tinha sido fácil, às vezes, ela até havia pensado em morrer e, no entanto, jamais lamentara a sua escolha. Nathan havia morrido por sua culpa e ela deveria assumi-la até o fim.

Teria de pagar o preço.

Até se sentir, algum dia, absolvida.

Faustine chegou na praça da Madeleine, continuou até a Concorde, onde pôde seguir a fila da porta monumental, para entrar na área da Exposição Universal.

Passeou entre os pavilhões estrangeiros, depois comeu uma refeição leve num terraço de frente para o Sena e para as centenas de balsas, barcos e chatas que atravessavam de uma margem para outra, transportando os visitantes como os ônibus hipomóveis da cidade.

Faustine encontrou Théodore Sébillot em frente ao quiosque administrativo. O homem havia se posto bonito: com um colarinho postiço fechado

---

[1] Grande loja de departamentos de Paris. (N. T.)

por uma gravata de seda, botões dos punhos rutilantes e bigode bem-aparado, ele exibiu um sorriso extático ao vê-la se aproximar.

— A sua presença seria suficiente para iluminar todo o reservatório de água — exclamou ele. — Teríamos feito uma bela economia se a descobríssemos antes!

— Estou vendo que exercitou a língua para a nossa visita!

— E passei por todos os meus colegas para ter certeza de que não faltaria nenhum fato curioso ou extravagância! Depois desta tarde, terá com o que alimentar as suas noites entre amigas até a madrugada. Venha, vamos começar pelo que está mais perto: o palácio da Eletricidade e as cinco mil lâmpadas multicores incandescentes que abrasam, todas as noites, a sua fachada. E não se pode esquecer das oito enormes lâmpadas de cor, as rampas fosforescentes e todas as lanternas penduradas nas empenas dos telhados! É atrás dessas portas que está o sistema que alimenta toda a Exposição de eletricidade! Saiba que, com a pressão de um indicador no comutador central, é possível mergulhar na escuridão toda a festa! Com um dedo! Milhares de visitantes ficariam desamparados! Tanto quanto os expositores, que ficariam paralisados! Acho que é formidável se lembrar, a todo momento, que por mais colossal que seja uma força, existe, em alguma parte, um meio simples de desativá-la!

Ele pegou Faustine pelo braço e a arrastou pelas alamedas públicas, depois fez com que ela seguisse pelos corredores de serviço, nos quais passaram por gigantescos tubos que vibravam com o poder da energia que veiculavam.

Em cada seção, Théodore Sébillot dava uma pequena explicação, fazia um relato humorístico, às vezes técnico, e Faustine escutava com atenção, não precisando forçar as risadas, tão divertido ele se mostrava.

Porém, tudo o que ele contava não tinha nenhum interesse do ponto de vista da investigação.

No meio do *hall* imenso que abrigava uma coleção de balões dirigíveis, Faustine tentou orientar a descrição para o que interessava:

— E no plano... criminal, não há nada de picante a contar?

— Ah, não que eu saiba! A Exposição é extremamente bem-frequentada, nada de bandos de miseráveis nas nossas ruas, de ciganos ladrões, nem de grupos organizados! Não precisa ter medo!

— Nem desaparecimentos estranhos durante as obras?

— Não, creio que não.

Sébillot parecia sincero.

— Oh, houve um incidente embaixo da torre Eiffel — retomou ele. — Alguns operários caíram, mas é o único fato dramático de que me lembro. Ainda bem!

— E o subsolo da Exposição, é grande?

— Nem imagina a que ponto! Em primeiro lugar, existem todas as galerias que encaminham a eletricidade. Depois, os níveis inferiores de alguns pavilhões, os porões, as grutas naturais recriadas para o lado do Trocadéro e, finalmente, os esgotos da cidade que usamos em alguns lugares para fazer passar os condutores de gás.

— Pode-se ter acesso a eles?

— Não há nada mais para se ver além do que lhe mostrei há pouco nas partes técnicas, lá é muito escuro, úmido e, para dizer a verdade, nós o evitamos quando não é preciso fazer as rondas para verificar se está tudo bem.

— E todos os expositores têm acesso ao subsolo?

— Não, claro que não! O acesso é exclusivo aos técnicos da Exposição.

Faustine estava decepcionada. Não aprendera nada de útil para desmascarar Húbris. Apesar da sua insistência a respeito do subsolo, Sébillot não lhe relatara nada de essencial.

Ao se aproximar da extremidade de um dos palácios que já visitara, Faustine reconheceu a seção inglesa onde Leicester estava expondo. Eles se cruzaram do lado de fora, ao sair do prédio, quando ele esvaziava uma berlinda, cujo interior, sem janelas, era todo estofado em capitonê.

— Senhorita Faustine! — exclamou ele, com ar alegre, ao vê-la.

— Estou continuando a minha visita, com um guia excepcional.

Sébillot enrubesceu.

Faustine se interessou pela berlinda. Não era muito espaçosa, mas a sua singularidade foi suficiente para despertar o seu interesse.

— É sua? — perguntou ela ao relojoeiro.

— É, eu a trouxe comigo da Inglaterra. Não há nada melhor para transportar peças frágeis e de extrema precisão por longas distâncias! Quando eu fabrico relógios especiais, eles viajam ali dentro! Ela é muito confortável, quer experimentar?

— Não, obrigada — respondeu Faustine arrepiada.

— Louis organizou uma sessão para esta noite, teremos o prazer de vê-la?

— Ele me falou sobre ela, talvez eu vá.

— Não perca, a sua presença da última vez contribuiu para incríveis resultados.

— Eu me lembro bem — respondeu a jovem, um pouco perturbada.

— Não se preocupe com o que a condessa lhe disse no fim, já vi a mesma coisa acontecer e a pessoa continua muito bem de saúde. Acho que os espíritos são faceciosos, têm muita inveja de nós que ainda estamos vivos e gostam de nos amedrontar.

— Então, talvez até a noite.

Faustine se afastou com o guia ao lado, ainda perturbada com a berlinda e a lembrança da sessão de espiritismo.

Húbris tem um meio de transporte, dissera Guy.

Aquele era um veículo perfeitamente adaptado para um rapto.

Membro do Cenáculo onde pudera conhecer Milaine, aparentemente solteiro, Leicester parecia muito com o retrato que eles tinham do assassino.

Contudo, Leicester viajava sem parar. Circulando todo o tempo entre o seu país de origem e a França, ele não poderia matar com tanta frequência, não 26 vezes em dez meses.

E se está constantemente na estrada na sua berlinda estofada, ele poderia atacar moças ocasionais, não sistematicamente em Paris, seria ainda mais prático e menos arriscado para ele!

— Rapaz encantador esse senhor Leicester! — afirmou Sébillot.

— Você o conhece? Guarda o nome de todos os expositores da sua seção?

— Confesso que não é assim, eles são muitos. No entanto, nos lembramos das pessoas especiais, ou de projetos originais. Eu me lembro que, no documento de inscrição, o senhor Leicester queria um espaço bem amplo, isolado do resto do seu estande, um local hermético.

— Hermético? — repetiu Faustine.

— Não, o termo exato era "estéril"! Para fazer um laboratório de construção de relógios. Aliás, é por isso que ele está aqui, na minha seção, e não no prédio de relojoaria dos Invalides. Lá eles não tinham espaço. Eu não o conheço pessoalmente, tive mais contato com o assistente.

No entanto, Leicester havia afirmado ter sido obrigado a mudar o seu estande, lembrou Faustine com uma ponta de excitação. Por que lhe havia mentido?

— E esse assistente, como ele é? — perguntou ela.
— O senhor Legrand? Discreto. Ele faz o seu trabalho e obedece ao empregador. Por quê?
— Curiosidade, confesso que gostaria de visitar esse laboratório.
— Ah, para isso terá de falar diretamente com o senhor Leicester, não tenho acesso a ele.
— Onde fica esse espaço estéril, exatamente?
— Embaixo da entrada que acabamos de atravessar, num nível inferior ao mezanino onde ele expõe. Deve ser meio triste, sem janelas, porém, ao menos ele tem o que queria.

Faustine necessitava ir ver esse assistente sem demora. Mas, antes, precisava realizar uma proeza.

Ela havia notado que Sébillot abria todas as portas de serviço com a mesma chave, uma chave mestra. Todas as vezes, ele a guardara no bolso direito do paletó.

Ela precisava dessa chave.

Faustine fingiu torcer o tornozelo e perder o equilíbrio.

Sébillot a segurou imediatamente. Os dois corpos ficaram colados e o homenzinho ficou emocionado.

— Você se machucou? — perguntou ele, com voz trêmula.

Faustine apertou mais o peito contra ele e o vestido o envolveu no nível da bacia. Ela apoiou o rosto no do encarregado e aproveitou a perplexidade dele para mergulhar a mão no seu bolso.

Depois de pegar a chave, ela se ergueu.

— Desculpe-me — disse ela — eu escorreguei.
— Ora, por favor. Está bem?
— Estou, obrigada. Théodore, foi um prazer compartilhar esses momentos com você.

A decepção invadiu o rosto do homenzinho quando ele compreendeu que ela se despedia.

— Não quer que eu lhe ofereça um refresco? Embaixo da torre Eiffel tem excelentes limonadas!
— Infelizmente, preciso ir. Obrigada por tudo.

Ela deu um beijo no rosto dele e se misturou com a multidão.

Precisava visitar um subsolo.

43

A pastilha branca.
Tudo estava na pastilha branca.
Ela não tinha um odor em especial, era muito fina para ser um medicamento, fina demais.

Guy compreendeu também qual era a estatueta que havia sido encontrada enfiada no sexo de Viviane Longjumeau e soube por que não tinha mais explicações sobre ela no relatório da polícia.

As três cruzes marcadas nos seios de Rose o haviam colocado na pista.

Tudo se imbricava.

Hóstias.

Era isso o que ele lhes punha na boca.

Hóstias embebidas em veneno.

E, para que os investigadores não quisessem especificar qual era, exatamente, a estatueta que tinha violado Viviane, só podia ser para evitar uma blasfêmia. A estatueta de Cristo.

A cruz cristã cortava os seios.

Os assassinatos eram crimes religiosos.

De uma pessoa que havia perdido o senso de realidade.

Um homem que se refugiara na religião para se reconstruir, esperando encontrar a paz e acreditando que Deus lhe devolveria a humanidade, o livraria dos pesadelos, dos seus demônios.

Guy não duvidava que a fé servira para canalizá-lo num primeiro momento, ela o havia socorrido nessa luta interna. No entanto, com o tempo, ele se decepcionara. Havia esperado demais da fé.

E a religião não podia resolver tudo.
Esse homem começara a duvidar. De si mesmo, do seu deus.
A própria sociedade havia contribuído para fazê-lo vacilar ao anunciar a iminente separação da Igreja e do Estado.
Um homem atormentado pela dúvida. Uma mente doente, corroída pelas fantasias mais pervertidas, devorada por um desequilíbrio que só aumentava.
Sem dificuldade, Guy o imaginava se virando para o outro lado, para ver.
Para o lado do esoterismo, das ciências ocultas.
Deus estaria mais presente ali?
Seria a solução para o seu mal estar?
Depois ele havia entrevisto os satanistas.
Ele havia balançado.
Matar, além de o aliviar, seria um meio de testar Deus? De provocá-lo?
Guy não tinha mais nenhuma dúvida.
Sabia quem era Húbris.
Um simples detalhe poderia tê-lo posto na pista certa há muito tempo.
O ópio.
A jovem Louise fumava, o rei dos Piolhentos lhe contara. Havia sido a razão da sua fuga, o que a levara para a rua.
E nem todo o dia se encontrava um padre apreciador de ópio.
Eles haviam se encontrado na casa de ópio? Ou na rua Monjol aonde ele ia oferecer a confissão para as moças? Louise o havia iniciado na droga?
Só podia ser um homem.
O padre Camille.

Guy não podia esperar.
O inspetor Perotti não voltaria antes do fim do dia e ele não conseguia aguentar mais ficar sem fazer nada.
Faustine não estava no seu quarto.
Guy perguntou à Jeanne, mas ninguém a vira desde a manhã.
E Gikaibo estava na cozinha.
— Ninguém veio procurá-la, tem certeza?
— Tenho, certeza! O que há? É por causa da Rose, é isso? Elas estão juntas?

Mas Guy já estava na rua.

Ele prometeu o dobro da tarifa ao cocheiro se o deixasse ao pé de Montmartre em menos de cinco minutos.

Faustine não seguiria qualquer um e ela não sairia sozinha sem avisar...

Guy foi tomado pela dúvida. Afinal, ela era bem do tipo de violar as regras. Do mesmo modo que ele não questionava a sua desconfiança, ela não seguiria o que Guy lhe impunha...

Para ir aonde? Para fazer o quê?

Se ela não havia falado com ele, é porque Guy teria se oposto.

O Cenáculo? Ela teria voltado lá?

Ele preferia não pensar no pior, as suas preocupações eram infundadas. Faustine sabia se defender, Húbris nunca poderia raptá-la em pleno dia.

Não, ele é mais do tipo que arma uma cilada para fazê-la chegar até ele, mas, isso, ela saberia farejar, é uma moça esperta!

O fiacre parou bruscamente, Guy havia chegado ao destino. Ele apertou o passo nas ruelas sinuosas de Montmartre e chegou à casa de ópio onde encontrara o padre Camille.

Precedido pela enorme barriga, o proprietário rolava um tonel em frente ao estabelecimento; transpirava em bicas e estava vermelho.

— O padre Camille está aí?

— Está fechado, abro às 18 horas.

— Sabe onde posso encontrá-lo?

— Na igreja, Saint-Denis-de-la-Chapelle, em frente aos ateliês de...

— Sei onde é — gritou Guy, começando a correr.

Era totalmente evidente.

Húbris ia de mal a pior e fazia cada vez menos esforço, talvez estivesse pouco ligando para não deixar pistas, ele estava no limite.

E na véspera, à noite, eles haviam passado em frente a uma igreja, bem perto do beco onde Rose jazia.

Guy encontrou o mesmo cocheiro que esperava por algum cliente e que ficou feliz em ter mais uma corrida apressada que ia lhe garantir uma boa gorjeta.

— Devo esperar? — perguntou ele, diminuindo a velocidade diante da igreja.

— Não será preciso.

Guy se posicionou na calçada da frente e examinou as portas negras.

Lá era o covil do monstro.

Guy ficou ali, incapaz de se mexer, por longos minutos, e foi despertado pelos sinos que soaram duas horas da tarde.

Ele está ali! Embaixo do campanário, na ponta dessa corda...

Guy decidiu contornar a igreja pela estreita rua de Torcy e descobriu um beco minúsculo que dava acesso ao presbitério: uma casa modesta, colada na nave, com as janelas fechadas.

Uma senhora passou com um cesto cheio de alimentos.

— Com licença, madame, — chamou Guy — conhece o padre que oficia aqui?

— Oh, conheço — disse ela com tristeza. — O padre Camille.

— Ele está doente? Todas as janelas estão fechadas.

Ela pareceu embaraçada e hesitou antes de responder:

— Sim, temo que ele não esteja bem. E mais, hoje ele fez soar as horas, isso está ficando cada vez mais raro!

— Ele é o único sacerdote desta igreja?

— É, só tem ele. Se quer a minha opinião, eles deveriam se questionar sobre os postulantes que recrutam. Os bancos das igrejas seriam mais ocupados e não estaríamos nessa situação, com essa história de separação!

Ela se despediu e continuou o seu caminho.

O lugar era calmo, poucas janelas davam para o beco. O que possibilitava agir com toda a tranquilidade. Húbris podia levar as suas vítimas para lá.

Guy não tinha certeza do que devia fazer.

De repente, a porta do presbitério se abriu e o padre Camille apareceu.

Guy reconheceu os olhos com olheiras, a pele enrugada daquele homem que parecia ter o dobro da idade real.

De pé, ele era bem maior do que Guy esperava.

O escritor se enfiou rapidamente no vão de uma larga porta e ficou observando o padre que se dirigiu para a rua da Chapelle.

Ele hesitou.

Segui-lo ou aproveitar a saída dele para visitar o covil?

Húbris não ia agir em pleno dia e voltaria mais cedo ou tarde, quando Perotti estivesse lá, com a arma para prendê-lo.

Guy fez a sua escolha.

Decidiu deixá-lo ir embora. Viu que ele chamou um fiacre e esperou uma boa meia hora para ter certeza de que ele não voltaria rapidamente. Em seguida, foi para a rua principal, onde não teve nenhuma dificuldade para encontrar um adolescente e fazer dele um menino de recados:

— Tome, aqui tem um franco, poderá pedir mais um se for a esse endereço — disse Guy rabiscando uma mensagem numa folha do seu caderno de notas, que ele rasgou e lhe entregou. — Dê este bilhete a Jeanne e explique que é para Perotti, o meu editor. Compreendeu?

O adolescente concordou vigorosamente com a cabeça e saiu correndo, com a mensagem no bolso.

Agora, a casa.

O escritor se aproximou do presbitério e, depois de se assegurar que não tinha ninguém nas proximidades, girou a maçaneta da porta.

Fechada.

É claro, Húbris não é do tipo que deixa o covil aberto.

Ele pegou uma das persianas de madeira que estavam em mau estado e puxou. Um resto da pintura descascada caiu, como único resultado. Ele puxou de novo um pouco mais forte sem mais sucesso.

Guy deu mais uma olhada na entrada do beco, ninguém. Então, repetiu o gesto com as outras persianas, até encontrar uma que tinha um certo jogo para poder abrir. A janela atrás da persiana estava em estado pior, com a madeira rachada, o vidro meio solto. Ele empurrou com o ombro mas não conseguiu abrir.

Nervoso e sem mais recursos, Guy deu uma bela joelhada no vidro solto que caiu e se quebrou do lado de dentro.

Ele se enfiou rapidamente pela janela e fechou as persianas atrás dele, evitando andar sobre os cacos de vidro.

De qualquer jeito, hoje à noite ele dormirá na prisão!

A sala principal era pequena, sem enfeites.

Apenas uma longa mesa de pinho, quatro cadeiras e um bufê.

Uma tímida claridade rasante se introduzia pelas ripas das persianas.

No meio da parede, um crucifixo havia delimitado o seu espaço com o tempo, marcando as suas arestas de pó sob o prego ainda presente.

Mas a cruz fora retirada e jazia no chão.

A estatueta de Cristo havia desaparecido.

Guy pegou o crucifixo e percebeu que ele estava quebrado, como se houvesse sido jogado contra um móvel.

Passou rapidamente para a cozinha, uma peça suja e desorganizada, e subiu para o andar de cima.

O quarto era tão espartano quanto o resto: uma cama desfeita, um armário com algumas roupas, uma mesa de cabeceira e uma pia com torneira. O espelho estava quebrado, uma miríade de lampejos prateados que se irradiavam do ponto de impacto recortava o rosto de Guy num desagradável caleidoscópio. Um cheiro de mofo e de transpiração deixava o ar pesado.

Guy percebeu a parede cheia de papéis ao dar meia-volta para sair.

Páginas da Bíblia estavam coladas em toda a parede, passagens sublinhadas, cruzes nas margens e ele notou até algumas gotas escuras nas mais altas.

Guy estremeceu.

O padre Camille havia agido ali?

O escritor demorou mais um pouco examinando o chão, procurando vestígios de sangue seco, em vão. Ajoelhado, ele notou um objeto embaixo da cama.

Estendendo a mão ele tirou um chicote com nove correias, todo de couro.

O padre se flagelava.

Constatando que ele era do tipo de esconder as suas coisas, Guy começou a revistar realmente o quarto. Levantou o colchão, examinou a mesinha de cabeceira, os bolsos das calças e os paletós do armário, sem encontrar nada além de um crucifixo guardado numa gaveta.

Um crucifixo do qual haviam arrancado a estatueta de Cristo.

Onde ele matava as suas vítimas? Devia levar algumas para lá...

Um porão?

Antes de descer, Guy se aproximou da outra porta daquele andar.

Antes de entrar, foi tomado por um estranho pressentimento.

O padre Camille era do tipo que não dormia, lutando contra os seus demônios. Será que ele caía no sono na cama, sob o olhar da Bíblia, ou em outro lugar?

O escritor teve o pressentimento de que o sacerdote dispunha de algum cômodo na sua casa que o tranquilizava, um santuário onde podia ir procurar a paz. Se o seu quarto representava a culpa, as fantasias do sono e o local onde pagava as culpas, Lucien Camille dispunha de um ninho em outro lugar.

Guy girou a maçaneta e soube, imediatamente, que tinha razão.

As paredes, o teto e o piso haviam desaparecido.

Guy ficou parado ao ver uma luz trêmula.

Velas. Inúmeras.

Ele andou sobre uma superfície irregular, escorregadia.

Tudo era branco.

Pareciam veias, tendões, estalactites pontudas e imaculadas como ossos.

Essa segunda pele que cobrira o cômodo poderia se confundir com matéria orgânica.

Guy compreendeu ao ver as centenas de velas acesas.

O sacerdote havia atapetado o interior com cera, milhares de velas espalhadas, derretidas, até fazer desaparecer o mundo real.

Cada passo fazia estalar esse pálido tapete.

Ele deixou tudo aceso, vai voltar rápido!

Mas Guy não saiu dali.

Não, aquele compartimento de cera precisava ficar permanentemente iluminado, Lucien Camille devia se certificar disso várias vezes por dia. Pois era um pouco a sua alma e, a luz, uma garantia de luta contra as trevas, à maneira dele.

Aquilo era a sua alma, a sua cavidade uterina, o seu santuário de meditação, o lugar onde podia ser ele mesmo, tranquilo.

Não adiantaria procurar vestígios de sangue, ele não matava ali, o lugar tinha de permanecer puro.

Se me encontrar aqui, ele vai ficar louco de raiva, pensou Guy, retrocedendo.

Foi somente então que percebeu que tinha ido sem arma, sem nada para se defender. Ele não se preocupara com esse aspecto, armado apenas das suas ideias, da sua obsessão pela verdade, pelo conhecimento.

O coração de Guy disparou.

Será que ouviria a porta ranger se Húbris voltasse para casa?

E se ele já estivesse na casa? Saberia da sua presença pelo vidro quebrado e pelo rangido do chão...

Guy apertou os punhos, as palmas das mãos estavam úmidas e ele se dirigiu para a saída.

Mas, no corredor, viu que não poderia ir embora sem ter visitado toda a casa.

Mesmo que, no fundo, não acreditasse na hipótese das moças raptadas e cativas, precisava ter certeza.

Então, ele desceu a escada estreita e cada degrau gemia ao ceder sob o seu peso.

De volta ao térreo, ia explorar o fundo da casa que ainda não tinha visitado, quando percebeu que a porta da cozinha estava escancarada.

Estava convencido de que a fechara ao passar.

Desta vez, ele prendeu a respiração.

O coração pulou para fora do peito quando ouviu um barulho de metal na cozinha.

Ele não estava mais sozinho.

44

A boca do lobo.
Aberta e cheia de presas.
Faustine a contemplava do seu canto, embaixo do mezanino onde Marcus Leicester fazia a sua exposição.

Essa boca do lobo assumia a forma de uma porta de serviço.

Com certeza devia haver outros acessos, mas Faustine não queria perder tempo. Aquele serviria. Bastava se esgueirar entre duas ondas de visitantes para que o relojoeiro inglês não pudesse notá-la.

No entanto, ela não ousava ir em frente.

Alguma coisa a impedia; ela estava vigiando há mais de uma hora.

Não era medo, nem desconfiança.

Era mais o sentimento de que tudo aquilo não era coerente.

Desde o início, Faustine não conseguia ver em Leicester um suspeito plausível.

Se fosse tão simples farejar *o culpado, todos os criminosos dormiriam atrás das grades,* tranquilizou-se ela.

Nem uma vez, durante a visita que fizera com ela, ele havia mencionado a existência da sala estéril do seu laboratório. Normalmente, deveria se orgulhar de uma tal engenharia. Por que escondê-la? Para evitar a contaminação? Mesmo que não a levasse lá, ele poderia, ao menos, se vangloriar da sua existência.

A não ser que quisesse mantê-la com toda a discrição.

Porque, ali, ele comete os crimes!

Mas, para ter certeza, o ideal seria pegá-lo em flagrante.

Faustine decidiu esperar.

A porta na frente dela, do outro lado do *hall* de entrada, era a mais próxima do estande de Leicester. Se a sua câmara estéril estivesse bem embaixo como havia localizado Sébillot, então, o caminho mais simples e mais rápido seria por aquela porta.

Se o inglês aparecesse, ela só teria de segui-lo a uma boa distância para que ele a levasse ao seu antro.

Então, ela esperou.

A tarde inteira.

Ela se sentou numa saliência de pedra, um pouco afastada, com uma perspectiva perfeita para a abertura na parede oposta.

No início, havia observado os passantes — não havia nada exposto no hall, a não ser uma estrutura de aço coberta com um oleado, esperando ser terminada — mas logo se cansara. E passou a lançar breves olhares para o mezanino, caso Leicester ou o assistente, Legrand, ali aparecessem. O pior que poderia lhe acontecer era ser notada por um dos dois homens.

Ela não viu ninguém.

O dia estava terminando.

O público era menor, os visitantes do dia iam embora e os da noite ainda não haviam chegado.

Pouco antes das 18 horas, um movimento suspeito chamou a atenção dela.

Alguém se dirigia para a porta.

Ela levou vários segundos para reconhecer o vulto.

Mas quando ele se virou para ter certeza de que ninguém o via, Faustine reconheceu imediatamente a barba negra.

Louis Steirn.

Esperou 30 segundos e foi atrás dele.

A escada saía num corredor iluminado por lâmpadas elétricas nuas, dispostas a cada 10m, deixando longos espaços de penumbra entre elas. Tubos corriam no teto e numa das paredes.

Steirn havia desaparecido.

Em estalido metálico ressoou, vinha de um pouco mais longe, à direita.

Faustine ergueu o vestido para evitar que o raspar no chão traísse a sua presença e chegou num cotovelo onde havia uma pesada porta de aço.

Ela não tinha nenhum senso de orientação, no entanto, lhe parecia muito provável que estivesse de volta bem embaixo do hall.

Ela colou o ouvido na porta fria, mas não ouviu nada.

O que Steirn teria ido fazer ali?

E se ela houvesse se enganado desde o começo? E se Leicester não passasse de um ótimo relojoeiro que cultivasse um certo segredo das suas criações? Steirn, como amigo de longa data, fora visitá-lo no ateliê...

Faustine decidiu entrar para colocar tudo a pratos limpos.

Ao menor perigo, ela daria meia-volta e avisaria Guy e Martial.

Já é um perigo ter descido aqui sozinha! gritou o seu bom senso.

Faustine queria fazer a coisa certa. Agia por Milaine e por Rose e porque lhe era impossível esperar, arriscar que Húbris atacasse de novo. Mas não queria errar, não queria fazer um papel ridículo diante dos amigos, para lhes fazer perder tempo.

Devia se assegurar de que havia alguma coisa anormal ali, quer se tratasse de Leicester ou de Steirn, antes de reunir as suas tropas.

Ela empurrou a porta, que se abriu para um outro corredor, agora circular. Ela andava a passos curtos, à espreita, preparada para correr apesar das saias e de todo o tafetá do vestido.

Havia esquecido o chapéu na saliência da pedra.

É melhor! pensou ela. Já era bem complicado não fazer barulho.

Ela chegou a uma sala lotada de prateleiras, cheias de peças de metal, de ferramentas, de todo o arsenal de um perfeito relojoeiro.

O corredor continuava e, visivelmente dava a volta numa sala.

Uma antessala para preservar o ambiente interno.

Atrás da porta de duas folhas, estava a verdade.

A inocência ou a culpa de Leicester.

Faustine entrou com cuidado, cega pela bateria de luzes elétricas que projetavam uma luminosidade branca no centro da sala.

O cheiro que reinava entre aquelas paredes também a surpreendeu. Um odor animal e picante. Enxofre, reconheceu ela.

Ergueu o rosto, com os olhos protegidos pelo braço que mantinha na testa.

Havia alguma coisa no centro, um vulto bem grande.

Bem maior do que um homem.

E que exibia o que deviam ser chifres.

E se mexia.
Em seguida, rugiu.
Faustine sobressaltou-se e recuou.
Ela bateu contra um corpo.
Uma pessoa estava atrás dela.
Quis empurrá-la para fugir, mas foi tudo muito rápido.
Um punho de aço lhe agarrou o queixo e lhe aplicou um tecido, com um cheiro forte, na boca e no nariz.
Ela mexeu os braços para se debater, para afastar aqueles tentáculos sufocantes.
Os seus gestos eram ridículos em comparação à determinação que movia o agressor. Ele não era alto, adivinhou ela, mas tinha uma força e uma vontade de ferro.
Então, ela compreendeu.
Percebeu que de nada adiantava lutar.
Ele tinha experiência, não lhe dava nenhuma chance.
Antecipava cada um dos seus gestos de defesa. Ele havia repetido essa cena muitas e muitas vezes, tanto que já a conhecia de cor.
Faustine não teve outra opção além de respirar o odor anestesiante.
E de não resistir a Húbris.

45

Bater primeiro.

Guy sabia disso: dar o primeiro golpe seria a melhor chance de sair ileso. Se acertasse na mosca, com toda a força, poderia desestabilizar o padre Camille. Todo o torso deveria acompanhar o soco. E se optasse pelo pontapé, o sucesso dependeria dos quadris. A bacia tinha de executar uma rotação perfeita para que o peso do corpo acompanhasse.

Ele devia se lembrar de todos os treinamentos dos seus anos de savate.

Guy avançou para entrar na cozinha.

Não era Lucien Camille que estava lá.

E sim um gato preto, magro.

Ele fitou Guy com as suas pupilas verticais cercadas de amarelo e miou.

O escritor relaxou e esvaziou os pulmões de toda a tensão que se acumulara, os seus ombros se curvaram.

— Você me pregou o maior susto, bicho maldito!

Seria um sinal de que ele não devia se demorar por mais tempo?

Eu não vim até aqui para sair tão rápido.

Ao menos devia terminar a exploração.

Guy foi até o fundo da casa, de onde saía uma escada para o porão.

O cheiro de mofo impregnava as paredes.

Guy acendeu um castiçal que estava no primeiro degrau e desceu.

O cheiro mudou.

Tornou-se mais capitoso, mais quente.

Picante.

Não era um cheiro desconhecido de Guy, no entanto, ele não conseguia identificá-lo. O porão tinha uma despensa pobremente abastecida.

No centro, na terra, haviam dois recipientes de ferro de onde escapava um cheiro mais forte.

Guy o identificou ao se inclinar sobre eles.

Ele os detectava quando entrava nos automóveis.

Gasolina.

E os círculos marcados na terra provavam que ali já haviam sido colocadas outros vasilhames de gasolina.

O que tramava o padre Camille?

Ele não tinha meios para ter um automóvel! E para que guardar tanta gasolina que era perigosa e que, além de tudo, todo mundo sabia que se inflam...

Oh, não...

O padre Camille tinha um plano sinistro na cabeça.

Guy tomou cuidado para não aproximar demais o castiçal e deu uma volta rápida pelo porão para se assegurar de que não havia nada mais e subiu a escada em grandes passadas.

Agora podia sair.

No entanto, ele hesitou.

Ainda tinha o acesso à igreja.

Ele entreabriu a cortina para inspecionar uma prateleira na qual havia uma custódia cheia de hóstias.

Ao pensar no sinistro destino que tinham, teve vontade de jogá-las no chão e pisoteá-las.

Expulsou os rostos de Rose e de Milaine da mente e prosseguiu.

O baú para o cálice, o corporal, a patena, o turíbulo e outros acessórios para celebrar a missa. Nada de interessante.

Ele ignorou a casula e o resto para dar alguns passos em direção à igreja.

A nave ficava atrás de uma porta fechada com um ferrolho por dentro.

Estranha precaução para um sacerdote.

Guy notou, então, que os seus passos provocavam um rangido anormal nos azulejos do piso. Ele ergueu o velho tapete que marcava a entrada do presbitério e levantou um alçapão.

Armado do seu isqueiro, ele se enfiou embaixo da igreja, no que parecia uma antiga cripta.

Da mesma forma que Guy havia descoberto no primeiro andar o santuário de Húbris, ele não tinha mais nenhuma dúvida: agora estava na sua câmara de sevícias.

Havia cordas enroladas em volta de uma escápula, várias facas com lâminas sujas de uma substância escura, fragmentos secos de carne humana dispostos numa prateleira. Uma meia dúzia de cristos arrancados da cruz. Guy também notou a presença de vários frascos contendo líquidos brancos, translúcidos e pretos, o arsenal de venenos, supôs ele. E velas apagadas, espalhadas por todo lado.

No chão, uma corrente estava presa à parede de pedras.

De noite, o padre Camille devia ficar tranquilo ali para executar o seu sinistro trabalho.

Outra porta, trancada com um ferrolho fechava o espaço.

Guy se aproximou e empurrou o fecho para dar uma olhada.

O cheiro de urina, de podridão e de excremento assaltaram os seus sentidos já saturados.

Alguma coisa se mexeu no fundo.

Em seguida, uma pessoa pequena esticou os membros para rastejar até o meio do cômodo escuro.

Guy ficou de prontidão, preparado para reagir.

Ele ergueu o isqueiro.

Membros raquíticos, pele sobre os ossos, se desdobraram para acariciar a terra na sua direção.

O vulto se punha em posição para implorar.

E uma voz fraquinha e gutural acompanhou os gestos:

— Glória a ti, Satã, que o teu reino sobre a Terra comece. Glória a ti e aos teus anjos negros!

46

Uma adolescente com a cabeça raspada.

Ela contemplou Guy com grandes olhos esgazeados, uma espuma branca nos lábios.

A cabeça virou quando ela viu o rosto acima dela.

— Você não é o Diabo — disse ela com voz cansada. — Você também é servo dele?

Guy a reconheceu. Já tinha visto aquela menina numa fotografia no apartamento escondido de Viviane Longjumeau. Ela não tinha mais cabelo, estava muito mais magra, mas era a mesma, sem sombra de dúvida.

Ele pôs um joelho no chão para eliminar a relação de domínio que existia entre eles.

— Eu me chamo Guy. Vim buscá-la. Você é Louise, não é?

O rosto na frente dele se contraiu, subitamente aterrorizado.

— Buscar? Não! Não! Eu sou dele! Eu pertenço aos Infernos! Não!

— Acalme-se! — disse Guy, pegando-lhe os braços antes que ela se ferisse. — Acalme-se! Eu vou ajudá-la! Não estou com o padre Camille, vim livrá-la dele, compreende?

A princípio a adolescente tentou se livrar do seu domínio, porém não tinha mais forças e cedeu, abandonando-se totalmente nos braços dele.

— Psiu, acabou, eu estou aqui — continuou Guy apertando-a contra ele, — O seu pesadelo acabou, vou levá-la para cima.

Então, ela não resistiu. Começou a chorar, gemidos de criança, lágrimas quentes entrecortadas de soluços de esgotamento.

Guy a manteve contra ele por um momento, até que ela se acalmasse. Em seguida, a ergueu e a levou para cima, para sair da igreja.

Ele pegou o corporal do altar e enrolou Louise com ele.

Ao perceber que estava numa igreja, ela apontou o indicador para os bancos.

— Os cânticos... — disse ela. — Eu ouvia os cânticos... não eram à glória do Diabo... Ele me enganou.

— Por ele, você quer dizer o padre Camille?

— Sim. Ele é o meu pai.

Ela lhe contou como eles haviam se cruzado na rua Monjol, ela drogada até os ossos, pronta para qualquer coisa para ter com o que pagar uma hora na casa de ópio de Montmartre, ele, querendo confessar as moças. Havia sido ele que a reconhecera, pois ela nunca o tinha visto. Ele havia abandonado a mãe dela depois de uma única noite de sexo, recebendo uma carta e uma fotografia de tempos em tempos. Era um segredo entre a mãe dela e ele. Inicialmente, ele tentara tirá-la das ruas, mas ela havia se recusado, o apelo do ópio era mais forte do que tudo.

E, uma noite, ele havia ficado louco.

Ele a havia manipulado para fazê-la ir até lá para trancá-la e nunca mais abrir. De vez em quando ele lhe levava comida e bebida e lhe falava de como o Divino abandonara a Terra.

Assim como do plano que ele tinha para forçar Deus a voltar.

A provocação suprema, o ritual que ele havia orquestrado para atrair novamente o olhar dele para a sua Criação.

E o silêncio em troca.

Então, ele havia escutado os cânticos de Satã...

Ela contou os menores detalhes durante a viagem de volta, a salvo no fiacre e Guy compreendeu.

A presença da filha que havia deixado Camille louco de raiva, a carta de Louise para a mãe, num raro momento de lucidez, que havia atraído Viviane para a rua Monjol depois do desaparecimento da menina. Lucien Camille que devia ter dado de cara com Viviane, num belo dia, essa mulher que ele havia conhecido outrora quando procurava se encontrar. Ele a havia levado a um lugar afastado para massacrá-la, provavelmente depois de um longo passeio.

Ao chegar diante do *Boudoir de soi*, Guy perguntou:

— Ele armazenava muita gasolina, você sabe por quê?
— Não.
— Ele não falou em pôr fogo em algum lugar?
— Não. Ah, em compensação ele falava frequentemente do fogo purificador. Para "mandá-los de volta para o Inferno", dizia ele.

Guy pressentiu a urgência da situação. A maioria das latas de gasolina não estavam no presbitério, provavelmente já estavam no lugar, preparadas para derramar a morte.

O padre Camille detestava as mulheres, era o seu principal problema, as mães em particular.

Não, as prostitutas! Ele havia matado sobretudo as rameiras! As dos lugares por onde ele passava, as moças da rua M...

Da rua Monjol.

Húbris ia incendiar o que mais se parecia com o Inferno em Paris.

47

Paris deslizava a toda velocidade por trás do vidro do cupê.
Guy havia entregado Louise à Jeanne.
Nenhuma notícia de Faustine, nem de Perotti.
Isso começava a angustiá-lo seriamente.
Eles não estão em perigo, Húbris devia estar pensando na rua Monjol por enquanto. Porém, em seguida, depois que houvesse queimado todo o bairro, até aonde o levaria a sua loucura?
Então, onde estavam Faustine e Perotti?
O cupê diminuiu a velocidade no bulevar Saint-Martin, bem perto da praça da República, um ônibus estava virado no meio da rua, os cavalos relinchavam, um deles estava ferido, outro estava preso na cilha, várias pessoas estavam caídas no chão e a multidão acorria de tudo o que é lado para prestar ajuda. Havia um engarrafamento de fiacres, charretes, automóveis e um ônibus de dois andares.
Guy saltou e continuou a pé, a toda velocidade.
Desta vez, ele havia pegado a bengala; era melhor do que nada se precisasse se defender.
Mas esperava não chegar a esse ponto.
Levando em conta a deliquescência mental do padre Camille, ele tinha a presunção de acreditar que tudo poderia se resolver com palavras. Ainda dava tempo de fazer com que não resistisse, de trazer à superfície o ser claudicante e não o monstro frio e sanguinário que tentava levá-lo na sua errância.

A rua Asselin estava muito calma para um fim de dia, raros desocupados que saíam do café de Auvergne se dispersavam pela calçada.

Guy subiu a artéria em grandes passadas para chegar à cloaca um pouco mais acima, entre as fachadas decrépitas. Ele se certificava de que não havia nenhum vulto escondido em cada uma das reentrâncias.

Interrogou as primeiras moças da rua Monjol, mas nenhuma vira o padre naquele dia. Será que ele havia se escondido para esperar o anoitecer? Se quisesse atacar, era o mais provável.

Victor o recebeu no subsolo do seu antro que cheirava a carne e suor. As moças o observavam, nuas, atrás de cortinas furadas. A maioria estava embriagada de absinto ou saturada de ópio.

— Conhece o padre Camille?

— É um padreco que, antes, vinha aqui de vez em quando.

— Ele não veio mais?

— Faz bem umas três semanas que ele não volta.

— Foi ele quem raptou e matou as suas moças. E eu acho que ele vai aparecer a qualquer instante para pôr fogo na rua toda.

— O padreco?

— Sim, e levando em conta o estado geral dos prédios, não será preciso muita coisa para que o fogo se propague rápido e que tudo vire fumaça. Você podia reunir os seus rapazes e esquadrinhar toda a rua Monjol? É preciso ser discreto, deixá-lo se aproximar; se ele sentir a menor anormalidade, vai nos escapar por entre os dedos.

— Vou buscar o rei!

O rei dos Piolhentos tomou as rédeas do caso. Colocou os seus homens em cada entrada da rua, com a instrução de "agarrar qualquer padreco que entrasse", especialmente se reconhecessem o padre Camille.

Guy ficou mais para cima com Gilles, o rei dos Piolhentos, que exibia uma barba de três dias.

Ele lhe estendeu uma garrafa cheia de absinto:

— Quer um verde?

— Não, obrigado, quero ter as ideias claras se ele se aproximar.

— Eu não. Se o pegarmos será melhor que eu esteja alcoolizado. Segundo os meus rapazes, sou menos cruel quando estou bêbado.

O rei dos Piolhentos havia guardado a bela linguagem com a sua navalha. O álcool o fazia se expressar com mais gírias do que no primeiro encontro.

Eles esperaram mais de duas horas para que céu escurecesse, antes de o rei interpelar Guy:

— Tem certeza de que ele vem?
— Quase.
— Por quê? Ele lhe disse?
— Não, eu deduzi.
— Deduziu? Espero que seja bom em dedução! Não sou lá um bom cristão, mas daí a acusar o padreco de ser o que diz que ele é, as suas deduções devem ser muito boas!
— O sacerdote também é satanista, isso basta?
— Era só o que faltava.
— Um satanista que frequenta...
— Que frequenta o quê? As putas? Porque, aqui, a única coisa que o padre Camille fazia era conversar com as nossas rameiras. Ele nunca fez nenhuma abordagem, se entende o que quero dizer!

Subitamente, Guy ficou meio confuso. O padre Camille se havia voltado para o lado dos círculos esotéricos para encontrar as respostas que não conseguira com a religião, com Deus. Assim, ele havia conhecido Steirn e os outros, mas será que havia aderido às práticas sulfurosas? Por ocasião do único encontro com ele, o sacerdote havia sido violento ao pôr Guy de sobreaviso contra eles.

O padre Camille vagava entre dois mundos, sem conseguir encontrar o seu lugar. Ele cavalgava entre a realidade e as suas fantasias, cavalgava entre o seu Deus que não o ajudava e Satã, para quem as suas orações se voltavam, contra a sua vontade.

Guy se lembrava perfeitamente do rosto assustado e ansioso do sacerdote; de imediato, ele atribuíra em grande parte o estado dele à droga.

O padre sentia uma grande raiva dos Serafins.

Será que eles o haviam influenciado para ir em direção ao Maligno? O padre os responsabilizaria?

Guy pensou que talvez estivesse errado.

Não era contra as mulheres devassas da rua Monjol que ele tinha alguma coisa e sim contra as almas do Diabo.

O Cenáculo dos Serafins.

* * *

Guy arquejava quando chegou ao último andar do prédio haussmaniano da rua Vivienne.

A porta estava fechada.

Ele não tinha visto ninguém no hall, nem no pátio dos fundos e muito menos na escada.

Preparou o punho e ia bater na porta, quando sentiu um cheiro que lhe eriçou os pelos da nuca.

Todos os seus sentidos ficaram imediatamente despertos.

Gasolina!

Segurando a maçaneta, ele a girou lentamente.

Droga, Perotti, como eu preciso de você agora!

Ele conseguiu se introduzir no vestíbulo sem fazer barulho e ouviu a voz do padre, trêmula, exclamar:

— Vi claramente o jogo de vocês! Vocês me usaram! Tudo é por causa de vocês! Os pesadelos todas as noites! Por causa de vocês! Eu não deveria tê-los escutados. O Diabo não vai me ajudar! Ele não é mais capaz do que Deus! Vejam, onde está o salvador de vocês? Digam! Onde está o Maligno quando precisam dele?

Guy se aproximou até a entrada da sala.

O cheiro de gasolina estava muito forte.

Lucien Camille estava lá, encharcado, com um isqueiro numa mão e uma arma de fogo na outra, os olhos fora das órbitas, as veias puladas no pescoço e nas têmporas.

Diante dele, uma meia dúzia de membros do cenáculo, entre os quais Guy reconheceu Rodolphe Leblanc e a condessa Bolosky. Todos estavam assustados, completamente desamparados.

E todos suavam abundantemente.

As latas de gasolina estavam jogadas no meio do salão. O sacerdote havia aspergido todos eles.

Uma ripa do chão rangeu sob os passos de Guy.

O padre Camille o viu imediatamente e apontou a arma na direção dele.

— Alto! — gritou ele. — Por que veio aqui? Eu lhe disse para não frequentar esse lugar! Eu avisei! Você não ouviu! Ninguém ouve! Ninguém!

— Calma, Lucien! — disse Guy com a voz mais firme que pôde, apesar da onda de bile que subia pelo seu esôfago.

O medo lhe apertava o peito, comprimindo os seus pulmões.

A boca escura da pistola olhava para ele, fixa na sua testa, a bala pronta para sair e devorar o seu cérebro.

— De joelhos! — ordenou o padre. — De joelhos ou atiro!

Guy estendeu a mão aberta para o padre em sinal de paz.

— Você não é obrigado a fazer isso, Lucien, matar essas pessoas não vai resolver os seus medos.

— Você não sabe nada dos meus medos!

— Sei que se voltou para Deus para buscar a paz interior, e que ele nunca o ouviu. Sei que começou a matar para provocá-lo, para obrigá-lo a ouvi-lo, a lhe responder. Porque, no fundo, você duvida da sua fé.

— A culpa é de vocês se chegamos a este ponto! A culpa é de vocês!

Uma espuma branca se formava na comissura dos lábios do sacerdote, ele cuspia a cada vez que gritava e o rosto dele estava vermelho, como se fosse ter uma crise de apoplexia.

— Você tentou as piores blasfêmias e *Ele* não lhe respondeu. Eu sei de tudo. Você se sente terrivelmente só, como se fosse a única pessoa da sua espécie, no meio de criaturas que não o compreendem. Não é, Lucien?

Pela primeira vez, a dúvida alterou o olhar do sacerdote, a determinação histérica que o comandava até o momento cedeu um pouco de terreno à razão. Guy devia se enfiar nessa brecha.

— Existem soluções para ajudá-lo — acrescentou ele. — Você não é louco, Lucien, e sabe disso, mas há alguma coisa em você que não é como devia ser, você está ferido e as pessoas agora são capazes de curá-lo. Pense na sua infância, pense no que viveu. O seu pai lhe batia, Lucien?

O padre sacudiu lentamente a cabeça, com o olhar perdido ao longe.

— Eu sou órfão. Fui criado pelos padres — disse ele baixinho.

— Não tem horríveis lembranças que o perseguem?

Lucien Camille concordou imperceptivelmente.

Guy percebeu as lágrimas no rosto do padre sem saber se eram provocadas pela gasolina ou pela emoção que abria um caminho nele.

— Quem são essas pessoas que podem me curar? — perguntou ele, com menos raiva na voz.

— Médicos que exploram a mente, que tratam dos desequilíbrios que nos corroem.

— Tolice! — enervou-se novamente o padre Camille. — Todos charlatães! Eu os conheço, eles não sabem nada, eles fazem experiências! Vão me abrir a cabeça e auscultar o meu cérebro, comigo ainda vivo!

— Não, Lucien, eu lhe garanto que eles fizeram grandes progressos, podem estar ao seu lado e ajudá-lo a vencer os pesadelos.

Guy aproveitava o seu discurso tranquilizador para dar um passo atrás do outro, para se aproximar do sacerdote.

Ele não estava a mais de 3 m.

O cano da pistola ia descendo aos poucos, ele não mirava mais o seu rosto e sim a barriga.

— *Melmoth volta para casa,* articulou Guy, lentamente, lembrando-se da última frase da carta escrita por Húbris. — A errância terminou.

O padre não piscou, mergulhado em intensos dilemas, num mundo de contradições, de medos, de sofrimentos, de perversões e de ódios. Todos se defrontavam como ondas potentes que se chocassem, uma tempestade numa cabeça exausta.

— A errância pode terminar aqui — acrescentou o escritor. — Se confiar em mim. Se pegar a minha mão.

Agora, ele estava com os pés no charco de gasolina que embebia o tapete. Estava a menos de 2 m.

Ele estendeu a mão para a arma.

Lucien Camille não reagiu. O peito dele se erguia rapidamente, ele estava perdido.

Guy roçou no punho dele com os dedos.

Mas não tentou arrancar a pistola. Queria resolver tudo com calma. Sentia que estava quase conseguindo.

— Arranque a arma dele! — gritou Rodolphe Leblanc, dando um salto na direção do padre.

Húbris engoliu Lucien Camille num segundo.

O monstro frio e cruel assumiu o controle antes que Guy pudesse paralisar o seu braço.

Com uma coronhada em pleno rosto, ele derrubou Guy e a detonação colheu Leblanc em pleno movimento.

Uma flor púrpura começou a desabrochar no meio do peito dele, enquanto o rapaz titubeava, incrédulo.

O sacerdote encarou os outros membros do Cenáculo com ar decepcionado.

Em seguida, atritou o isqueiro, liberando uma chama que crepitou diante dele.

— Vocês são todos uns porcos — disse ele, bem baixo. — Porcos que vão assar no Inferno.

O isqueiro voou pelos ares na direção do meio da sala.

Os Serafins só tiveram tempo de prender a respiração, todos juntos, como se fossem dar um mergulho profundo.

Guy compreendeu o que ia acontecer e rolou imediatamente para o lado para se afastar do tapete de gasolina no momento em que a sala pegava fogo num sopro assustador.

Todo o ar da sala foi imediatamente aspirado, antes que os Infernos expirassem um jorro incandescente.

Guy viu os rostos aterrorizados dos Serafins enquanto o fogo se lançava sobre eles como se o Diabo em pessoa o empurrasse.

O braseiro também correu na direção de Lucien Camille que o recebeu abrindo os braços, como Cristo na cruz.

As chamas o envolveram num sudário ardente.

Todos gritavam e se agitavam.

O espetáculo anestesiou o escritor por alguns segundos, antes que conseguisse se levantar e pegar uma cortina dupla, arrancando-a da haste.

Rodolphe Leblanc passou correndo na frente dele, os seus gritos insuportáveis o acompanhavam como o bramido de uma locomotiva a toda velocidade.

Atravessou as grandes janelas num pulo e bateu os quadris nas grades do terraço antes de passar por cima da balaustrada.

Uma bola de chamas irrompeu na noite e foi se esmagar no chão.

Tudo aconteceu tão depressa que Guy não teve tempo de agir.

O padre gritava com os outros, mas a sua tortura parecia quase aliviá-lo.

Ele expiava as suas atrocidades.

Guy saltou no meio das chamas para envolver a condessa Bolosky com a cortina e eles rolaram juntos para longe da fornalha.

O escritor se ergueu para apagar o fogo, apertando o espesso tecido contra a pobre mulher que se contorcia de dor.

Atrás deles o incêndio aumentava.

Os corpos se curvavam atrás de uma parede ardente.

Era muito tarde para tentar salvar mais alguém.

Então Guy ergueu a velha senhora pelos ombros e se preparou para sair com ela, antes que ficassem cercados pelo fogo.

Ele lançou um último olhar para Húbris, ajoelhado, com a pele do rosto se desfazendo, um gorgolejo como única oração fúnebre.

E correu para a saída.

48

Julie estava impassível.

Ela mediu Guy de alto a baixo sem que ele pudesse adivinhar o que ela estava pensando.

Ele havia acabado de lhe contar tudo.

Havia posto a condessa num fiacre para o hospital e, em seguida, voltara para casa. Ainda era muito cedo para ir à polícia e fazer o relato de tudo o que sabia.

As mãos lhe doíam, ele tinha várias queimaduras nos dedos e enfiou-os mais uma vez numa bacia de água fria.

A face esquerda também lhe doía, o padre Camille o gratificara com um belo hematoma.

— Você devia estar no hospital — disse, enfim, Julie — assim como a condessa.

— O meu estado não tem nada a ver com o dela.

— Tem de ir falar com a polícia. Não pode esperar mais, Guy.

— Eu sei. Depois disso, terei de ir embora, você sabe. Todo esse caso vai mexer com muita coisa e corro o risco de que informações cheguem à minha família. Não vou ficar em Paris para que me encontrem.

— Então, vai fugir de Joséphine mais uma vez? Não devia lhe dizer isso, mas ao casar com ela você se comprometeu com um dever marital. Ela tem ao menos o direito de saber. Deveria explicar a ela.

— Ela não entenderia.

— Não tome a sua mulher por uma imbecil, você está se escondendo atrás de pretextos.

— Bom, digamos que considero morta a minha vida anterior. É isso que me permite gozar a nova.

Julie, que julgava as coisas com frieza, sem nenhuma maldade, replicou com toda a franqueza:

— Você é egoísta e covarde.

Guy concordou.

— Encontrei novamente a vida com você, com as meninas.

— Com essa história sórdida também, Guy. Não se esconda de si mesmo.

Um longo silêncio caiu entre eles.

— É possível — admitiu ele, com relutância.

Ele saiu do sofá para ficar de frente para a tábua coberta de folhas pregadas.

A cara de Húbris.

Ainda se lembrava da expressão circunspecta de Perotti quando lhe falara desse nome.

— Martial Perotti não veio hoje? — surpreendeu-se ele.

— Não, não que eu saiba. Jeanne lhe teria transmitido a sua mensagem se fosse esse o caso.

— E Faustine não voltou?

— Ainda não.

Guy inspirou profundamente.

A ausência deles era estranha. Até mesmo desagradável.

Eles têm direito a uma vida além de nós, não? pensou ele.

Ele pegou a folha que detalhava o caráter de Húbris.

Se a polícia fizesse o seu trabalho até o fim, ela se informaria sobre a vida de Lucien Camille, talvez, então, ele tivesse acesso à história dele. Guy estava curioso para saber quem ele havia sido, se o retrato lhe era fiel.

Um órfão criado por padres... Nisso eu não havia pensado! Seria a figura de Maria que ele havia sublimado? Pouco provável... A mãe, antes de ser abandonado? Talvez...

O que era mais decepcionante, no final, era saber que teria de viver sem saber a verdade. Pois a verdade de cada homem só pertence a ele e à sua história, a história da escuridão, a que se escreve nas trevas das nossas

No fundo, Guy estava convencido de que o definira acertadamente, ao menos em linhas gerais.

Por isso o padre o havia escutado, o deixara se aproximar.

Bem em cima, a cronologia dos assassinatos e a lista das vítimas bebiam o clarão do lampião de querosene, destacando a tinta preta.

O olhar de Guy parou no nome de Louise.

— Como vai a menina?

— Está dormindo, ela está com Marthe e Eugénie. Fechei a casa esta noite; emoções demais, acontecimentos demais.

Lucien Camille tivera uma filha.

Encontrá-la no seu terreno de caçadas o havia perturbado completamente.

O início da espiral, a aceleração macabra.

Guy imaginava o choque emocional que deveria ter sido para o padre cruzar, em seguida, com a mãe da criança na rua Monjol.

Louise raptada, Viviane massacrada, depois, Anna Zebowitz, um crime totalmente diferente, um daqueles em que ele retirava os órgãos, em que a conotação sexual não era tão evidente. Milaine, Rose... E Elikya nesse meio-tempo!

Guy ainda não conseguia explicar a presença de Húbris na Exposição. Seria essa feira fabulosa que o perturbava e que o levava a mudar a sua maneira de agir?

Mudar a sua maneira de agir... repetiu ele, secretamente.

Guy se afastou um pouco do painel.

Os quatro primeiros crimes em toda a Paris. Os órgãos retirados. Depois os cadáveres embaixo da torre Eiffel, órgãos e pedaços inteiros também desaparecidos. Em seguida, vinham as cinco prostitutas que desapareceram da rua Monjol. Nunca foram encontradas. E Louise.

Viviane havia sido a primeira das vítimas cujo ritual do assassinato tinha sido radicalmente diferente.

Seria por que era mais pessoal?

Com Milaine e Rose, eram os três crimes mais atípicos, sem órgãos retirados. E, ao contrário de Milaine e de Rose que haviam sido envenenadas, Viviane havia sido morta com uma arma branca. Ela havia fugido. Guy sempre atribuíra esse incidente à vontade de Húbris de *brincar* com a sua presa, porque o assassino era muito experiente para deixá-la fugir assim.

E se não fosse isso?

E se Viviane houvesse fugido por que, ao contrário, ele não tinha experiência? Por que ela era a primeira de uma série de três e de apenas três?

A arma branca, porque isso lhe parecia evidente e o veneno em seguida, para evitar o sangue, o enfrentamento direto, porque as coisas haviam corrido mal com uma faca, da primeira vez.

Louise havia sido o estopim.

O padre Camille não havia matado ninguém antes de dar de cara com a filha se prostituindo no pior lugar do mundo.

Essa tragédia o abalara tanto que terminara por estourar todas as suas válvulas de segurança. Esse foi o começo de tudo.

— Tomou uma decisão Guy? Sobre a polícia.

Ele não ouviu.

Dois assassinos.

Isso explicava a diferença entre esses três crimes e os outros.

Mas quem lhe escrevia?

O padre Camille não havia reagido à menção de Melmoth

E o autor das cartas mencionava os corpos do esgoto.

Mas foi ele quem escreveu sobre Rose! Foi ele que nos levou até ela!

Ela havia sido morta como Milaine e Viviane, segundo um ritual bem diferente dos outros.

O autor da carta conhecia o padre Camille! Ele sabia que o padre era um assassino!

Subitamente, as últimas palavras do sacerdote adquiriram um sentido diferente.

"Vi claramente o jogo de vocês! Vocês me usaram! É tudo por causa de vocês! Os pesadelos todas as noites! Por causa de vocês! Eu não deveria tê-los escutado. O Diabo não vai me ajudar!"

Guy se lembrava de cada sílaba pronunciada, da entonação e das expressões do rosto. Nunca se esqueceria daquele momento.

"Por causa de vocês"? "Vocês me usaram"?

Lucien Camille, uma pessoa frágil, um desequilibrado em pleno sofrimento que havia passado no campo de visão de um predador que o havia notado e que o manipulara.

A teoria era louca, no entanto, Guy continuou.

Lucien estava atormentado pelas piores dúvidas da sua existência, estava a ponto de acabar com a vida. Húbris, o verdadeiro Húbris, o notou, eles conversaram, confiaram um no outro... Seria um membro da paróquia que se teria aberto no confessionário?

Não, é um membro do Cenáculo. Era contra eles que Lucien estava mais revoltado.

Os dois homens haviam feito amizade ou, ao menos, se aproximaram, pois existia um vínculo entre eles, esse sentimento de não pertencer a nenhum clã da sociedade, de não ser como os outros, de sentir uma atração doentia por coisas perversas... E Húbris o manipulou. Incitou-o a passar ao ato. Para que eles fossem dois? Para compartilhar?

A carta os levara até Rose.

Sentindo-se ameaçado, Húbris usara o seu acólito como cortina de fumaça? E se desde o começo fosse esse o plano? Empurrar o padre para o crime para que pudesse sacrificá-lo se uma investigação levasse até ele?

Um outro elemento confirmou Guy na sua tese: o padre Camille não tinha um veículo! Como pudera transportar Viviane tão longe da rua Monjol? Húbris o havia ajudado.

No início. Antes de abandoná-lo.

De usá-lo para encobrir os próprios crimes.

Agora, Guy estava convencido.

Havia mesmo dois assassinos, era evidente.

E pensar que ele havia demorado tanto tempo para compreender isso.

Guy pegou a caneta-tinteiro e fez um círculo nos quatro primeiros crimes. Eles haviam sido o ponto de partida de Húbris. O ato fundador da sua sinistra caça.

Também sublinhou "óleo de marsuíno", depois "órgãos retirados"

— Você está preparando uma receita infame? — ironizou Julie.

— Por que diz isso?

— Por causa do que está sublinhando. Óleo de marsuíno com vísceras, é para cozinhar, não?

— Foi isso que pensei por um momento. Mas tenho dúvidas.

— O senhor Courtois, meu cliente regular, também o usa no seu trabalho. Eu me lembro que me falou sobre isso um dia. Fiquei espantada que usasse um óleo tão fino em máquinas de costura e de escrever.

— Foi isso que ele lhe disse?

— Foi, óleo de maxilar e de cabeça de marsuíno, eu me lembro muito bem. Ele é usado na indústria de ponta.

Os elementos se juntavam. O Cenáculo. O óleo de marsuíno.

O todo fez sentido.

Os primeiros assassinatos! Não eram os assassinatos em si, mas sim os lugares que eram importantes!

Guy correu para o seu velho porta-penas e o fez deslizar na mesa na direção de Julie.

— O que está vendo?

— Um porta-penas, por quê?

— Não, a forma! Em que ele a faz pensar?

A pena se erguia na vertical, enfiada num suporte incrustado num cilindro de madeira de pereira.

— Devo ver uma alusão sexual?

— Não! Mesmo que talvez tenha uma ligação com isso, mas veja, se eu puser esse lampião na frente. Imagine que seja o sol. E então?

Julie levou um tempo pensando antes de sugerir:

— Um relógio de sol?

Guy bateu as mãos.

— Exatamente isso! O obelisco da Concorde e o de Montmartre! Por muito tempo acharam que os egípcios usavam os obeliscos para ler as horas! E o cais do Relógio, como o nome indica, possui o relógio público mais antigo de Paris! Por fim, a Bolsa, onde durante décadas as pessoas foram acertar os relógios com o da praça, considerado o mais certo da cidade! A obsessão dele era o tempo! Húbris matava por causa do tempo!

Guy pegou a bengala e correu na direção da escada.

— Aposto que o óleo de maxilar e de cabeça de marsuíno é usado para lubrificar os mecanismos dos relógios.

49

Guy atravessou a multidão alegre e maravilhada da Exposição Universal atormentado pelas ideias mais infames.
Ele pensava no pior.
Ainda se lembrava de Louis Steirn lhe apresentando os membros do Cenáculo e, em particular, aquele inglês relojoeiro.
As qualidades de análise do romancista fizeram o resto.
Marcus Leicester, um homem perseguido pelo passado, por uma mãe abusiva, por um pai violento, que havia dedicado a sua existência a correr atrás da inocência perdida, um menino solitário, que crescera num mundo de fantasias desequilibradas e havia se apaixonado pela busca do tempo, como se, algum dia, ele lhe permitisse voltar atrás.
O que ele imaginava? Que chegaria a sua vez de bater no pai? Que poderia dizer "não" à mãe?
O domínio do tempo era sinônimo de conseguir a paz? Quem controlasse o tempo poderia paralisar uma emoção e refazer as lembranças.
Enquanto abria a cortina humana, Guy percebeu como aquele lugar poderia ser fantástico para Leicester. Uma matriz inesperada.
Milhares de visitantes circulavam de um prédio para o outro como um fluxo sanguíneo entre os órgãos. Alimentavam com a sua presença essa criatura improvável, esse Leviatã fabricado pela soma dos saberes humanos, essa reunião internacional, uma criatura que tomava o rosto do futuro de todos, um monstro do doutor Frankenstein nascido de uma combinação heteróclita. Sem um mestre de obras real para garantir a sua trajetória, para

lhe inculcar uma educação, nada mais do que uma aglomeração industrial, amadurecida pela inabalável vontade de progresso.

Um ser sem consciência.

Sem moral, também.

Filho do século XIX que havia terminado, que ia guiar os homens de todo o planeta para o século XX e mais à frente.

Esse Leviatã universal que ia deslizar por baixo do tecido industrial do mundo para uniformizá-lo, para globalizá-lo.

E antes até mesmo que a humanidade compreendesse o que havia criado, ela seria escrava do seu monstro, que se tornara todo-poderoso. Dependente das suas riquezas, da sua rede imbricada numa civilização que se acreditaria *civilizada*, com o pretexto de que conseguira artificializar e sintetizar o meio ambiente.

Não havia lugar melhor para Húbris.

A sua busca do tempo levava até ali, pois a sua obra daria um coração àquele Leviatã.

50

Um medo primitivo invadiu Faustine.

À medida que a sua mente voltava do túnel vaporoso no fundo do qual havia adormecido, os seus sentidos iam acordando, indicando, um após o outro, que havia um problema.

A luz a cegava.

Um zumbido lancinante lhe comprimia a cabeça por dentro.

Os vapores do éter ainda flutuavam na sua traqueia, dando vontade de vomitar.

Quando as pupilas foram se aclimatando à sala, ela pensou que um demônio estava em cima dela. E quando a figura desfocada, gigantesca, se mexeu, ela gritou e tentou rastejar para se afastar, mas os seus membros se recusaram a obedecer.

Ela estava presa.

Tornozelos e punhos.

Faustine se concentrou para não perder a consciência de novo, focalizando na própria respiração.

O véu leitoso que interferia na sua visão foi se desmanchando aos poucos.

Mas quando ergueu os olhos para o que a contemplava, lamentou não ter mais a visão enevoada.

Não era um demônio propriamente dito que ocupava o centro da sala circular.

Era um golem de carne.

Um conjunto de tórax unidos por um sistema de veias; pulmões se enchiam e se esvaziavam, corações batiam juntos e tendões e músculos mantinham a obra em equilíbrio dentro de uma gigantesca gaiola de ossos coberta por um óleo azulado. Faustine percebeu várias cabeças no meio desse horrendo mecanismo orgânico. Rostos extáticos, lábios pendentes, pálpebras sombrias e ela sufocou um grito quando compreendeu que eles não estavam mortos.

O olhar de um dos cativos havia virado na sua direção.

Na parte debaixo da máquina infernal, corpos nus estavam sentados de costas uns para os outros, como se fosse para formar os pés dessa obra demencial. Tubos saíam dos braços, dos punhos, veias e artérias saíam do pescoço para subir nessa montagem.

O sangue circulava por tudo, os corações bombeavam. Os pulmões respiravam. Olhando bem, existia uma coerência nesse todo, uma ideia central o movimentava, os tendões e os músculos se crispavam em intervalos regulares, os ossos e os intestinos trançados para servir de elásticos se mexiam num movimento bem controlado e, de súbito, Faustine compreendeu.

Ao ver o que se parecia com uma garganta e com uma língua no meio da gaiola, ela soube o que era aquilo.

Uma gota de sangue caía da ponta da língua com uma precisão de metrônomo.

Caía no ar até desaparecer em outra boca sem pele e sem rosto em volta, aberta e virada para cima, um circuito fechado que se autoalimentava.

As gotas desfiavam os segundos.

Húbris havia fabricado um relógio de carne.

Um supremo relógio de precisão.

Uma nova medida do tempo, calcada na vida, um relógio perfeitamente sincronizado com o tempo da existência e a sua alteração imanente. Cada gota que caía simbolizava não apenas um ciclo mensurável, concretizado, mas também a supremacia dele sobre a vida.

Húbris havia dado luz ao tempo.

Ele lhe havia dado um corpo.

Ao visualizar os macacos hidráulicos que suportavam o conjunto e o teto cortado com perfeição em todo o comprimento. Faustine viu que Húbris havia sacrificado a sua vida a essa loucura.

E ele ia exibi-lo ao mundo inteiro.

A estrutura metálica no *hall*, coberta por um oleado, ia receber a sua criação.

Um outro movimento chamou a atenção da jovem.

Um vulto preto, oculto pela capa, trabalhava numa mesa de dissecação, onde estava o corpo de um homem.

Mas Faustine não foi capaz de dizer se ele estava vivo ou morto.

Ele havia sido esfolado.

Não tinha nem um pedaço de pele nos membros.

Húbris o virou de costas, manipulando os delicados escalpelos com uma precisão assustadora.

Ela não devia continuar ali. Se ele a mantivera com vida, ao contrário das outras moças, é porque lhe reservava uma sorte cujo horror mal podia imaginar.

Ela ia terminar no relógio de carne com os outros corpos, com tubos espetados nas veias para alimentar o monstro, até que ficasse esgotada.

Faustine puxou as amarras com toda a força. O esforço fez aparecer lufadas de éter que a deixaram tonta.

A corda não se movimentara.

Faustine teve vontade de chorar, de desistir, de se entregar ao desespero diante da ideia de uma morte inevitável. Estava a ponto de estourar, exausta.

Mas a vida corria nela.

E ela a amava.

Então, puxou de novo, sem mais sucesso, quando sentiu o objeto alongado que lhe cutucava a coxa.

A faca!

Com os punhos, ela puxou o vestido para cima até conseguir pegar o cabo que deslizou para fora da liga.

Com a lâmina nas mãos, ela começou a cortar a corda que a mantinha prisioneira, lançando olhares rápidos para Húbris que estava de costas.

O cheiro de carne e de produtos químicos era repugnante.

Finalmente, o primeiro fio cedeu.

Mais de um!

Então, ela viu com o canto do olho um outro par de pernas, um pouco mais longe, à direita. Com os tornozelos amarrados.

Quantos seriam, assim, preparados para o sacrifício?

Seria Louis Steirn que ela vira descer antes dela?
O último fio cedeu e, finalmente, Faustine pôde se dedicar aos pés.
Estava quase conseguindo.
No entanto, logo ela viu que não iria até o fim.
Quando a sombra de uma larga capa se pôs na frente dela.
Húbris a encarava.

51

Guy afastava os passantes com a bengala, recebendo protestos de todo o lado.

Não tivera nenhuma dificuldade para se informar sobre a localização do inglês. Porém, apesar de todos os esforços, o trajeto lhe parecia interminável.

Estava com um mau pressentimento.

As ausências comuns de Faustine e Perotti o angustiavam.

Não era normal.

Ele entrou no palácio atrás da torre Eiffel, Marcus Leicester ocupava o mezanino e a entrada. Guy notou que entrada estava coberta como um estande inacabado, com um oleado que impedia de discernir o que estava embaixo. Com a ponta dos dedos, ele afastou a coberta e constatou que estava totalmente vazia.

Leicester ainda não havia instalado nada.

Ele se livra dos corpos no esgoto, portanto tem uma comunicação com a rede subterrânea da Exposição. Ele dispõe de um acesso não muito longe.

Guy percebeu a fenda que cortava o piso em dois, embaixo do oleado.

Um imenso alçapão que algum mecanismo, em algum lugar, devia acionar para fazer aparecer uma das suas invenções.

Sob o hall? Embaixo da terra!

Guy estava bem perto, estava convencido disso. Dando a volta no hall, ele parou numa pequena saliência na qual havia um chapéu branco coberto de flores, com um nó de seda malva.

Era de Faustine, tinha certeza.

Por que o havia deixado ali? Guy inspecionou o perímetro, procurando um vestígio de sangue ou qualquer outro indício que lhe mostrasse a pista certa e, em desespero de causa, sentou-se.

Dali, tinha uma visão do mezanino e de todo o hall.

Faustine se instalara ali para ficar à espreita de Leicester?

E se ela houvesse compreendido antes dele? E se ela tivesse vindo ali para se assegurar de que a sua teoria estava certa?

Na sua frente, do outro lado do grande espaço onde ressoavam o falatório e os passos dos visitantes, havia uma porta de serviço.

Ele avançou até essa porta. Tinha de verificar, não podia negligenciar nada.

Ela não estava fechada e dava para um corredor em caracol que adentrava pelas entranhas da Exposição.

Guy a fechou ao passar.

Se houver acontecido alguma coisa a Faustine, nunca vou me perdoar!

Apertou a bengala nas mãos, apesar da dor das queimaduras.

Sentia tanto medo pela jovem que estava pronto para enfrentar Leicester, a desafiá-lo para um duelo se fosse preciso, tudo era permitido para tirá-la dali.

E se ela já estivesse...

Guy expulsou os maus pensamentos da cabeça para se concentrar no caminho a seguir.

Se Leicester tivesse formado um antro subterrâneo, havia fortes chances de ele ficar bem embaixo da entrada do hall, num setor privativo. Confiando no seu sentido de orientação, Guy andou pelo labirinto de corredores e empurrou uma pesada porta de aço.

Devo estar perto.

A parede que ele acompanhava era circular.

Um grito ao longe, sufocado, o fez correr.

Um grito de mulher.

Guy chegou numa sala cheia de ferramentas e de mecanismo de relojoaria, estava no lugar certo.

Atravessou a antessala que vinha a seguir e entrou no coração de Húbris.

A luz o cegou e ele se protegeu com o braço.

Húbris estava na frente dele, de costas, se esforçando para manter Faustine deitada numa mesa de dissecação, com parte das roupas rasgadas e se preparava para enfiar longas agulhas nos braços e no pescoço dela ligadas a cateteres sem fim.

Húbris parou.

Sabia que não estavam mais sozinhos, Guy não havia sido discreto ao entrar.

Soava a hora do enfrentamento.

Então, com a luz forte, Guy viu o relógio monstruoso, maior do que eles, o Leviatempo.

E o espetáculo foi suficiente para paralisá-lo.

52

Húbris havia realizado a sua obra-prima.

Tornara-se senhor do tempo.

E o tempo lhe obedecia.

Ele lhe deu os preciosos segundos de que precisava para ter ascendência sobre Guy.

Enquanto o escritor estava paralisado pela gaiola orgânica, ele se virou para lhe cortar o pescoço.

O escalpelo cortou o ar assobiando.

Num reflexo incrível, Guy conseguiu levantar a bengala para aparar o ataque.

O outro punho de Húbris se abateu sobre a face já inchada, provocando uma onda ensurdecedora de dor, que jogou Guy no tapete.

A capa se agitava, o imenso capuz balançava, mas as trevas não revelavam os traços de Húbris.

Húbris não era uma pessoa corajosa. Só tinha determinação para realizar as suas fantasias, para satisfazer as necessidades da sua mente doentia, por isso, Guy não se surpreendeu ao vê-lo fugir assim que pôde.

A grande capa estalou quando ele deu um salto atrás da sua criação para acionar uma alavanca.

A plataforma na qual ele estava começou a vibrar e os macacos hidráulicos começaram a ranger.

O Leviatempo subia para a superfície.

O teto começava a se abrir ao meio.

Húbris queria expor a sua obra para o público.

Seria o seu triunfo.

A promessa da sua imortalidade.

A história guardaria o seu nome para sempre.

Por toda a *eternidade*. Essa noção humana da projeção infinita da vida, o *tempo* supremo.

E o círculo se fecharia.

Guy se levantou, cambaleando, pulou o corpo inconsciente de Louis Steirn e correu para perto de Faustine, soltando-a das suas amarras. Nenhum tubo havia sido enfiado no corpo dela.

Mas o olhar de Faustine dizia muito sobre o seu desespero mental.

— Pare o mecanismo! — ordenou ele, esperando provocar uma reação. — Essa abominação não deve chegar à superfície!

Faustine olhava para ele como se não soubesse mais quem era.

Guy lhe deu um tapa no rosto.

O orgulho da jovem reapareceu imediatamente.

O cérebro dela voltou a se conectar com a realidade.

— Faustine? Está me ouvindo? — perguntou ele, pegando-a pelos ombros.

Ela concordou com a cabeça, sem uma palavra.

— Então interrompa a ascensão dessa coisa! Ele não pode conseguir!

Em seguida, Guy a deixou e enveredou pela porta dos fundos, atrás de Húbris, esperando que ele ainda não houvesse escapado pelas profundezas da Exposição.

Guy podia escolher entre o corredor circular que dava a volta na sala e um longo espaço mal iluminado na sua frente.

Ele avançou com precaução, os sentidos alertas, pronto para se defender.

Porém, não esperava um ataque, covarde, Húbris devia estar fugindo.

Um atrito ao seu lado preparou-o para o ataque.

Talvez estivesse enganado em relação ao assassino.

Um sapato se mexia entre duas caixas.

Perotti!

O jovem investigador se agitava para tentar desmanchar as cordas e a mordaça que lhe tapava a boca.

— Desamarre as minhas mãos! — exclamou ele quando Guy liberou a sua boca.

— Você o viu?

— Há pouco. Ele foi por ali. Creio que há uma saída do lado oposto, vamos nos apressar antes que ele volte.

Vendo que Guy seguia o rasto de Húbris, Perotti ficou lívido.

— Mas o que está fazendo?

— Não vou deixá-lo fugir.

— Eu vi o rosto dele! Não irá muito longe! Venha, não assuma riscos inconsequentes!

Guy o ignorou e enveredou pelo pequeno acesso no fim daquele espaço.

Era um duto de serviço, ocupado, em parte, por grossos fios elétricos. Nenhuma luz. Guy acendeu o isqueiro depois de andar vários metros na escuridão.

Perotti praguejou e lhe seguiu os passos.

— Está armado? — perguntou ele.

— Com a minha bengala.

— Foi idiota da parte dele não ter me revistado quando me derrubou, ele deixou a minha pistola. Como me encontrou?

— Por dedução. Faustine também está aqui, assim como Steirn.

— Quando passei pelo *Boudoir* há pouco, um menino veio ao meu encontro para me entregar uma mensagem sua. Você me pedia para encontrá-lo aqui, imediatamente. Acreditei que fosse alguma descoberta macabra, não desconfiei de nada e ele pulou em cima de mim embaixo da escada.

— Com certeza, fez a mesma coisa com Steirn e com Faustine — disse Guy rastejando pelo duto. — Ele queria dar uma importância ainda mais simbólica à sua obra, incluindo os que o haviam perseguido.

— Nesse caso, por que não você?

— Não sei. Talvez me esperasse para a inauguração.

— Ou por respeito. Para saudar o cerco que você fez, uma espécie de cumprimento de um caçador para o outro.

O duto desembocava num corredor que Guy reconheceu imediatamente: umidade nas paredes, cheiros ácidos e escuridão total.

O esgoto.

Um atrito à direita alertou-o.

Húbris estava bem ali, se agarrando às barras de uma escada.

Guy largou o isqueiro e se jogou nas pernas do assassino.

Este se livrou da capa que o atrapalhava mais do que qualquer coisa, tentou dar um pontapé em Guy, mas errou o alvo. O escritor conseguiu desequilibrar Húbris que caiu em cima dele. Os dois homens rolaram em cima de uma estreita saliência, trocando socos, sem que nenhum deles conseguisse dominar o outro.

Guy lhe acertou uma joelhada nas partes íntimas e aproveitou para ficar por cima.

O rosto anguloso de Húbris apareceu.

As suíças cortadas em ponta. O fino bigode ruivo, quase invisível na penumbra.

Marcus Leicester.

Naquele instante, não havia mais nada do monstro que semeava o terror em toda a Paris.

Não passava de um homem encurralado, assustado, que se debatia para fugir, com o medo no olhar, os membros trêmulos.

Era patético.

Algumas vezes Guy havia reconhecido a malícia de Húbris. Leicester, o homem por trás do assassino, não passava de um coitado.

Um desequilibrado sem empatia, que perdia todo o poder quando não controlava mais as coisas, quando não segurava mais a arma diante de uma vítima desamparada.

O escritor havia feito uma representação quase mitológica do assassino, a criatura que ele havia imaginado era um ser de ficção e a realidade era bem mais decepcionante.

Perotti pegou o isqueiro e o ergueu diante dele.

Guy havia relaxado a pressão, Leicester aproveitou para lhe acertar uma cotovelada que o deixou atordoado.

Mas o escritor se agarrou ao assassino como se ele fosse um personagem dos seus romances, que não devia deixar fugir antes do fim.

Como se ele pudesse escapar para sempre.

Húbris, essa coisa que ele havia analisado muito bem.

A *sua* coisa.

Leicester escorregou e caiu, arrastando Guy com ele.

Os dois homens afundaram na água imunda, nas profundezas e na sujeira da civilização. Os seus membros se misturavam, davam socos e, ao mesmo tempo, se colavam um no outro.

Guy tinha a impressão de que eles formavam uma única pessoa.

Haviam se fundido. Húbris com Nêmesis.

Eles bateram no fundo.

E Guy percebeu que estava se afogando.

Com a ficção. Com a realidade.

Então, enfiou os dedos nas órbitas de Leicester para obrigá-lo a afrouxar o golpe e deu um impulso para subir. Ele chegou à superfície gritando.

Perotti o observava da beirada, com o isqueiro e a arma nas mãos, como o padre Camille algumas horas antes.

Leicester também surgiu. Ele quis se agarrar na saliência para se erguer, mas parou, olhando para trás, como se a morte em pessoa tivesse tocado nele.

Guy percebeu um movimento bem perto dele.

Alguma coisa forte e ágil.

Não! Isso não!

Por sua vez, ele tentou agarrar a beirada, mas os dedos escorregaram no limo.

O monstro, o verdadeiro, raspou nele de novo.

Um crocodilo com vários metros de comprimento.

Em pânico, Guy arrancou duas unhas ao tentar subir.

Perotti parecia incapaz de se decidir se devia ajudar Guy ou atirar em Leicester.

Em seguida, o inglês se levantou e se curvou gemendo.

Ele inspirou profundamente antes que um jorro de sangue saísse da sua boca.

As mãos dele procuraram uma superfície sólida para se agarrar, para se segurar e só encontraram um vazio.

Com um golpe usando a cauda, o crocodilo o levou para o fundo da água, onde dois seres se enfrentaram sem que o homem tivesse alguma possibilidade de sair vencedor do combate. Ele lutava por instinto, por terror.

O estrondo do trovão explodiu na galeria, acompanhado de uma chama ofuscante e uma bala foi parar nas escamas do animal, bem atrás dos olhos.

Perotti tivera tempo de mirar bem.

O crocodilo afundou nas trevas, com o corpo de Leicester.

E, de repente, o silêncio voltou.

O inspetor pegou Guy pelos punhos e o puxou para fora da água.

O eco da detonação ainda ressoava em toda a malha de corredores, repercutindo até o infinito, como se quisesse propagar a boa-nova.

O monstro estava morto.

E, por um segundo, Guy se perguntou em qual deles pensava.

53

O terrível maquinário roncava.
Eles estavam quase chegando perto do Leviatempo e Guy ainda não sabia se Faustine havia conseguido pará-lo antes que ele atravessasse o oleado e se mostrasse em todo o seu horror ao público, consumando assim a memória de Húbris.

Ele ia entrar na sala, quando Perotti o reteve.

— O que está fazendo? Temos de ir embora! Com certeza a polícia já está a caminho e deve chegar a qualquer instante! Se nos encontrarem, terá de responder por todos os nossos atos!

— Faustine está lá dentro com Steirn.

Perotti continuou segurando-o.

— Vamos fugir, Guy, você e eu não queremos cair nas mãos dos meus colegas. A minha carreira vai terminar e a sua verdadeira identidade será revelada.

Guy fez um movimento de rotação rápida para se libertar.

— Vou correr o risco.

Perotti recuou um passo sacudindo a cabeça.

— Sacrifiquei tudo para chegar aonde estou — disse ele. — Dei de tudo. Não posso acompanhá-lo.

Os dois homens se olharam de alto a baixo.

Talvez Guy não fosse tão covarde no fim das contas.

A verdadeira covardia se manifestava quando era posta à prova, não bastava fugir dos confrontos para ser um covarde.

E, naquele momento, Perotti estava sendo mais covarde.

Ele murmurou alguma coisa parecida com "Perdoe-me" e fugiu correndo pelos corredores da parte técnica.

Guy entrou na grande sala.

O relógio orgânico havia descido.

Faustine e Steirn estavam apoiados nas alavancas e nas rodas dentadas, sem fôlego.

A jovem piscou as pálpebras e as manteve fechadas mais tempo do que o necessário, estava aliviada.

— Húbris fracassou — disse ela. — Ninguém viu este horror. Nós o fizemos descer antes que fosse tarde demais.

— Agora é preciso fazê-lo desaparecer de uma vez por todas — disse Guy.

Faustine se virou para os corpos inconscientes, esses reservatórios de energia, e para as caras apavoradas que olhavam para eles como peixinhos vermelhos fora do aquário, implorando que os mergulhassem de volta na água.

— Guy, todas essas pessoas... ainda estão vivas.

— Não podemos fazer mais nada para salvá-las. Húbris já as condenou. Elas estão morrendo. O sangue está envenenado e a maioria só viverá mais algumas horas. Temos de abreviar esse tempo.

Ele pegou os vasilhames de álcool usados para desinfetar a sala e aspergiu o chão.

Steirn estava perplexo. Ficou no limiar da porta e, antes que Guy continuasse ele saiu.

Quando Faustine também estava em segurança, Guy olhou para o relógio de corpos uma última vez.

Seria essa era demencial que inspirava tanta loucura ou o homem sempre fora capaz de tamanha perversão?

Todos os olhos da máquina infernal o estudavam.

Eles apoiavam seu gesto.

Guy soube que eles o ajudariam a se decidir.

Para que tudo parasse.

Para que o tempo retornasse ao impalpável.

Para que se dissolvesse no infinito.

O escritor inspirou longamente e apertou o isqueiro entre os dedos.

— Que possam encontrar a paz — disse ele, jogando o isqueiro no meio do amálgama de corpos.

54

A aurora demorava a despontar.
O sol parecia se rebelar à ideia de erguer o véu das trevas sobre o que se havia passado naquela noite no mundo dos homens.

Guy fechou a pequena mala.

Seis meses antes, ele havia partido sem nada.

Não havia juntado muita coisa depois disso, apenas material para escrever e algumas roupas.

Teria de fugir de novo.

O incêndio sob o palácio havia sido rapidamente controlado, antes de se propagar para os estandes. Com um pouco de sorte os comissários não precisariam fechar nenhuma seção.

Mas o pesadelo vivo de Leicester havia desaparecido na fumaça.

Isso era o essencial.

Guy desconfiava que mesmo que esmiuçasse a imprensa, não encontraria nada a respeito do que havia sobrado dos escombros. A polícia cuidaria para que os esqueletos calcinados fossem mantidos a salvo dos olhares indiscretos.

Perotti o manteria a par do que acontecesse.

Quantas novas vítimas seriam computadas? Quem seriam elas?

Faustine estava convencida de que o homem de quem Leicester havia tirado a pele há pouco era o assistente do relojoeiro. Era um meio de negar quem o havia ajudado, de privá-lo do que o envolvia, da identidade, como se ele nunca houvesse existido; o Leviatempo era obra de Húbris e apenas de Húbris. Sentindo que o *gran finale* se aproximava, ele queria terminar de maneira magnífica: Louis Steirn, Faustine e até o seu próprio assistente deveriam alimentar a sua criação para que pudesse revelá-la ao público.

No caminho de volta, exausto e desorientado, Steirn havia contado que fora até lá por indicação de uma carta de Leicester. Um convite para alguma coisa excepcional.

Húbris não era como os outros seres humanos. O olhar dele enxergava através da pele, através das almas, para só guardar o essencial: cada vida era um relógio de precisão, um relógio de mecanismos fantásticos. Para ele, essa força contínua tinha um envoltório concreto. Ele havia sonhado em controlá-lo.

Quando e como tudo isso havia começado? Em 1889, quando ele tinha fugido da Inglaterra natal, quando os pais morreram?

1889.

Alguns meses depois dos crimes do Estripador de Whitechapel.

E se houvesse alguma ligação? E se Húbris tivesse começado a sua carreira estripando as prostitutas de Londres antes de ter de fugir para não ser apanhado?

O ajudante estaria a par dos atrozes trabalhos do seu patrão? Será que o tinha ajudado no sórdido trabalho? Guy nunca saberia.

Assim como a biografia de Lucien Camille, a de Marcus Leicester nunca lhe seria revelada.

Será que ele tinha, realmente, um problema com a mãe?

Guy achava que sim.

Nunca conheceria a verdade desses pequenos detalhes e teria de viver com essa frustração.

Ele compreendeu que a realidade era, de fato, bem mais fragmentada e incompleta do que a ficção.

Ela se diferenciava por inúmeros hiatos no que queria mostrar.

Guy sentia um peso no coração. Nunca saberia nada de Leicester e do padre além do que pudera deduzir, antes mesmo de enfrentá-los.

A ação não teria explicação. Isso era próprio da literatura.

Além da decepção de não saber tudo sobre esses dois assassinos, a morte deles fazia com que Guy tivesse outras perguntas.

Existiria um tratamento para curá-los, como havia afirmado a Lucien Camille? Duvidava muito. Essas pessoas tinham sido tão profundamente perturbadas em estágios cruciais do seu desenvolvimento que tratar delas consistiria em apagar dos seus cérebros todas as referências emocionais para que recomeçassem do zero. E isso era impossível.

Guy arrancou todas as folhas ainda pregadas na tábua e ia jogá-las na lata de lixo, mas interrompeu o gesto, colocando-as na sua mala.

Talvez fizesse um romance de tudo isso.

Depois de tudo.

Essa viagem ao que havia de mais negro dentro dele valia uma boa história. Agora seria capaz de escrevê-la.

Preencheria os hiatos com ficção.

Com essa inspiração nebulosa, com esse estrato malicioso da mente.

Isso o reconfortou.

Louise ficaria segura ali. Julie a poria debaixo de suas asas, não tinha dúvida quanto a isso. Ao crescer, ela se tornaria uma jovem perigosa, que usaria os seus encantos como uma arma letal. Afinal, aquele lugar não era pior do que um outro qualquer.

As moças do *Boudoir* não diriam nada sobre ele, mesmo que Legranitier e Pernetty tentassem lhes arrancar a verdade, elas seriam solidárias com o amigo.

Se ele fosse embora rapidamente, se ficasse longe de Paris até o que o caso fosse esquecido, não seria apanhado e passaria por entre as malhas da rede.

Ele não tinha outra escolha a não ser o exílio.

Guy esta em frente à porta, prestes a sair, quando Faustine entrou.

Os olhos dela pousaram na mala.

— Vai embora sem nos dizer adeus?

— Vou voltar.

— Algum dia, talvez.

— Você deveria fazer o mesmo — replicou ele. — Muitas pessoas viram o seu rosto.

Faustine não se moveu, impedindo-o de passar.

— Aonde vai? — perguntou ela.

— Ainda não sei, vou improvisar.

Ela apontou para a mala minúscula:

— Pode-se dizer que não gosta de viajar com muito peso.

— Realmente.

— Que azar.

— Por que diz isso?

Faustine deu um passo de lado para mostrar a sua própria mala.

— Também não sei para onde ir. Poderíamos caminhar um pouco juntos.

Guy mergulhou o olhar nas safiras brilhantes.

Um desejo furioso de beijá-la o atravessou.

Para celebrar a vida.

Para afastar as imagens dos últimos dias, para expulsar os pesadelos.

E por que ele a amava.

Mas não fez nada.

Em vez disso, deu-lhe o braço e, juntos, subiram num fiacre para irem a lugar nenhum.

Paris desfilava na frente deles.

— Vai me dizer o seu nome verdadeiro? — perguntou Guy.

— Talvez. Temos tempo.

A essas palavras, Guy pensou em Húbris.

Sentiu vontade de responder que, ao contrário, eles haviam perdido tempo, que ninguém mais o possuía, mas não fez nada disso. Preferiu se centrar em Faustine e nele, numa noção de tempo mais universal, menos palpável e mais imagética:

— É, de certo modo —, disse ele amargo — acho que temos.

Faustine pôs a mão na dele, como se quisesse selar um pacto tácito para a nova vida que se oferecia a eles. Cheia de possibilidades.

A nova página estava virgem, sem nenhuma criação.

Bastava escolher as palavras certas.

Húbris estava errado.

Melmoth não voltaria para casa.